BZRK

Michael Grant

BZRK

Traduit de l'anglais
par Julien Ramel

GALLIMARD JEUNESSE

Titre original : *BZRK*
Édition originale publiée en Grande-Bretagne
par Electric Monkey, une marque de Egmont UK Limited,
239 Kensington High Street, London W8 6SA
Tous droits réservés
L'auteur revendique le bénéfice de son droit moral.
Design de couverture inspiré
de la couverture originale © Egmont

« Oh, la folie est sur cette pente ;
évitons-la… Assez. » *

Le Roi Lear

----

* Toutes les traductions du *Roi Lear* sont de François Victor Hugo. (*Note du traducteur*)

NOTE DU TRADUCTEUR
EN PRÉAMBULE DE L'ÉDITION FRANÇAISE

De vieilles légendes nordiques racontent les exploits de farouches guerriers ours capables d'entrer dans de telles rages que celles-ci les érigeaient au rang de dieux. De saintes fureurs les rendant capables des plus fabuleux exploits. Les berserkers.

Au-delà de la légende, les récits historiques anciens attestent de l'existence de guerriers norrois montrant un tel acharnement au combat qu'ils en étaient pratiquement invincibles. On les dépeint mordant leurs boucliers, résistant aux pires blessures, se jetant dans la bataille comme possédés par le plus absolu des coups de folie. Les berserkers.

Le nom pourrait venir du vieux norrois *ber särk* (vêtement en peau d'ours) ou du fait qu'ils aient combattu poitrine nue (*berr särk* en norvégien). Quoi qu'il en soit, le terme sera adopté par la langue courante anglaise sous la forme *berzerk* (fou furieux) et même *Go berzerk*. Littéralement: disjoncter.

UN

À trois chaises de là où il était assis, une fille parlait tranquillement à sa main. Enfin, au dos de sa main pour être précis, en écartant les doigts, dont les extrémités disparaissaient sous deux traits de couleur. Un rouge et un doré. Mais, attention, pas un effet de vernis à ongles. Non, comme si elle avait utilisé une bombe de peinture.

Le plus naturellement du monde, elle assurait au dos de sa main que tout allait parfaitement bien. «Tout va bien, qu'elle disait. Parfaitement bien.»

Noah se fit la réflexion qu'elle avait l'air jolie, bien qu'il lui fût difficile de se concentrer sur son visage tant ses yeux étaient inexorablement attirés par les marques rouges laissées par une corde autour de son cou.

Dès qu'apparurent les aides-soignants, elle se mit à crier. Ils l'emportèrent comme une armoire, en équilibre sur ses bras tétanisés. Sa mère, ou peut-être sa grande sœur, suivait la scène en sanglotant, la main sur la bouche. Finalement, baissant les bras, elle répondit aux cris de la fille aux doigts bariolés.

– Ça va aller, dit la saine d'esprit.

– Parfaitement bien ! hurla la folle.

Battant des pieds, elle renversa une chaise qui tomba sur le sol, puis se tourna brutalement vers Noah et lui jeta un regard aussi saignant que ses yeux injectés de rouge.

Noah Cotton. Seize ans. Brun. Des cheveux qui refusaient obstinément de se ranger comme il l'aurait voulu. Les lèvres pleines, légèrement tombantes, comme si elles anticipaient un malheur imminent. Un nez bien dessiné, fin et pointu. Pour tout dire, un nez quasi idéal. Mais, bien sûr, c'étaient ses yeux, d'un bleu presque surnaturel, qui constituaient le point saillant de sa beauté. Où diable était-il allé pêcher ce bleu-là ? Si intense qu'il en semblait artificiel. À croire qu'il portait des lentilles de couleur. De fait, il suffisait de plonger le regard dans ces deux gemmes étincelantes pour se perdre dans les profondeurs insoupçonnées d'une mer turquoise… ou d'une maison de fous.

Compte tenu de l'endroit où il se trouvait, la cohérence sémantique eût définitivement plaidé pour cette dernière possibilité. En effet, la salle d'attente dans laquelle il était assis n'était autre que celle du Blockhaus, un lieu aussi pesant que son nom le laissait supposer et dont la lugubre histoire n'avait d'égal que son architecture.

Créée au xviiie siècle, l'institution avait d'abord été baptisée du nom de son fondateur : Lord Japhet LeMay, avec, pour raison sociale, « hospice pour déments incurables ». Au milieu du xixe, sans doute par souci de ne pas effrayer la bonne société, on avait un peu adouci le vocable et l'endroit était plus prosaïquement devenu l'asile pour malades mentaux de l'est de Londres. Aujourd'hui, son nom officiel était HTAA, Hôpital pour le Traitement des Aliénations avérées.

Mais personne, du moins hors de ses locaux, ne l'appelait comme ça. Pour le commun des mortels, c'était le Blockhaus.

Un bâtiment monstrueux, en brique pour l'essentiel, mais comptant également quelques extensions en pierre et qui avait grossi – pour ne pas dire métastasé – au cours des deux derniers siècles au point de devenir une ville dans la ville. Et, comme toutes les villes, ses abords étaient miteux. Un agglomérat d'édifices plus ou moins anciens dont les peintures décrépites laissaient paraître, ici ou là, de vieux colombages noircis par les ans. En revanche, le solennel bâtiment principal, dominé par ses deux tours – le Fou, comme on appelait la première, haute et pointue, et la Tour, surnom de la seconde, trapue et intimidante –, était tout de brique rouge noircie par la suie.

Replié sur lui-même, Noah luttait pour s'extraire des cris de la psychotïque, dont les échos résonnaient *decrescendo* dans les couloirs. Las, la salle d'attente du Blockhaus était aussi schizoïde que ses patients : un sol en carreaux noirs et blancs, organisés en vague motif géométrique, des murs jaunes, qui correspondaient sans doute à l'idée que quelqu'un s'était faite d'un environnement chaleureux, ornés de vieux tableaux de médiocre facture aussi sombres que des terrils et un mobilier tout droit sorti d'une vente de charité. Sans oublier le lustre, pièce maîtresse du décor, probablement arraché à un palais de mauvais goût lors d'une lointaine guerre coloniale depuis longtemps oubliée et qui baignait l'endroit d'une lumière directe créant tellement d'ombres que même l'espace sous les chaises apparaissait comme la sombre grotte d'où pouvait soudainement jaillir quelque troll.

Noah était venu voir son frère, Alex. Son grand, grand frère. Alex. Vingt-cinq ans. Vétéran d'Afghanistan. Fusilier marin dans le régiment des Royal Highland. (Devise : *Nemo me impugn lacessit* – on ne m'attaque pas impunément ; version alternative : nous casse pas les noix ou alors ça va chier.) Des épaules sur lesquelles on aurait sans problème pu briser un parpaing. Discipliné. Commençant toutes ses journées par dix bornes de course à pied, quels que soient les assauts que pouvait lui opposer la météo peu clémente de Londres.

Alex Cotton. Décoré de la Conspicuous Gallantry Cross. Trivialement, pour en avoir de si grosses qu'il avait, à lui tout seul, pris un nid de mitrailleuses tenu par trois enturbannés en portant, littéralement, un de ses gars sur son dos.

Maintenant...

On appela son nom. Un membre du personnel médical, un lourdaud aux cuisses grasses qui se pavanait en exhibant fièrement le Taser et le tonfa qui pendaient à sa ceinture dans leurs holsters en cuir, le conduisit dans les couloirs de bureaux jusqu'à un premier portique de sécurité, en acier et verre blindé.

Très vite, ils en franchirent un autre.

Puis ils dépassèrent un centre de commande où deux gardes, les pieds sur le bureau, causaient sport en suivant d'un œil morne l'image sautillante affichée sur leurs écrans de contrôle.

Enfin, ils parvinrent devant une troisième porte, celle-ci munie d'une commande électrique aux mains d'un intendant en blouse blanche, de l'autre côté.

C'est là que les cris, les plaintes à fendre l'âme et les fous rires déments commençaient, filtrant par les interstices des portes d'acier, symétriquement alignées de part et d'autre du couloir et marquant chacune une chambre individuelle. En réalité, une cellule.

Noah aurait voulu être imperméable à ces éclats de voix, hélas, il n'était ni sourd ni blindé, et chaque hurlement le faisait tressaillir aussi sûrement que si on l'avait fouetté.

Une infirmière et deux intendants négligés remontaient le couloir. L'un des gars poussait un chariot qui couinait de manière agaçante et dont le plateau disparaissait littéralement sous un tapis de petites tasses en plastique, chacune identifiée par un numéro et contenant toutes un minimum d'une demi-douzaine de pilules aux couleurs vives, quand ce n'était pas une pleine louche.

Les préposés aux pilules arrivaient devant une porte, frappaient, demandaient au détenu de reculer, attendaient, puis déverrouillaient la porte et l'ouvraient. Ensuite, un des aides-soignants – hep hep hep, des gardiens, des matons, des gardes-chiourmes, oui, mais certainement pas des aides-soignants – entrait dans la pièce avec l'infirmière pendant que l'autre mettait en joue avec son Taser.

Noah fut conduit devant la cellule d'Alex. Numéro 99.

– Vous inquiétez pas, dit le garde, il est entravé. Simplement, évitez de le toucher. Il a horreur qu'on le touche.

Sur ces mots, il esquissa un sourire piteux et secoua la tête d'un air entendu qui suggérait que Noah devait forcément comprendre ce qu'il sous-entendait.

La porte s'ouvrit sur une pièce d'un mètre cinquante de large et deux de long. Un lit en acier, scellé aux carreaux fendus du sol par de gros écrous, occupait l'essentiel de l'espace. Sur une étagère, si haute qu'elle était inaccessible, une petite radio diffusait à faible volume les programmes de la BBC où, pour l'heure, un politicien lambda répondait aux questions d'un journaliste.

Alex Cotton était assis au bord de la couchette, menotté à deux anneaux de métal fixés aux extrémités du lit.

Les bras ainsi écartés, il ne pouvait plus guère bouger que la tête.

Le fantôme d'Alex Cotton tourna son visage creusé et regarda son petit frère d'un œil vide.

Durant un moment, Noah ne pipa mot car tout ce qui lui venait, c'était : « Vous vous êtes gouré de chambre. C'est pas mon frère qui est là. »

Et puis, un léger grognement monta, que, dans un premier temps, on aurait pu prendre pour un déréglement de la radio. Un bruit animal. Tout à coup, Alex Cotton claqua des dents, ses mâchoires s'entrechoquant avec la même violence que celles d'un requin ratant sa proie.

– Alex. C'est moi, Noah. Ton petit frère. Noah…

Le bruit guttural. Encore. Soudain, les yeux d'Alex s'illuminèrent. Il fixa Noah du regard et secoua aussitôt la tête, comme si le simple fait de le voir lui faisait mal.

Noah esquissa un geste en direction de son bras. Tel un animal enragé, Alex rua, tirant si fort sur ses liens que du sang perla à ses poignets.

Noah recula d'un pas, les mains levées en signe d'apaisement.

– Je vous avais dit qu'y fallait pas le toucher, se désola le garde. Maintenant, y va d'nouveau péter les boulons et nous seriner avec ses petites araignées et tout son bordel !

– Alex, c'est moi. Noah.

– Nano nano nano, répondit Alex d'une voix chantante s'égarant dans les aigus.

Puis il gloussa et agita les doigts comme pour mimer quelque chose.

– Qu'est-ce que t'essaies de me dire, Alex ? C'est quoi nano ? demanda Noah, du même ton que s'il s'était adressé à un enfant en pleurs.

– Hé hé hé. No. No no. No no no nano nano nano. Nano.

Noah attendit qu'il ait terminé, refusant de détourner les yeux. C'était son frère, bordel. Enfin, ce qu'il en restait.

– Alex, j'y comprends rien. Personne n'y comprend rien. Comment as-tu pu atterrir ici, bon sang...?

Allez, le tordu, explique ta folie. Dis-moi ce qui est arrivé à mon frère.

– Nano, macro, nano, macro, bredouilla Alex.

– Y dit ça souvent, commenta le garde. 'Fin, surtout nano.

– C'est à cause de la guerre? demanda Noah, ignorant le gars en uniforme.

Il voulait une explication. Aucun médecin n'avait été bien convaincant. Tout le monde s'accordait à dire que ça avait sûrement un rapport avec la guerre, pourtant Alex avait subi de pleines batteries de tests posttraumatiques en rentrant, et aucun stress particulier n'avait été décelé. Tout semblait normal. Noah et lui avaient joué au foot, fait une virée en bagnole sur la côte, à Cornish, pour la plage et aussi pour une fille qu'Alex connaissait. Son frère avait paru un peu distrait, mais pas plus. Distrait. Voilà tout.

Le garde ne disait rien.

– Ce sont des souvenirs, vous croyez? demanda Noah en se tournant vers lui. Il parle de l'Afghanistan, dans ses crises?

À sa grande surprise, ce fut Alex qui répondit:

– Haji? s'esclaffa-t-il avec un sourire tellement en coin que la moitié de son visage semblait paralysée. Non. Pas un Haji. Bug Man. Buuug Man. Un, deux, trois. Tous morts. Pouf!

– Ouh! Ça, pour lui, c'est énorme, acquiesça le garde avec une moue approbatrice.

Et puis, pendant quelques secondes, ce fut presque comme si la folie disparaissait, comme si Alex luttait pour obliger sa bouche à former des mots. Sa voix se fit murmure. Il baissa la tête d'un air de dire : «Ouvre grandes tes esgourdes, ce que je vais te dire est d'une importance capitale.»

Ca-pi-tale.

Et il dit :

– Berzerk, en opinant du chef d'un air satisfait.

Le balancement se poursuivit. Lentement au début, et puis, la tête entraînant le reste du corps avec une violence croissante, des séries de convulsions, comme une attaque, le secouèrent tout entier. Le tintement des menottes contre les barreaux du lit emplit la cellule, entrecoupé de braillements aigus, «berzerk!» et encore, et encore, de plus en plus fort, sa voix se muant en cri hystérique.

– Dieux du ciel, marmonna Noah, se maudissant aussitôt d'avoir laissé paraître une émotion.

– Par contre, là, y en a pour la journée, dit le garde d'un ton las, posant une main résignée sur le bras de Noah. Des heures que ça peut durer. «Berzerk, berzerk», et toutes ses conneries.

Noah se laissa conduire hors de la cellule.

– Berzerk!

Entendant la porte se refermer derrière lui, il éprouva un haut-le-cœur, et aussi, il faut bien le dire, une certaine forme de soulagement. Mais les cris de son aliéné de frère ne s'arrêtèrent pas pour autant, le poursuivant dans les couloirs et le hantant encore longtemps.

– *Berzerk!...*

– *BERZERK!*

DEUX

Stone McLure n'était pas un beau gosse au sens commun du terme. Pas un de ces mignons minets qui font les choux gras des magazines pour adolescentes. Non. À dix-sept ans, Stone possédait un charme qui aimantait les femmes, pas les gamines.

Des femmes qui accrochaient instantanément son regard, puis dérivaient vers ses épaules – parce que, on est d'accord, les femmes ne matent pas comme les hommes. Elles ne mettent pas un quart d'heure à se faire une opinion. Un coup d'œil appuyé suffit. Or, dans le cas de Stone, il arrivait souvent que celui-ci leur fasse regretter d'un coup leur âge, leur mariage, le vieux T-shirt Abercrombie et le bas de survêt avachi, le sac de courses qui pendait à une main et le paquet de couches à l'autre.

Stone retira ses écouteurs.

– Où on s'arrête d'abord ? demanda-t-il en levant les yeux vers son père.

– On ravitaille à San Francisco, et on prend un deuxième pilote, répondit ce dernier sans lever le nez de ses dossiers.

Ensuite, j'ai une brève entrevue à Hokkaido et puis *go* pour Singapour.

Stone renfonça ses écouteurs.

Il avait les cheveux bruns, frisés, des yeux comme ces marbres verts, zébrés de veines dorées, un front qu'on eût dit dessiné par le Très-Haut pour être l'image de l'honnêteté, un nez solide et une peau immaculée, jamais souillée par quelque marque que ce soit, encore moins un bouton – aucun n'aurait osé.

Peu ou prou, il ressemblait à son père, Grey – et le monde entier connaissait le visage de Grey McLure –, exception faite de la fatigue et des signes de défiance qui viennent à tout milliardaire de premier ordre. Son argent, son père l'avait fait dans la science, l'innovation et, plus généralement, dans tous les domaines où l'on voudrait idéalement qu'un milliardaire fasse fortune.

Ils étaient assis l'un en face de l'autre, à l'arrière du Cessna Citation X, les genoux presque collés, Grey dos à la marche. Un jet privé, certes, mais sans artifices superflus. Pas d'affriolantes hôtesses en uniforme aguicheur. Pas de champagne qui coule à flots. Rien de tout ça. Le jet de Grey était un outil, un outil pour le business, dont son fils devait apprendre à se servir.

Grey buvait son café dans un mug qui affichait «papa tolérable». Car, voyez-vous, une tasse «meilleur papa du monde» aurait heurté le style familial, plutôt orienté vers l'autodépréciation, tendance cynique, et vers la ténacité discrète.

Grey sirotait en tapant sur son *pad*. Tapait, sirotait. Sirotait, tapait. Fronçant les sourcils ici ou là. Stone lisait un livre sur sa propre tablette, son attention en partie absorbée par les écouteurs qui diffusaient la voix éraillée de Tony Kovacs dans son conduit auditif.

Being here with my surroundings
Seeing all I'm looking at,
Evolution winking at me,
My face forms a smile.

Là, avec tout ce qui m'entoure
Et tout ce que je regarde,
L'évolution me fait du gringue
Un sourire se dessine sur mes lèvres.

Écouteurs *out.*

– Donc, si je comprends bien, c'est un vol qui se compte plus en jours qu'en heures, dit-il en étendant les jambes.

– Un long vol, en effet, répondit son père. Mais tu aurais pu rester dans le Maryland, chez ta grand-mère, si tu avais voulu.

– Ai-je eu l'air de me plaindre ? répondit Stone, les mains levées en signe de reddition.

– Ta grand-mère t'aime.

– Ma grand-mère aime peindre des figurines en céramique à l'effigie des premières dames. Nuance.

– Avec un louable souci de fidélité historique, commenta Grey avec un sourire. Tu aurais pu l'aider à décorer la charlotte d'Abigail Fillmore.

– Laisse-moi réfléchir, répondit Stone en feignant de soupeser l'alternative. La charlotte d'Abigail ou des Singapouriennes en sari moulant. Mmh. Pas facile.

Écouteurs *in.*

Here am I living in it
Here am I in everything

21

Et me voilà vivant dedans
Et me voilà, vivant en toute chose

Sadie, sa sœur, l'avait mis au punk, pensant sans doute qu'il avait besoin de quelque chose de plus… consistant que ce qu'il écoutait habituellement, en téléchargeant en vrac tout ce que ses copains écoutaient. Sadie était comme ça. Elle faisait partie de ces gens imperméables aux tendances ou à la mode et qui, au contraire, construisent patiemment leur propre univers à partir de ce qu'ils aiment, sans se soucier de savoir si la chose remonte à Mathusalem ou si elle est tellement d'avant-garde que c'est tout juste si elle existe. Parfois, c'était comme si elle imaginait quelque chose et qu'elle le faisait apparaître dans la réalité.

Chipie, Sadie savait l'être, ce qui ne l'empêchait pas de faire preuve, surtout pour quelqu'un de seize ans, d'une personnalité que Stone n'avait pas tout à fait. Ça ne le dérangeait pas. Enfin, pas trop. Car Stone avait un rôle prédéfini à jouer. Il était l'héritier, la bouture, l'aîné. Certes, plus souvent qu'à son tour, il avait envié la liberté dont jouissait sa sœur – et franchement, il y avait de quoi –, mais il n'était pas pour autant en guerre contre sa destinée. Fallait bien que quelqu'un s'y colle. Donc pourquoi pas lui.

Spent so much time thinking
Feeling like I'm under attack.
Overlooking the reality in front of me
Wandering down so many paths.

J'ai passé tant de temps à réfléchir
À me sentir assailli.

À négliger la réalité face à moi
À errer sur de si nombreux chemins.

Et aussi pour sa mère, dont les cendres reposaient au fond de l'Atlantique, à équidistance de son Londres natal et de New York, sa ville d'adoption.

Il tourna la tête et regarda par le hublot dans l'espoir d'apercevoir quelque chose lui permettant de conjurer cette triste image. Pas maintenant. Pas ce souvenir-là.

Son père et lui avaient décollé de Teterboro et survolaient maintenant les Meadowlands, ces zones marécageuses au nord-est du New Jersey. En bas, un match dans un ovale de foot. Américain, cela va sans dire.

Produit d'une vie également partagée entre New York et Londres, Stone goûtait aussi bien les deux versants de la passion sportive : football et base-ball aux États-Unis, *soccer* et cricket en Grande-Bretagne. Il n'y avait guère que le hockey qui ne trouvait pas grâce à ses yeux. Comment des gens pouvaient-ils s'intéresser à ce jeu ? L'énigme demeurait entière…

C'est là qu'il eut un flash.

Écouteurs *out*.

– Hé ! Sadie n'est pas à ce match ?

Grey leva les yeux, un large sourire aux lèvres.

– Et je suis persuadé qu'elle n'en perd pas une miette, dit-il avec un éclair de malice dans le regard.

Stone éclata de rire.

– Tu as raison. Il n'y a rien que Sadie aime autant que se retrouver dehors, dans le froid, au milieu d'une foule de braillards. J'espère au moins que le mec en vaut la peine, dit-il en secouant mollement la tête. Tony, c'est ça ? Celui que j'ai croisé une fois ou deux ?

– J'ai beaucoup d'estime pour son père, acquiesça Grey. Pour ce qui est du fils, disons que... eh bien, disons qu'il va être temps de mettre à profit mon ascendant pour offrir à Sadie quelques conseils sur ce garçon.

Et ils explosèrent de rire ensemble tant l'idée de Sadie acceptant un conseil, de qui que ce soit, sur quelque sujet que ce soit – sa vie amoureuse étant sans doute le plus sensible de tous –, avait quelque chose de grotesque.

– Bah, tu n'es pas assez courageux pour ça, railla Stone.

– Surtout pas assez stupide, répondit Grey, faussement apeuré, avant de pencher la tête au hublot, le regard perdu dans l'azur. Elle tient de sa mère...

Une remarque qui ramena Stone pile là où il ne voulait pas être. Il acquiesça en silence, n'imaginant pas prononcer un mot. Pas même un « ouais » étouffé. Non. Une seule syllabe lui aurait brisé la voix.

Écouteurs *in*.

Shot Baker était terminé. C'était quelqu'un d'autre qui chantait, un truc que Sadie lui avait conseillé, pour ne pas dire choisi pour lui.

En bas, sur la Terre, le dôme faisait comme un immense bol de céréales, légèrement oblong, rempli de quatre-vingt mille fans des Jets. Car les Jets avaient bel et bien quatre-vingt mille fans cette année, qui avaient fait le déplacement pour encourager leur équipe en ce début décembre.

Le toit du dôme avait été ouvert pour que les spectateurs puissent profiter de la pâle clarté rasante d'un soleil d'automne. Le grésil et les vents glacials viendraient bien assez tôt ; un dernier dimanche ensoleillé, fût-il froid, méritait au moins cela.

Un ballon dirigeable tournoyait lentement à l'aplomb du stade. Vu d'en haut, il semblait reproduire une sorte de parodie de la scène du spermatozoïde et de l'œuf. Stone esquissa un sourire. Il fallait absolument qu'il arrive à placer ça dans sa prochaine disserte. Faire flipper le prof avec une soudaine analogie saisissante. Ou était-ce une métaphore ?

Écouteurs *out*, à contrecœur.

– Hé, je la vois, dit-il. Ouais, c'est elle, là, sur la gauche. Dans le virage.

Faire la conversation. Empêcher Grey de penser qu'il l'avait peiné en mentionnant maman. À cette altitude, la tête de quelqu'un se réduisait à un vague point.

– Non, répondit son père, elle est plus vers le milieu.

Comme s'il savait où elle était placée. « Il se moque de moi », pensa Stone. Bien que, parfois, il lui parût qu'il connaissait chacun des faits et gestes de sa fille. Ces deux-là, c'était quelque chose.

Sadie et Grey bataillaient constamment. Des joutes verbales, lourdes de sous-entendus, que Stone ne comprenait pas toujours. Des ninjas de la rhétorique. Par chance, Stone s'était toujours bien entendu avec sa sœur, entre autres parce qu'il était le premier à reconnaître ses qualités de persifleuse. À la tchatche, cette donzelle était capable de vous planter un poignard dans l'ego.

Il arrivait que ces empoignades rendent le fils jaloux. Car entre Grey et lui, ça n'arrivait jamais.

Le jet bascula sèchement sur la gauche. Comme si le pilote, lisant dans les pensées de Grey, voulait permettre au patron de mieux voir le stade et de repérer sa fille. Ou bien…

Le virage était trop serré.

Bien trop serré, bien trop brutal. L'aile droite ployait vers le bas.

La gravité poussa Stone contre le fuselage. Le *pad* glissa

des genoux de son père. Le mug «papa tolérable» glissa à toute vitesse sur le plateau et tomba dans l'allée.

– Qu'est-ce qu…? s'étrangla Grey en enfonçant le bouton d'appel qui se trouvait dans son accoudoir. Kelly, qu'est-ce qui se passe?

Kelly, la pilote. Aux manettes du jet depuis six ans. Presque un membre de la famille.

Pas de réponse.

– Mets ta ceinture, ordonna le père à son fils.

Grey se leva. Mais la poussée lui fit perdre l'équilibre et il dut comme serpenter autour de son siège pour se remettre d'aplomb. Il s'effondra sur un appui-tête. Se força à se remettre debout, puis fit une embardée en direction du cockpit, avançant comme un poivrot par grand vent.

Le jet n'était plus seulement incliné sur le côté, il piquait franchement du nez. Une bascule nette. Genre beaucoup trop prononcée. Par le hublot, Stone avisa la pelouse, déjà étonnamment plus proche, et penchée comme pas possible. Des malabars casqués à l'assaut d'un rectangle vert particulièrement pentu. Des écrans géants qui repassaient un ralenti.

– Kelly! appela Grey en atteignant tant bien que mal la porte du cockpit. Ça va, là-dedans? Que se passe-t-il?

Il secoua énergiquement la poignée. En vain. Il pivota et jeta un œil à son fils. Leurs regards se croisèrent.

Incroyable ce qui peut passer dans un regard, même furtif. La peur. La tristesse. Le regret.

La défaite.

– Ouvre, Kelly! Ouvre cette porte! cria Grey en cognant sur la paroi.

Stone défit sa ceinture et tenta de se lever. Mais le sol se dérobait sous ses pieds. Comme s'il ne tombait pas assez vite pour rattraper le plancher, comme dans le grand huit, quand le wagon bascule au sommet de la bosse et que tout le monde s'envole de son siège. Le plafond lui tomba sur la tête.

Stone ne marcha pas jusqu'au poste de pilotage, il dégringola, se jeta sur le premier appui-tête, rata son coup, ses doigts se contentant de claquer sèchement sur le cuir naturel, ses pieds glissant sur la moquette. Il s'effondra sur son père.

Grey s'arc-bouta comme il put contre la porte et donna des coups d'épaule. Hurlant. Jurant. Une chose que Grey McLure ne faisait au grand jamais.

Maintenant, le zinc penchait tellement qu'il était plus à la verticale qu'à l'horizontale. Se laissant tomber à plat dos sur la moquette de l'allée, Stone joignit ses efforts à ceux de son père et tapa du pied contre le battant.

– Papa! C'est quoi ce délire?

Stone tapait et tapait encore.

Soudain, ses pieds s'enfoncèrent. Le jambage avait fini par craquer. Encore un coup et ça y serait.

Stone se redressa et, comme il aurait gravi une échelle verglacée, remonta l'allée en grimpant sur les sièges. Puis il se laissa tomber, les pieds en avant, prêt à donner tout ce qu'il avait. Dans un bruit de branche qui craque, le panneau céda.

Stone passa au travers, entraînant son père avec lui. Ensemble, ils heurtèrent le siège de Kelly, s'effondrèrent sur le tableau de bord et cognèrent le pare-brise. Stone avait mal aux genoux, au coude, à l'épaule. Le cadet de ses soucis vu à quelle vitesse le rectangle vert, déjà singulièrement proche, lui sautait au visage.

Dans un flash, il aperçut Kelly, les yeux vides, la bouche sanguinolente d'avoir heurté le tableau de commandes, sa courte brosse grise dressée comme jamais sur la tête, le regard épouvanté, fixé sur quelque chose qu'elle était seule à voir.

Un autre flash. Les tribunes pleines à craquer.

Son père qui remue, les jambes emmêlées, quelque chose qui cloche, la tête qui pend du mauvais côté, trop sonné pour...

– Papa !

Un sanglot plus qu'un cri.

Poussant sur ses bras, Stone s'écarta du tableau de bord. Sentant le manche sous sa main droite, il tira de toutes ses forces.

Kelly tourna les yeux vers lui. Comme si le geste de Stone la dérangeait, comme si elle n'en revenait pas de le trouver là. Lentement, elle leva le bras vers le manche.

Emberlificotés les uns dans les autres, tous trois se lancèrent dans une indescriptible mêlée, sur fond de terrain de foot qui grossissait à vue d'œil.

Beaucoup trop vite.

Stone en avait parfaitement conscience.

Il tira sur le manche et hurla, sans aucune raison valable puisqu'il ne pouvait rien faire d'autre que le regarder d'un air paniqué, les yeux débordant de tristesse.

– Papa !

Le jet commença à répondre. Le nez se redressa. Les tribunes semblèrent sombrer dans un abîme alors que le toit du stade était en vue.

Des méandres les plus reculés de son cerveau, les seuls encore en activité, monta la synthèse de ce qu'il venait de voir et Stone réalisa qu'ils étaient à l'intérieur de l'enceinte. Un jet. Dans un stade. Luttant pour reprendre de l'altitude.

Des figures. Des milliers de figures qui le regardaient, si

proches que Stone pouvait distinguer les expressions d'horreur qui tordaient les faciès, les bouches et les yeux béants, les gobelets renversés, les jambes qui trébuchaient en tentant de fuir.

Des maillots aux couleurs de l'équipe.

Un petit rouquin.

Une mère qui serre contre elle son bébé.

Un vieux faisant le signe de croix, comme au ralenti.

– Papa.

C'est là que le jet décrocha. Le haut devint le bas.

L'avion allait très vite. Mais pas à la vitesse du son. Ce qui signifie que, durant une fraction de seconde, il eut le temps d'enregistrer le bruit du nez en aluminium heurtant les corps, les sièges, le béton.

Pourtant, avant que le signal atteigne son cerveau, le front honnête et droit, le nez, les larges épaules, les oreilles, Stone tout entier fut réduit en bouillie.

Il mourut sur le coup, s'épargnant ainsi la vue du corps de son père, coupé en deux à l'instant d'être éjecté du cockpit par le hublot latéral.

Il ne vit pas non plus voltiger une partie de son crâne, éclaté comme une pastèque sous l'impact, des morceaux d'une matière hésitant entre le gris et le rose giclant de la coque ouverte, telle une fulgurance cérébrale.

Un petit bout – pas plus gros que le poing d'un bébé – d'un des plus grands esprits des temps modernes atterrit dans un bock en polystyrène frappé d'un logo Coors Light et s'abîma dans la mousse.

Et puis tout explosa.

TROIS

Sadie McLure ne vit le jet que bien trop tard.

Le garçon avec qui elle était – Tony – n'était pas son petit copain. Enfin, pas vraiment. Plus tard, peut-être. Si tant est qu'il mûrisse un peu, qu'il parvienne à dépasser le fait que son père n'était *que* chef de service chez McLure Industries et qu'ils habitaient une maison qui ne faisait pas la taille du garage des McLure.

– Désolé pour les places, dit Tony pour la… oh, disons la dixième fois. Je pensais que j'aurais pu me débrouiller pour nous faire entrer dans la *skybox* de mon pote, mais…

Ouais, c'était ça le problème de Sadie : ne pas assister au match d'un sport auquel elle ne comprenait rien et dont elle se fichait éperdument depuis une loge VIP. Une *skybox* comme il disait. Avant qu'il en parle, elle n'avait même jamais entendu prononcer le mot.

Donc, vraiment *pas* la chose la plus importante au monde, cette différence de revenus. Si elle se limitait à ne sortir qu'avec des fils de milliardaires, le choix allait vite être restreint.

– Ne t'excuse pas, dit-elle, j'adore me mélanger à la plèbe.

Il la regarda, interloqué.

– Je plaisante…

Voyant qu'il ne souriait pas.

– Une blague…

Essaie d'être gentille, se dit Sadie.

Essaie d'être plus souple.

Un match de football, ouais, pourquoi pas ? Ça peut être marrant. À moins, bien sûr, que cela n'implique d'écouter un garçon, par ailleurs atrocement attirant et parfaitement intelligent, s'excusant de sa Toyota vieille de cinq ans ou de son blouson Machin Chose (la marque en question, elle ne l'avait pas retenue) mais dont, visiblement, il estimait qu'elle n'était pas la bonne.

S'il y avait un inconvénient à faire partie des nantis – et il faut reconnaître qu'il y en avait peu –, c'était que la plupart des gens autour partaient du principe que vous étiez snob. Et tant pis si votre vie quotidienne était on ne peut plus normale. Les préjugés ont la vie dure.

– Tiens, prends un *nacho*, dit Sadie en lui tendant le plateau de carton.

– C'est pas bon, hein ? On est loin du caviar.

– T'inquiète, j'ai eu ma dose de caviar pour la journée, répliqua-t-elle, sans, cette fois, prendre la peine d'expliquer que c'était de l'humour, se contentant de mastiquer d'un air lugubre la tortilla et le bout de *jalapeño* qu'elle venait de faire sauter dans sa bouche.

Décidément, ça s'annonçait mal.

Physiquement, Sadie était la preuve qu'une somme de caractères médians ne faisait pas forcément quelqu'un de banal. De taille moyenne. De poids moyen. Elle avait pourtant une manière bien à elle de paraître plus étoffée dès qu'elle était déterminée ou en colère.

De même, elle était d'une beauté moyenne. À moins qu'elle ne soit en plein flirt ou qu'elle veuille se faire remarquer par un mec, auquel cas elle quittait définitivement la moyenne. En bref, elle balayait la zone allant de «ouais, plutôt pas mal» à «aaargh... je crois que je vais me marier», juste en fonction de l'endroit où elle décidait de placer le curseur. Elle braquait ses yeux noirs, entrouvrait ses lèvres pleines et, oui, à ce moment précis, elle pouvait déclencher des crises cardiaques. Et, cinq minutes plus tard, redevenir une fille plutôt mignonne, sans rien d'exceptionnel.

Pour l'heure, les cardiaques n'avaient aucun souci à se faire. En revanche, elle était sur le point de commencer à paraître plus étoffée qu'elle n'était. Quelqu'un d'intelligent et de perspicace aurait tout de suite su que c'était dangereux. Tony était intelligent – jamais elle n'aurait accepté l'invitation autrement –, mais loin d'être perspicace.

«Seigneur, pensa si fort Sadie qu'il est probable que cela s'entendit, ces matchs de foot n'en finissent donc jamais?» Personnellement, elle avait l'impression qu'il entrait dans sa douzième heure.

Le pire, c'était qu'elle ne pouvait pas se lever comme ça, l'air de rien, sauter dans un taxi et rentrer à la maison; Tony aurait aussitôt pensé que ça avait un rapport avec le fait qu'il n'avait pas de *smartphone* en cuir et platine ou un truc dans ce goût-là.

Le remarquerait-il si elle enfonçait discrètement un écouteur dans son oreille? Un seul? Ça passerait tellement mieux avec un peu de musique, ou un livre audio. Ou juste du bruit blanc. Ou éventuellement une bière, histoire d'émousser l'ennui.

– Clairement, il me faut une fausse pièce d'identité, dit Sadie, pas assez fort, toutefois, pour que Tony l'entende par-dessus l'énorme «ohhhhh» déçu qu'un geste manqué du receveur avait arraché à la foule.

Sadie ne remarqua le jet qu'après qu'il eut basculé sur l'aile.

Elle ne l'identifia pas tout de suite comme étant celui de son père. Il faut dire que Grey n'était pas du genre à faire peindre son avion aux couleurs de l'entreprise.

– L... L'avion, dit-elle avec un coup de coude à Tony.

– Quoi?

– Regarde. Regarde ce qu'il fait.

Et puis le bruit du moteur n'allait pas. Trop fort. Trop proche.

Son esprit se figea un court instant, le temps d'accepter l'adéquation entre l'impossible et l'inéluctable.

Le jet allait s'écraser sur le stade. C'était impossible autrement. Il commençait à remonter, mais bien trop tard.

Sadie se cramponna à l'épaule de Tony, pas pour chercher du réconfort, mais pour le faire bouger plus vite.

– Tony, cours!

Pour toute réponse, il s'enfonça dans son siège en lui jetant un regard noir. Ne lui en déplaise, Sadie était déjà sur le départ. Elle le percuta de plein fouet, le fit basculer de son siège, s'érafla le genou en essayant de ramper par-dessus lui, leva un pied, prit appui sur ses splendides abdominaux, et bondit.

Le jet rugissait au-dessus de sa tête. Un bruit de fin du monde. Sauf que le suivant, si tant est que ce fût possible, était plus fort encore.

Le choc, qui secoua les tribunes aussi violemment qu'un tremblement de terre, la pétrifia.

Et puis, une pause. Pas un silence, rien qu'un creux dans la tempête de bruit et de fureur qui précéda d'un battement de cil l'explosion de plusieurs tonnes de kérosène. Comme se retrouver à dix mètres du nuage où claque le tonnerre.

Du feu.

Des objets qui volent dans les airs. Des gros V de la victoire, en mousse, et les mains qui les agitaient quelques instants plus tôt. Des gobelets en carton, des paquets de popcorn, des hot dogs, des membres arrachés (plein), un déluge de débris sanguinolents cinglant l'air de toutes parts.

L'onde de choc de la déflagration était si violente, si irrésistible, si accablante que Sadie mit quelques minutes à réaliser qu'elle avait été projetée à trente mètres, telle une feuille morte sous la bouche d'un souffleur, et qu'elle se retrouvait assise sur un siège, l'impact amorti par le corps d'une fillette. Oui, jetée comme une poupée avec laquelle Dieu eût été fatigué de jouer.

La chaleur. Comme si quelqu'un avait ouvert le four à pizza à quelques centimètres de son visage. Et jeté une grenade à main dans le fromage et les pepperonis. Les extrémités de son système pileux crépitèrent jusqu'au retour de souffle de l'explosion.

Les minutes suivantes s'égrenèrent dans un silence assourdissant. Le fracas des débris qui s'écrasaient partout autour d'elle, les cris des gens, elle ne les entendait pas. Tout ce qu'elle percevait, c'était le paroxysme d'une alarme de voiture. Une sirène qui ne hurlait pas hors, mais dans sa tête.

Sadie s'écarta du corps désarticulé de la fillette. Sur les mains et sur les genoux, elle s'enfonça dans la travée. Quelque chose de gluant gicla entre ses doigts. Quelque chose de rouge et blanc. Un tissu adipeux. Un beau morceau. De la taille d'un jambon.

Faire quelque chose, faire quelque chose, hurlait sa raison. Mais quoi? Courir? Crier?

C'est alors qu'elle remarqua que son bras gauche ne pliait pas de manière naturelle. Elle ne ressentait pas de douleur, sinon celle de voir les os à vif – ses os – saillant de la chair de son avant-bras. Des petites baguettes blanches émergeant d'une entaille dans une côte de bœuf.

Elle hurla. Probablement. En tout cas, elle ouvrit grand la bouche.

Station debout.

La carcasse du jet était plus haut, dans les gradins, peut-être à une trentaine de rangs. Un bout de queue intact émergeait des flammes orangées et noirâtres. Une épaisse colonne de fumée graisseuse s'élevait dans les airs. Un horrible relent de station-service et de cochon grillé fouetta ses narines avant de poursuivre sa route dans un courant ascendant.

Les flammes de l'incendie principal tiraient vers le blanc.

Les corps brûlaient jaune et orange.

S'il n'avait pas été soufflé, Tony était l'un d'eux.

Un gros bonhomme rampait par terre, appuyé sur les coudes. Le feu lui dévorait les jambes.

Un garçon de dix ans était accroupi au-dessus de la tête de sa mère.

Une autre scène hallucinante affola ses capteurs, dans son dos. Sadie pivota. Dans la bousculade la plus totale, une foule hystérique détalait tel un troupeau de buffles poursuivis par un lion.

D'autres ne couraient pas se mettre à l'abri, mais avançaient prudemment vers le carnage.

Un homme se présenta face à elle et articula quelques mots. Elle se toucha l'oreille et il parut comprendre. Après avoir baissé les yeux sur son bras fracturé, il fit un truc bizarre. Il s'embrassa le bout des doigts, posa la main sur son épaule à elle, puis descendit le long de son bras. Plus tard, ça semblerait étrange. Sur le moment, non.

La queue de l'avion était avalée par les flammes. Dans les volutes de fumée, Sadie devina le numéro d'immatriculation. L'idée était déjà là, dans les tréfonds de son cerveau en état de choc, mais le numéro balaya définitivement ses derniers doutes.

Elle aurait tant voulu se tromper, tant voulu croire que cette odeur de cochon grillé n'était pas le résultat de la combustion des corps de son père et de son frère, piégés au cœur de cet enfer. Mais c'était dur de faire comme si. Cela demandait un effort dont elle n'était pas encore capable.

Pour l'heure, elle aurait pu croire que tout le monde, partout, était mort. Elle y compris.

Elle baissa les yeux et vit qu'une des jambes de son pantalon était pleine de sang. Interdite, elle fixa le jean imbibé de liquide écarlate, son cerveau donnant d'inquiétants signes de faiblesse.

Et puis le stade se mit à tourner comme une toupie et elle s'effondra.

– Mmh… Bonne maille, murmura Bug Man pour se féliciter de sa prestation.

La satisfaction de la victoire. Non que ça en soit vraiment une. En effet, pour dramatiques que soient les conséquences dans le macro, dans le nano, c'était juste une longue procédure d'infiltration, qui s'était déroulée sans heurt ni duel avec d'autres bébêtes. Rien que du maillage. Connecter image et action.

N'importe qui aurait pu le faire. Aussi vite ? C'était autre chose. Mailler le cerveau de la pilote en trois jours ? Le configurer de façon à la faire changer aussi radicalement ?

Même pas en rêve.

Il retira sa main du gant gauche. Puis la droite. Son geste s'accompagnant d'un léger bruit de succion. Les mains libres, il s'attaqua au casque qui lui emprisonnait la tête.

Il faudrait penser à régler la sangle arrière, qui frottait sur sa nuque, juste à la naissance de ses cheveux courts.

Il était seul. Il y avait des pièces plus grandes au cinquante-neuvième étage, d'autres postes de lignard comportant jusqu'à quatre consoles. Mais Bug Man méritait un espace à lui. Il aurait suffi qu'il presse la commande du store électrique et, à un bloc de là, vers l'ouest, la flèche du Chrysler Building se serait dessinée dans l'encadrement de la baie vitrée. Aucun autre lignard n'avait une vue pareille – non qu'il en profite beaucoup. La question n'était pas la vue en elle-même, mais le privilège qu'elle représentait.

La pièce était simple, pratiquement dénuée de mobilier en dehors de la console, et plongée dans la pénombre. Seule la lueur de quelques bougies d'aromathérapie, Perle de Sérénité pour être précis, brûlant dans leur élégante coupelle de verre, le disputait à l'obscurité. Sans oublier, bien évidemment, le léger gris des moniteurs en veille.

Bug Man inspira une longue bouffée d'air.

Une belle réussite à ajouter à son actif.

Il avait su que c'était fait lorsque les dix-huit nanobots – deux Chasseurs et seize Fileurs – implantés dans le cerveau de la pilote s'étaient éteints en même temps.

Quelqu'un d'autre aurait-il pu manœuvrer dix-huit bestioles à la fois, fussent-elles organisées en escadrilles, avec seize ligatures actives ? Non. Personne. Qu'ils s'y collent, tiens !

Quoi qu'il en soit, un simple boulot de maillage. Si Vincent l'avait attaqué, là, ça serait devenu mythique. Aurait-il pu les déloger ? Peut-être. Il ne fallait pas le sous-estimer. Vincent avait la niaque.

Bug Man consulta l'écran de contrôle. Les capteurs du mouchard placé sur le petit copain de Sadie McLure, caché dans ses cheveux, là où personne ne regarderait, indiquait une soudaine élévation de la température, de douze à soixante-trois degrés Celsius.

Le souffle de l'incendie.

Insuffisant, toutefois, pour tuer le mec. Insuffisant pour tuer Sadie McLure, à moins qu'elle ne se soit trouvée beaucoup plus proche du point d'impact au moment de l'explosion ou qu'elle ait été fauchée par un débris.

Succès donc. Mais pas total. Selon toute vraisemblance, il restait une McLure.

Bug Man savait qu'ils attendaient tous dehors pour le féliciter. Il redoutait cet instant. La télé serait immanquablement allumée. Ils suivraient tous d'un œil avide les images aux couleurs criardes, ponctuées par le commentaire aux accents dramatiques des reporters en hélico.

Bug Man n'aimait pas les commentaires. Seule comptait l'action. Les salamalecs qui s'ensuivaient n'avaient aucun sens à ses yeux.

Il aurait aimé ne pas sortir du tout. Las, il avait une insoutenable envie de pisser.

Il chercha son téléphone à tâtons et s'enfonça les écouteurs dans les oreilles. La musique qu'il voulait entendre ne tarda pas à lui exploser les tympans.

When ennemies start posing as friends,
To keep you even closer in the end,

The rooms turn to black.
A kitchen knife is twisting in my back.

Quand les ennemis commencent à passer pour des amis,
Pour être au plus près de vous à la fin,
Les pièces virent au noir.
Un couteau de cuisine se plante dans mon dos.

Bug Man n'avait pas d'amis. Pas dans cette vie. Pas dans ce boulot. Et plein de gens pour lui planter un couteau dans le dos. De la paranoïa ? Nan… Du bon sens.

Il tira la capuche de son sweat-shirt sur sa tête, prit une profonde inspiration, et ouvrit la porte.

Comme prévu, Jindal l'attendait, main levée, prêt à toper. Jindal était le… Le quoi, au juste ? Une sorte de chef de studio des lignards. Ce qui est sûr, c'est qu'il avait une haute opinion du poste qu'il occupait. De leur côté, les lignards le voyaient essentiellement comme le type auprès de qui il fallait se plaindre s'il n'y avait plus de Red Bull au frigo.

Et voilà comment un bonhomme de trente-cinq ans se retrouve à adresser un sourire flagorneur à un gamin de dix-sept, perdu sous sa capuche, et à pousser la dithyrambe jusqu'à esquisser un pas de danse, comme pour impressionner Bug Man par ses manières d'affranchi. Ce qu'il ignorait, c'est que Bug Man était originaire de Knightsbridge, un quartier chic de Londres. Non du Bronx. Mais qu'est-ce que Jindal en savait ? À ses yeux, tous les Noirs devaient sortir du ghetto.

– Le foutu répéteur du dirigeable affaiblissait le signal, accusa Bug Man en forçant la voix à cause de la musique qui résonnait dans ses oreilles. J'étais qu'à quatre-vingts pour cent, Jindal.

Voyons si un pépin technique lui donnerait toujours envie de danser. Bug Man le dépassa avec un coup d'épaule.

En revanche, avec Burnofsky, c'était une autre limonade. On n'envoyait pas péter comme ça Burnofsky. Ça avait beau être un vieux poivrot décati de soixante balais, mal rasé, avec un gros tarin couperosé, il n'en restait pas moins un cador. Peut-être pas aussi bon qu'Anthony Elder, alias Bug Man, car, au fond, personne ne lui arrivait à la cheville ; mais, s'il y avait un numéro deux, c'était indéniablement Burnofsky.

Après tout, c'est lui qui avait créé le jeu.

Bug Man retira un écouteur. Le groupe incitait l'auditeur à surveiller ses fréquentations. Burnofsky affichait le sourire tordu et railleur qui, chez lui, était ce qui se rapprochait le plus d'une expression amicale.

– 'S qu'y a, Bug ? Tu veux pas voir la vidéo ?

– Lâche-moi, tu veux. Faut que j'aille pisser.

De toute évidence, Burnofsky avait déjà dû taper dans le Thermos où il gardait sa vodka au frais.

– Ben alors, gamin, dit-il en attrapant Bug Man par l'épaule et en le faisant pivoter vers l'écran. Me dis pas que tu veux pas voir le macro ? C'est un exploit. Un grand moment pour nous tous.

Bug Man repoussa sèchement la main du poivrot, sans toutefois pouvoir s'épargner une vue en haute déf de la catastrophe. Vu l'angle de la caméra, c'était sûrement pris depuis le fameux dirigeable. Trop stable pour que ça soit d'un hélicoptère. De la fumée. Des corps.

Bug Man tourna les talons. Non pas que ce fut insoutenable, mais plutôt hors de propos.

– Mon truc, c'est le jeu, papy. Le reste…

– Les Jumeaux vont sûrement vouloir te voir, le coupa

Burnofsky d'une voix sifflante. À eux aussi tu vas leur dire de te «lâcher»? Allez, fais pas ton bêcheur, t'as frappé un gros coup aujourd'hui. Grey McLure et son fils sont carbonisés jusqu'à l'os. T'as franchi une sacrée étape, Anthony. T'es un tueur de masse, maintenant. Dans le macro. Pas juste un type qui fait mumuse dans la viande avec ses bestioles. Grâce à toi, on a fait un pas de géant vers un monde de paix, de bonheur, et de fraternité universelle.

– S'kuze, répondit Bug Man, mais ce que j'aimerais surtout, c'est faire un pas de plus vers les WC.

– On dit les toilettes dans ce pays, espèce de petit bâtard d'anglais.

Il fit mine de partir. Il n'avait pas fait un pas que Burnofsky le rattrapa. Passant ses mains décharnées et parcheminées autour de son cou, il l'attira contre lui. Un souffle à ne pas mettre un éthylotest dehors s'insinua dans les narines de Bug Man tandis que le vieux lui murmurait à l'oreille:

– Tu finiras par grandir, Anthony. Et, ce jour-là, tu prendras conscience de ce que tu as fait. Et il ajouta dans un filet de voix: et ça te rongera les sangs comme t'as pas idée.

Bug Man le repoussa sèchement, mais pas au point de le faire tomber.

– T'es vraiment stupide à ce point-là, Burnofsky? demanda-t-il avec un sourire forcé. Tu vois, tout ce que j'ai fait, c'est infiltrer le cerveau de la pilote. (Joignant le geste à la parole, il pointa l'index sur sa tempe.) Franchement, tu crois pas que je pourrais en faire autant avec le tien, si la nécessité s'en faisait sentir?

Cela coupa court à toute discussion. Le vieil homme recula d'un pas et agita vaguement la main devant ses yeux, comme si la vue même de ce visage lisse et poupin lui était soudain insupportable.

– T'as rien compris, papy. Le macro, c'est que du micro en démultiplié. Donc, un conseil, retourne à ta gnôle ou au truc que tu fumes qui te donne une haleine de chacal…

Burnofsky jeta nerveusement un regard par-dessus son épaule, vers Jindal. Alors comme ça, il croyait que c'était un secret ? Le pauvre idiot.

– Écoute, Burnofsky, tu fais ce que tu veux de ta vie, c'est pas mon business. Mais, perso, j'ai une autre façon de voir les choses. *Glup, glup*, boulot, boulot, très peu pour moi. En même temps, si un jour j'atteins ton âge canonique et que je suis aussi ramolli du bulbe que toi, peut-être que… Maintenant, soit tu me laisses y aller, soit je te pisse sur la jambe.

QUATRE

Sadie McLure perdit connaissance dans l'ambulance qui l'emmenait aux urgences.

Lorsqu'elle rouvrit un œil, avec la sensation d'être en mille morceaux, elle fut aussitôt happée par un tourbillon de lumière, de visages penchés sur elle, de faux plafonds et d'appliques de néons qui filaient au-dessus de sa tête. Des images de blouses vertes, de masques, de tubes et d'instruments en métal chromé.

Comme un rêve. Pas un bon rêve.

Un léger choc. Quelqu'un qui lui cogne malencontreusement le bras. Une douleur fulgurante, à s'en étrangler.

En même temps que les blouses vertes vinrent les costumes noirs. Service de sécurité. Protéger la McLure. Voilà comment on l'appelait maintenant : *la* McLure.

Une souffrance de plus à encaisser. Non pas physique, mais mentale, comme si son âme s'automutilait avec le poignard qu'elle avait elle-même créé.

Et puis un soulagement confus la calma alors que les opiacés arrivaient dans ses veines.

Dormir. Et être assaillie par de terribles cauchemars. Se noyer dans une masse suintante de chair consumée par les flammes. Et ce n'était pas son père ou son frère qui brûlait, mais sa mère. Elle qui n'était pas morte dans un incendie, mais dans un lit en tous points semblable à celui-ci, l'intestin rongé par le cancer.

Sadie s'éveilla. Combien de temps plus tard ? Impossible à dire. Il n'y avait ni calendrier ni horloge dans la chambre. Juste un homme. Costume noir, chemise blanche, oreillette coincée dans le pavillon auriculaire. Assis sur une chaise, les jambes croisées, il lisait une bande dessinée.

Il devait avoir un flingue. Et aussi un poing électrique. Et peut-être même une deuxième arme de poing dans un holster de cheville.

Le corps de Sadie n'était qu'une ecchymose. Pour preuve, après un bref inventaire, elle parvint à la conclusion que, effectivement, il n'y avait pas un centimètre carré qui ne la fît pas souffrir. Dedans, dehors, elle avait mal partout.

Elle était allongée sur le dos, la tête légèrement surélevée, une aiguille scotchée à son bras droit, reliée à une poche de liquide transparent qui pendait à côté du lit.

Son bras gauche, plié à moitié et immobilisé dans une coque de matière plastique, était en suspension, accroché à la potence du lit.

Quelque chose avait été introduit dans son urètre. Ce n'était guère agréable mais, en même temps, elle sentait que c'était là depuis un moment.

– Qui êtes-vous ? demanda-t-elle.

La question résonna très clairement dans sa tête, mais elle eut l'impression qu'elle sortait comme un murmure.

L'homme leva les yeux de son livre.

– De l'eau, grogna Sadie d'une voix rauque, soudain

submergée par une sensation de soif comme elle n'en avait jamais éprouvée.

L'homme se leva rapidement, s'approcha du lit, et appuya sur un bouton. Quelques secondes plus tard, deux infirmières entrèrent dans la chambre. Non, une infirmière et une femme médecin – reconnaissable au stéthoscope pendu à son cou.

– De l'eau, articula péniblement Sadie.

– D'abord, dit la doctoresse, il faut que…

– De l'eau ! coupa Sadie. D'abord : de l'eau.

Le médecin fit un pas en arrière. Ni la première ni la dernière à avoir ce mouvement de recul.

Une bouteille d'eau à la main, l'infirmière approcha la paille coudée de la bouche de Sadie et lui permit de boire un peu. Une bénédiction.

Les infirmières… Sadie se souvint. C'est ce que sa mère disait sur son lit de mort : les médecins peuvent tous aller au diable, les infirmières vont droit au paradis. Non que Birgid McLure prît l'enfer ou le paradis au pied de la lettre.

Seule.

Sadie était seule. Cette prise de conscience l'effraya.

« Plus que moi. »

Elle se voyait pleurer, mais ne sentait pas les larmes. Seulement le besoin de les verser.

Un deuxième type en costume noir avait également fait son apparition dans la chambre. Plus vieux. Le chef de la sécurité de la société familiale. Sadie le connaissait. C'était quoi son nom déjà ? Pas moyen de se le rappeler. Un troisième homme, tiré à quatre épingles et vêtu d'un élégant costume à rayures, l'accompagnait. Sa fonction était à peu près aussi difficile à deviner que s'il avait eu le mot « avocat » tatoué sur le front.

Tiens, la holding familiale avait décidé de se jeter dans la bataille. Avec avocats, agents de sécurité et tout le toutim. Et aussi un métro de retard.

Une question idiote lui brûlait les lèvres. Idiote car elle connaissait déjà la réponse.

– Mon père ? Et Stone ?

– Ce n'est pas le moment, répondit gentiment l'infirmière.

– Morts, coupa laconiquement le chef de la sécurité.

L'infirmière lui jeta un regard noir.

– C'est mon patron, répondit platement le bonhomme. McLure, c'est elle. Elle pose une question, je réponds.

Le médecin était plongé dans la lecture du dossier médical. L'infirmière regarda fixement Sadie, comme pour jauger son courage. Probablement jamaïcaine, à en juger par son accent, ou alors d'une de ces îles où ils ont le chic pour écorcher la langue anglaise de façon marrante.

Haussant imperceptiblement les épaules, elle laissa la blessée reprendre quelques lampées d'eau. Si cela n'avait tenu qu'à elle, Sadie l'aurait sanctifiée sur-le-champ.

– Quand pourrai-je la transporter ? demanda le chef de la sécurité.

Stern. C'était ça, son nom. Quelque chose Stern. Le genre de type dont on a l'impression qu'il vient systématiquement de se raser. Cravate impeccable. En revanche, le pli du col de chemise n'était pas vraiment d'équerre. Il penchait un peu. Et, bien qu'il fasse de son mieux pour paraître impassible, les coins de sa bouche avaient tendance à tomber. Ses yeux étaient rouges. Il avait pleuré.

– La transporter ? s'exclama la doctoresse. Vous n'avez pas l'air de comprendre, messieurs. Fracture ouverte radius-cubitus, traumatisme crânien, hémorragie interne au niv...

– Docteur, coupa Stern, je ne suis pas en mesure d'assurer

sa sécurité ici. Nous avons notre propre service, des médecins qualifiés, des plateaux bien équipés... et une sécurité à toute épreuve.

– Il faut d'abord faire une IRM. Vérifier qu'il n'y a pas de lésions cérébrales.

– Nous avons un appareil à IRM, répondit l'avocat avec tant d'assurance que cela confinait à de la condescendance.

La voix d'un type qui a fait son droit à Harvard. Une voix qui ne souffre pas la contradiction.

– En tant que tuteur légal provisoire de Mlle McLure, et aussi son avocat, je me dois d'insister. Il serait préférable que Mlle McLure soit aux mains de nos propres médecins. Sans compter que vous, comme cet hôpital, ne seriez certainement pas fâchés de voir déguerpir la meute de journalistes qui campent sous vos fenêtres.

Stern regarda Sadie. Malgré son souci de ne rien laisser paraître, elle comprit le message.

Non, définitivement, il n'y aurait rien de bon à ce que des étrangers scannent l'intérieur de son crâne, car ils pourraient y découvrir quelque chose qu'ils auraient peine à croire. Donc, Stern était au courant. Bon à savoir.

– Ramenez-moi à la maison, dit Sadie.

Stern opina du chef.

– Oui, mademoiselle McLure. À la maison.

Il y avait un parc non loin de chez Noah, mais une petite bruine menaçant à chaque instant de virer à l'averse les avait dissuadés de s'y rendre. Le trio d'amis, Noah, Mohamed et Little Cora, tapait donc le ballon à l'abri relatif de deux hauts murs.

Noah dribbla, fit un joli passement de jambe, puis talonna vers Mohamed.

– Moi aussi j'peux faire un putain de retourné acroba-
tique, souligna Little Cora, en référence au fameux ciseau
en suspension qui constitue le graal de tout footballeur,
amateur ou professionnel (quant à l'interjection «putain»,
Little Cora estimait qu'une phrase n'était pas complète sans
elle).

– Tu peux peut-être en réussir une, une fois, nuança
Mohamed. Pis après, tu te ramasses la tronche par terre et
t'es bonne pour six semaines d'hosto.

Pour toute réponse, Little Cora le chargea, lui chipa la
balle dans les pieds, puis frappa avec un maximum de puissance – et un minimum de précision – en direction du mur.
Le ballon heurta les barreaux de la fenêtre de la pizzeria
donnant sur l'arrière-cour, puis rebondit dans les airs en
décrivant une parabole aussi inattendue que dangereusement orientée vers une moto attachée à la grille. La grille
qui séparait l'allée dans laquelle ils se trouvaient de la voie
ferrée. Mohamed n'avait pas commencé à houspiller Little
Cora que le grondement d'un train secoua les murs de l'allée, emportant avec lui la réprimande.

Noah se hâta de redresser le guidon de la bécane avant
qu'elle ne tombe par terre, puis il suivit la balle qui semblait s'évertuer à rouler aussi loin que possible de son
propriétaire.

Un jeune homme le devança. Il arrêta le ballon, esquissa
un ou deux dribbles – juste histoire de montrer qu'il n'était
pas totalement ignorant de la chose – avant de taper une
longue transversale délibérément destinée aux copains de
Noah.

Le type était asiatique – chinois, présuma Noah – et
d'une beauté saisissante. Définitivement pas quelqu'un du
quartier.

– Noah?

La question le figea sur place. Dans son dos, ses copains approchaient. Lentement. Ne sachant trop à quoi s'en tenir.

Pourtant, l'homme n'avait rien de menaçant. Il ne montrait aucune agressivité, il restait poliment à distance. Aussi accrocha-t-il facilement le regard de Noah.

– Qui êtes-vous?

– Je cherche Noah Cotton.

Un accent américain. C'est du moins ce qu'il crut reconnaître.

– C'est moi, lâcha-t-il avec un mélange de défiance et d'indifférence.

Un petit gars de la ville, Noah, élevé pour la vigilance.

L'Américain devait avoir une vingtaine d'années, il était grand, surtout pour quelqu'un d'origine chinoise, mince, soigné. Il portait un long caban en cachemire par-dessus un costume sombre et une luxueuse chemise blanche tenue à l'encolure non par une cravate, mais par une sorte d'épingle ornée d'une fleur blanche.

– Je m'appelle Nijinski, dit l'Américain. Je suis un ami de ton frère.

– Nijinski. Ça fait russe, ça.

L'homme éluda d'un haussement d'épaules, accompagné d'un sourire. L'occasion de révéler deux rangées de dents parfaites, incroyablement blanches.

– Un nom bizarre, je dois l'avouer. D'ailleurs, la plupart des gens m'appellent simplement Jin.

– Pourquoi voulez-vous me voir?

Nijinski baissa les yeux, le temps de mettre de l'ordre dans ses pensées. Ou, du moins, adoptant l'attitude de celui qui met de l'ordre dans ses pensées. Finalement, il répondit:

– Écoute, Noah… Alex m'a demandé de passer te voir au cas où… au cas où il lui arriverait quelque chose.

La respiration de Noah se fit soudain plus difficile.

– Ah, ouais?

– Oui. Ton frère faisait un boulot très important, mais aussi hyper dangereux. Il avait un talent particulier, tu vois.

– Ça fait un moment qu'il a quitté l'armée. Il a tourné la page.

– Je ne parle pas de l'armée.

Noah le dévisagea intensément. L'homme soutint le regard de ses yeux noirs, en amande, bordés de cils si longs qu'ils en auraient presque paru efféminés. Son expression était franche et sincère. Comme s'il n'avait rien à cacher.

Puis il jeta un regard réprobateur à Mohamed et Little Cora, qui s'étaient discrètement approchés.

– C'est bon, les gars, dit Noah. De toute façon, il pleut trop. On se voit demain, OK? Après l'école.

Little Cora n'était pas du genre à saisir l'allusion. Mohamed si. Il la prit par le bras et l'entraîna avec lui.

– Hé, mon ballon! grogna-t-elle d'un air furibond.

Mais elle lui emboîta le pas et, bientôt, tous deux disparurent au bout de l'allée.

– Qu'est-il arrivé à Alex? lâcha Noah.

– Tu veux dire…

– Pas de ça avec moi. Vous voyez très bien ce que je veux dire.

Face à cette soudaine fermeté, Nijinski demeura imperturbable. Seul un fugitif éclair de compassion brilla au fond de ses prunelles.

– Tout ce que je sais, dit-il, c'est qu'Alex a brutalement sombré dans une profonde dépression. Du jour au lendemain. Du jour au lendemain, il est passé de quelqu'un de normal, même si ça n'a jamais été un tiède, à ce qu'on pourrait appeler un fou furieux.

Maintenant, Noah sentait le sang battre à ses tempes. Il avait le souffle court. Trop d'émotions refoulées refaisaient brutalement surface.

– Je suis allé le voir, vous savez? Deux fois. Dans cette sale taule. Putain, ils l'ont enchaîné comme un chien!

Nijinski acquiesça d'un hochement de tête. Rien d'autre.

La pluie remonta l'allée à la vitesse d'un cheval au galop, comme une vague. Nijinski sortit un parapluie de la poche de son caban et l'ouvrit deux secondes avant que les premières gouttes ne touchent le sol. Il s'approcha de Noah, pour l'abriter. Mais celui-ci s'y refusa. Reculant d'un pas, il laissa la pluie s'abattre sur sa tête nue.

– Il reste assis des jours entiers... À dégoiser... À délirer...

– Qu'est-ce qu'il dit, quand il délire?

– Nano, nano, nano. Je sais, ça a l'air dingue, non?

– Non, Noah, pas du tout. Quoi d'autre?

– Je sais pas..., répondit-il en secouant la tête. Des trucs à propos d'un *bug man*.

Enfin, quelque chose passa sur le visage de Nijinski. Un battement de paupières, un frémissement de la lèvre supérieure, et la douce compassion dont il avait fait preuve jusque-là s'évapora brutalement, laissant place à une froideur polaire.

Aussi furtive que fût son expression, elle n'avait pas échappé à Noah. Quelque chose de sombre. De la tristesse? Non, même si ça en faisait peut-être partie.

De la fureur. Oui, c'était ça. De la fureur. Mais rapidement éteinte.

– Rien d'autre? demanda Nijinski sans plus s'embarrasser du masque qu'il avait arboré jusqu'ici.

De toute évidence, la question était d'importance. Noah avait vu de ses yeux quelques fragments de vérité, clairement, cet homme voulait savoir lesquels. Fini les conneries. Place à la vérité.

– Ben… il avait aussi ce mot, répondit-il, qu'il criait à tue-tête… Comme un…

Mais les mots ne venaient pas. Trop dur. Réduit au silence, incapable de parler, il s'appuya dos au mur, en partie protégé du pire de l'averse.

– Berzerk, lâcha Nijinski à mi-voix.

Le cœur de Noah s'arrêta. Il ouvrit de grands yeux.

– Mais qu'est-ce que ça veut dire ? C'est quoi ? Et comment vous savez que c'est ça ?

Nijinski poussa un profond soupir avant de répondre :

– Il s'agit d'une… organisation. Dont je fais partie. Et à laquelle Alex appartenait aussi.

Il attendit, laissant à Noah le temps d'intégrer la nouvelle. Alors que la vérité se faisait lentement jour dans son esprit, il bafouilla :

– Est-ce que vous êtes là pour… ?

Il n'arrivait pas à finir sa phrase. L'idée semblait tellement absurde que le seul fait de la formuler était embarrassant.

– Ton frère avait un don particulier. Un don très rare. Parfois, ce sont des choses qui se transmettent dans les familles, des caractères héréditaires. Si tu possèdes ce don, alors nous aurons éventuellement quelque chose à te proposer. Sinon, eh bien, nos routes se séparent et tu n'entendras plus jamais parler de nous.

Noah battit des paupières pour chasser l'eau qu'il avait dans les yeux.

– 'Tain, on est où là ?

Comme Nijinski ne répondait pas, il ajouta :

– Bug Man ? C'est quelqu'un qui existe ? Je veux dire, est-ce que c'est lui qui a fait ça à Alex ?

– Bug Man existe bel et bien.

– Comment je… comment je peux savoir si j'ai ce… ce truc dont vous parlez ?

Pour toute réponse, Nijinski tira une carte de visite de la poche intérieure de son caban et la tendit à Noah. Y figurait une étrange suite d'instructions manuscrites. La tenant au creux de sa main, il courba vite l'échine pour la protéger de la pluie.

Nijinski tourna les talons et s'éloigna. Après avoir mis une certaine distance entre Noah et lui, il s'arrêta et lança par-dessus son épaule :

– Au fait, Noah, selon toi, qu'est-ce qui est le plus important : la liberté ou le bonheur ?

C'était quoi ça encore ? Une devinette ? Pourtant, visiblement, Jin ne plaisantait pas. Après un instant de réflexion, Noah répondit :

– Sans liberté, j'vois pas où pourrait être le bonheur.

L'Américain acquiesça d'un signe de tête.

– Oublie l'école demain.

PIÈCE VERSÉE AU DOSSIER

À : C & B Armstrong
De : S Lebowski
Division : AmericaStrong, une division d'Armstrong Fancy
Gifts Corporation
Classification : CONFIDENTIEL – Lire et détruire

Messieurs, vous avez demandé à être régulièrement tenus au courant de l'état d'esprit de Burnofsky. Nous avons réussi à contourner la sécurité de son ordinateur. Ce qui suit est extrait d'un journal intime, filmé en vidéo. En dépit du fait que l'intéressé semble s'adresser à quelqu'un, nous n'avons rien trouvé permettant d'affirmer que quiconque ait visionné ces fichiers en dehors de Burnofsky lui-même.

Nous estimons que ces documents sont authentiques.

Nous nous refusons à tout jugement sur l'état mental de Burnofsky pour le moment, mais il est à noter qu'il boit beaucoup et qu'il est dépendant à l'opium.

Ce qui suit est une transcription, mais la vidéo elle-même est également disponible.

Verbatim :

Laisse-moi te parler du nano, mon gars. Dans le nano, on voit des merveilles. Tu crois voir la glorieuse beauté du monde quand tu regardes un coucher de soleil ou la forme d'un arbre ? T'y es pas, mon gars. Le génie, la création dans ce qu'elle a de plus fascinant, l'incroyable architecture, la putain de complexité, les lignes de crêtes, les motifs, les horreurs... parce qu'il y en a, crois-moi, y sont là, sous la peau, dans la viande.

Tu veux regarder en face le dieu créateur, l'ultime artiste ?

Va faire un tour dans le nano, mon gars. Tu le verras, Dieu. Et ça te foutra tellement les jetons que t'en chieras dans ton froc.

Dieu n'est pas dans les grandes choses, qui se mesurent en kilomètres, il est dans l'infiniment petit. Dans les antennes d'une puce qui font comme des troncs d'arbre poilus constamment agités de tics dans leur quête de sang frais, dans le macrophage rampant, qui s'approche de toi comme un escargot dépourvu de coquille... pour te bouffer. Dans les cellules qui se divisent sous tes pieds. Dans des champs de bactéries grouillantes... Tu veux voir Dieu en personne ? De près ? C'est là qu'y faut que t'ailles.

Viens avec moi dans le nano, je te montrerai ce qui arrive quand on déverse une poche pleine de staphylocoques – mais, attention, des durs, des SARM boostés de partout, de la pure fasciite nécrosante – dans le globe oculaire de quelqu'un, côté nerf optique. Quoi ? Tu comprends pas le terme ? La magnifique concision du latin t'est étrangère ? Et si je dis : « une bactérie qui dévore les chairs », ça va mieux ?

Coupe pour ouvrir – la poche – et renverse tout. Ça démarre aussi sec. Les germes rongent la paroi de l'œil, grignotent les nerfs, s'insinuent dans le cerveau... Non, t'as rien vu du divin potier tant que t'as pas vu ces petits staphylos, nichés au cœur des tissus. À l'échelle, ils sont gros comme, disons... des chats. Et aussi duveteux. Oh, bien sûr, ils n'ont ni yeux ni gueule, juste des sortes de ballons de rugby sans âme couverts de bosses. Mais faut les voir à l'œuvre ! En deux temps trois mouvements, y te transforment n'importe quelle cellule saine en gloubiboulga visqueux, grisâtre, mort.

Faut les voir mâchouiller les tissus, exploser les cellules, grossir, se multiplier. À l'infini ! Sans jamais s'arrêter de bouffer. Ah, ces petites boules soyeuses et bosselées ! Le temps que la personne ressente la douleur, il est déjà trop tard.

Ouais, crois-moi. Tu veux voir le visage du divin artiste ? Descends dans le nano et regarde comment ces germes microscopiques envahissent un océan de tissus sains, telle une horde de Huns sanguinaires détruisant tout sur son passage.

Leur voracité est sans limites. À tel point que, pour finir, ils crèvent l'enveloppe et émergent à l'air libre. À travers un nez, une joue, un crâne.

Oui, gloire à Dieu, mon gars. Le Tout-Puissant, le Divin Fou, l'Artiste.

FIN DE LA TRANSCRIPTION

CINQ

Vincent se trouvait également à Londres. Mais à des kilomètres de Noah et Nijinski.

Vingt ans et quelques, svelte, de taille moyenne, la chevelure brune toujours impeccablement coupée, la bouche et les yeux tombants, et un regard noir absolument dénué de chaleur. Le nez était légèrement busqué, les narines évasées et une petite cicatrice lui barrait la bouche.

Son attitude générale était celle de quelqu'un qui veut passer inaperçu. Pour autant, ne lui en déplaise, il avait le plus grand mal à se fondre dans la masse. À croire qu'il était poursuivi par une malédiction car, quoi qu'il fasse, quelle que soit la constance avec laquelle il gardait les yeux baissés, le visage impassible, les gens le remarquaient toujours. En dépit de la retenue étudiée de ses gestes et de la douceur de sa voix, la plupart du temps à peine audible, il y avait quelque chose, chez lui, qui suggérait de l'émotion enfouie et une instabilité intriguante.

Présentement, Vincent était attablé pour dîner – une table discrète, plongée dans la pénombre – dans un restaurant indien de bonne qualité, mais pas guindé, sur Charlotte

Street. Il grignotait nonchalamment un *poppadom*, ces fines galettes craquantes que l'on sert assez systématiquement dans les restaurants indiens.

La cible, Liselotte Osborne, se trouvait à l'autre bout de la salle, au milieu de tables plus grandes, mieux éclairées et plus bruyantes. Cinq personnes l'accompagnaient. N'étant ni la plus aisée ni la plus puissante, elle ne présidait pas. Au contraire, elle était assise au milieu des autres, de trois quarts arrière par rapport à Vincent, lui offrant ainsi une très bonne ligne de mire sur l'un de ses yeux. Le gauche, pour être précis.

De fait, seule une partie de son attention était fixée sur ce qui l'entourait, enregistrant machinalement les conversations ponctuées par de brusques éclats de rire, la réflexion des plafonniers jaunâtres dans des verres à vin de dimension prétentieuse, ou les reproductions de tableaux qui se télescopaient avec le motif du papier peint.

Non, sa concentration était ailleurs, à l'autre bout de la salle, fixée sur la paupière inférieure gauche de Liselotte Osborne. De là-haut, le paysage se réduisait à une rangée d'arbres aux troncs épais, incroyablement hauts, qui jaillissaient d'un parterre de tissus aqueux, roses et spongieux. Des arbres dépourvus de branches. Rien que des troncs de couleur sombre qui, tels d'interminables cocotiers courbés par les vents, dessinaient d'impossibles paraboles disparaissant derrière lui. Par endroits, la dentelure régulière de l'écorce était rompue par des amas d'une substance noire et visqueuse, comme si quelqu'un s'était amusé à jeter des grosses poignées de goudron dans la futaie géante.

Des cils.

Des cils avec du mascara.

Juché sur ses pattes arachnéennes, Vincent dépassa un

couple de demodex, tels deux crocodiles languides, exsangues et butés, se prélassant sur la berge d'un marigot. Les queues de leurs larves pointaient à la base du cil. Elles se tortillaient.

Du haut de son perchoir, entre deux follicules convexes, à l'écorce rugueuse recouverte de bitume gluant, Vincent pouvait voir la vaste étendue blanche qui, protégée par une membrane mouillée, s'étendait jusqu'à l'horizon, tel un océan laiteux, zébré de rivières écarlates aux cours anguleux. Concentrant son regard, il devina le flux et le reflux, le flux et le reflux des globules rouges, plats comme des Frisbee, charriant avec eux d'occasionnels lymphocytes spongieux.

Son regard courait à la surface du blanc de l'œil de Liselotte – un blanc marbré d'une formidable arborescence de vaisseaux capillaires d'un rouge éclatant. Une femme en manque de sommeil qui avait tenté de dissimuler sa fatigue sous une épaisse couche de fard à paupière. L'écosystème d'une foisonnante microfaune dont il distinguait chacun des représentants et des nuées d'autres formes de vie, si petites qu'elles échappaient même à un biobot.

Il capta un souffle de vent. Une barrière se mit à fondre sur lui à une vitesse prodigieuse. Un mur infini, légèrement arrondi, d'une matière gris-rose, haut de peut-être cinq mètres, qui filait à la surface du globe oculaire avec la même force irrépressible que le front d'un ouragan. Jaillissant du rempart gris-rose, un autre rang de troncs, courbés dans l'autre sens et dont Vincent ne distinguait pas le bout. Comme une enceinte protégée par des pieux ridiculement bombés.

Liselotte battait des paupières.

– Gazeuse, s'il vous plaît, dit Vincent, en réponse à la

question du serveur qui lui demandait quelle sorte d'eau il désirait boire.

– Vous avez fait votre choix ?

– Mmh… Quelle est la spécialité de la maison ? Bah, après tout, peu m'importe. La spécialité ! Bien pimentée, répondit-il en tendant la carte au serveur qui insistait pour lui décrire la nature du plat.

Vincent – de son vrai nom Michael Ford – ne l'écoutait pas. La nourriture en général ne l'intéressait pas. Juste une ligne de plus dans la longue liste des plaisirs auxquels il était étranger – bien qu'un plat fortement épicé éveillât chez lui des sensations qui, peut-être, s'apparentaient à une forme de volupté.

En effet, Vincent souffrait d'une maladie rare, appelée anhédonie, qui se traduit par une incapacité chronique à éprouver du plaisir. Une affection symptomatique d'un long usage de drogue, ou de cas de schizophrénie. Pourtant, Vincent n'était ni toxico ni psycho. Du moins pas au sens clinique du terme.

Pas encore.

Le biobot, qu'ils avaient baptisé V2 (bah, on ne peut pas toujours faire preuve de créativité), tendit ses six pattes en anticipant la fulgurante avancée de la paupière. Alors que celle-ci n'était plus qu'à environ cinq mètres, en micro-subjectif ou « m-sub » – moins de quelques millimètres dans la réalité macro –, il bondit.

S'envolant dans les airs, le biobot déploya une paire de petites ailes trapues qui l'aidèrent à conserver son assiette. Dans le même temps, il écarta les pattes au maximum, articulations fléchies, pour amortir le choc de l'atterrissage. Se raccrochant à un cil, il glissa le long du follicule, emportant au passage une boulette de mascara avant d'atterrir à la racine et de planter ses six pattes aux pointes effilées dans la chair. Aussitôt, il déploya les griffes, assurant définitivement la prise.

Toujours dangereux d'utiliser les griffes car si, par malheur, elles touchaient une terminaison nerveuse, la cible était susceptible de ressentir une minuscule irritation et, pourquoi pas, de se gratter. Ce qui avait peu de chances de détruire le biobot, mais qui pouvait facilement l'envoyer au diable vauvert et lui faire perdre un temps précieux.

La paupière supérieure s'écrasa violemment contre sa jumelle. Au-dessus de sa tête, les cils géants chancelèrent et vibrèrent, telle une forêt de palmiers épars agitée par une secousse tellurique. Le choc fut violent mais, griffes sorties, V2 l'encaissa sans broncher.

Un liquide poisseux s'épancha au point de contact. Et puis, quand la paupière supérieure entama sa remontée, il s'étira comme un film fraîcheur tendu sur un saladier, avant de céder d'un coup.

Des larmes.

Vincent avait déjà connu ça, au cours d'une précédente mission. Emporté par une éruption lacrymale, son biobot avait glissé au bas du visage et s'était retrouvé englué dans un flot de morve.

Heureusement, là, ce n'étaient pas des pleurs à proprement parler, juste la lubrification normale de l'œil.

La paupière supérieure se retira, balayant à toute allure l'infinie banquise du blanc, puis l'iris. Vincent aurait sûrement trouvé cela grisant s'il avait été capable de ressentir la griserie.

De nombreuses parties du corps humain étaient dérangeantes vues de très près. Étonnamment, aucune autant que l'iris. Ce qui, de loin, ressemblait à une mer bleue était un impensable maelström en très gros plan. À la lisière extérieure, Vincent voyait du bleu ou, tout du moins, un gris qui tirait sur le bleu, dont la surface n'était pas lisse. Au contraire, il s'agissait plutôt d'un enchevêtrement de torsades fibreuses représentant les milliers de muscles à vif, tous dirigés vers l'intérieur, vers la pupille, dont la fonction première était de se dilater ou de se contracter afin d'ajuster en permanence la quantité de lumière entrant dans le globe oculaire.

En gros plan – et il était quasiment impossible d'en avoir un meilleur que depuis V2, cramponné à l'extrême limite de la paupière –, l'iris ressemblait à des substrats de vers orange et gris, superposés les uns sur les autres. Plus fins sur l'extérieur et de plus en plus denses à mesure que l'on approchait de la pupille.

La pupille. Un impossible trou. Insondable. Noir comme la suie. Un puits. Pourtant, si vous plongiez le regard à l'intérieur, avec juste les bonnes conditions de lumière, il était possible d'entrevoir le fond du gouffre. Au hasard des vaisseaux sanguins apparaissait une jonction. Le point d'attache du nerf optique.

En revanche, ce ne serait pas pour cette fois. Pas à la lumière des bougies et à la faible lueur jaunâtre des plafonniers. Non. Tout ce qu'il voyait de la pupille, c'était un grand lac arrondi dont les contours grandissaient ou se rétractaient en fonction des mouvements des muscles serpentins de l'iris.

Un biobot mesure quatre cents microns de long et autant de haut. Soit moins d'un demi-millimètre. Mais l'image que s'en faisait son pilote lorsqu'il le manœuvrait – la sensation qu'il en avait – équivalait, en gros, à un objet de deux mètres cinquante de long et à peu près autant en hauteur.

Donc, pour le lignard, toutes proportions gardées, c'était comme piloter un gros 4 x 4.

En macro, l'engin était de la taille d'un acarien. Mais, dans la peau d'un acarien, on ne se sent pas petit. On se sent grand.

Alors que la paupière s'approchait de son apogée, V2 bondit. À peine avait-il heurté l'étendue laiteuse qu'il s'aplatit de tout son long sur la surface d'un blanc neigeux. La paupière monta encore, sembla hésiter un instant, puis balaya le globe dans l'autre sens, faisant disparaître le biobot sous un film rose et visqueux.

Vincent pensa : «Lumière.» Et la lumière fut. Deux organes phosphorescents sur la tête du biobot diffusaient une lueur ultraviolette.

Il attendit que la paupière s'en retourne, mangea un autre morceau de *poppadom*, planta une patte dans le dessous de la membrane et se laissa entraîner sur la surface soyeuse du globe oculaire pendant qu'il avalait une lampée d'eau.

Sacrée chevauchée. À tel point que, tandis qu'il regardait d'un air absent le serveur qui remplissait son verre, il en ressentit un frisson. Une sorte d'écho de ce que V2 éprouvait, le dos glissant le long de la surface glacée du globe.

Toute la difficulté de pénétrer dans le cerveau à partir de l'œil consistait à atteindre l'orifice qui se trouve sur la face postérieure de la cavité orbitale. Techniquement, il était possible pour un biobot de percer l'os, mais l'opération était à la fois lente et très risquée. Le genre de chose à déclencher une tempête de réactions physiologiques chez le sujet.

Or, pour atteindre cet orifice – dont Vincent avait oublié l'appellation officielle –, le mieux était d'effectuer une rotation complète autour du globe oculaire, ce qui, en m-sub, représentait un long périple. Périple d'autant plus périlleux que l'humidité dans laquelle baignait l'œil, tout comme ses mouvements erratiques, compliquait sérieusement la tâche.

Les deux autres voies d'accès – par l'oreille et le nez – comportaient des difficultés encore plus grandes. Le cérumen et l'indéniable possibilité d'un engorgement total du conduit par des matières aqueuses dans le premier cas, un inimaginable rempart d'immondices dans le second : des pollens, du mucus, et toutes sortes de microfaune et de microflore.

Non, définitivement, l'œil était préférable. D'abord parce qu'on pouvait, si on le souhaitait, planter une sonde dans le nerf optique et récupérer des vues macro, c'est-à-dire voir un peu de ce que la cible voyait – même si, généralement, cela se réduisait à des images en niveaux de gris de piètre qualité.

En dehors du fait de se retrouver embourbé dans quelque cloaque, l'autre grande menace pesant sur un biobot était de se perdre. En effet, à l'échelle d'un acarien, le corps humain mesure, en gros, huit kilomètres de la tête aux pieds. Heureusement, on n'en était pas là. V2 faisait consciencieusement le tour du globe oculaire, coincé entre les diverses membranes. Et si, une fois ou deux, il perdit momentanément son chemin, il le retrouva bien vite et atteignit le nerf optique pile au moment où le dîner de Vincent arrivait sur la table.

C'est alors que, soudain, il rencontra, non pas l'autre, mais LA menace la plus terrible pour un biobot.

Ils attaquèrent à la vitesse de l'éclair, trouvant, malgré le caractère glissant du terrain, assez d'adhérence pour filer à toute allure à la surface du globe oculaire, solidement campés sur leurs monocycles. Il en repéra trois immédiatement, qui jaillirent à toute blinde de derrière le tronc carmin du nerf optique.

Au moins cette attaque ne laissait-elle planer aucun doute sur le fait de savoir si le professeur Liselotte Osborne – experte de premier plan en nanotechnologies, consultante au MI5 et éminence grise qui, à elle seule, pouvait intensifier ou, à l'inverse, mettre un coup d'arrêt à la politique de recherche de l'agence en matière de nanotechnologies – était infestée ou pas.

Deux autres nanobots prenaient V2 à revers.

Cinq contre un. Ce qui, en gros, était aussi la cote de V2 par rapport à ses assaillants. Et encore, à condition de ne pas rester dans les parages ou bien le ratio baisserait de façon drastique à mesure que les autres arriveraient en renfort.

Mais c'était qui le lignard ? Vincent observa la manière dont les nanobots se déplaçaient. De vrais chauffards. Et regroupés en deux pelotons comprenant chacun des Fileurs, relativement inoffensifs, et des Chasseurs. Pas l'œuvre d'un lignard chevronné. Ni Bug Man ni Burnofsky. Pas même la nouvelle, là… C'était quoi son pseudo déjà ? One-Up. Ouais. One-Up… Pas elle non plus. Chacun d'eux aurait été capable de piloter cinq nanobots individuellement, sans avoir à les regrouper en mode synchrone.

Vincent goûta le curry. Ultra fort.

Il mâcha avec soin. C'était important de bien mâcher. Ça facilitait la digestion. Et la digestion devenait vite un problème lors de ces longs voyages avec force décalage horaire.

Au même instant, il fit se retourner V2 face aux deux nanobots qu'il était supposé ne pas avoir vus.

Si Vincent ne tirait aucun plaisir de la nourriture, en revanche, il s'approcha de quelque chose s'y apparentant lorsqu'il découpa le premier nanobot qui menaçait de le prendre en tenaille. Tranchante comme un rasoir, la pique de V2 s'enfonça profondément dans la machine, juste au niveau de son transmetteur, répandant un fouillis de nanocâbles.

Le téléphone de Vincent vibra. Une pulsation.

Une seule personne pouvait ainsi franchir les renvois d'appel et le joindre en permanence.

Il sortit son téléphone et regarda le texto. Sa concentration baissa d'un cran, ce qui faillit coûter deux pattes à V2, qui esquiva *in extremis* le fauchage au ras du sol d'un des nanobots.

«Décès de Grey et Stone confirmé. Sadie blessée ms vivante.»

Si Vincent était inapte au plaisir, hélas, il ne pouvait en dire autant de la peine, du chagrin et de la rage.

Jusqu'ici, il avait consciencieusement refoulé les premières nouvelles du crash, les avait stockées dans un compartiment étanche. Il était en mission. Il devait se concentrer. D'autant qu'il avait depuis longtemps appris à se méfier des journaux télévisés. Après tout, peut-être que Grey McLure n'était pas à bord de l'avion. Peut-être.

Mais, là, ça venait de Lear. Et si Lear le disait, c'est que c'était vrai.

Vincent pianota sur le clavier pour répondre, son assaut contre le deuxième nanobot (un coup avec l'extrémité effilée de la patte au niveau de la jointure d'un des membres inférieurs du nanobot qui s'effondra sur-le-champ) lui faisant rater quelques lettres au passage.

Mais d'autres arrivaient. Un nouveau peloton de six.

«Cble LO infsté. Suis accroché. Me retir.»

S'il avait eu deux biobots, il aurait pu engager le combat avec l'espoir de le remporter. Avec trois, ça aurait été tranquille. Là, c'était la défaite assurée.

Un autre texto de Lear: «Carthage.»

Vincent regarda fixement l'écran. Non. Pas ça. Pas à lui. Ce n'était pas comme ça qu'il fonctionnait.

Une arme à rayon entailla une de ses six pattes. Pas de part en part, certes, mais la patte n'y résista pas et se brisa net au niveau de la jointure. Le problème n'était pas tant que ça le ralentirait, mais que ça déstabiliserait dangereusement sa course.

Quoi qu'il en soit, l'heure n'était plus à faire joujou et à exploser du nanobot à qui mieux mieux. Non, il fallait s'extraire de ce guêpier. Au plus vite.

Carthage. L'ennemi juré de l'Empire romain. Jusqu'à ce que celui-ci conquière la ville, massacre la population (femmes, enfants et vieillards compris), réduise en esclavage les rares survivants et l'incendie jusqu'au dernier édifice avant de recouvrir la terre de sel pour que rien n'y repousse jamais plus.

Carthago delenda est. L'antienne avait fait fureur en son temps, au Sénat: «Carthage doit être détruite.»

Vincent s'essuya la bouche avec sa serviette, puis repoussa sa chaise.

V2 fit volte-face et détala, les quatre nanobots et leurs renforts sur les talons. D'autres couraient partout le long du nerf optique. Pas un problème. Sur leurs quatre pattes, ils n'avaient aucune chance de rattraper un biobot. Ce n'était que lorsque le terrain devenait à peu près lisse qu'ils pouvaient rétracter leurs pattes et sortir leur roue centrale qui, elle, leur conférait une vitesse de pointe largement supérieure à celle d'un biobot.

Manque de bol, le globe oculaire était sans doute la surface la plus lisse qui soit.

V2 moulina comme un dératé, remontant à toute vitesse la face arrière du globe oculaire.

Vincent traversa lentement la salle du restaurant en direction de Liselotte Osborne.

V2 attendait que les nanobots soient à distance pour ouvrir le feu. L'inverse n'était pas vrai. Les fléchettes de ses adversaires lui arrachèrent une deuxième patte.

Vincent ressentit l'écho de la douleur dans sa propre jambe.

V2 vaporisa de l'acide sulfurique partout autour de lui. Ça ne tuerait pas les nanobots, mais ça les ralentirait sérieusement en les engluant dans des flaques de chair fondue. Car, même sur quatre pattes, en tirant sur ses moignons, il était peut-être encore capable de semer ceux qui restaient.

Soudain, Liselotte Osborne poussa un cri.

– Aah! Aaaaah! s'exclama-t-elle en pressant les doigts sur son œil.

– Qu'y a-t-il? s'inquiéta un des hommes qui l'accompagnaient.

V2 était pratiquement broyé par la pression. Pourtant, contre toute attente, en appuyant sur la paupière, les doigts d'Osborne bloquaient la progression des poursuivants. Une échappatoire s'offrait à V2. Il avait le champ libre.

– Il y a... il y a quelque chose dans mon œil! s'écria l'éminente scientifique. Ça fait mal.

Vincent s'avança spontanément.

– Je suis médecin, affirma-t-il d'une voix assurée. Il pourrait s'agir d'une attaque. Le mieux est de l'allonger.

Incroyable ce que la phrase «je suis médecin» peut provoquer chez les gens.

Joignant le geste à la parole, Vincent aida Osborne à quitter sa chaise et l'allongea précautionneusement par terre, sur le dos. Penché sur elle, il écarta gentiment ses mains de son visage, puis palpa délicatement la surface de son œil du bout du doigt.

À travers les optiques de V2, il vit l'énorme masse de chair ridée tomber du ciel et fondre à sa rencontre.

Sans que personne ne s'en aperçoive, il glissa sa main libre dans sa poche et en sortit un objet noir qui aurait pu ressembler à un luxueux stylo, dont il pressa l'extrémité sur la nuque d'Osborne.

V2 bondit sur le doigt pile au moment où deux nanobots émergeaient du nuage acide.

Au même instant, Vincent appuya sur le poussoir du stylo, libérant une lame de tungstène, retenue par des ressorts, qui s'enfonça de sept centimètres dans le bulbe rachidien d'Osborne.

D'une torsion, il fit faire un quart de tour à la lame, puis pressa de nouveau le poussoir et retira ce que tout le monde prit pour un joli Montblanc.

– Cette femme a besoin de soins, dit Vincent.

Après avoir couru un instant le long de son doigt, V2 arrima ses grappins dans la chair.

Vincent se redressa brusquement.

– Je vais appeler une ambulance, dit-il en tournant les talons et en se dirigeant vers la sortie.

Dix minutes s'écouleraient avant que les collègues et amis de Liselotte Osborne ne réalisent que le providentiel médecin n'avait appelé personne. D'ici là, la flaque de sang sous sa tête aurait pris des proportions alarmantes et plus jamais elle ne se plaindrait d'une douleur à l'œil.

SIX

Vincent était à dix mille mètres d'altitude, à bord de l'avion qui le ramenait aux États-Unis, Nijinski se détendait devant un verre dans son hôtel londonien, pariant que Noah se présenterait le lendemain pour ses tests et Burnofsky en était à une demi-bouteille de vodka, l'alcool peinant à chasser de son esprit les langueurs d'autres paradis artificiels, lorsque, rentrant chez lui, Bug Man trouva Jessica sur le pas de la porte.

Debout sur les marches du perron, elle sautillait sur place pour se réchauffer. Elle avait deux ans de plus que lui, dix-huit ans, donc, et était originaire d'un de ces pays de la corne de l'Afrique, l'Éthiopie ou la Somalie, il ne se souvenait jamais lequel.

De mémoire, il n'avait jamais vu quelqu'un avec d'aussi longues jambes. De fait, elle était plus grande que lui et il eût été bien embêté de lui trouver un quelconque défaut physique. Des lèvres de dingue, charnues et bien dessinées, des yeux noisette pétillants de sensualité, une peau douce comme la soie et des cheveux tombant en longues mèches bouclées qui le chatouillaient lorsqu'elle se couchait sur lui pour l'embrasser.

– *Ciao, bella*, lança Bug Man. Tu dois être en train de geler, ma pauvre chérie.

– Bah, tu vas me réchauffer, répondit-elle d'un ton aguicheur en descendant les marches pour l'accueillir, bras grands ouverts.

Un baiser. Un long et bon baiser, des volutes de buée s'échappant de leurs lèvres jointes, et toute la chaleur de son corps aux courbes parfaites envahissant peu à peu le sien.

– Tu aurais dû entrer, dit-il, m'attendre à l'intérieur.

– Ta mère ne me porte pas dans son cœur, répondit Jessica d'un ton égal, sans animosité aucune.

Il haussa vaguement les épaules.

Bug Man vivait avec sa mère, sa sœur et tante Benicia, dans un immeuble de Park Slope, non loin de Flatbush, à Brooklyn. Un quartier aisé, habité essentiellement par des Blancs et infesté de gens que la crise du marché du livre avait plus ou moins laissés sur le carreau. Des écrivains, des éditeurs, etc. Des gens qui n'hésitaient pas à se détourner de leur chemin pour lancer un sourire à une radieuse adolescente à la peau chocolat et aux yeux étrangement évocateurs d'Asie. Oh, ils ne pensaient pas à mal, lui faire simplement comprendre qu'elle était la bienvenue même si, comme chacun sait, être une jeune Noire dans un quartier chic...

Bug Man ne vivait pas dans une de ces maisons à deux étages, en briques rouges et au rez-de-chaussée surélevé, à la décoration desquelles les bobos du quartier consacraient une petite fortune. Non, sa famille et lui occupaient un beau quatre pièces, au premier étage d'un immeuble collectif, un peu sombre, et dont le principal défaut était l'absence de deuxièmes toilettes. Ils vivaient là depuis qu'ils avaient quitté Londres pour les États-Unis, huit ans auparavant, suite à l'infarctus qui avait emporté son père.

Tante Benicia avait le goût des belles choses et, heureusement pour elle, les moyens de l'assumer. Ainsi menait-elle grand train, en partie grâce aux judicieux placements que Vallie Elder, la mère de Bug Man, avait réalisés avec l'argent qu'elle avait touché de l'assurance-vie de son mari. En outre, Bug Man n'hésitait pas à apporter sa participation grâce aux confortables revenus que lui garantissait son travail.

Il était testeur de jeux vidéo pour la Armstrong Fancy Gifts Corporation. Tout du moins, c'était comme ça qu'il se présentait, et personne n'avait de raison de mettre sa parole en doute. Armstrong Fancy Gifts Corporation. Il suffisait de taper le nom sur Google pour voir qu'ils étaient implantés depuis, disons, la guerre de Sécession. Sans compter leurs enseignes, présentes dans nombre de centres commerciaux et de zones marchandes d'aéroports. Aux plus tâtillons, il pouvait même indiquer les jeux à l'élaboration desquels il avait participé. Ils étaient là, alignés dans les rayons des magasins ou sur le site Web.

– C'est moi! cria-t-il en poussant la porte et en invitant Jessica à entrer.

Apparemment occupée, sa mère cria quelque chose depuis la cuisine. Si tante Benicia était là, elle ne se manifesta pas.

– Tu as faim? Tu veux manger un morceau?

– Mmh hmm, répondit Jessica en effleurant son cou du bout des lèvres.

Oh oui, c'était une réussite pour Bug Man. Son cœur en avait encore des ratés. Même si ça n'avait pas été de la tarte d'en arriver là: des centaines d'heures de maillage avec ses

Fileurs, pour identifier et cautériser ses centres d'inhibition et encore autant d'efforts pour implanter des images de lui dans sa mémoire visuelle et les relier ensuite, par ligatures ou par transmetteurs à impulsions, jusqu'à ses centres de plaisir.

Un travail d'autant plus fastidieux qu'il avait dû le réaliser entièrement sur son temps libre. Mais le jeu en valait la chandelle car, maintenant, elle était à lui. En étant parfaitement honnête, sur l'échelle de la beauté, Bug Man se serait situé à six ou sept sur dix. Jessica, elle, était hors catégorie. Dans la rue, la mâchoire des gens se décrochait presque quand ils les voyaient ensemble. Et nul besoin d'être très perspicace pour lire dans leurs regards : « La vie est mal faite », quand ne pointait pas la suspicion un brin méprisante d'un : « Bon Dieu, mais qu'est-ce qu'elle lui trouve ? »

C'était pour ça que sa mère ne l'aimait pas trop. Elle était persuadée que Jessica était avec lui pour son argent. Elle avait beau être une mère aimante, elle se doutait bien que ce n'était ni pour son charme ni pour son corps d'Apollon.

Dans sa poche, Bug Man avait un biper ressemblant à un vulgaire porte-clés. Il appuya sur le bouton. La porte de sa chambre se déverrouilla automatiquement.

Avec ce qu'il gagnait dans son boulot, la chambre de Bug Man aurait pu ressembler à un magasin de produits électroniques, regorgeant d'écran plasma et des derniers gadgets à la mode. Mais, pour lui, ces artéfacts étaient associés au travail, aussi sa chambre s'apparentait-elle davantage à un sanctuaire zen qu'à une caverne d'Ali Baba. Le lit double, à lui seul, résumait la philosophie de l'endroit : une tête de lit blanche, des draps blancs et un matelas centré sur une estrade en ébène qui semblait flotter au milieu de la pièce.

Dans un angle, deux fauteuils en cuir noir à châssis chromé étaient disposés de part et d'autre d'une petite table basse.

Sur son bureau, une simple table aux élégantes proportions, était posé un ordinateur un rien vieillot – il ne pouvait tout de même pas être totalement coupé du monde. Aussi modeste qu'elle fût, même cette légère concession à la modernité était dissimulée derrière un paravent japonais, en acajou et papier de riz.

Dans sa chambre, tous les appareils high-tech étaient cachés, fondus dans le décor. Encastrés dans le châssis de la porte, des détecteurs à un taux de rafraîchissement hyper élevé scannaient le sol ainsi que le chambranle à la recherche de toute intrusion à l'échelle nano. Le même dispositif était enchâssé dans la fenêtre et dans les murs autour des prises électriques.

La technologie du nanoscan n'était pas la panacée – trop de fausses alertes. En attendant, c'était toujours mieux que de passer sa vie entière dans le macro, sans la moindre conscience de ce qui grouillait par terre, entre les lattes du parquet ou dans les fibres de la moquette.

Bien sûr, à l'échelle nano, les murs comme les plinthes étaient de vraies passoires. Mais, d'expérience, Bug Man savait qu'en cas d'intrusion, le lignard choisirait la voie la plus simple : porte, fenêtre ou, encore plus évident, un cheval de Troie biologique, c'est-à-dire un être humain, un chat ou encore un chien. Voilà pourquoi Bug Man interdisait l'accès de sa chambre au turbulent petit roquet de tante Benicia.

Le talon d'Achille de la technologie des nanobots, c'était la nécessité d'une station de contrôle – contrairement aux biobots, qui réagissaient directement aux ordres du cerveau.

Les nanobots, eux, avaient besoin d'une interface informatique et d'une liaison par rayons gamma, si possible directe, ce qui impliquait pour l'opérateur de se trouver dans les parages. Si nécessaire, des répéteurs amplificateurs de signal pouvaient fonctionner, mais en augmentant d'autant la probabilité d'un pépin technique.

En d'autres termes, Bug Man courait un risque à se trouver là, dans un endroit non sécurisé. L'autre solution eût été de faire contrôler jour et nuit son innocuité par un autre lignard. Mais, ça, c'était tout bonnement hors de question. Plutôt crever que de laisser un de ces gars se connecter à son nerf optique et de lui offrir ainsi l'opportunité de se rincer l'œil pendant que Jessica et lui faisaient des galipettes.

Non, son boulot le pompait assez comme ça. Jessica, c'était son jardin secret, la limite au-delà de laquelle son dévouement pour les Jumeaux s'arrêtait. Cette fille était ce qui lui était arrivé de mieux dans toute sa vie. Ses jambes. Ses lèvres. Les trucs qu'elle faisait avec.

Sans compter le temps et l'énergie que ça lui avait coûté.

Définitivement, il n'était pas disposé à sacrifier tout ça. D'autant qu'il avait une carte maîtresse face aux Jumeaux. Car, tant qu'il serait question de mailler le cerveau de quelqu'un ou de livrer des batailles épiques contre Kerouac ou Vincent... Une minute. Kerouac était HS. Il l'avait presque oublié. Dommage. Kerouac était un vrai bon.

Toujours est-il que tant que Vincent serait en activité et qu'il resterait invaincu, les Jumeaux ne pouvaient pas se permettre d'envoyer péter Bug Man.

Donc non, il n'allait pas laisser un apprenti lignard faire mumuse avec son nanobot pendant que Jessica s'abandonnait dans les draps. Désolé. Même pas en rêve.

Elle frissonna légèrement, mais n'en enleva pas moins son manteau.

Bug Man ferma la porte à clé.

– Qu'est-ce qui te ferait plaisir, aujourd'hui, chérie, dit-il en l'attirant près de lui.

– Tout ce que tu veux, répondit-elle dans un souffle.

– Mmh, je me doutais que tu dirais ça.

Un petit bip aigrelet monta de derrière le paravent japonais. Bug Man hésita.

– Oh, non...

La sonnerie retentit de nouveau, plus fort.

– 'Tain, non! s'emporta-t-il.

– Réponds pas..., suggéra langoureusement Jessica.

– Crois-moi si je te dis que j'aimerais bien, répondit Bug Man. Écoute, ne bouge pas. Enfin... J'veux dire... Si, bouge, mais uniquement si c'est pour te débarrasser des nippes que t'as sur le dos. Laisse-moi juste voir ce que c'est. J'arrive...

Ce disant, il se leva du lit et se dirigea pesamment vers l'ordinateur. Un petit point d'exclamation clignotait dans le coin supérieur droit de l'écran. Bug Man jura de nouveau, ne s'en laissa pas moins tomber sur la chaise. Puis il se fourra la paire d'écouteurs dans les oreilles et tapa les trente-deux caractères de son code d'accès.

Inconsciemment, il s'attendait à découvrir la sale tronche de Burnofsky. En réalité, c'était pire. Bien pire. Car l'image qui apparut sur son écran était celle des Jumeaux: cette monstruosité de la nature qu'étaient Charles et Benjamin Armstrong.

Il fit semblant de tousser pour cacher sa répugnance. Les Jumeaux, il les avait rencontrés deux fois en vrai. Là, c'était mieux – il ne supportait tout simplement pas la vue de ce corps à trois jambes – mais pas beaucoup mieux. Le simple fait de poser les yeux, par écran interposé, sur l'abomination qui leur tenait lieu de têtes, relevait du calvaire. De fait, l'image rentrait à peine dans l'écran. Deux têtes fondues ou amalgamées ou... – les mots manquaient pour décrire la chose – en une.

– Anthony, dit Charles Armstrong (celui de gauche et, généralement, le plus loquace des deux).

– Ouais! Enfin, je veux dire... Bonsoir, messieurs.

– Pardon de te déranger. Tu as plus que mérité un peu de repos après la tâche essentielle dont tu t'es acquitté aujourd'hui... avec les honneurs. Nous t'en sommes très reconnaissants – en attendant le jour où c'est l'humanité tout entière qui te remerciera.

Bug Man avait la bouche sèche. Voilà déjà bien longtemps qu'il n'accordait plus aucune importance au bla-bla des frères Armstrong sur l'humanité : Nexus Humanus et toutes ces foutaises. Il était lignard, pas idéaliste. Ce qu'il aimait, c'était l'action. Ce qu'il aimait, c'était le sentiment de puissance qu'il ressentait quand il pilotait ses nanobots. Ce qu'il aimait, c'était la splendide créature qui l'attendait dans son lit. Le reste n'était que boniment. Mais, bien évidemment, il était hors de question de le dire en face à Charles et Benjamin Armstrong, à moins d'en avoir une paire autrement plus grosse que celle dont pouvait se prévaloir Anthony Elder. Entre autres parce que Twofer, comme on les appelait derrière leur dos – ou «eux » ou «ça» ou quelque vocable idoine pour les désigner –, lui foutaient une trouille bleue.

– Il semblerait que Vincent soit à Londres, dit Benjamin (celui de droite et, généralement, le plus taciturne). Apparemment, il n'est pas seul. Au moins un autre l'accompagne. Nous ignorons encore de qui il s'agit.

– Entendu, répondit Bug Man, sur la défensive.

Les écouteurs grésillaient. Mauvaise connexion. Il tira sur le minijack et laissa la voix passer par les enceintes. De toute façon, leur conversation passerait largement au-dessus de la tête de Jessica, qui se contrefichait pas mal de ses problèmes de boulot.

Charles sourit. Ce faisant, l'œil du milieu – celui qu'ils avaient en commun – roula dans sa direction.

Jésus, Marie, Joseph !

– C'est le moment d'enfoncer le clou, reprit Charles. Notre plan se met en place comme nous l'avions prévu, Anthony. D'après nos derniers renseignements, la cible principale sera bientôt à New York.

Bug Man gratifia ses monstres de patrons d'une courte inspiration, entre approbation et tressaillement. Soudain, Jessica passait au second plan. La frustration avait été immense lorsque le mot s'était répandu que la présidente des États-Unis, alias POTUS, dans leur jargon, n'assisterait pas personnellement à l'assemblée générale de l'ONU, se contentant de s'y faire représenter par son ministre des Affaires étrangères.

– Je pensais que c'était l'affaire de Burnofsky, dit Bug Man.

Faire non de la tête, pour Twofer, impliquait de secouer tout le haut du corps. Ça aurait pu prêter à rire. Dans les faits, ce n'était pas le cas.

– Non, Anthony. Burnofsky a d'autres impératifs. En outre, il apparaît que, pour l'instant, nous ayons perdu le canal de ta cible initiale.

Les canaux, c'étaient les voies d'accès utilisées dans le macro à des fins nano. En effet, un nanobot ne peut pas parcourir de longues distances. Il ne vole pas. Pour tout dire, en termes macro, son rayon d'action est extrêmement limité, cinquante centimètres représentant déjà une distance considérable à échelle nano. Par conséquent, il fallait trouver des canaux. En d'autres termes, des porteurs. Des gens qui, sciemment, ou non, transportaient un nanobot jusqu'à sa cible. Pour le genre de celles qu'ils avaient en vue, le canal comportait plusieurs échelons, à chacun desquels quelqu'un se chargeait de faire franchir une étape aux nanobots.

Bug Man fixait des yeux l'énorme front parcheminé qui s'étalait sur toute la largeur de son écran. Surtout éviter de regarder cet œil qui, en tout état de cause, n'aurait pas dû se trouver là. Au contraire, essayer d'imaginer ce qui se tramait à l'intérieur de cette tête de foire. Il se murmurait que Twofer partageaient une fraction de cerveau commune. À l'image de cet œil médian ou, si la légende disait vrai, d'une autre partie de leur anatomie.

Leurs visages se découpaient sur fond de ciel nocturne avec, en arrière-plan, la flèche de l'Empire State Building, éclairée en vert émeraude. L'endroit où ils se trouvaient, communément appelé la Tulipe, était un vaste complexe englobant les cinq derniers étages de la tour Armstrong, du soixante-troisième au soixante-septième, à ceci près que l'antre des Jumeaux, dans le pinacle du gratte-ciel, avait été construit dans un polymère nanocomposite, parfaitement transparent de l'intérieur et rose dépoli vu du dehors. Ils n'en sortaient jamais. Toute leur vie se passait dans cet espace, au sommet de la ville, invisible à l'œil extérieur, mais ouvert comme en plein ciel pour ses occupants.

La cible initiale en question était le Premier ministre anglais. Bug Man étant britannique de naissance, le choix avait paru s'imposer de lui-même.

Mais que s'était-il donc passé pour qu'ils se retrouvent dans une impasse alors que, jusqu'ici, ce n'était pas un canal qu'ils avaient, c'était une véritable autoroute?

Anthony avait ainsi compilé un dossier entier sur la vie particulièrement bien documentée du Premier ministre Bowen, décortiquant tous les aspects de sa personnalité afin d'isoler les leviers qu'il serait susceptible d'actionner dans le cerveau du vieil homme. Alors, comme ça vous aimez les chevaux, monsieur le Premier ministre? Vous avez été traumatisé par la disparition de votre sœur, morte noyée? Vos barres chocolatées préférées, ça serait pas les Flake, par hasard? Autant d'informations stockées dans les circonvolutions de matière visqueuse que le langage courant désigne sous le nom de mémoire.

Que de travail pour rien si quelqu'un d'autre devait finalement s'occuper de Bowen.

– Qu'est-il arrivé au canal?

– Comme mon frère l'a mentionné, Vincent a fait un saut à Londres.

– Ça s'est pas fait dans le nano, ajouta Benjamin, devinant d'instinct les pensées de Bug Man. Notre ami Vincent a utilisé la bonne vieille méthode. Il lui a enfoncé un bistouri dans le bulbe rachidien. Souviens-t'en, Anthony! C'est ce genre de désaxés que nous combattons.

Sur ces mots, les Jumeaux se penchèrent en avant, ce qui eut pour premier effet de rapprocher dangereusement leur troisième œil de la caméra. Trop près. Beaucoup trop près pour que Bug Man puisse réprimer un mouvement de recul.

– C'est le diable! brailla Benjamin d'une voix s'égarant dans les aigus malsains de sa conscience dérangée. On devrait unifier l'humanité! Créer l'homme nouveau, le prochain pas de l'évolution : une race humaine unifiée. Eux, tout ce qu'ils cherchent à faire, c'est maintenir l'humain dans les chaînes de la division, de la haine et de la solitude d'une fausse individualité.

Le bruit d'un poing tapant sur la table. L'image vacilla.

– On s'y met dès que tu arrives, ajouta Charles, plus calme que son frère. Une voiture t'attend en bas de chez toi. On compte sur toi ? (Un petit sourire illumina les deux faces de la monstrueuse gémellité.) Pour, disons, nous rendre ce petit service ?

– J'arrive tout de suite, répondit Bug Man, entre autres parce qu'il n'osait imaginer ce qui arrivait aux gens qui refusaient de rendre un «petit service» à Twofer.

L'air grave, un rien flageolant, il émergea de derrière le paravent japonais et s'avança dans la pièce où Jessica attendait sagement.

– Jamais j'aurais cru dire ça, *bella*, mais il faut que j'y aille. Une merde au taf.

Jessica fit la moue et, pour un peu, Bug Man aurait tout envoyé promener. Mais non, il n'était pas prêt à faire attendre les Jumeaux.

– Allez, j'ai juste besoin de toi cinq minutes.

Les cinq minutes qui suivirent, ainsi que le reste de la conversation, n'échappèrent pas à un certain biobot – un modèle spécialement conçu pour épier d'un bout à l'autre du spectre les ondes sonores émises par les cordes vocales – caché depuis six semaines dans l'oreille droite de Jessica. Six semaines de sécrétion de cérumen, d'attaques de Coton-Tige de la taille d'un zeppelin et d'écouteurs balançant une musique qui, à cette distance, se réduisait à un assaut de terribles vibrations.

Six semaines à dépérir un peu plus chaque jour. Six semaines à tenir bon, malgré tout, jusqu'à entrevoir une mort certaine à l'horizon de quelques jours – à moins que quelqu'un n'arrive à l'extraire sans dommage de ce tombeau.

Assise au café d'en face, ses écouteurs dans les oreilles, Wilkes tapait à la vitesse de l'éclair sur son ordinateur portable, comme transportée par une inextinguible inspiration littéraire.

Wilkes n'était pas la meilleure des lignards. D'ailleurs, elle ne cherchait nullement à défier Bug Man en combat singulier. En attendant, jusqu'ici, il ne l'avait pas trouvée. Quelquefois, il avait été tout près, assez près pour qu'elle puisse lire les numéros de série de ses nanobots et distinguer clairement son horrible logo en forme de tête qui implose. Elle avait fait la morte, s'était tapie dans un coin, et les nanobots qui auraient pu éliminer son biobot et, du même coup, faire sombrer Wilkes dans la folie, étaient passés à côté d'elle sans la voir.

Wilkes n'était pas une grande combattante dans le nano. Elle était bien plus efficace dans le macro où, quand on la poussait un peu, elle pouvait vite devenir une vraie enragée. De fait, le look de *bad girl* qu'elle s'était forgé au fil des ans ne relevait pas uniquement d'un goût pour les fringues de mec. Ses grosses Doc Martens, elle ne les portait pas parce qu'elle trouvait ça cool, mais parce que ça rendait ses coups de pied efficaces.

Wilkes avait aussi quelques tatouages intéressants. Des petites flammes bleu nuit tombaient de son œil droit. En fait de flammes, il aurait aussi bien pu s'agir de dents de requin stylisées ou du profil d'une lame de scie circulaire. À l'intérieur du bras gauche, elle portait un tatouage en forme de code QR qu'il suffisait de prendre en photo avec un smartphone pour être immédiatement redirigé vers une page la montrant faisant un doigt d'honneur face à l'objectif ainsi qu'un logo rond, réalisé sous Photoshop, la représentant plantant une épée dans l'œil d'un dragon.

Un autre code QR, encré sur une partie, disons, plus intime de son anatomie, renvoyait à un tout autre style de page.

En un mot, une ado difficile. Wilkes avait le profil. Turbulente, certainement. Fauteuse de troubles ? Aussi.

Ce qui ne l'empêchait pas de faire preuve de patience quand il le fallait. Par exemple, en passant six semaines entre ce café et un minuscule trou à rat dans le sous-sol de l'immeuble jouxtant celui de Bug Man.

D'une voix cassée par la fatigue, elle murmura :

– Je te l'ai mis sur ce coup-là, Buggy. Et bien profond, même.

PIÈCE VERSÉE AU DOSSIER

À : Lear
De : Vincent

Résumé :
La surveillance de la copine de Bug Man par Wilkes a fini par payer.

1) Confirmé : c'est Bug Man qui a conduit l'attaque contre McLure.

2) Bug Man prend du galon, aussi bien au plan stratégique que tactique. Ce qui pourrait être le signe d'un sérieux problème avec Burnofsky.

3) Confirmé : L'AFGC prévoit une action à l'ONU. Cible n°1 : POTUS. Autres membres du gouvernement également dans le collimateur.

Recommandations :
1) Compte tenu de nos besoins en biobots, surtout dans la perspective d'une action de l'AFGC et de la paralysie de l'entreprise McLure, je recommande la finalisation du projet Violet.

2) Accélérer la formation des nouvelles recrues.

Note : Je ne suis pas Scipion.

SEPT

Sadie McLure avait une bulle dans le crâne. Un peu comme une bombe à eau. Sauf qu'elle avait la taille d'un grain de raisin et qu'elle était pleine de sang.

Trente-trois millimètres de long exactement. Nom scientifique : anévrisme cérébral. Et un balèze avec ça. Techniquement, il s'agissait de l'affaiblissement de la paroi d'une artère qui, sous la pression sanguine, formait une hernie. Une bombe à eau mortelle en quelque sorte.

Car, à supposer que la poche se rompe, le sang se répandrait dans le cerveau et Sadie aurait toutes les chances de succomber à l'hémorragie – ou, au mieux, de perdre une grande partie de ses facultés cérébrales ; en d'autres termes, d'être transformée en légume.

Dans certains cas, il était possible d'opérer. Mais pas dans celui-là. Parce que la bombe en question était située à un endroit particulièrement difficile d'accès, profondément enfouie dans les tissus.

Elle avait vu les scanners, les résultats des IRM, et même les images incroyablement détaillées, au point qu'elles ressemblaient presque à des photos d'art, de l'angiographie par soustraction numérique – pour les besoins de laquelle on lui avait injecté une teinture dans l'artère de l'aine.

Autant dire que ça n'avait pas été une partie de plaisir.

Si elle était restée à l'hôpital, ils auraient d'abord fait un scan pour vérifier qu'il n'y avait pas d'hémorragie. Ensuite, ils auraient pratiqué une IRM pour étudier l'anévrisme de plus près. C'est là qu'ils auraient découvert quelque chose d'inhabituel. Un certain épaississement des tissus autour de l'anévrisme.

Ils auraient conclu à la nécessité du machin à soustraction numérique et, là, ils seraient tombés sur un truc qui leur aurait fait dresser les cheveux sur la tête.

L'image en haute déf de deux minuscules bébêtes, pas plus grosses que des acariens, occupées à tisser et à retisser des fibres de Teflon de section infinitésimale pour former un cocon protecteur autour de l'anévrisme.

Ils auraient vu les biobots de Grey McLure à l'œuvre, se démenant pour maintenir sa fille en vie.

Sadie les voyait aussi, maintenant que le docteur Chattopadhay – docteur Chat comme disait sa patiente – orientait l'écran vers elle.

– Tiens, là, ce sont les biobots au début, dit-elle avant de taper sur son clavier pour changer d'image. Et les voilà une demi-heure plus tard.

– Ils ont pas bougé.

– Exact. Ils sont immobiles. On peut supposer qu'ils sont morts.

Le docteur Chat était une femme d'une bonne cinquantaine d'années, replète, dont le regard était éclairé par un éternel éclat dubitatif et dont la peau noire faisait paraître la blouse blanche, qu'elle portait par-dessus son sari, encore plus immaculée.

– Bien sûr, ajouta-t-elle, je n'ai pas besoin de te dire comme toute ma famille et moi-même, nous pleurons la disparition de ton père et de ton frère.

Sadie opina du chef. Loin d'elle l'idée de se montrer sèche et cassante vis-à-vis du docteur, que par ailleurs elle appréciait sincèrement, mais c'était juste qu'elle ne pouvait plus entendre de condoléances. Elle avait l'impression de crouler sous les témoignages de compassion et les regards apitoyés.

Au cours des dernières vingt-quatre heures, elle avait intégré leur décès. Intégré, pas assimilé, encore moins dépassé. À proprement parler, elle n'avait même pas entamé son deuil. Simplement intégré le fait qu'ils étaient morts. Et, quelque part, la vision de ces deux minuscules biobots inertes, éteints, défunts, était plus qu'elle ne pouvait en supporter.

Son père avait révolutionné la médecine. Il y avait consacré sa vie, ainsi qu'une bonne partie de sa fortune. Les investissements réalisés se montaient à plus d'un milliard de dollars, ce qui l'avait obligé à racheter sa propre compagnie à ses actionnaires pour pouvoir disposer d'importants moyens financiers sans avoir à se justifier.

Sa femme et lui s'étaient littéralement tués à la tâche. Et puis, on avait diagnostiqué un cancer chez la mère de Sadie, ce qui avait encore accentué l'acharnement de Grey à finaliser ses recherches, à créer les minuscules auxiliaires capables de s'introduire au plus près des cellules cancéreuses qui rongeaient sa femme et de les éradiquer.

Il s'était jeté à corps perdu dans la bataille.

Hélas, le projet biobot arrivait trop tard et il n'avait rien pu faire pour la sauver.

Durant les trois mois qui suivirent la disparition de Birgid

McLure, Grey s'était immergé dans son travail, étranger au monde extérieur. Et puis un jour… le miracle.

Un miracle qui avait pour nom : biobot. Une créature biologique, pas une machine. Un truc créé à partir d'une poignée de brins d'ADN prélevés dans le monde du vivant. Sur des araignées, des cobras, des méduses. Mais aussi et surtout, de l'ADN humain. D'où découlait le mécanisme de contrôle permettant à un individu et un seul de voir à travers les yeux d'un biobot, de courir avec les pattes d'un biobot ou de sectionner un objet à l'aide de ses lames.

En d'autres termes, le biobot n'était pas à proprement parler un robot. C'était un membre. Raccordé directement au cerveau de son créateur. Une partie intégrante de son « parent ».

Les biobots de Grey McLure avaient été injectés aussi près de l'anévrisme que le permettait l'innocuité de l'opération. Ils avaient créé un canal d'approvisionnement sur toute la longueur de son conduit auditif afin d'acheminer sur place les microscopiques fibres de Téflon. Et puis ils avaient tissé une sorte de panier – infime à l'échelle macro, mais micro-subjectivement énorme – autour de l'anévrisme.

– Tu as de la veine que la surpression de l'explosion n'ait pas entraîné de rupture, dit le docteur Chat. Il y a un léger saignement, mais on dirait qu'il est stoppé. Une chance.

Sadie se serait bien vue lui répondre quelque chose de piquant et de sarcastique à propos de la bonne fortune qui lui valait d'être orpheline aujourd'hui, mais s'en abstint.

– Est-ce que ça a eu une influence sur l'anévrisme lui-même ?

– Apparemment non. Il semble identique. Mais, comme tu le sais, le tissage a besoin d'être constamment retendu pour être efficace. En plus, il n'a été finalisé qu'à soixante pour cent. Donc je n'ai pas d'autre choix que de te prescrire des médicaments pour faire baisser la pression sanguine.

– J'ai fait une réaction allergique, la dernière fois.

– Il y a d'autres molécules qu'on peut essayer. Il y a tout un éventail de…

– Ben voyons, coupa Sadie. Tu sais, je peux lire Google aussi bien que toi. Je sais pertinemment que ma pression sanguine est excellente et que ces médicaments ont peu, voire pas d'effets, et qu'ils visent surtout à me persuader que je ne reste pas les bras croisés face au problème. J'ai pas besoin d'un placebo. Merci bien, docteur.

Le docteur Chat soupira et la regarda d'un air réprobateur.

– Tu as des responsabilités, maintenant, tu sais.

– Je sais.

– Cette compagnie emploie presque mille personnes, réparties dans six pays.

– Sept, corrigea aussitôt Sadie. P'pa a ouvert un labo à Singapour. C'est là qu'ils allaient, d'ailleurs…

Le docteur Chat poussa un nouveau soupir, d'impuissance cette fois.

– Y a-t-il quelqu'un qu'on pourrait faire venir pour te soutenir dans cette épreuve ? Des amis ? Ta grand-mère ?

– Merci pour votre sollicitude, répondit Sadie avec un regard assassin. J'ai surtout besoin d'être seule.

À court d'arguments, Mme Chattopadhay quitta la pièce, la laissant seule avec ses pensées. La chambre dans laquelle elle se trouvait était luxueuse. Seul le lit rappelait l'hôpital. Pour le reste, un écran plasma de cent six centimètres de diagonale était accroché au mur, face à d'élégantes chaises Jasper Morrison et à une chauffeuse tout aussi raffinée, un joli bouquet d'orchidées dans un vase en cristal trônait sur la table basse, les luminaires diffusaient un doux halo reposant, et une grande baie vitrée offrait une vue imprenable sur le site principal de McLure Industries, dans le New Jersey. Sans oublier la salle de bains attenante, tout en marbre, qui n'aurait pas été surprenante dans la suite d'un cinq étoiles.

Bref, s'il y avait un endroit où être malade, c'était celui-là.

Sadie sentit son regard irrésistiblement attiré par les dépouilles des deux minuscules biobots. Les dernières poussières de son père.

Elle se demanda pourquoi elle ne pleurait pas davantage. Bien sûr, elle avait pleuré. Mais au lieu des flots de larmes auxquels on aurait pu s'attendre, son chagrin s'était limité à de brefs reniflements et à quelques sanglots vite dissipés. Rien à voir avec les larmes qu'elle avait pu verser pour sa mère. Peut-être en était-elle à court. Peut-être avait-elle assimilé le fait que la vie n'était qu'une succession de deuils, de déchirements et d'angoisses.

Ou bien c'était le résultat d'un engourdissement général, d'une calme résignation face à sa propre mort. Inéluctable. La dernière représentante de la famille McLure...

Ne souhaitant pas s'appesantir sur un sujet aussi mélancolique, elle roula sur le côté et quitta le lit. Plus facile à dire qu'à faire. Et très douloureux avec ça. Car son bras n'était que douleur. Une souffrance sourde, interminable, ponctuée par de fulgurants élancements qui lui coupaient le souffle.

On avait remplacé le plâtre qu'elle avait au bras par une version plus légère, susceptible d'être portée en écharpe.

Quant au reste de son corps, ce n'était qu'un bleu. Se déplaçant comme une vieille femme, elle se traîna jusqu'aux toilettes. Il y avait encore un peu de sang dans ses urines, mais moins que la dernière fois.

Elle hésita devant la douche. Elle mourait d'envie d'en prendre une. Ne lui en déplaise, il lui serait indéniablement plus aisé de garder le plâtre au sec dans un bain. Non que son hygiène laissât à désirer – les infirmières l'avaient entièrement passée au gant –, mais se laver était une manière de reprendre la main sur l'infirmité.

Grimaçant, effectuant chaque geste avec une lenteur rhumatismale, elle ouvrit le robinet. Bien entendu, une gamme d'huiles pour le bain Bulgari était à disposition dans la salle de bains. Elle jeta son dévolu sur les sels parfumés au thé vert et en versa une belle quantité sous le robinet.

Retirer la chemise d'hôpital, qui bien que très belle n'en restait pas moins un vêtement de malade, lui prit un certain temps. Finalement, elle glissa un pied dans l'eau. Et le reste suivit de près. D'un coup.

Une douleur effroyable la fit grimacer lorsqu'elle cogna malencontreusement le plâtre contre le rebord de la baignoire. Sans compter le choc d'une eau brûlante, réveillant subitement les innombrables contusions dont elle était couverte.

Et puis, petit à petit, la chaleur s'insinua dans ses muscles, s'infiltra jusqu'aux ecchymoses, diluant lentement le sang qui les obstruait, tel un baume apaisant engourdissant les terminaisons nerveuses à vif jusqu'à laisser flotter son esprit dans un état second qui, s'il n'était pas le sommeil, y ressemblait beaucoup.

Le bruit d'une porte qui s'ouvre au loin atteignit peu à peu sa conscience, sans pour autant la tirer de sa léthargie. La voix en revanche venait du bord de la baignoire.

– Pardon de te déranger.

Ouvrant de grands yeux, Sadie fut frappée de découvrir, planté devant elle, un garçon d'à peine plus de vingt ans dont la moue sérieuse et le regard inexpressif cadraient mal avec le jeune âge.

– Hé, je rêve ou quoi ? s'écria-t-elle en tressaillant si fort qu'elle en fit inconsidérément sursauter son bras, réveillant du même coup une douleur atroce. Fiche-moi le camp d'ici ! Tout de suite !

– Non, répondit-il froidement. Pas avant de t'avoir dit ce que j'ai à te dire.

– Et puis quoi, encore ? On se connaît ? Allez, tire-toi vite fait avant que j'appelle la sécurité et que je te fasse passer à tabac.

Un léger tremblement agita le pli des lèvres du garçon, comme si elles avaient voulu esquisser un sourire, mais qu'elles n'arrivaient pas à se résoudre à aller jusque-là.

Sadie, pour sa part, refusait de céder à l'instinctive tentation de se couvrir. Ç'eût été trahir une vulnérabilité. Or, elle avait beau être nue comme un ver, immergée jusqu'au cou dans de l'eau savonneuse, et à moitié infirme, elle se sentait tout sauf vulnérable.

– Je m'appelle Vincent.

– Grand bien te fasse. Maintenant, casse-toi !

– Je suis un... un ami de ton père.

– Et en quoi cela t'autorise-t-il à t'introduire dans ma chambre sans y avoir été invité et à me mater à poil ?

Vincent eut un mouvement de recul. Et puis un autre. Il cligna des yeux.

– Oui... tu... tu n'as rien sur toi, bafouilla-t-il, comme s'il venait de s'en apercevoir.

À son front plissé et à la façon dont il reculait, par saccades, Sadie aurait presque cru que c'était le cas.

– Qu'est-ce que tu veux ? demanda-t-elle.

– Ce n'était pas un accident. Ton père et ton frère ont

été assassinés. Tu étais visée aussi. Et ils ne s'arrêteront pas tant qu'ils ne t'auront pas tuée... ou infiltrée.

Sadie le regarda fixement. Droit dans les yeux. Pendant une longue minute. Pourquoi n'était-elle pas surprise d'entendre le mot « assassinés » ? Personne ne l'avait évoqué. Pas même suggéré. Pourtant, en une journée et demie, personne n'avait évoqué non plus une « panne moteur », un « risque aviaire » ou même une « erreur de pilotage ».

– Tu peux... ? dit-elle en levant le menton vers la patère à laquelle pendait un épais peignoir en éponge.

Vincent le décrocha, le déploya et détourna ostensiblement la tête.

Elle sortit lentement et douloureusement du bain. Assassinés. Oui, ça paraissait largement aussi plausible que toute autre interprétation. D'autant que, de sa mère, elle avait appris à écouter les non-dits. Dans une conversation, les blancs étaient souvent les parties les plus intéressantes.

En même temps, si elle courait un risque, ce mec était peut-être aussi celui par qui le malheur arriverait.

Vincent regarda de côté jusqu'à ce qu'elle ait terminé d'enfiler le peignoir, ce qui lui prit un certain temps vu les mille précautions avec lesquelles elle glissait lentement son bras blessé dans la manche, et qu'elle l'ait noué d'une main autour de sa taille.

Et puis, d'un geste étonnamment fluide, il sortit un stylo et le lui appuya contre le cœur, juste en dessous du sternum.

Sadie se figea.

– Qu'est-ce tu me fais, là ? Une dédicace ?

– Mmh hmm, simple démonstration, répondit Vincent en secouant la tête.

Ce disant, il retira le stylo, l'orienta prudemment de

côté et le serra dans sa main. Une lame étincelante jaillit à l'extrémité de l'objet.

– La démonstration du fait que, si j'étais venu pour te tuer, tu serais morte depuis longtemps.

Sadie reprit son souffle. Avec plus de calme qu'elle n'eût été censée le faire en pareille circonstance.

– Laisse-moi deviner: tu es venu me sauver la vie. Mais comment tu comptes t'y prendre au juste?

– Dans un premier temps, comme ça, répondit-il en posant la main sur son visage et en maintenant le contact pendant plusieurs secondes, sans que son geste ait quoi que ce soit de sensuel.

– Et? demanda posément Sadie.

– Comme je te l'ai dit. Je connaissais bien ton père.

HUIT

Parmi les instructions que Noah avait reçues, il y avait l'ordre de se rendre dans un grand magasin : Selfridges. Il connaissait l'endroit. C'était sur Oxford Street. Un énorme immeuble cossu, avec une façade à colonnes violemment éclairée en jaune vif, et débordant de choses étranges et luxueuses. Le temple du bling-bling.

Typiquement le genre d'endroit où Noah se sentait instantanément petit, pauvre, complexé, mal à l'aise et définitivement dépourvu de sex-appeal – l'ensemble éveillant chez lui d'étranges pulsions criminelles. Ici tout était lisse, poli, raffiné, jusqu'aux employés qui déployaient des trésors d'ingéniosité pour masquer l'inquiétude qui était la leur face à cet ado dépenaillé dont la seule présence dans ce magasin souillait le doux ordonnancement des rayons.

D'un autre côté, un grand nombre de ces employés portait des escarpins à talons hauts, des jupes droites ajustées au millimètre et des corsages visiblement dessinés pour ne rien cacher de la silhouette qu'ils étaient censés couvrir. Par conséquent, quoi qu'il en dise, l'environnement n'était pas totalement dénué d'intérêt.

L'instruction consistait à se rendre au rayon alimentation et à acheter un bocal de bonbons acidulés multicolores, en forme de pépins, appelés *sherbet pips*, qui coûtait la bagatelle de cinq livres, soit presque tout ce qu'il avait sur lui. Bah, ça ferait toujours un petit cadeau pour sa mère, même si, face à la nature de ce présent, elle risquait surtout de se poser de sérieuses questions sur son état mental.

Muni de ses bonbons, qu'il devait porter dans le sac en papier jaune vif qu'on lui avait remis en caisse, il fallait qu'ensuite se rendre dans la cave à cigares, sorte de réduit mi-sauna mi-chalet suisse, où des centaines de havanes plus dispendieux les uns que les autres étaient alignés comme à la parade le long des étagères ou des vitrines.

Tout ceci était parfaitement ridicule. À tel point que Noah était à deux doigts de laisser tomber et de s'en aller – non sans avoir au préalable essayé de se faire rembourser les bonbons.

Pourtant, alors qu'il quittait la cave à cigares d'un pas indécis, un homme – de prime abord indien ou pakistanais et portant une extravagante moustache – lui lança un regard. Un regard. Après quoi, il invita Noah à retourner dans la cave à cigares et lui dit :

– Vous aimez les havanes ?

Se conformant à la lettre à ses instructions, celui-ci répondit :

– J'ai vos *pips*.

Puis il tendit le sac au bonhomme qui, après y avoir jeté un bref coup d'œil, répondit :

– Oui, en effet.

La moustache s'étira en un large sourire.

– Tu n'as pas été suivi.

Face au regard perplexe que lui lança Noah, l'homme ajouta :

– Il va de soi que nous t'avons suivi sur les caméras de surveillance depuis que tu es sorti de chez toi, puis sur le réseau de caméras fermé du magasin.

Il mentait. Aucun doute là-dessus – quels que soient ces gens, ils n'étaient pas aussi bien introduits, non. Impossible. Ce n'était ni la police ni le genre de cybersorciers capables de pirater la vidéosurveillance de la ville quand bon leur semble – à la limite celui d'un grand magasin, et encore. Non, si c'était le cas, jamais ils ne se seraient livrés à ces enfantillages dignes d'un mauvais polar.

L'homme dévisagea longuement Noah et plissa les yeux en avisant son air soupçonneux.

– Bien, dit-il. Au moins, t'es pas complètement benêt.

– Et vous, vous ne travaillez pas ici.

– Très perspicace. On se retrouve dans la rue dans cinq minutes.

Il faisait froid dehors, et sombre, comparé à l'étincelante magnificence de l'intérieur du magasin. Il était à peine midi, mais les nuages chargés de pluie pesaient tellement au-dessus de leurs têtes que Noah avait le sentiment qu'en levant le bras, il aurait pu les toucher. Tout à coup, l'homme surgit dans son dos et dit :

– Viens, on va faire un tour. Inutile de me dire ton nom, pour l'instant tu n'en as pas, mais moi, je m'appelle Pound, docteur Pound.

Noah n'y crut pas. Peut-être Chauldhry, peut-être Singh, peut-être des tas d'autres choses mais, à l'évidence, l'accent du bonhomme ne plongeait pas ses racines dans un terroir où le patronyme Pound se rencontre fréquemment.

Ils avaient quitté Oxford Street et longeaient maintenant

Cavendish Square, un des innombrables petits jardins un brin mélancoliques que compte la ville de Londres. La pluie se mit à tomber, déclenchant une floraison de parapluies. Durant un moment, toute discussion fut impossible.

Puis ils remontèrent Harley Street, longeant un front bâti d'immeubles de quatre étages que rien ne distinguait les uns des autres. Finalement, ils passèrent une porte.

En l'absence d'ascenseur, Noah emboîta le pas au docteur Pound et, ensemble, ils gravirent un bon nombre de marches avant de s'arrêter sur un palier, devant une porte en bois vernis qui ne portait ni numéro ni plaque. Pound sortit une clé de sa poche et l'exhiba en souriant, comme si le simple fait de posséder ce sésame était en lui-même un motif de fierté. Il lui manquait deux dents : la canine droite ainsi que la dent qui aurait dû suivre. Et quelque chose dans le profil de sa gencive laissait entendre que la cause de ce manque tenait davantage à un traumatisme qu'à une simple négligence de soins dentaires.

– Après vous, dit-il.

Noah entendit un petit *pschit!* et sentit quelque chose lui piquer la nuque. Subitement, il décida qu'il était temps de s'allonger sur le tapis et que cette décision ne souffrait aucun délai. Il s'effondra. Encore assez lucide pour sentir la main du docteur se refermer sur le col de sa chemise afin d'amortir l'atterrissage, tête la première sur le sol.

Il ne s'écoula aucun laps de temps – du moins aucun dont Noah eut conscience – avant son réveil... assis sur un fauteuil. Un fauteuil particulièrement inconfortable, ma foi, de facture grossière, un peu comme s'il avait été construit en boulonnant ensemble des longerons de châssis de Land Rover. Ses chevilles étaient arrimées aux pieds à l'aide de larges bandes Velcro, ses bras aux accoudoirs, son torse au dossier.

Un ligotage dont l'incroyable Hulk n'aurait sans doute pas fait grand cas, mais qui, après quelques tentatives infructueuses pour s'en défaire, se révélait tout à fait suffisant pour maintenir Noah Cotton cloué sur place.

Ses deux mains disparaissaient dans des gants noirs, desquels partait un faisceau de fils électriques de faible section – rouge, bleu, vert, blanc, noir – qui dégringolaient de manière désordonnée jusqu'à un tableau simplement posé par terre. Rien de très élégant.

Du tableau partait un câble, relié à un Mac installé sur une petite table à jeux.

Juste devant, à hauteur d'yeux, se trouvaient deux moniteurs de taille conséquente qui n'affichaient rien d'autre qu'une sorte de logo un peu flippant représentant un insecte mécanique et les lettres : *BZRK*.

L'ensemble du matériel venait d'être installé, comme le laissaient supposer le canapé, les fauteuils et les tables qu'on avait hâtivement poussés le long des murs. Un tapis était roulé dans un coin. Noah était convaincu que l'on s'était temporairement approprié cet appartement, profitant sans doute d'une escapade des propriétaires légitimes sous des cieux plus cléments et totalement ignorants de ce qui se tramait chez eux en leur absence.

– Qu'est-ce que c'est que ce délire ? marmonna Noah d'une voix ferme et claire.

De fait, il se sentait terriblement alerte. Il était passé de l'inconscience à la conscience en un temps record, et se demandait si cela avait un rapport avec le bandeau qu'il avait autour de la tête. Des fils électriques semblaient en sortir également. Il les sentait qui lui chatouillaient la nuque.

Le docteur Pound fit son apparition dans la pièce.

– Alors ? Réveillé ?

– 'Tain, c'est quoi ce bordel ? dit Noah, ressentant le besoin d'un vocable plus salé qu'un simple « boxon ».

– Désolé de t'avoir anesthésié, mais je devais d'abord faire un check-up au niveau nano. Je te rassure, t'es *clean*, dit le docteur Pound en secouant vaguement la main qui tenait un cigare allumé d'où s'échappaient des volutes de fumée puante.

Il apparaissait également qu'il suçotait un de ces fameux *sherbet pips*. Un rose.

– On ne devrait pas en avoir pour très longtemps, dit-il. Un quart d'heure tout au plus.

– Détachez-moi, répondit Noah sans trop y croire.

Et même, à la limite, comme s'il ne le voulait pas vraiment. Après tout, il s'était de lui-même porté volontaire pour passer les tests. Des tests que son frère avait subis, lui aussi, non ?

À moins que tout ceci ne soit qu'une vaste mascarade. Il tira sur le Velcro passé autour de son biceps droit. Oui, il était toujours là. Et, non, il n'était pas l'incroyable Hulk.

– Tu vas faire une partie de jeu vidéo, dit Pound. Enfin, deux, pour être exact. L'une sur l'écran de gauche, que tu contrôleras avec ta main droite. L'autre sur l'écran de droite, que tu contrôleras avec la main gauche.

– Un jeu vidéo ?

– Un jeu vidéo. À ceci près que tu ne joueras pas pour marquer le maximum de points. Les points sont une abstraction. Contrairement à la douleur qui, elle, est une réalité.

Ce disant, il baissa nonchalamment la main tenant le cigare jusqu'à ce que le bout incandescent du barreau de chaise ne soit plus qu'à quelques centimètres du bras de Noah.

– Idem pour la crainte d'une blessure corporelle, telle que, disons, la perte d'un membre. Ça, c'est réel.

Noah leva les yeux vers son geôlier, cherchant au fond de son regard vitreux un signe pouvant laisser penser qu'il plaisantait, qu'il exagérait ou qu'il s'amusait, bref tout ce qui aurait pu contredire ce qu'il venait de dire.

– Connais-tu le poète Ezra Pound?

– À quoi vous jouez? répliqua Noah, regrettant aussitôt la criante instabilité de sa voix.

Le docteur Pound avait avancé un chariot à roulettes près de la jambe droite de Noah. Un truc pas très haut, à peine une cinquantaine de centimètres, qui ressemblait étonnamment à un groupe électrogène de secours. Sauf que quelqu'un avait trouvé bon de l'équiper d'une tronçonneuse.

– Ouh là! On va où, là? Attendez un peu...

Une fois de plus, tirer sur les Velcro. Une fois de plus, constater l'absence de super pouvoirs. Le Velcro céda bien de quelques craquements typiques, mais ça s'arrêta là.

– Pound est considéré comme un des plus grands, sinon le plus grand poète du XXe siècle, dit le docteur en bloquant les roues du chariot et en l'arrimant au fauteuil, de telle sorte que la chaîne de la tronçonneuse ne soit qu'à cinq millimètres du pied.

– Bon, c'est bon. Finalement, j'ai changé d'avis, dit Noah.

– Oh, tu vas pas me faire faux bond maintenant! Après tout le mal que je me suis donné..., ironisa le docteur Pound avec un clin d'œil. Hélas, hélas... l'homme était aussi sérieusement siphonné. Un grand caractériel, antisémite virulent et fervent supporter de Mussolini.

Tout en causant, il avait contourné Noah et se trouvait maintenant sur sa gauche. Il attrapa un fil plus gros que les autres, un câble à vrai dire, et qui se terminait par deux pinces-crocodile. Il en prit une et la referma sur le lobe de l'oreille de Noah.

– Putain! Ça fait vachement mal!

– Exact, et ça fera encore plus mal après. Je vais juste brancher la terre sur ton nez.

La deuxième pince s'enfonça dans la narine de Noah.

– Bon, on y est, dit Pound. Et plus vite on s'y mettra, plus vite on aura fini.

– Qu'attendez-vous de moi?

Les mâchoires des pinces-crocodile faisaient mal. La présence de la tronçonneuse était juste terrifiante. Et Noah ne voulait pas entendre un mot de plus à propos d'un poète fasciste totalement timbré.

– Donc, comme je disais, deux jeux. Le premier est un jeu de guerre classique. Le second est un peu différent. Le but est de traverser un univers tridimensionnel relativement compliqué dans lequel tu es représenté par un joli petit robot appelé Nano.

Noah ne put s'empêcher de tressaillir en entendant ce mot, que son frère, dans son délire, répétait jusqu'à la transe.

«Nano nano nano.»

C'était donc ça qui avait rendu Alex totalement barge.

– Il ne s'agit pas d'un jeu! hurla Noah en entrevoyant soudain la réalité. Vous êtes en train de me faire ce que vous avez fait à mon frère!

Le sourcil en accent circonflexe, le docteur Pound lui lança un regard pétillant de sournoiserie.

– Le truc marrant à propos d'Ezra Pound? Il a accouché de ses œuvres les plus marquantes alors qu'il était interné dans un asile d'aliénés. Bon, tu as trente secondes pour apprendre le jeu, dit-il en s'en retournant à son ordinateur portable. Ensuite, on commence.

Les deux moniteurs vidéo s'allumèrent.

Sur celui de droite, Noah était représenté par un flingue. Des pictogrammes s'alignaient sur la droite de l'écran. Le choix des armes? L'environnement: une rue de Londres. Euh, non, pas Londres. Les taxis étaient jaunes. New York? Des passants arpentaient les trottoirs. Des voitures, des taxis et des camions se croisaient sur la chaussée.

Le réalisme était impressionnant. Son y compris.

Sur l'écran de gauche, le décor était indéchiffrable. Il y était représenté sous la forme d'une araignée. Une araignée qui se trouvait sur une surface ondulée, plissée, en contrebas d'une sorte de cathédrale aux contreforts gigantesques qu'on aurait cru tout droit sortie d'une peinture de Dali.

Quand il serrait le gant gauche... Non, non! Ils étaient inversés. Donc c'était: gant droit, écran gauche. Quand il serrait le gant droit, l'araignée bougeait. De l'autre côté, le flingue. En inversé. Garder ça à l'esprit.

Bon. Un jeu. Se concentrer là-dessus. Qu'il sache, Alex avait encore ses deux jambes. Ils ne lui en avaient donc pas sectionné une. Il paniquait pour rien, là. L'important, c'était de garder son calme, de ne pas perdre ses nerfs. Tout ça n'était que manœuvres d'intimidation et tactique de guerre psychologique. Donc concentr...

– Aaaahhh!

Une décharge d'une incroyable intensité lui traversa le visage, d'une pince-crocodile à une autre. Une douleur intolérable. De l'oreille au nez. Qui lui tordit la moitié de la face. Son œil gauche s'emplit de larmes.

– Juste pour que tu comprennes les implications, dit le docteur Pound. Maintenant, à toi de jouer !

Dans le jeu de guerre, une femme, que rien ne distinguait *a priori* de la fameuse ménagère de moins de cinquante ans, brandit un couteau et l'attaqua au visage. Noah vrilla le gant, ce qui se traduisit par une esquive de son avatar qui se plia en deux pour échapper au coup. Dans le même élan, il donna une chiquenaude de l'index, comme ça, pour voir. De fait, son flingue tira. La balle toucha une voiture qui passait, faisant voler une vitre en éclats.

Immédiatement, le bruit caractéristique d'une tronçonneuse lui explosa les tympans. Un bruit réel. Pas un son du jeu.

Instinctivement, il baissa les yeux et, oh mon Dieu, elle tournait. Les dents commençaient même à entamer le pied de la chaise. Des copeaux volaient. Une cascade de sciure dégringolait par terre.

À gauche ! Trois robots à l'allure guerrière, guère éloignés de son propre avatar, galopaient à la surface de la sphère, fondant sur lui à toute allure. Et ça, c'était rien à côté du canon qui pointait de la vitre baissée d'un taxi, sur l'écran jumeau. La main de Noah se contracta à l'intérieur du gant. Il ouvrit le feu. La tête incroyablement réaliste du tireur s'orna d'un petit trou rouge en plein milieu du front.

Dans l'autre jeu, à gauche, les minuscules créatures arachnéennes passaient elles aussi à l'attaque, lançant de jolis petits rayons laser et…

– Putain de merde !

Une nouvelle décharge. Encore plus forte que la première.

Les petits robots tirèrent de nouveau. Son visage se convulsa, tétanisé par le courant électrique. Il en rata le gros type qui jaillissait d'une allée en brandissant une hache.

Le coup partit aussitôt. L'avatar s'effondra. Avec un couinement aigu, la chaîne de la tronçonneuse s'enfonça plus profondément dans le pied de la chaise.

– Stop! Arrêtez!

Mais ce n'était pas le moment de crier. Il avait mieux à faire : riposter avec son avatar nano, tout en reculant devant un nouveau coup de hache, et face aux petites bestioles qui lui balançaient un nuage de truc et...

– Bon Dieu!

Un choc à en perdre connaissance. Le crissement strident de la tronçonneuse, profondément fichée dans le chêne massif, les éclats de bois sur sa jambe, le souffle créé par la rotation de la chaîne.

Et puis le calme.

Graduellement, le couinement aigu s'éloigna, jusqu'à se perdre dans le lointain.

Tout ce qui était hors du cadre des écrans sembla se dissoudre dans le vague.

Il n'avait plus peur.

Étranger à lui-même, il quitta la chaise, faisant fi des Velcro, de la morsure des pinces crocodile, du souvenir de son frère, totalement effacé de sa mémoire. Il ne ressentait plus rien. Il ne pensait plus à rien...

Il bondit dans les airs, atterrissant juste derrière le premier des petits robots. Il leva une patte, effilée comme un poinçon, et la planta sèchement au cœur de la carapace ennemie, tira sur le type à la hache, en pleine face, courut à toute vitesse à la surface de la sphère, ses pattes d'araignée moulinant à tout va. Il ne courait plus, il volait. Après un virage serré, il atterrit sur un mur de bosses grisâtres qui l'accueillit en lui balançant instantanément une salve de boulets collants, crépitant d'énergie. Un nouveau choc.

Lançant une jambe, il prit appui sur un mur new-yorkais couvert de graffitis, fit un saut périlleux et ouvrit le feu alors qu'il était encore en l'air. L'homme d'affaires armé d'un pistolet automatique mourut avant même d'avoir eu le temps de viser. Une balle dans le cou. D'immenses giclées de sang jaillissaient du point d'entrée.

Encore une décharge ! Mais ce n'était pas lui qui encaissait le coup. C'était la joue d'un autre Noah qui se tordait dans un spasme, d'autres yeux que les siens qui étaient aveuglés par les larmes.

Quant à la tronçonneuse, qui avait pratiquement sectionné le pied de la chaise et qui continuait de progresser pour venir à bout du dernier centimètre de bois, elle aussi était devenue le problème d'un autre.

Noah, lui, repoussait les boules d'électricité à coups de pattes, se frayait un chemin dans la foule, esquivait un jet d'acide et puis, soudain, les moniteurs s'éteignirent. Et l'inquiétant logo refit son apparition sur les deux écrans jumeaux.

La première chose qui le frappa, c'est qu'il n'y voyait pratiquement rien tant ses yeux étaient mouillés de sueur et de larmes.

Ensuite, il sentit la morsure des pinces, même après que le docteur les eut retirées.

Et le silence assourdissant, maintenant que la tronçonneuse était éteinte.

Encore tout tremblant de stress, Noah reprit sa respiration, puis il baissa les yeux sur sa jambe droite. La tronçonneuse avait entièrement sectionné le pied de la chaise, qui ne tenait plus que sur trois pattes. Une ligne rouge se dessinait sur le muscle du mollet, secoué de mouvements réflexes incontrôlables. Pas profonde. Juste assez pour faire saigner la chair.

Posément, le docteur Pound retira le bandeau et détacha les Velcro.

– J'imagine qu'à l'heure qu'il est, dit-il, rien ne te ferait plus plaisir que de m'envoyer ton poing sur la gueule.

«T'imagines pas à quel point», pensa Noah.

Pourtant, ce sentiment ne dura pas, battu en brèche par d'autres émotions, d'autres besoins, encore plus impérieux. La fierté. La curiosité. Le soulagement de s'en être sorti.

– Comment j'étais?

Pour toute réponse, Pound soupira et, au grand étonnement de Noah, posa gentiment la main sur ses cheveux poissés de transpiration.

– Mon petit, je ne suis pas censé connaître ton identité, mais il y a incontestablement un air de famille.

– Vous connaissez Alex?

Un sourire rêveur se dessina sur les lèvres du docteur Pound.

– Je connaissais un gars qui se faisait appeler Kerouac et qui te ressemblait beaucoup. En plus vieux et en plus costaud.

Alex.

– Et une chose est sûre, ajouta-t-il, c'est qu'il était très, très bon.

– Ah oui?

– Ouais… Et y a autre chose de sûr, mon petit gars sans nom, c'est que, si tu veux vivre, tu vas devoir être encore meilleur que lui.

NEUF

Sadie avait toujours aussi mal au bras. Sauf que maintenant, en plus, ça la grattait et que la peau à la lisière du plâtre était très irritée. Cinq jours après l'accident, elle ne pouvait toujours pas s'en servir. Pour autant, la guérison était déjà plus avancée qu'elle aurait pu l'être chez n'importe qui d'autre.

En effet, la clinique de la compagnie McLure possédait des protocoles qu'on ne trouvait nulle part ailleurs – en particulier une équipe de médecins formés à l'usage thérapeutique des biobots. Ainsi, trois d'entre eux s'étaient immédiatement mis à l'ouvrage sur les os fracturés, transportant des concentrations de cellules souches qu'ils injectaient ensuite au plus près des deux brisures principales.

Les biobots étaient alors extraits, et remplacés par une deuxième, puis une troisième fournée. Ensuite, ils commencèrent à acheminer des brins de titane, qu'ils déposaient dans les microscopiques interstices entre les deux morceaux d'os, telles des barres d'acier dans le béton. Enfin, ils s'attelèrent à la fastidieuse tâche d'acheminer dans les spires des poches de ce qui s'apparentait à de la colle extra-forte. Ceci servait à stabiliser la fracture, afin de permettre à l'os de se reconstituer harmonieusement autour de l'armature en titane, sans avoir à endurer une succession de microfissures.

D'ici quelques jours, Sadie aurait retrouvé le plein usage de son bras. D'ici deux semaines, il serait redevenu aussi solide qu'avant.

Installés dans de confortables fauteuils à l'ergonomie particulièrement soignée, les manipulateurs de ces biobots médicaux opéraient depuis des postes de travail fermés afin d'éviter toute distraction. Quand bien même, ils ne travaillaient jamais plus de trois heures d'affilée afin de minimiser le stress.

Le stress. Les conclusions préliminaires des études sur le sujet semblaient établir une corrélation directe avec l'âge, comme si l'étrangeté du monde nano tendait à perturber davantage les esprits les moins flexibles. En termes profanes : y avait de quoi flipper grave quand on descendait dans la viande.

Si Sadie était restée à la clinique, ils n'auraient eu d'autre choix que d'intervenir au plus profond de son cerveau, de faire ce que son père avait déjà fait. La maintenir en vie.

Mais, maintenant, Sadie était ailleurs. Elle avait insisté auprès de Stern pour quitter le complexe du New Jersey et, après une série de refus et autant d'atermoiements, celui-ci avait fini par accepter.

Son premier geste avait été de se faire déposer par le chauffeur de l'entreprise à l'appartement de Park Avenue où elle n'avait fait qu'un passage éclair pour se changer et ramasser quelques affaires qu'elle avait fourrées à la hâte dans un petit sac.

Elle avait été contactée par Vincent.

Ce qui expliquait sa présence ici et maintenant, à l'angle

de Madison et de la 26e Rue, un coin de rue ordinaire, sans intérêt, comme il en existe des milliers à New York et dont la seule originalité était de donner sur un petit square appelé Madison Square Park. Appellation trompeuse s'il en était puisqu'en fait de carré, il s'agissait d'un rectangle et que de parc il n'avait que le nom. Pour autant, c'était un endroit où l'on pouvait déambuler la nuit, ou même à minuit, pour être totalement mélodramatique, sans avoir à trop se préoccuper de sa sécurité.

Elle attendait, seule, une écharpe cachant le bas de son visage et un chapeau enfoncé jusqu'aux oreilles dissimulant le reste.

Il n'y avait guère de photos de Sadie en circulation – Google n'en référençait que trois. Mais les choses avaient changé depuis l'accident et elle était devenue sinon célèbre, du moins connue. Pensez, la seule représentante encore en vie de la famille McLure ! Du jour au lendemain, elle était devenue la cible privilégiée des médias, obnubilés par la tragédie du stade. Elle ne voulait pas être reconnue. En réalité, il y avait peu de chances qu'elle le soit, de nuit, dans un parc désert, dissimulée derrière le nuage de buée qui montait de son écharpe.

Elle avait froid. Un petit vent glacé attisait la douleur de son bras cassé et lui mettait les larmes aux yeux. Elle se tenait debout, une main profondément enfoncée dans la poche de son manteau et l'autre – nue car elle avait oublié qu'elle pourrait avoir besoin de gants – dépassant de son bras en écharpe.

Un jeune type se pointa. Canon. Non, disons… mignon. Plus vieux qu'elle. Genre dix-huit, dix-neuf ans. Grand, mince, de type méditerranéen, mais avec un nez, une bouche, un front, bref une expression générale qui ne disait pas : « descendant de pêcheurs ibériques », mais plutôt : « descendant de cette caste qui, il fut un temps, hantait la campagne sur de nobles destriers au grand dam des paysans ».

Il s'approcha d'elle, la regarda d'un air circonspect, pour ne pas dire méprisant et, avec une moue désappointée, demanda :

– Tu es une amie de Vincent ?

Elle le prit en grippe immédiatement. Pas le genre d'antipathie susceptible de se transformer en attirance avec le temps. Non, une aversion brutale qui, dans le meilleur des cas, c'est-à-dire au prix de quelques efforts, pouvait en rester à de l'antipathie et, dans le pire, se muer en profonde détestation.

Lui, c'était Luis Aragon, le second des trois fils d'un latifundiste espagnol dont la fortune avait, par le passé, confiné à l'obscène et qui, aujourd'hui, était juste riche. Ne lui en déplaise, Luis avait abandonné son nom en route, lui préférant le patronyme Renfield.

– Je suppose que oui, répondit-elle.

– Suis-moi, dit Renfield en tournant les talons.

Elle le regarda s'éloigner sans esquisser le moindre geste. Il fit quelques pas avant de se rendre compte qu'il était seul. Il rebroussa chemin en hâtant l'allure, visiblement partagé entre perplexité et colère.

– Que les choses soient claires, dit Sadie. Je n'obéis pas aux ordres. En revanche, il arrive que j'accède à une demande… pour peu qu'elle soit formulée poliment.

Renfield cligna des yeux, se dressa sur ses ergots, dodelina du chef, son long nez aquilin pivotant dans les airs à la manière d'un canon de char saillant d'une tourelle jusqu'à verrouiller sa visée. Il la fusilla du regard.

– Tu as une voiture ou on y va à pied ? demanda Sadie.

D'un regard, il désigna une Audi A8 noire, stationnée à l'entrée du square, une petite fumée montant de ses pots d'échappement. Elle se mit en route. Il allongea le pas pour la rattraper.

– Comment tu t'appelles ? demanda Sadie.

– Appelle-moi Renfield. Dans la voiture, tu auras les yeux bandés. Si tu refuses, tu restes là. C'est la procédure. Un point, c'est tout.

Il avait un accent. Incontestablement. Un accent de grand bourgeois cultivé, sûr de son droit et dominateur, qui se révélait au hasard de certaines élisions et d'une manière particulièrement affectée de prononcer les *th*. Sans compter que sa langue avait spontanément roulé sur le *r* de Renfield. Mais, hormis cela, elle aurait été bien en peine de dire d'où il venait, juste qu'il n'était pas né aux États-Unis.

Une phrase lui brûlait les lèvres. Elle tenait en quatre mots : « Va te faire… » Il faut dire que Sadie n'était pas à prendre avec des pincettes ces temps-ci. Elle était passée de la terreur au crève-cœur, du désenchantement à la douleur, tout ça pour finir dans ce parc, devant cette arrogante crevure. Et si Renfield l'avait ne serait-ce que regardée, il aurait vu tout ça, y compris le « Va te faire… » qui brillait au fond de ses yeux.

Un chauffeur en livrée sortit de la voiture et ouvrit la portière. Sadie lui adressa un sourire et grimpa à bord.

Vingt ténébreuses minutes plus tard, la voiture s'arrêta, le moteur se tut, on lui retira le bandeau et elle découvrit une benne à ordures couverte de tags, dans une courette, au fond d'une ruelle, le genre d'endroit où l'on voyait bien quelqu'un abandonner une voiture gênante.

Elle laissa le chauffeur ouvrir la portière et descendit. Toujours aussi froid. Toujours New York. De la brique rouge noire de crasse, des escaliers de secours rouillés zébrant les façades et une vieille odeur de poubelle.

Renfield pianotait un texto sur son téléphone.

– Où on est? demanda Sadie.

Renfield ne daigna pas répondre. Une porte s'ouvrit sans laisser passer de lumière.

– Viens, dit-il.

Sadie lui emboîta le pas dans l'immeuble. Il faisait déjà un peu plus chaud. La porte se referma. Elle ressentit une présence derrière elle. Un frisson lui parcourut l'échine.

Une deuxième porte s'ouvrit. Elle pénétra dans une petite pièce aux murs blancs, baignée d'une lumière aveuglante, pas plus grande qu'une penderie. Renfield n'était pas là. Elle était seule. Un des murs comportait une sorte de réceptacle, fermé par une porte-poussoir en acier brossé, un peu comme un vide-ordures high-tech.

– Bienvenue, résonna une voix désincarnée. Autant te prévenir tout de suite, l'heure qui va suivre risque de ne pas être des plus agréables. Mais c'est nécessaire.

Noah était dans un taxi jaune le transportant de JFK International à une adresse dans le bas de Manhattan.

C'était la première fois qu'il mettait les pieds en Amérique. Pour tout dire, c'était la première fois qu'il quittait Londres.

Il était fatigué, surexcité – et aussi, dans une large mesure, totalement terrorisé. De fait, il se demandait s'il ne s'était pas laissé embringuer dans une vaste farce.

On lui avait remis un iPad contenant un topo filmé, qu'il avait visionné dans l'avion. Et, maintenant, il avait des horreurs plein la tête. Et aussi un maximum d'excitation. Parce que jusqu'ici, sa vie c'était l'école, une chambre miteuse à peine plus grande qu'un placard, un grand frère vénéré totalement azimuté, une mère comme un spectre gris, un père au trente-sixième dessous, absent le plus clair du temps, bref une existence sordide, avec pour unique horizon un boulot qu'il détesterait et une longue litanie de désillusions, pour toujours et à jamais.

Alors, peut-être était-il stupide de s'enrôler ainsi, sans poser de questions, dans une folle entreprise destinée à en stopper une autre, encore plus délirante. Mais, au fond, quel choix avait-il? Entre une grande aventure et la perspective de se laisser broyer par le train-train quotidien, son cœur n'avait pas balancé longtemps.

C'est pour ça qu'Alex était parti à la guerre: et pourquoi pas, bordel? Exactement ce qu'il avait dit à Noah lorsqu'il lui avait annoncé qu'il s'engageait dans l'armée: «Et pourquoi pas, bordel? Pour finir serveur dans un pub pourri ou gratte-papier dans un bureau quelconque? Pour avoir la même vie de merde que papa et maman? Et pourquoi pas l'armée, bordel?»

Aujourd'hui, c'était au tour de Noah de suivre le même chemin, pour les mêmes raisons. Et pourquoi pas, bordel?

Et aussi parce que, quelque part dans cette ville ridiculement verticale, se trouvait un type qui se faisait appeler Bug Man et qu'au fond de lui, Noah se voyait, un jour, allant trouver Alex pour lui dire: «Je me suis occupé de Bug Man, frangin.»

Noah avait conscience que ce rêve avait quelque chose de pathétique. Il n'était pas du genre à se leurrer, Noah. Il était dur, exigeant et impitoyablement honnête avec lui-même. Jamais il ne se berçait d'illusions comme avaient tendance à le faire les garçons de son âge, qui se voyaient déjà sportifs de haut niveau ou lauréats de la *Nouvelle Star*, les poches pleines de fric, une bombe atomique sous chaque bras, et des hordes de fans lancés à leurs trousses.

Il n'irait pas à l'université ; il ne deviendrait pas un riche banquier ou autre ; il était destiné, réglé, verrouillé comme une bombe intelligente à une besogneuse vie de tâcheron, à se débattre dans les affres d'un emploi abrutissant et encore, s'il avait la chance d'en décrocher un et de le garder.

Il avait réussi le test de Pound et il avait vu avec quelle gourmandise celui-ci l'avait regardé. Pour la première fois de sa vie, et peut-être aussi la dernière, il s'était senti valorisé.

En poche, il avait cinq cents dollars, en jolies coupures toutes neuves, qui craquaient sous ses doigts, avec leur format étonnamment compact et leurs obscurs symboles cabalistiques, ainsi qu'une adresse griffonnée sur un bout de papier. Enfin, il avait une mission, héritée de son frère.

– Première fois, p'tit ? lança le chauffeur par-dessus son épaule.

– Oui, répondit Noah, première fois que je viens à New York.

– P'tit, je vais d'voir m'arrêter. Faut que je change l'eau des olives.

Joignant le geste à la parole, il bifurqua vers un parking et s'arrêta devant un magasin comme on en voit dans les films : une sorte d'aquarium baignant dans une lumière crue, à la devanture crasseuse, protégée par des barreaux d'acier, derrière laquelle brillaient des logos de bière en néon à côté de quelques affiches jaunies par les ans.

Le chauffeur sortit en laissant tourner le compteur. Quelques secondes plus tard, une fille ouvrit la portière et se glissa sur la banquette à côté de Noah. Elle avait une drôle de dégaine, quelque chose entre le post-Goth et la madone des friperies, avec des petites flammes tatouées sur la pommette, comme si elle avait pleuré des larmes de feu. Physiquement, elle était quelconque, semblable à n'importe quelle fille qu'il aurait pu croiser dans son quartier. Une petite déception. Quelque part, il s'attendait à ce que toutes les filles de New York soient des mannequins.

– Désolé, mais la place est prise, dit Noah. On n'est pas arrêté, c'est juste que le chauffeur avait envie d...

– Te fatigue pas, bébé. Ça m'a coûté un *hundy* pour qu'il me laisse entrer. Tout a été calculé d'avance. Parlant de ça, t'as un schmurtz dans l'œil.

Se glissant près de lui, elle l'examina attentivement, de très près, avant de passer le bout du doigt entre ses paupières, comme si elle lui essuyait quelque chose au coin de l'œil.

– Un *hundy* ?

– Un C. Un biffeton de cent. Un *hundy*, quoi, répondit-elle avant de marquer une pause, s'attendant de toute évidence à une question subsidiaire.

Celle-ci tardant à venir, elle ajouta :

– Tu me demandes pas ce que c'est qu'un schmurtz ?

– Bah, une poussière, une pétouille, une petite saleté, j'imagine.

– Bien vu le British.

Noah se renfrogna. Il avait beau ne pas se sentir le moins du monde menacé par cette apparition, elle n'en était pas moins légèrement dérangeante et, compte tenu de la manière dont elle était habillée et de la façon plus que directe avec laquelle elle l'avait abordé, il se demanda s'il ne s'agissait pas d'une prostituée.

– Pardon de poser cette question, mais, tu serais pas une pierreuse, des fois ?

– Une pute, tu veux dire ? Nan. Quoique... Si je l'étais, tu cracherais au bassinet ?

Ce disant, elle esquissa un sourire plus marqué d'un côté de la bouche que de l'autre et, somme toute, un peu jeté. D'autant que le petit rire qu'elle y ajouta bientôt, genre « hé hé ! », n'avait rien de naturel. Déstabilisé, Noah ne savait que répondre, ce qui eut pour premier effet d'arrondir un peu plus le sourire de la fille.

– Relax, l'English, je suis tout en haut dans ton globe occulaire, en train de te vérifier. À la recherche de bugs. Tu es sans doute suffisamment sûre, tu es surveillée depuis l'autre jour. Sans compter que tu vas passer à la révision complète bientôt. C'est juste un p'tit coup d'œil.

– Je suis complètement perdu, avoua Noah.

Le chauffeur revint. Évitant consciencieusement le regard de la fille, il se remit au volant et le taxi s'éloigna du bord du trottoir. L'étrange passagère balaya du regard la rue déserte d'un œil professionnel.

– Tu *crois* que tu es perdu, l'English, dit-elle avec, une fois encore, ce faux rire sardonique dont, visiblement, elle était coutumière. Bientôt, tu seras tellement perdu que tu ne sauras même plus dans quel univers tu es.

Sadie cligna des yeux dans la lumière aveuglante et appela d'une voix hésitante :

– Vincent ?

Quelque chose dans l'intonation de la voix lui faisait dire que ce n'était pas la sienne. Pas plus que celle de Renfield. Non, elle sonnait presque comme celle d'une femme, mais si basse qu'elle aurait pu passer pour une voix masculine.

– Je vais devoir te demander de te déshabiller et de bien vouloir mettre tous tes vêtements dans le réceptacle qui se trouve sur ta droite. Ensuite, tu voudras bien rester immobile le temps que nous réalisions quelques séries de scans.

– Vincent m'a déjà examinée, répondit Sadie. Il a placé un biobot sur moi.

– Certes, mais il se trouve qu'il l'a enlevé au terme de l'examen qui remonte déjà à plusieurs jours.

La voix avait quelque chose d'éminemment irritant à force d'être posée, raisonnable et rationnelle. Elle haïssait cette voix. Avec un haussement d'épaules, elle retira son écharpe, son manteau, ses bottes et fourra le tout dans le réceptacle.

– Hé la voix ! Je suis censée aller jusqu'où, là ?

– Jusqu'au bout. Enlève tout, s'il te plaît.

– Y a intérêt pour toi, la voix, qu'aucune photo de cet épisode ne se retrouve sur Internet, murmura Sadie en s'exécutant.

– Tu peux m'appeler Ophélia.

– T'es une fille ?

– En effet, répondit Ophélia. Attends, je vais éteindre le masquage… C'est mieux là ?

De fait, l'intonation n'était plus du tout impersonnelle et il s'agissait définitivement d'une voix de femme.

– En fait, oui, répondit Sadie. Tant qu'on y est, je ne suis pas pudique, mais la lumière ici n'est vraiment pas flatteuse.

– Mmh, c'est mieux comme ça ? demanda Ophélia tandis que l'éclairage baissait d'intensité. Bon, je commence les scans. Tu vas voir des couleurs, entendre des bruits bizarres, certains un peu forts. Dans tous les cas, ne bouge pas.

– OK, Ophélia.

Ça dura plus longtemps que ce qu'elle pensait. Suffisamment pour que ça devienne lassant. Suffisamment pour qu'elle en nourrisse de l'animosité.

Le truc avec Sadie, c'était que, bien qu'elle ne fût ni snob ni arrogante envers les autres, elle avait vécu une vie facile, dénuée du moindre inconfort. Les seuls désagréments qu'elle avait eu à endurer avaient trait à sa santé – le diagnostic et les traitements initiaux pour résorber son anévrisme –, ce qui ne faisait qu'augmenter son impatience présente. Car tout ce tralala avait un faux air d'examen médical, quand bien même la procédure évoquait étrangement une scène d'enlèvement par les extraterrestres.

Finalement, la lumière blanche revint. Elle tressaillit.

– Pardon. J'aurais dû rallumer doucement.

– Quoi encore ?

Une porte s'ouvrit. Une jeune femme entra ; brune, dans les vingt ans, les cheveux très longs, ramassés en une sorte de nœud à la fois informel et étudié, et qui tombaient ensuite jusqu'au bas de ses reins. Elle avait la peau foncée, mais pas par le soleil d'Afrique. Ce que semblait confirmer le petit saphir qu'elle portait au milieu du front. Pas un piercing, un bidule collé. Elle avait de beaux yeux. À part ça, elle était quelconque.

– Tiens, dit-elle en tendant à Sadie le sac à provisions qui pendait à son bras. Tes vêtements. Attention, certains peuvent être encore chauds. Je les ai passés au micro-ondes. Tu peux te rhabiller.

Ophélia. Le nom lui disait quelque chose. Un personnage. Littérature classique, pas moderne. La référence exacte lui échappait pour l'instant. Qu'à cela ne tienne, elle chercherait sur Google plus tard.

– Au micro-ondes ?

– Les micro-ondes n'ont guère d'effets sur les biobots tels que tu les connais. En revanche, les nanobots contiennent de très légères quantités de métal qui les rendent vulnérables à un bon vieux four à micro-ondes comme il y en a dans toutes les cuisines.

Sadie commença à se rhabiller.

– Nanobots ?

Ophélia esquissa un sourire, ce qui la rendit plus jolie. Le genre de sourire capable d'illuminer non seulement le visage, mais la pièce tout entière. Sadie aurait bien aimé pouvoir faire ça.

– On m'a demandé de m'occuper de ta préparation. Je répondrai donc à toutes tes questions, à l'exception de celles à caractère personnel, bien sûr.

– Shakespeare. C'est de là que ça vient, dit Sadie en se contorsionnant pour mettre son soutien-gorge.

– Exact, confirma Ophélia. Plus précisément *Hamlet*. Le nom de sa fiancée foldingue. (Le beau sourire s'évapora.) Je suis désolée pour ton père et ton frère.

– Mmh, bougonna seulement Sadie, fatiguée des condoléances.

– Donc, les nanobots, reprit Ophélia. En fait, la nanotechnologie se divise en deux branches : l'une biologique, l'autre mécanique. Un café ?

– J'imagine qu'il serait inenvisageable d'avoir plutôt un whisky, répondit-elle en finissant de se rhabiller.

Un autre sourire apparut sur le visage d'Ophélia, pas les feux de la rampe, comme tantôt, non, un rictus plus moqueur, pour ne pas dire provocateur. Décidément, Ophélia pouvait exprimer une impressionnante palette de sentiments avec son seul sourire.

– Ah, pardon, j'oubliais, je n'ai pas l'âge, ironisa Sadie.

Encore un nouveau sourire, triste et soucieux celui-là.

– Nous ne faisons pas la différence entre adultes et adolescents. Mais je doute que nous ayons du whisky.

– C'était le truc de mon père, ça, poursuivit Sadie. Le whisky. Il disait que ça l'aidait à ne plus penser à rien, à la fin de la journée. Un jour, je me souviens, je suis allée le voir dans sa biblabothèque – le nom qu'il avait inventé pour parler de son bureau parce qu'il était à la fois plein de livres et de matériel scientifique – et...

Les mots se perdirent au fond de sa gorge. Car à l'évocation de ce souvenir, des centaines d'images, d'odeurs, de sensations avaient brutalement refait surface et, avec elles, une irrépressible envie de pleurer. «Ne repense pas à tout ça, se dit-elle. Oublie papa dans sa fameuse biblabothèque, affalé dans son vieux fauteuil club, les pieds sur la table, son verre à whisky à la main, le regard perdu sur son sempiternel tableau noir, poussiéreux et couvert d'obscurs gribouillis.»

Elle l'interrompait dans ses travaux. Pour jouer du piano, qui lui aussi se trouvait dans la biblabothèque. Ou pour lui montrer un dessin. Ou simplement pour jouer car il lui suffisait de rester debout près de lui pour déclencher une crise de fausse fureur qui se terminait invariablement par un gros câlin.

Écrabouillé sur le béton du stade. Carbonisé dans des flammes graisseuses. Et Stone avec lui. Son frère aimé, toujours si convenable, si drôle et si gentil.

– Un café m'ira très bien.

Ophélia la conduisit dans une cuisine. Une cuisine complètement cuisine, à ceci près que la femme (ou l'homme) au foyer qui aurait dû compléter le tableau en était absente. Au contraire, de toute évidence, plusieurs personnes l'utilisaient, sans se soucier du désordre ambiant. Pour preuve, des tasses de thé à moitié vides, des paquets de chips ou de petits gâteaux traînaient au petit bonheur, abandonnés par leur propriétaire à l'endroit même où ils avaient été consommés.

Le café était fait. Un bon litre de jus sombre stagnait dans la verseuse en Pyrex, que personne n'avait pris la peine de nettoyer depuis, vraisemblablement, le jour où cette cafetière électrique avait quitté sa boîte en carton.

Elles s'assirent autour d'une table. Sadie prenait son café noir. Ophélia avec du lait et du sucre. Les mugs ne portaient aucune inscription. Le café était amer.

– On appelle ça un *bindi*, dit Ophélia. Le truc que t'arrêtes pas de fixer.

– Ah, répondit seulement Sadie, jugeant inutile de nier qu'elle regardait avec insistance le bijou qui scintillait sur le front de son interlocutrice. Indien, n'est-ce pas ?

– Oui. Une coutume... À mi-chemin entre tradition et accessoire de mode. Un cadeau...

– Très joli.

Ophélia ne parut pas convaincue de sa sincérité.

– Bon, reprenons, dit-elle. Tu es au courant pour les bio-bots. Tu sais que c'est ton père qui est à l'origine de cette technologie. Et qu'il nous y a donné accès.

– Pourquoi ?

– Parce qu'on en avait besoin, répondit Ophélia. Tu l'ignores peut-être, mais l'histoire entre ton père et... enfin, disons, entre Grey McLure et les jumeaux Armstrong, l'histoire ne date pas d'hier.

Slurp.

– J'ai entendu parler d'eux. Ils ont une tare ou un truc, non ?

– Bon, *a priori*, tout est nickel, lança Renfield en faisant irruption dans la pièce.

Il tira une chaise et s'assit légèrement en retrait par rapport aux deux filles. Cette fois, le sourire d'Ophélia se fit repentant.

– Renfield a placé deux biobots sur toi.

Quand il lui avait bandé les yeux. Évidemment.

– En même temps, si je peux me permettre, le terrain n'était pas vierge. Y en a même un qui a oublié une fibre de Téflon dans ton oreille interne…, dit Renfield avec un léger haussement d'épaules. Je voulais pas créer de problème, alors je l'ai laissé, mais, au prochain passage, je le retire.

Sadie avait fini par s'habituer à l'idée que des petites bestioles microscopiques, genre nano-araignées, se baladent un peu partout dans son organisme. D'abord ceux de son père puis, plus récemment, ceux de la clinique. Mais c'était tout autre chose d'imaginer que ce garçon, pour lequel elle n'éprouvait aucune sympathie, avait un œil et une oreille qui traînaient dans son cerveau. La sensation était même particulièrement désagréable. Un détail, toutefois, atténuait sa colère : il avait un bout de morve qui pendouillait à la narine.

– Les scans qu'on a faits à ton arrivée auraient détecté les nanobots que tu aurais pu avoir sur la peau, en surface, dit Ophélia. Mais, à l'intérieur, dans la viande, ils peuvent facilement se planquer. C'est pour ça qu'il faut qu'on y regarde de plus près.

– Au cas où y se planquent, ajouta Renfield.

C'est alors qu'il fit quelque chose d'extrêmement bizarre. Il tira nonchalamment sur sa crotte de nez et, d'une pichenette, l'envoya balader.

Sadie le regarda fixement. Il détourna les yeux.

Choc.

– Tu vois ce que je vois, s'exclama Sadie en se levant d'un bond, furieuse. Je matais ton nez et tu l'as vu.

– Un biobot peut planter une sonde dans le nerf optique, ou même dans le cortex visuel, avoua Ophélia. Mais c'est un peu au petit bonheur la chance. Parfois, tu as une image complète, parfois...

De sa main valide, Sadie tapa un grand coup sur la table. Un grand boum résonna dans la pièce. La tasse de café fit un bond.

— Dégage de ma tête! éructa-t-elle en pointant un doigt accusateur vers la mine pédante de Renfield.

— Ça va, calme-t...

— Tu veux te prendre une tasse de café brûlant sur la tr...?

— Arrêtez! cria Ophélia. On ne s'énerve pas. Du calme. Renfield! Éloigne-toi du siège de ses sens. T'as rien à faire là.

Dans le calme pesant qui s'ensuivit, Sadie trouva au moins un mérite à l'incident. Il faisait paraître au grand jour deux choses. D'abord, il y avait une hiérarchie dans ce groupe. Une hiérarchie au sein de laquelle, malgré sa voix douce et ses gestes posés, Ophélia était mieux placée que Renfield. Ensuite, Renfield concevait une haine farouche vis-à-vis de Sadie. Ça sautait aux yeux.

— Et qu'est-ce qu'il peut faire d'autre dans ma tête? demanda-t-elle. Lire mes souvenirs?

— Non, répondit Ophélia en retrouvant une voix d'un calme absolu. On ne peut pas, à proprement parler, lire les souvenirs. Mais on peut les localiser. C'est comme... Tiens, c'est comme parcourir un livre à la recherche d'un mot particulier. À ceci près qu'on ne peut pas lire le livre en entier. Ce qui n'empêche pas de pouvoir localiser une idée. Ensuite, une fois qu'on l'a, on peut tirer un fil et le laisser à la surface, ou planter une borne qui servira de repère stable, ou installer un transpondeur.

— Et ça fait quoi? demanda Sadie en fusillant Renfield du regard.

– Le fil ou le transpondeur peuvent lier deux souvenirs ou deux idées différentes. Les interconnecter de manière inédite, c'est-à-dire d'une manière que le cerveau n'avait pas envisagée jusque-là. Un exemple. On peut localiser les souvenirs de ton animal domestique préféré, disons un chat, puis relier ces souvenirs à quelque chose que tu détestes ou dont tu as peur.

Renfield passa une main dans ses cheveux, rabattant sa frange en arrière par petits à-coups.

– Et, ensuite, chaque fois que tu penses « minou, minou », tu penses aussi « peur, peur ».

– Donc, si je comprends bien, en refaisant suffisamment de connexions, on peut modifier la manière de penser de quelqu'un. Créer de fausses phobies. Réécrire les souvenirs. Faire naître l'amour ou la haine, énuméra Sadie, en refusant toujours de se rasseoir. Jamais mon père n'aurait permis une chose pareille. C'est immonde.

– Le truc, c'est qu'on n'est pas l'entreprise McLure, répliqua Renfield. Ton père nous a donné la technique. Mais c'est pas lui qui met en scène le spectacle.

– Qui est-ce ?

– Lear.

– Et qui est Lear ?

Apparut alors le plus subtil de tous les sourires dont Ophélia avait fait montre jusque-là. S'y exprimait un mélange de respect, de crainte et de soumission.

– Lear, c'est Lear. Un point c'est tout.

PIÈCE VERSÉE AU DOSSIER

Profession de foi de Charles et Benjamin Armstrong

Nous ne sommes pas le mal.

Nous ne recherchons pas le pouvoir. Nous ne visons pas l'asservissement des autres. Notre seul but est de rendre à l'homme sa liberté.

Une liberté aujourd'hui bafouée, déniée, sacrifiée. Combien de famines avons-nous feint d'ignorer ? Combien de gens sont morts de maladies évitables dans l'indifférence générale ? Combien de nos semblables croupissent dans les geôles de régimes iniques ou sont prisonniers de leurs propres addictions ? Combien ont perdu toute espérance alors que l'espoir est à portée de main ?

Nous sommes des monstres : deux hommes que la nature a accidentellement choisi de joindre dans les entrailles de leur mère. Nos cerveaux sont distincts mais interconnectés. Nous séparer reviendrait à tuer l'un d'entre nous.

Mais n'est-ce pas là la magnifique parabole de l'humanité tout entière ? Ne devrions-nous pas devoir notre survie à celle de l'autre ? Ne devrions-nous pas, tous autant que nous sommes, appartenir à une même humanité, sans haines, sans guerres, sans cruautés ?

Nous ne sommes jamais seuls parce que nous sommes deux, et non un. Nombre de gens nous regardent avec pitié ou horreur. Croyez-nous lorsque nous vous disons que nous ressentons la même chose pour vous – tous – piégés que vous êtes dans une éternelle solitude.

Personne ne contredira le fait que, durant toute l'histoire humaine, les hommes ont eu la liberté de choix, l'opportunité de préférer l'amour de son prochain à la haine. Personne ne niera non plus que, dans une large mesure, ce n'est pas la voie que l'humanité a choisie.

Heureusement, cette fatalité n'en est plus une. En effet, aujourd'hui, la technologie nous permet d'entrevoir autre chose qu'une cruelle, froide et hostile désunion.

Je vous entends déjà objecter que lutter contre la haine de l'autre, c'est refuser d'appréhender la condition humaine telle qu'elle est, telle qu'elle a toujours été.

Mais, précisément, pourquoi ne pas chercher à améliorer la condition humaine ? Elle n'est pas immuable. Depuis des temps immémoriaux, nous nous tournons vers la technologie pour nous procurer des pouvoirs que nous ne possédions pas naturellement. N'est-ce pas la maîtrise du feu qui nous a permis de nous protéger du froid et de cuire nos aliments ? N'est-ce pas l'invention de l'ampoule électrique qui nous a libérés de la nuit ? N'avons-nous pas lutté, durant des siècles, pour nous arracher à l'attraction terrestre, d'abord dans des ballons, puis des avions à hélice et enfin des avions à réaction, jusqu'à, finalement, quitter l'atmosphère et investir l'espace lui-même à bord de fusées ?

Aujourd'hui, nous possédons la technologie capable de nous libérer non seulement de la nuit au sens propre, mais également des interminables ténèbres dans lesquelles baigne l'âme humaine. Grâce aux nanobots, nous sommes en mesure de relier tous les hommes entre eux, de les unir en une seule et même unité – unanimité – l'humanité. Plus personne n'aura à mourir de faim pendant que d'autres engraissent. Plus jamais nous ne détournerons le regard face à la barbarie et à la cruauté. Parce que ces avanies nous toucheront tous.

Seule l'ignorance nous sépare encore de notre grand dessein : unifier l'humanité tout entière dans une entité ô combien plus profonde qu'un réseau social. Oui, l'humanité est à l'aube d'un nouveau stade de son évolution : une interconnexion globale de tous les individus qui la composent. L'ultime réseau. Nexus Humanus.

Et ce qui jusqu'ici était considéré comme une utopie deviendra réalité.

Bien sûr, il en sera forcément certains pour persister dans la voie du mal et résister à ce glorieux futur.

Nous porterons leur deuil.

Charles et Benjamin Armstrong

PIÈCE VERSÉE AU DOSSIER

Lear
Me connais-tu, camarade ?
Kent
Non, monsieur ; mais vous avez dans votre mine quelque chose qui me donne envie de vous appeler maître.
Lear
Quoi donc ?
Kent
L'autorité.

Le Roi Lear, William Shakespeare

DIX

Depuis l'épicerie asiatique qui se trouvait pile en face du China Bone, Vincent épiait l'arrivée de Karl Burnofsky, qui ne tarda pas.

De son pas traînant, il s'avança jusqu'à la porte et entra. Deux TdP – *Touristes de Province* – suivaient à distance discrète. Deux des habituels agents d'AmericaStrong, le service de sécurité intégré d'Armstrong Fancy Gifts. RAS, sinon que l'un d'eux était une femme.

L'Armstrong Fancy Gifts Corporation avait beau être dirigée par un monstre aussi tordu physiquement que dérangé sur le plan mental, l'image que la société renvoyait à l'extérieur était résolument sobre. Pour preuve, la mise générale des types d'AmericaStrong qui n'étaient pas du tout du genre à se trimballer dans la rue en essayant de se donner des airs d'agents secrets ou de porte-flingues à verres fumés comme on peut en voir dans les films. Bien au contraire. Avec leurs polos de grande surface, leurs vestes de péquenaud et leurs coupes de cheveux ringardes, ils se fondaient dans la foule new-yorkaise avec une déconcertante facilité, passant aux yeux de tous pour les créatures les plus anonymes, les plus invisibles et les plus facilement oubliables qui soient : des touristes de province.

TdP.

Burnofsky s'avança jusqu'à l'ascenseur. Les deux TdP restèrent à l'extérieur où ils discutèrent un moment en tapant des pieds pour se réchauffer, jusqu'à ce qu'une voiture approche et leur offre un abri plus confortable.

Le China Bone. Aucune enseigne. Cela va de soi. Discret, toujours discret. Et pourtant, un pilier de Chinatown depuis 1880, en dépit de multiples changements d'adresse aux quatre coins du quartier. Ceux qui avaient besoin de trouver l'endroit le trouvaient. Point, barre. De fait, le China Bone pouvait se targuer d'avoir attiré en ses murs la crème des fumeurs d'opium de New York. Exclusivement chinoise au début – pour l'essentiel des marins venus retrouver un petit goût du pays –, la clientèle s'était peu à peu ouverte à d'autres groupes de population, au premier rang desquels la coterie des artistes bohèmes de l'ère victorienne, en mal d'aventure et de paradis artificiels.

Dans les années folles, le China Bone avait connu son âge d'or, devenant un club sélect où, Prohibition oblige, on trouvait non seulement de l'opium et de la marijuana, mais aussi de l'alcool. Le style et le raffinement un brin désuets étaient restés, comme avait pu le constater Vincent à travers l'œil droit d'un serveur. Pensez bar de palace pour riches drogués. Et même si la surabondance de dorures et de bois sombres n'était pas du goût de Vincent, plutôt adepte du dépouillement, le China Bone n'en restait pas moins, de son propre aveu, l'endroit idéal pour céder à un penchant pour les opiacés – ce dont Burnofsky ne se privait pas.

À travers l'œil du serveur, Vincent avait entrevu le brillant alcoolique, opiomane invétéré – et Dieu sait quoi d'autre – se glisser discrètement dans une des nombreuses alcôves pour y attendre sa pipe.

Pour Vincent, l'expérience avait eu quelque chose de fascinant. Burnofsky était un génie. Un homme dont on était à mille lieues d'imaginer qu'il pouvait perdre des heures à se complaire dans les rêves fiévreux des psychotropes. Inévitablement, Vincent s'était demandé si la drogue serait susceptible de lui apporter ce qu'il n'avait jamais ressenti : du plaisir.

Cette fois-là, il ne s'était pas approché davantage de Burnofsky. Et il était passé à deux doigts de perdre son biobot lorsque le serveur avait décidé de s'offrir une virée surprise avec ses potes… au Mexique.

Car là résidait l'inconvénient des biobots. Contrairement aux nanobots, il fallait les récupérer.

Vincent régla le curry bio *made in* Thaïlande et le sachet de piments verts qu'il avait pris au hasard des rayons. Quelques trucs épicés. Non qu'il se réjouisse de ce qu'il cuisinerait avec, mais, au moins, là, il sentirait ce qu'il mangeait.

Ce serait déjà ça.

Il avait douze ans lorsqu'on avait diagnostiqué son anhédonie, un trouble généralement associé à une cause psychiatrique et, le plus souvent, à l'usage intensif de drogues dures. Tout du moins, c'était comme ça que l'on voyait les choses à l'époque et ce à quoi s'étaient tenus ses parents mortifiés : le petit Michael prenant tellement de drogue qu'il en avait perdu la capacité à éprouver du plaisir. Oh, mon Dieu, mais qu'avons-nous fait pour qu'il en arrive là ?

Il avait bien fallu deux ans, au cours desquels la vie de famille avait tourné uniquement autour de ce drame, pour qu'ils commencent à envisager la possibilité d'une cause physique à ce trouble du comportement. C'est ainsi qu'ils avaient fini par découvrir des lésions au niveau du noyau accumbens et par mettre en évidence une production anormale de dopamine.

Son petit sac en plastique à la main, Vincent passa de la lumière fluorescente des néons à la froideur de la nuit. Il était tombé sur cette épicerie des mois auparavant, en filant Burnofsky. Depuis, il y faisait régulièrement ses emplettes. Mais il s'était également découvert une fascination pour le China Bone ou, du moins, pour ce qu'il représentait : une recherche du plaisir si effrénée qu'elle conduisait les gens à s'autodétruire.

Le véritable objet de sa mission du jour se trouvait dans le bar d'un hôtel, à un pâté de maisons de là. Une femme. Anya Violet.

De son vrai nom Anya Oulianov. Russe. Mais quand son père avait fait passer sa famille de Samara à New York, il avait changé de patronyme au profit de quelque chose de, disons... moins problématique. En effet, Oulianov était le vrai nom de Lénine, et donc un sacré fardeau à porter. Par conséquent, *bye-bye* Oulianov, et bonjour Violet – qu'au début, ils avaient toutes les peines du monde à prononcer correctement, décomposant maladroitement chaque syllabe en : «vee-aï-lett». Aujourd'hui, c'était Violet. Comme violent, sans le *n*.

La mère d'Anya avait toujours aimé les fleurs. Les violettes en particulier.

Docteur Anya Violet. Occupation professionnelle : employée d'une branche ultraconfidentielle de McLure Industries. Même ses proches amis et les membres de sa famille ignoraient qu'elle travaillait sur les biobots. Et si Vincent lui-même était au courant, c'était uniquement parce que BZRK avait depuis longtemps plein accès aux ordinateurs sécurisés de chez McLure.

Mais qui diable pouvait être Lear pour bénéficier ainsi du plein soutien de Grey McLure? Et combien de fois s'était-il posé cette question? Et combien de fois s'était-il refusé à creuser le sujet? Car si Lear, du fait de son parfait anonymat, pouvait être n'importe qui et ainsi apparaître comme un être quasi mythique, en revanche Caligula était, lui, bien réel. Et Vincent avait l'intime pressentiment que si d'aventure il perçait le secret de Lear, Caligula le poignarderait, le flinguerait, l'étranglerait, le noierait ou toute autre chose, bref, que d'une manière ou d'une autre, il le tuerait.

Car telle était la... contribution de Caligula à la cause.

Vincent repensa à la note qu'il avait ajoutée au bas de son rapport: «Je ne suis pas Scipion.»

Scipion était le général sous les ordres duquel les légions romaines avaient finalement détruit Carthage.

Lear accepterait-il ce refus d'obstacle? Lui (ou elle) l'autoriserait-il à refuser, à l'avenir, les ordres Carthage? Ou est-ce que, malgré ses atermoiements, cette rebuffade n'entamerait en rien sa profonde conviction que, au bout du compte, Vincent ferait ce que Lear lui demanderait sans rechigner?

Ce soir, ce serait la troisième fois que Vincent rencontrerait Anya dans ce bar. Anya habitait tout près. Pas Vincent, mais il avait un appartement à quelques rues de là, qui avait toutes les apparences de son lieu de vie. Au cas où.

L'hôtel n'était pas chic. Sombre et anonyme, il y flottait un relent de sauce soja et d'huile d'arachide. Le bar était encore plus mal éclairé que le reste. Son mobilier se réduisait à quatre petites tables et à un nombre équivalent de tabourets, collés au comptoir. Invariablement, il n'y avait là qu'Anya.

Vincent la vit avant que la réciproque se produise. Non

sans satisfaction, il nota qu'elle s'était habillée pour l'occasion. Leur premier rendez-vous planifié. Enfin, le premier dont Anya avait connaissance. Un rencard. Les fois précédentes, elle portait les vêtements décontractés qu'elle mettait tous les jours pour aller au labo. Les fois précédentes, elle était venue là pour prendre un verre après une dure journée de boulot, précisément parce que c'était l'endroit où elle n'avait aucune chance de tomber sur quelqu'un qu'elle connaissait, la laissant libre de siroter tranquillement un verre ou deux sans penser à rien. Simplement se relaxer, décompresser, se prélasser, renouer avec elle-même après le rinçage cérébral auquel s'apparentait chacune de ses journées de travail.

Ça avait changé quand elle avait rencontré Vincent. D'abord, c'était un beau garçon. De dix ans son cadet. Anya était ravissante. Grande, des jambes quasi parfaites, un soupçon de galbe au niveau des hanches – que presque personne ne remarquait –, une peau qui était encore très belle tout comme d'ailleurs sa chevelure aux reflets acajou – comment disaient-ils déjà ? Auburn ?

Du chien. Un visage avec du caractère, ce qui, dans son cas, se traduisait par un lointain écho des grandes invasions venues des steppes.

Et Vincent. Ah, le jour où il lui avait raconté tout le truc de l'anhédonie ! Il n'y a pas une femme, quels que soient le cintre de sa jupe droite, la générosité de son décolleté ou la cherté de la fragrance flottant dans son cou, qui n'aurait pas immédiatement tendu l'oreille.

Inapte au plaisir.

« Ah, ouais ? »

C'est toujours ce qu'elles pensaient. Ensuite, il trouvait une manière finaude de laisser entendre que s'il n'éprouvait pas de plaisir lui-même, en revanche il savait comment en *procurer*. Et hop, emballez c'est pesé – comme on dit très prosaïquement.

La théorie d'Anya, c'était que, jusqu'à présent, il n'avait probablement rencontré que des gourdettes de son âge, voire plus jeunes. Toutes très jolies, cela allait sans dire, mais, franchement, qu'est-ce qu'une gamine de moins de vingt ans savait de l'art de l'amour?

– Vincent! dit Anya en pivotant sur son tabouret.

Ce faisant, sa jupe remonta juste ce qu'il faut pour révéler un carré de peau à l'intérieur de la cuisse.

Bisou bisou, smack smack. Très New York New York. À ceci près que Vincent se retira peut-être un peu trop lentement, tardant à désunir les joues, sans qu'Anya ne s'y oppose.

Il recula enfin. Sauf que maintenant, en plus de la regarder s'empourprer face à lui, il voyait à travers les optiques de ses deux biobots.

V1, qui se dirigeait vers l'œil, crapahutait dans une profonde vallée jonchée de gros éboulis cristallins. Du maquillage. Les produits haut de gamme – de grain plus fin – avaient tendance à coller aux pattes des biobots, un peu comme de la boue.

V3, pour sa part, affrontait un paysage que Vincent ne réussissait pas à interpréter. Une longue plaine de chair spongieuse, légèrement incurvée, parsemée de ridules, avec, au loin, disons un demi-centimètre en macro, une énorme colonne, épaisse comme un baobab, qui s'élevait tout droit depuis le tapis de chair. V3 était penché, ce qui signifiait qu'en réalité, le poteau était à peu près horizontal.

Les grands yeux noirs de Vincent se posèrent une fraction de seconde sur le lobe d'Anya. Bien sûr: une boucle d'oreille. Or blanc ou platine. À travers les yeux du biobot, ça ressemblait à un de ces vieux canons à chargement par la bouche, écaillé et bosselé. Le biobot avançant, Vincent aperçut le point. Le trou à travers lequel passait la tige de métal.

Son regard oscilla vers le diamant à l'aplomb du lobe. Il n'avait jamais exploré un diamant à l'échelle nano. Ça pouvait être cool. Mais on n'était pas là pour admirer le paysage.

Un dans l'œil, un dans l'oreille.

– J'ai acheté quelques trucs en chemin, dit-il en exhibant le sac plastique comme preuve. J'étais en avance. Mais je ne voulais pas paraître trop impatient.

Et s'il lui faisait tout simplement confiance ? Et s'il lui disait ce qu'il cherchait ? Peut-être qu'il pourrait l'embarquer dans BZRK. À vrai dire, c'était son plan initial, la recruter, avoir une porte d'entrée dans les labos McLure.

Sauf que, dorénavant, il ne pouvait plus se permettre un seul « peut-être ». Il lui fallait des « oui ». Rien que des « oui ». Il devait savoir ce qu'elle pouvait apporter à la cause. Sur-le-champ.

Tic tac. Tic tac. Une nécessité. Et la nécessité ne justifie-t-elle pas tout ?

– C'est bon. Moi aussi j'étais là en avance.

Ils échangèrent un sourire, façon « je sens qu'on s'apprécie ». Vincent en présuma qu'elle envisageait de passer la nuit avec lui. Encore heureux. Parce qu'il avait besoin de temps pour faire son travail.

Sans compter que l'attirance était partagée. Vincent était anhédonique, pas asexuel. Le besoin, c'est le besoin. Le plaisir tiré de l'assouvissement du besoin, c'est autre chose.

Merde ! Elle était allée nager. Ou avait peut-être juste pris une douche. Quoi qu'il en soit, dans son oreille, V3 venait de se ficher de plein fouet dans un mur d'eau. Probablement guère plus de quelques millilitres, mais bien tendus sous une fine membrane si bien que, au lieu de former un lac à la surface duquel il aurait pu courir, c'était plus comme une bombe à eau géante à traverser à la nage.

À moins d'essayer de crever la tension de surface, auquel cas V3 pouvait espérer s'offrir une séance de surf, avec une bonne probabilité de se retrouver dans l'oreille externe. À moins, bien sûr, qu'au terme d'un vif mouvement de serviette, il atterrisse sur le comptoir du bar ou sur les genoux de la fille.

– La même chose, dit Vincent en se tournant vers le barman.

– Oh, non, le dissuada Anya en posant une main sur son bras. C'est vraiment affreux. Aucun honnête homme ne saurait boire un truc pareil. Trop doux.

Avec quelle assurance l'avait-elle interrompu, nota-t-il. Une femme plus mûre, plus accomplie, accoutumée à prendre spontanément ses responsabilités.

– Deux vodkas! ordonna Anya. Bien fraîches, s'il vous plaît.

Pivotant vers Vincent, elle lui lança un petit clin d'œil.

– Mes racines russes…

– Aurais-tu dans l'idée de m'enivrer?

– Si je dois en arriver là, répondit Anya d'une voix rauque tandis que Vincent lançait prudemment V1 à l'assaut de la ligne de mascara, enjambant ce qui ressemblait à un demodex récemment décédé – intéressant – avant de s'enfoncer dans l'œil, sous la paupière inférieure.

Il rapatria V3. Le coup de la serviette pliée, il en avait déjà tâté une fois, merci bien. C'était l'enfer d'essayer de trouver la sortie. Valait cent fois mieux se tirer d'un larynx que d'une serviette.

Ils avalèrent leurs verres.

Une heure et dix minutes plus tard, ils étaient chez Anya.

Plus tard encore, elle s'était endormie dans ses bras.

Un stade auquel Vincent était pratiquement certain qu'elle était exempte de nanobots.

Il avait déjà commencé à utiliser V1 et V3, en renfort de V2 – encore convalescent de ses deux pattes sectionnées lors de sa précédente mission – pour étirer les dendrites neuronales de ses centres de plaisir aux images qu'elle avait de lui. Pour l'instant, elle le trouvait juste très attirant. Peut-être même pas. Mais dans les heures qui allaient suivre, tandis qu'elle dormait et lui non, l'affection qu'elle éprouvait à son égard allait se démultiplier. Bientôt, une simple pensée pour lui déclencherait la sécrétion d'endorphines qui se répandrait dans son système sanguin et ferait tomber les dernières barrières. Elle l'aimerait. Elle lui ferait une pleine et entière confiance.

Vincent se promit de tout enlever dès qu'il aurait ce qu'il lui fallait. Et ça, c'était la différence entre BZRK et les Jumeaux. Vincent, lui, s'arrêtait à l'essentiel, minimisant autant qu'il le pouvait les constructions artificielles.

– Parce qu'on est les bons, murmura-t-il pour lui-même, malgré la flagrante contradiction apportée par les images d'un meurtre dans un restaurant de Londres, qui choisissaient le plus inopportun des moments pour exploser, telles de grosses bulles de pétrole crasseux, sur l'écran de sa mémoire.

Burnofsky n'avait ni l'argent, ni l'aura, ni l'entregent d'un producteur de disques (dont nous tairons le nom) ou d'un capitaine d'industrie surexposé (qui, par mesure de discrétion, restera anonyme). Aussi se contentait-il d'une des alcôves les plus modestes du China Bone, loin des suites les plus vastes et les plus rutilantes.

Le seul nom qu'on lui connaissait ici était celui qu'il avait donné la première fois : John Musselwhite. La direction savait-elle que c'était un pseudonyme ? Sans doute. Ce qui est sûr, c'est que leurs cheveux se seraient dressés sur leur tête s'ils avaient connu le vrai.

Son coin, c'était le grenier, en fait. Une vaste pièce, mais pas entièrement dénudée, autour de laquelle courait une haute marche. C'était bien fait. Style industriel, certes, mais savamment éclairé, presque cinématographique. Des agents de sécurité, d'une discrétion absolue, vêtus d'amples pantalons noirs et de chemises blanches, comme Jackie Chan pourrait en porter dans un de ses films, montaient la garde. Chic asiatique de base. S'ils avaient des revolvers, ils étaient bien cachés, et les types souriaient tout le temps. Sourires, sourires, sourires. Dans deux des angles se trouvaient des podiums de danse ; de simples élévateurs hydrauliques qui soulevaient la danseuse dans les airs, puis redescendaient, tels deux gros pistons pompant l'air au ralenti. Les filles étaient variées et changeaient assez souvent pour que ni elles ni la clientèle ne se lassent.

La musique était bien moins forte que ce que l'on était en droit d'attendre dans un lieu de perdition. Et, Dieu merci, il ne s'agissait pas de celle du rocker sur le retour qu'il venait de voir passer. De fait, il n'en avait jamais entendu de semblable ailleurs. Une douce pulsation feutrée sur laquelle venait se greffer une mélodie répétitive créant une sorte d'envoûtement immuable. Une sorte de *dance music* alliée à de la *house*, dont la complexité de la structure rythmique anéantissait tout espoir de se trémousser pour quelqu'un qui n'était pas danseur professionnel.

La coursive distribuait les alcôves proprement dites, décorées un peu à l'orientale, façon tente de Schéhérazade. De l'intérieur, ce qu'on voyait en regardant à l'autre bout de la pièce, c'était un auvent de tente ondulant dans un souffle d'air ventilé, un rideau de perles ou encore, dans le cas de ceux qui aimaient étaler leur vice, des draps de coton, rabattus pour révéler et inviter.

Au centre de la grande salle se trouvait un bar rectangulaire, en laque noire veinée d'élégants reflets carmin et or. On y servait de l'alcool, bien sûr, ainsi que de la nourriture – même si les bouchées à la vapeur ne rencontraient qu'un succès limité. D'ailleurs, l'attraction qu'exerçait le bar sur la clientèle tenait davantage à l'envie de ne pas rester seul dans son alcôve qu'à une quelconque fringale. Ainsi l'ambiance était-elle décontractée, les gens se mélangeant spontanément les uns aux autres, les discussions allant bon train avec les barmans, comme si, finalement, l'attrait du troquet du coin était aussi puissant pour les habitués du China Bone que leur pipe.

Burnofsky pénétra dans son alcôve, un réduit de la taille d'une belle penderie, contenant, en tout et pour tout, deux étroits fauteuils, une tablette, une veilleuse et un anachronique téléphone à cadran rotatif. Burnofsky connaissait la chanson. Il décrocha le combiné et attendit qu'une voix se manifeste au bout du fil.

– En quoi puis-je vous être utile, monsieur? demanda une voix d'homme, douce et aimable, d'une neutralité absolue.

– *Ah-pen-yen*, répondit Burnofsky, le terme *ad hoc* au China Bone.

– Très bien, monsieur, dit la voix. Préparé ou préférez-vous le faire vous-même ?

– Non, non, préparé, dit Burnofsky en souriant. J'ai pleine confiance en votre savoir-faire.

Il raccrocha et s'étendit dans un fauteuil. De l'alcôve voisine, provenaient les doux effluves âcres et épicés qu'il aimait tant. Dans celle du côté opposé, carillonna un soudain éclat de rire, rapidement étouffé.

Il en avait rêvé toute la journée. Une journée incluant un long entretien en tête à tête avec les Jumeaux. Ce qui n'était jamais bon. Surtout lorsque le cœur de l'entrevue consistait à lui annoncer que Bug Man prenait la tête de l'opération ONU.

Il n'avait guère discuté. Bug Man avait bien bétonné le truc. Mais il était arrogant, et Burnofsky ne voyait que trop bien toutes les éventualités pour que les choses tournent mal. À bien des égards, cette mission lui semblait précipitée. Et il avait appris à se méfier comme de la peste de la précipitation. Dans un an, par définition, il y aurait une autre assemblée générale. Pourquoi ne pas profiter de ce laps de temps pour peaufiner l'opération et augmenter d'autant ses chances de réussite ?

À l'heure actuelle, au total, AFGC possédait un volant de vingt-sept lignards. Lui compris. Vingt-sept. Pour six personnalités d'État de ce niveau ? Sans abandonner totalement les projets en cours ? Jamais la logistique ne suivrait.

Infester POTUS, plus les Premiers ministres britannique, indien et japonais, le chancelier allemand et le président chinois, cela sous-entendait six équipes, déployées dans six capitales différentes, qui devaient infiltrer le cerveau des six personnes parmi les plus surveillées au monde ?

Un mauvais maillage avait tendance à causer des lésions.

Sur une personne lambda, ces lésions restaient gérables, mais sur quelqu'un dont on scrute jour et nuit la moindre des réactions, c'était une autre paire de manches. POTUS n'avait qu'à être pris d'un petit tic pour qu'une escouade des meilleurs médecins lui fasse passer toute une batterie de tests. Et là, qu'est-ce qui se passerait quand les docteurs de Bethesda découvriraient un crâne grouillant de nanobots?

Panique totale. Certifiée sur facture. Coups de fil au FBI, à la CIA, à la NSA, aux antennes des renseignements extérieurs des quatre coins du monde. Les rumeurs couraient déjà. Une simple recherche Google mettrait sur le grill les plus paranoïdes, qui n'auraient aucun mal à dénicher des informations d'une étonnante précision.

Et si, soudain, le FBI avait des preuves? Des preuves matérielles?

AFGC contrôlait bien le sous-directeur du FBI, mais, à lui tout seul, jamais il ne pourrait étouffer une affaire pareille.

Vingt-sept lignards. Et, sur l'ensemble, à peine cinq capables de réaliser des ligatures et de se battre. C'est ça que le gamin avait pas pigé. En fait de vingt-sept, ils étaient sept, et guère que trois à avoir une chance de l'emporter face aux meilleurs.

Une serveuse se présenta, avec un plateau d'argent. Elle inclina légèrement la tête, le posa délicatement sur la table, puis se retira.

Sur l'épais napperon blanc du plateau se détachait un étroit pot en verre où reposait, à côté d'interminables allumettes, une longue pipe en émail cloisonné, ornée d'un fourneau et d'une attache en bronze.

Burnofsky ferma les yeux et sourit. Lorsqu'il les rouvrit, une bonne partie de ses soucis s'était envolée. Le salut était à portée de main.

Les images troubles du passé : le fiasco, la capture, suivie de vingt ans de vache enragée dans une prison fédérale ne tarderaient pas à s'effacer.

Mais pas immédiatement. Car un homme agité, couvert de sueur, se tenait sur le pas de l'alcôve, s'accrochant au rideau, vacillant au point de se demander s'il n'imitait pas une révérence de théâtre.

Burnofsky avait oublié. Encore quelques tâches à mener avant de savourer l'ivresse du réconfort. Il tendit la main sans se lever.

– Lord Elfangor ? murmura l'homme, à deux doigts de faire sous lui. Je suis Aidan Bailey.

L'accent était australien, ou néo-zélandais, un des deux. Un employé de l'ONU, bien sûr.

Burnofsky soupira. Du One-Up tout craché. Et, comme d'habitude, elle n'avait pas pris le chemin le plus court. Il leva les yeux vers le type en tentant de se rappeler la nature de son maillage. Un scientologue, ce qui témoignait d'une bonne prédisposition pour la mythologie extraterrestre. Au moins ça changeait des lavés du cerveau que Nexus Humanus avait l'habitude de refiler à AFGC.

Burnofsky se demanda par quel prodige One-Up en était arrivée à cette connerie de « Lord Elfangor ». Avait-elle joué avec les phonèmes pour inventer un nom ? Peu probable. Selon toute vraisemblance, elle avait dû commencer par cautériser la pensée critique – si tant est qu'il en restât des traces –, puis établir des ligatures entre l'endoctrinement religieux de l'homme et un petit séjour sur TV Trivia ou Ciné Classics, extraire le nom, et le punaiser sur une image de Burnosfky.

Elle en faisait toujours des tonnes, One-Up. *Lex parsimoniæ* : les solutions les plus simples.

– En effet, dit Burnofsky. C'est moi. Lord Elfangor. Merci d'être venu.

– Je..., dit le type en laissant échapper un petit rire bref, surpris, confus. J'sais même pas pourquoi je suis là. C'est juste que je savais...

– Vous saviez que vous deviez venir, répondit Burnofsky, tiraillé entre la pipe, qui brillait au creux du plateau, et son obligation de jouer son rôle. C'est comme si une puissance supérieure... un esprit immensément plus profond que le vôtre...

– C'est ça! Oui!

– Monsieur Bailey, rares sont ceux qui entendent ces appels. Encore plus rares ceux qui ont la sagesse de traduire en actes les mots des Magnats. (Il inventait au fur et à mesure, à partir des bribes de ce qu'il avait retenu en lisant en diagonale le rapport de One-Up.) Vous n'imaginez pas l'importance de votre geste, dit-il d'une voix solennelle. L'humanité vous en sera éternellement reconnaissante. Vous avez quelque chose pour moi.

Bailey acquiesça en silence. Il y croyait. En même temps, ça le perturbait d'y croire. Il sentait qu'un truc clochait. Une partie de lui luttait, hésitait, même si sa main planait lentement vers la poche intérieure de sa veste.

– Vous êtes en pleine... enturbulation. Un problème... d'éthique, dit Burnofsky en retenant son souffle.

C'était ça au moins? Il avait une mémoire phénoménale et il avait lu des choses sur la scientologie.

– E-xac-te-ment, répondit le gus avec un rire soulagé.

Burnofsky battit des paupières.

– Bientôt, vous serez clair, poursuivit-il en scrutant attentivement le pékin.

Dangereux de jouer avec le lexique d'un culte que l'on

maîtrise mal. Le faux pas est vite arrivé. Bailey sortit de sa poche une clé USB et la déposa dans la paume ouverte.

– Merci, dit Burnofsky. Ce geste vous honore.

Bailey poussa un profond soupir de soulagement.

– Bien, vous pouvez partir, dit Burnofsky. Et, ah, si vous croisez une jeune femme répondant à l'étrange sobriquet de One-Up, transmettez-lui ce message.

Il regarda Bailey droit dans les yeux, persuadé que les nanobots de One-Up pirataient son nerf optique, peut-être même son canal auditif, en ce moment même. Il griffonna quelques mots sur le bloc-notes, arracha la feuille et la lui fourra sous le nez.

– «Fais ça proprement, et loin d'ici». Bailey lut les mots à haute voix – Je ne comprends pas!

D'un vague geste de la main, Burnofsky congédia le fâcheux en sursis. Manquerait plus que ce crétin parle de tout ça à son auditeur scientologue pour que ces brinde-zingues partent en vrille. Par conséquent, à bonne distance du China Bone, une artère exploserait dans le crâne de M. Bailey.

Burnofsky se demanda pourquoi il avait donné à One-Up l'ordre de le tuer. Inutile. Elle savait pertinemment qu'un maillage aussi grossier et aussi fragile devait être effacé sur-le-champ. En y réfléchissant plus avant, il lui apparut qu'il avait instinctivement ressenti le besoin de prendre sur lui le poids de la culpabilité. Ça lui arrivait souvent. Si encore One-Up avait été plus âgée... Mais une gamine de dix-sept ans... Elle avait besoin d'une justification hiérarchique pour se dédouaner d'un meurtre.

Mais comment diable avait-on pu en arriver là?

Burnofsky se remémora un passé depuis longtemps révolu – à combien d'années ça pouvait remonter? – lorsque le jeune Grey McLure et lui travaillaient ensemble. Le bon vieux temps. Aujourd'hui, Grey était mort. Et c'était à Burnofsky qu'il le devait, même si, dans les faits, c'était la main de Bug Man qui avait porté le coup fatal.

Il glissa dans sa poche la clé contenant tous les codes d'accès (caméras de surveillance, réseau informatique, badge pour entrer dans le bâtiment des Nations unies) et prit la pipe.

Puis il craqua une allumette.

Vingt-sept lignards pour renverser le monde. La moitié d'entre eux n'étant rien d'autre que des gamins déglingués.

C'est pas avec ça que...

Oh!

Oh, ouais...

La pipe à la main, Burnofsky s'affala de tout son long dans le fauteuil en étouffant les hoquets d'un petit rire sans autre destinataire que lui-même.

ONZE

– Salut. T'es qui ? demanda Sadie.

– Ils m'ont dit de dire mon nom à personne, répondit Noah en haussant les épaules.

Leurs regards balayèrent l'espace, d'un bout à l'autre de la pièce glauque, aux murs recouverts d'une peinture à l'éponge, un camaïeu de vert, et au plafond d'autant plus oppressant qu'il comportait un épais décor floral en stuc, en forme de couronne, au centre duquel avait dû, un jour, pendre un lustre. Le cuir chocolat du canapé était pelé, le rectangle en verre de la table basse poissé de ronds laissés par une succession de verre et de tasses. Un sac désespérément vide de tortilla chips *hot and spicy* était posé à côté d'une boîte de soda également vide.

Il y avait une télé. Branchée sur CNN. Sans le son.

Un ordi. Allumé sur un site de jeu.

Et puis des caméras aussi. Mais ni Sadie ni Noah n'en étaient conscients, puisqu'elles se réduisaient à des trous de la taille d'une tête d'épingle dans les moulures du plafond.

Sadie était assise dans un fauteuil Morris au rembourrage inégal. Noah venait d'entrer et paraissait un peu perdu.

Elle avait un mug de thé vert. Il avait un sac à dos motif camouflage qu'il déposa civilement au pied du mur afin de ne pas gêner le passage.

En dépit du manque de sommeil, Sadie était parfaitement alerte, sur le qui-vive, quand Noah clignait des yeux et respirait mal d'être debout depuis bien trop longtemps.

Un matin gris se levait derrière les stores qui occultaient les hautes fenêtres.

Sadie détailla le bagage bon marché, le blouson qui ne venait définitivement pas de la 5e Avenue, les baskets, l'évidente harmonie du visage, l'air sincèrement touchant de celui qui sort de son lit, la bouche timide, les yeux tragiquement bleus.

L'accent anglais, dont elle savait, par sa mère, par les amis de sa mère, par les nombreux séjours qu'elle avait elle-même effectués à Londres, la variété. Socialement parlant, ça allait de: «mes ancêtres curaient les étables » à: «vos ancêtres curaient les étables des miens». Or, de toute évidence, ce garçon se rattachait plutôt à la première catégorie.

Cela le rendit immédiatement sympathique à ses yeux.

De son côté, Noah voyait en elle l'archétype de la fille redoublant d'efforts pour dissimuler la naturelle arrogance de quelqu'un habitué à vivre avec des gens à son service. «Une fille à domestiques», pensa-t-il. Ça se voit au premier coup d'œil. Pas hautaine. Pas minaudière. Mais pas le moins du monde gênée de le regarder droit dans les yeux en laissant immédiatement transparaître son jugement sur lui.

Elle pensait qu'il y avait quelque chose, mais présageait que ses espoirs seraient déçus.

Il pensait que jamais elle ne voudrait sortir avec lui.

Elle aimait ses yeux.

Il aimait ses taches de rousseur.

Elle pensait qu'il devait trouver qu'elle avait l'air un peu désarçonnée.

Il pensait que, même à travers la pièce, elle devait trouver que son haleine sentait très fort la nuit passée dans l'avion.

Nijinski et Ophélia entrèrent ensemble. Renfield juste après, qui alla se poster au fond de la pièce, dans un coin.

Noah fut frappé de retrouver Nijinski ici, outre-Atlantique. Inconsciemment, il l'avait associé à Londres, là où il l'avait vu la première fois, quand bien même il savait qu'il était américain.

Nijinski lui adressa un sourire. Une expression douce, pétillante de malice, qui inclina Noah à avoir, sinon la certitude, du moins l'espoir qu'il avait face à lui quelqu'un de bon.

Il observa sa réaction tandis qu'il embrassait la pièce du regard. Lassitude et dégoût. Nijinski n'était pas homme à accepter un mur recouvert d'un badigeon verdâtre, pas plus que des tables constellées de taches. Tout de chic décontracté, il portait un blazer, un pantalon et une chemise qui, mis bout à bout, devaient, selon Noah, coûter une sacrée somme.

Noah découvrait Ophélia. Sadie voyait Nijinski pour la première fois. Les noms d'usage ayant cessé d'avoir cours, les présentations furent écartées.

Ce qui commençait franchement à porter sur les nerfs de Sadie. Elle était quasiment persuadée que Nijinski savait qui elle était. Ophélia l'avait déjà admis. Donc tous savaient. Sauf peut-être le Londonien, celui à la mine enfarinée et au regard insistant.

Du point de vue de Noah, la perspective était inversée. En dehors de Nijinski, il ne voyait vraiment pas qui aurait pu savoir qui il était.

Ophélia prit place dans le canapé, contre l'accoudoir voisin du fauteuil où était assise Sadie. Avec un sourire en direction de Noah, elle l'invita à la rejoindre en tapotant doucement la place à côté d'elle. Il obtempéra.

S'inquiétant soudain du nombre décroissant de sièges disponibles, Nijinski, après un bref coup d'œil, s'assit du bout des fesses sur une chaise droite, retenant son blazer d'un geste expert afin de lui donner un tombant parfait et évitant de plier les genoux au-delà d'un certain seuil pour que le bas de son pantalon ne vienne pas révéler quelque disgracieux carré de chair au-dessus de la chaussette.

– On n'a jamais eu deux nouveaux d'un coup, dit Nijinski. On a donc dû bousculer un peu les procédures habituelles, d'où la part d'improvisation que vous pouvez ressentir.

– Cela étant, très heureuse de vous avoir tous les deux parmi nous, ajouta Ophélia, en leur adressant un sourire à chacun. Fraternel pour Sadie, cordial pour Noah, avec, en plus, le message qu'elle était trop vieille pour lui, rien de personnel, mais qu'il n'y pense même pas.

Noah n'avait pas envisagé de la draguer – en fait, il essayait désespérément de détacher ses yeux des taches de rousseur qui parsemaient le nez et les pommettes de Sadie. Et la tristesse qui palpitait sous cet adorable masque de fille forte et inflexible ne faisait qu'ajouter à son intérêt. Il ne pouvait s'empêcher de la regarder. Il avait conscience qu'il aurait dû s'abstenir, mais c'était au-dessus de ses forces. Vingt fois, son regard revint vers elle, avant de se détourner. Jusqu'à s'en mordre la lèvre, ce qui n'arrangeait rien.

– Les grandes lignes, dit Nijinski, vous les connaissez. Vous savez pourquoi vous êtes là. Vos motivations vous appartiennent. Ce qu'il est important de savoir à ce stade, c'est que vous avez d'ores et déjà franchi la ligne. Pardon d'avance si ce n'était pas encore clair dans votre esprit, mais vous êtes *pris*. Au sens propre du terme.

Il ne souriait pas. Penché en avant, les coudes sur les genoux, il signalait même que l'affaire était plus que sérieuse.

– Vous êtes des nôtres, dorénavant. À ce titre, vous recevrez des ordres. Que vous suivrez scrupuleusement. Les yeux de Nijinski délaissèrent Noah pour se poser délibérément sur Sadie. Le premier en profita pour voler une énième œillade et tressaillit en avisant l'expression assassine qui scintillait dans les prunelles de la fille aux taches de rousseur. Mon pote, devait pas faire bon être en face. Parce que c'était pas du chiqué. Ça venait du plus profond. Du cerveau reptilien. De la moelle épinière. Et des poings.

Son regard obliqua vers Nijinski. Est-ce raciste de dire que le visage des Asiatiques trahit moins leurs pensées ? Ça ou autre chose, toujours est-il que Nijinski était difficile, voire impossible, à lire. L'immobilité incarnée. Jusqu'à ce qu'une furtive lueur d'amusement passe dans ses yeux. Rien de plus. Nijinski aimait bien Sadie. Pas au sens... Non. Courtoisement.

– Je vous rassure, on en reçoit tous, dit Ophélia. Je veux dire, des ordres.

– À qui le dis-tu, agréa Nijinski.

– De même, on comprend tous...

– Oui, tous.

– Ce qui est important..., dit Ophélia en concluant par un haussement d'épaules fataliste.

– On a tous perdu quelqu'un, ajouta Nijinski.

Ophélia acquiesça d'un hochement de tête. Pas de sourire. Un masque. Refermée comme une huître sur ses souvenirs. Heureusement qu'ils l'avaient vue sourire avant car, à la regarder maintenant, on aurait pu douter qu'elle en soit capable.

– Et l'on voudrait surtout éviter que ça se reproduise, poursuivit Nijinski. Néanmoins, c'est la guerre. On met nos vies en jeu. Pour un lignard, perdre la partie, c'est sombrer dans la folie. Si on le fait, c'est qu'on l'a choisi. Précisément pour que le reste de l'humanité puisse agir selon sa raison et son libre-arbitre. Pour que la question du bien et du mal continue à se poser. Là où l'ennemi prétend établir le bonheur universel. Et, croyez-moi, ils ne plaisantent pas.

Il marqua une pause, délibérément solennelle, histoire d'accentuer encore le poids de ce qu'il venait de dire.

– Pour faire court, ils ont l'intention d'utiliser la technologie pour imposer aux hommes de vivre comme des abeilles dans une ruche. Leur but est de nous fondre toutes et tous en un seul et même cerveau, à jamais unifié, avec, pour contrepartie, l'éradication totale du malheur, du stress, de la rage ou de la jalousie. Notre credo est aux antipodes de cela : nous nous battons pour la liberté de choix. Pour le droit au malheur.

– On se bat pour le malheur ? demanda Noah avec une moue sceptique. Dit comme ça, ça paraît un peu dingue.

– Oh, mais ça l'est, répondit Nijinski, hilare, avant d'ajouter, plus sérieusement : notre combat est celui du droit à la différence. Le droit d'être celui que l'on choisit d'être, de ressentir ce que l'on choisit de ressentir. Quand bien même cela pourrait paraître irrationnel aux yeux des autres.

– Vous ne m'en voudrez pas si je vous dis que la vengeance est ma motivation première, dit Sadie.

– Oh, mais pas du tout, répondit Nijinski, les yeux lançant des éclairs.

Ophélia et lui échangèrent un rapide regard. « Je te l'avais bien dit», sembla-t-elle dire silencieusement. En bref, ils paraissaient satisfaits. Satisfaits de leurs nouvelles recrues.

– Nos anciens noms n'ayant plus lieu d'être, reprit Nijinski, nous en choisissons de nouveaux. Et, depuis le début, la coutume est que, disons, l'on prenne le nom de quelqu'un qui a été victime de confusion mentale. Un fou ou une folle, en somme. Qu'il s'agisse de quelqu'un de réel ou d'un personnage de fiction.

Il esquissa un sourire oblique. Ophélia embraya aussitôt :

– Vincent pour Vincent Van Gogh, Nijinski, l'Ophélia de *Hamlet*, Annie Wilkes, de Stephen King, Caligula. (Elle battit des cils à l'instant de prononcer ce nom.) Kerouac, Renfield, ici présent – un personnage de *Dracula*, rien de moins – et, bien entendu, Lear.

Sadie qui, de manière générale, ne s'en laissait pas conter, demanda :

– Qui est Caligula ? Plutôt lourd à porter comme nom.

Du regard, Ophélia confia à Nijinski le soin de répondre. Se redressant sur sa chaise, celui-ci boutonna son blazer.

– On n'est pas en colonie de vacances, ici, dit-il. Toute trahison est interdite.

Sadie eut un sourire en coin.

– Vous voulez dire que Caligula est votre exécuteur, c'est ça ?

– Et puis quoi encore ? s'exclama Noah, premier surpris par le son de sa voix.

En fait, il ne voulait pas parler.

– Vous êtes venu me voir. Vous m'avez dit...

Il s'arrêta, tourna les yeux vers Sadie, et prit conscience de l'intérêt qu'il aurait à ne pas se montrer trop bavard. Le rouge aux joues, il reprit le fil de sa pensée là où il l'avait abandonné.

– Vous êtes venu me trouver. Ensuite, ce putain de test. Jusque-là, passe encore. Mais vous dites quoi, là, au juste ? Hein ? J'ai peur de comprendre…

Sa bouche n'était plus timide, maintenant. Le retroussement de la lèvre supérieure indiquait même que quelqu'un de plus dur se cachait sûrement derrière le regard à la Bambi et l'apparente réserve.

Dodelinant mollement du chef, Nijinski répondit :

– Une chose est sûre, si vous trahissez BZRK, vous recevrez la visite de Caligula. Et si j'ai un conseil à vous donner, c'est de bien garder ça en tête.

Ce disant, il pointa son doigt manucuré vers Noah, exprimant ainsi non pas une colère, mais bien une invite sincère, façon : « Écoute bien ce que je vais te dire, petit, ou alors, que le ciel te vienne en aide. »

– Tous ceux qui pourraient prétendre vous faire échapper à Caligula mentent. On n'échappe pas à Caligula.

Sadie observa le garçon aux yeux bleus. Pas un battement de cils. Pas un tressaillement.

– Y a pas longtemps, dit-elle, j'ai écrit un papier sur Sylvia Plath. Une poétesse. À trente ans, elle a allumé le gaz et s'est foutu la tête dans le four. Le truc, c'est que ses enfants étaient dans la pièce à côté. (Elle battit des paupières. Un geste lent et délibéré.) C'est assez barré pour vous, ça ?

Nijinski eut un mouvement de recul, comme s'il redoutait d'être contaminé.

Noah la regarda d'un air ébahi. « Elle, elle est déjà dingue », pensa-t-il. En même temps, il ne se voyait pas s'endormir ce soir sans penser longuement à elle.

– Donc ? Sylvia ? demanda Nijinski en l'interrogeant du regard.

La fille aux taches de rousseur esquissa un imperceptible non de la tête.

– Pas Sylvia. Plath.

L'instant avait quelque chose de religieux. Personne ne souriait, personne ne cillait, personne ne bronchait.

– Et toi, *kid*? demanda Nijinski en continuant de regarder Sadie, ou, plutôt, *Plath*.

– J'sais pas, moi…, répondit Noah. J'ai bien fait un exposé sur Nelson Mandela, une fois, mais il était loin d'être toqué.

La phrase arracha spontanément un sourire à Ophélia. Un sourire purement gentil, candide et ingénu. De son côté, Renfield était un brin désemparé, pour ne pas dire gêné. Nelson Mandela? Jamais entendu parler.

Noah ne savait trop quoi penser de l'expression de Plath. Pensive. En tout cas, il ne lui venait pas mieux à l'esprit. Elle ne jugeait pas, elle jaugeait, évaluait, mesurait, un peu comme si elle avait soulevé un tournevis en se demandant: «Est-ce que c'est le bon?»

– Tant qu'à avoir une Plath, on pourrait peut-être avoir aussi un Keats, dit Ophélia. Un autre grand poète. Plath était américaine. Keats anglais. Un grand dépressif. Accro à l'opium. Et, comme Plath, il est mort très jeune. Moins de trente ans.

– Eh ben dites-moi, deux poètes en un jour, s'extasia Nijinski en se levant.

Un geste par lequel il perdit un peu de l'élégance qu'il avait en position assise.

– Ça peut sembler ridicule, poursuivit-il, de vous affubler de noms de guerre, mais ce n'est pas totalement gratuit. Si on le fait, c'est dans un but précis.

– C'est pas…, intervint le fraîchement rebaptisé Keats.

– Le but, l'interrompit Nijinski, c'est de vous faire accepter, ici et maintenant, sans autre forme de considérations ni regrets ultérieurs, que vous êtes en guerre contre un ennemi mortel. À partir de cet instant, vos vies sont en danger. À partir de maintenant, vous renoncez à toute revendication de vie privée. À partir de maintenant, il n'y a plus pour vous qu'une alternative : mourir ou devenir fou à lier.

Son téléphone sonna. Il le sortit de sa poche, vérifia l'origine de l'appel, puis tourna abruptement les talons et s'en alla.

– Ou vaincre, conclut Ophélia à mi-voix quand elle fut certaine qu'il ne l'entendrait pas.

DOUZE

– C'est bon, ils en sont, dit Nijinski dans son téléphone. Plath et Keats.

– Anya Violet est maillée, répondit Vincent, à l'autre bout du fil. Elle nous donnera ce dont nous avons besoin. Ce soir. Pas de danger. Et très instructif pour nos deux jeunes poètes.

– Tu veux les équiper tous les deux ? s'exclama Nijinski. Je te rappelle que Plath n'a même pas été testée.

Vincent hésita.

– Et alors, Jin ! Douterais-tu de la pertinence de l'instinct ?

– Du tien ? Jamais.

– Je les équiperai tous les deux. L'instinct. Et aussi le besoin. Car le temps presse. Elle fera l'affaire.

Au même instant, à des kilomètres de là, Burnofsky laissait tomber la clé USB du China Bone sous les yeux de Bug Man.

Ophélia envoyait un e-mail à son frère, resté à Mumbai. Elle y parlait de ses études à Columbia, évoquant une relation conflictuelle imaginaire avec l'un de ses professeurs.

En pièce jointe, elle glissa une photo d'elle à côté d'une fille qu'elle connaissait à peine, devant la rotonde du Low Memorial Library, le bâtiment emblématique de l'université de Columbia, où elles faisaient toutes deux le V de la victoire face à l'objectif.

Renfield montrait leurs chambres à Plath et Keats. Jumelles, mais non communicantes.

Les mots qui vinrent spontanément à l'esprit de Plath en découvrant la sienne étaient : miteux, borgne et triste. Typiquement le genre d'endroit où l'on aurait bien vu un marginal finir sa vie à côté d'une bouteille à moitié vide. Pour sa part, Keats n'était pas du tout aussi radical. De fait, le poster de foot mis à part – qui n'aurait pas gêné ici –, la chambre n'était guère différente de celle qu'il avait toujours eue.

– Combien de temps on va rester là ? demanda Plath.

– Généralement, y a une période de transition. D'entraînement. Des classes, quoi, répondit Renfield en la regardant de bas en haut d'un œil laissant clairement entendre qu'il ne tenait qu'à elle de ne pas passer ce temps seule.

– Pourquoi tu me reluques ? T'as des biobots sur moi, c'est ça ?

Renfield inclina aristocratiquement la tête. Pas vraiment une révérence, mais pas loin.

– À l'heure qu'il est, gente dame, moi, personnellement, non.

– Ils peuvent lire mes pensées ? demanda Plath d'un ton incertain, entre interrogation et affirmation.

– Non.

– Voir ce que je vois ?

– Oui. Et entendre ce que t'entends. Enfin, fonction

de là où ils sont placés et de ce qu'ils ont monté pour les fréquences audio.

Plath se débattit un instant avec ça. Keats rougit.

– Tu finiras par t'y faire, dit Renfield, semblant succomber à un soudain élan de bienveillance.

Simultanément, il regardait les images du nerf optique de Keats qui, faute d'une bonne connexion, lui parvenaient granuleuses et en niveau de gris. Ses biobots entamaient un énième diagnostic nano. On n'est jamais trop prudent.

Comme devant un miroir couvert d'un siècle de poussière, son sourire niais s'imprima sur sa rétine lorsque Keats tourna le regard vers lui, avant une fugitive plongée vers la poitrine de Plath. Puis de nouveau son visage. Hop, on décadre dès qu'elle relève les yeux. Et on revient, par un long traveling sur sa nuque, ses joues, son oreille.

Nul besoin d'être grand clerc pour comprendre que le jeune prodige anglais en pinçait pour Plath. Ou du moins pensait-il très fort à elle, si tant est que l'on soit adepte de l'euphémisme. Renfield se demanda s'il devait en nourrir de la rancœur. Après tout, si quelqu'un devait passer du bon temps avec la petite chose rétive, c'était lui. D'autant que le contrat était clair avec son autre copine. Pas d'exclusivité, ni d'un côté ni de l'autre.

Et puis, il se souvint que Keats était le frère de Kerouac. Autant dire une sacrée amende. Une amende que Renfield honorerait en veillant jalousement sur le petit, mais pas en l'autorisant à... passer du bon temps... avec Plath.

Même les dettes d'honneur ont leur limite.

Quelques minutes plus tard, Keats était étendu sur son lit de camp, le regard au plafond. Il aurait dû être effrayé. Au contraire, il ne voyait qu'elle. De l'autre côté du mur.

Pouvaient-ils lire ses pensées?

Peut-être pas. Mais ils pouvaient voir à travers ses yeux, ce qui était pratiquement la même chose. Et quand il allait aux toilettes? Mon Dieu.

Alex avait-il subi tout cela?

Et plus encore, de toute évidence.

Mais Alex était un soldat endurci, Noah non. Noah n'était qu'un gamin dont l'entraînement était exclusivement réduit aux jeux vidéo, au foot et à l'art consommé de passer au travers des devoirs sans en secouer une. Dans toute sa vie, il s'était battu trois fois. La première à neuf ans, lorsqu'un gamin avait traité sa mère de MILF*. Le pugilat s'était soldé par un œil au beurre noir et une oreille déchirée. Les deux autres étaient des altercations sur le terrain de foot, desquelles ses coéquipiers l'avaient rapidement extrait.

La guerre? C'était Alex, pas Noah.

Enfin... Keats. Il présuma qu'une brève recherche sur ce poète serait la bienvenue. Bon sang, voilà qu'il avait trois poètes dans sa vie maintenant: Pound, Plath et Keats. La poésie rendait-elle fou? Sans oublier Kerouac. Pas un poète à proprement parler, mais un écrivain.

Quelle étonnante façon de marcher dans les traces d'Alex!

Alex... Se rendrait-il seulement compte que Noah raterait la visite prévue? Une part de lui aurait-elle deviné là où il était allé? Ou se contenterait-il de tirer sur ses chaînes en braillant quelque anathème délirant contre nano, Bug Man et Berzerk?

Finalement, rattrapé par le décalage horaire, il sombra presque malgré lui dans un profond sommeil.

---

* Mother I'd Like to Fuck. «Maman, que J'aimerais Me Faire.»

À l'inverse de Plath qui faisait les cent pas dans sa chambre.

Pouvaient-ils lire ses pensées ? Elle aurait eu tendance à répondre non, mais cela ne signifiait pas pour autant qu'ils ne regardaient pas ses pieds arpenter la pièce en ce moment même.

S'ils avaient pu lire ses pensées comme, disons, une page Facebook, voilà le fil des mises à jour qu'ils auraient découvert :

Seule. Mélange de peur et d'un sentiment de libération.
Renfield est un trouduc.
Ophélia – Renfield. Ils jouent au bon et au méchant flics pour gagner ma confiance.
J'ai choisi Plath moi-même, donc ils ont choisi Keats pour le Londonien. Une manœuvre délibérée : ils veulent qu'on fasse équipe.
J'ai grave mal au bras. Quelqu'un aurait pas une boîte d'Advil ?
Que va-t-il se passer demain ?

De l'autre côté de la ville, dans la Tulipe, Charles et Benjamin Armstrong réfléchissaient en s'aidant de l'outil le plus anachronique qui soit à l'ère des hautes technologies : un bloc de bristols.

Coordination et facultés motrices avaient toujours été un problème pour eux. Chacun avait un œil. Hélas, la vision monoculaire affaiblissait la profondeur de la perception.

Chacun avait un bras. Or, pour écrire, il en fallait deux. Un pour le crayon, un pour tenir le papier.

Oui, les Jumeaux avaient dû se battre pour apprendre à écrire. Une lutte d'autant plus louable que la généralisation des claviers et autres *Pads* leur aurait permis de s'épargner cette peine. Mais Charles et Benjamin avaient le goût de l'effort. Dans un sens, heureusement, car la vie ne s'était pas montrée tendre avec eux. De fait, dès qu'une quelconque aptitude physique entrait en jeu, l'humiliation n'était jamais bien loin. Comme cette fois où, il y a bien des années, alors qu'ils n'étaient encore âgés que de dix-sept ans, ils avaient essayé d'étouffer leur grand-père sous un oreiller.

Il faut dire que le vieil Arthur Armstrong avait élevé les garçons en les abreuvant à deux mamelles aussi potentiellement explosives l'une que l'autre : une paranoïa aiguë et une parfaite négation du principe de réalité face à celui de plaisir. Les Jumeaux l'avaient aimé. À leur manière. Et lui avait été fier d'eux.

La maladie ayant transformé la fin de sa vie en un océan de souffrance, il leur avait demandé d'y mettre fin. Les Jumeaux avaient accepté. À l'unique condition d'hériter dans l'instant de la société. Armstrong Fancy Gifts Corporation.

Un sourire triomphant avait alors illuminé le visage du vieil Arthur. Au moins pouvait-il s'enorgueillir d'avoir réussi leur éducation. S'ils acceptaient de le tuer, par Dieu, bien sûr qu'ils étaient en droit de réclamer un paiement.

Malgré tout, le moment venu, ça n'avait pas été si facile. Le vieil homme avait beau être à l'article de la mort, et volontaire, l'instinct de survie ne se commande pas. Il s'était même mis à ruer et à se débattre avec une force inattendue. Or, avec deux mains dépourvues de coordination, pas facile de tenir l'oreiller assez longtemps et d'exercer suffisamment de pression pour parachever l'asphyxie.

Les cartes étalées devant eux étaient noircies de grosses capitales soigneusement tracées au feutre :

POTUS
Premier ministre anglais
Premier ministre japonais
Chancelier allemand
Président chinois
Premier ministre indien

Ce serait une frappe globale. Les six leaders les plus puissants du monde. À eux tous, ils gouvernaient la moitié de l'humanité. Les trois quarts de la richesse mondiale. Et la quasi-intégralité de la technologie.

L'absence, dans ce classement, de la Russie, de la France ou de la Corée du Sud pouvait légitimement prêter à discussion. D'ailleurs, ces trois cartes étaient mises à part, en perspective d'un usage futur.

– Ambitieux, dit Charles.

– Trop ? demanda Benjamin.

– Bah, Burnofsky a développé de bons arguments… Une stratégie plus… incrémentielle. Et maintenant que McLure n'est plus, peut-être qu'il a raison. BZRK va être lourdement handicapé sans la puissance de frappe de McLure. Aux plans financier et logistique, ça va être dur. Peut-être avons-nous encore du temps devant nous.

Deux moniteurs possédant chacun sa caméra étaient montés sur des bras robotisés qui accompagnaient chacun de leurs mouvements. Chaque caméra était réglée sur un profil, permettant ainsi à ce visage trop large non pas de parler côte à côte, mais face à face. L'œil dans l'œil dans l'œil, oserait-on dire.

La surface du bureau était un écran tactile séparé en deux fenêtres comportant des menus, à droite et à gauche, parfaitement identiques. À partir de cette console, ils pouvaient afficher n'importe quelle caméra. Le vingt-neuvième étage où travaillaient les lignards. Les labos du douzième, les départements de tests (vingt et vingt et un) les services administratifs, dans les premiers étages, la boutique de miniatures, au rez-de-chaussée, le garage souterrain, sans oublier les escaliers privés qui desservaient la Tulipe.

De même pouvaient-ils, d'un effleurement du doigt, obtenir l'image et le son du siège de Nexus Humanus à Hollywood comme des succursales de Washington, Londres, Berlin, Moscou, Buenos Aires ou, plus simplement, celle du bout de la rue.

Un accès aux centaines de boutiques AFGC disséminées dans les aéroports et dans les quartiers touristiques des plus grandes villes du monde leur était également ouvert.

Jusqu'à certains cadres clés, qu'ils pouvaient à loisir espionner dans leur vie privée, voir qui ils recevaient, étudier leur famille, les observer pendant qu'ils se disputaient, se douchaient, préparaient le dîner ou faisaient l'amour.

Tel était le fondement de leur pouvoir, le prisme par lequel ils régnaient. Un réseau de mille caméras cachées, conçu pour eux et à leur usage exclusif, grâce auquel Charles et Benjamin Armstrong pouvaient s'offrir le luxe de déambuler, invisibles et insoupçonnés, dans un monde où, physiquement, il leur était interdit de se rendre.

Pour l'heure, c'était entre eux qu'ils s'observaient et, à voir l'œil de son jumeau, Benjamin se rendait bien compte que Charles n'était pas sérieux, qu'il se faisait l'avocat du diable.

– Plus on attend, répondit-il en souriant, plus on augmente les risques d'être découverts.

Et c'était reparti. Pour la énième fois. Benjamin remontant pas à pas le fil de leur décision. Comme pour se réciter un mantra rassurant.

– On a déjà eu de sérieuses alertes.

– La technologie peut être découverte n'importe quand, acquiesça Charles.

– On est bien placés pour savoir que le FBI a eu un nano-bot en sa possession. Que ce serait-il passé si on n'avait pas réussi à le récupérer?

– On sait aussi que le MI5 est particulièrement actif sur le sujet.

– Anonymous n'en est pas à sa première tentative pour s'introduire dans les réseaux d'AFGC ou de Nexus Humanus, argua Benjamin.

– Ah, ouais, les hackers sont après nous.

– Le FBI est jugulé pour l'instant. Mais le MI5 persiste.

– Le Mossad semble avoir flairé quelque chose.

– Je te rappelle la tentative des services secrets suédois d'infiltrer Nexus.

– Vrai, frère. Trop de gens nous ont dans le collimateur.

L'image les troubla tout autant l'un que l'autre. Ils s'arrêtèrent. C'étaient eux le collimateur, pas l'inverse.

– BZRK est affaibli par la disparition de McLure, mais pas défait, avertit Benjamin.

– J'emmerde BZRK! s'emporta Charles.

– Ces fanatiques.

– Ce culte mortifère.

S'ensuivit un long silence au cours duquel les deux hommes regardèrent les bristols en silence, tandis que le troisième œil roulait de façon languide, comme dans le ressac d'une petite crique. Sous les cartes, la table-écran montrait un laborantin entrant des données.

– Le temps nous est compté.

– L'heure est venue.

– À condition de réussir, très cher.

Un autre long silence.

– Six cibles, soupira Benjamin (une réaction qui, par étirement des chairs situées entre leurs têtes, provoqua un léger retroussement des lèvres de Charles). Quatre hommes et deux femmes. Tous étroitement surveillés. Chacun requérant une équipe au grand complet. Un chef lignard, un second, des gens pour l'intendance, d'autres pour la sécurité… Ça fait un minimum de dix personnes par équipe. Avec ce monde-là, on augmente d'autant le risque d'être découverts. Charles soupira à son tour.

– Bon, disons… Bug Man. Kim. One-Up. Alfredo. Dietrich. (Il esquissa une moue dubitative.) Plus Burnofsky, ça fait six chefs d'équipe. C'est bon.

– Âge moyen ? En enlevant Burnofsky ? Dix-sept ans ?

– Ah, les lignards, déplora Charles en grognant. Jeunes, arrogants, brillants. Donc instables par nature.

– Vingt-deux de plus à l'échelon inférieur. Soixante et onze au suivant.

– Respectivement hasardeux et illusoire.

Ils balayèrent du regard les cartes éparpillées sur la table. Ensemble. Les trois yeux.

Finalement, Benjamin posa le doigt sur celle qui portait la mention « chancelier allemand ».

– Il a toutes les chances d'être battu aux prochaines élections, dit-il en la faisant glisser de côté. Du gaspi de ressources.

– Très bien, acquiesça Charles. Dans ce cas, on part sur cinq. États-Unis, Chine, Japon, Inde et Royaume-Uni.

– Cinq.

– Et pas demain. Maintenant.

– Maintenant, agréa Benjamin avec conviction.

Leur chien, un beagle, trottina sur le parquet vitrifié et

vint se frotter contre la jambe de Benjamin. Charles plongea la main dans le bocal de biscuits, posé sur la table.

– Tiens, ma Maisie, minauda-t-il en faisant sauter le gâteau dans la gueule de l'animal. Ouh, la bonne fifille.

– Ta chienne, là, marmonna Benjamin, pourquoi elle vient systématiquement se frotter contre moi ?

Après quoi, ils s'apprêtèrent à prendre leur douche. Hardy, un vieux valet de pied doué d'une étonnante capacité à contenir tout mouvement de recul lorsqu'il se trouvait face à ses employeurs, fussent-ils dans le plus simple appareil, les assistait dans cette tâche. Pour l'heure, le vieux majordome était porteur d'un message, affiché sur un *pad* qu'il tendait révérencieusement à ses patrons.

Ceux-ci le lurent pendant qu'il les aidait à se défaire de leur habit taillé sur mesure et agrémenté d'un nombre singulier de fermetures à glissière et d'ouvertures.

– Le piège, dit bientôt Benjamin, un grand sourire aux lèvres.

– L'attrape-mouche Vincent, renchérit Charles.

Ce qui les fit tous deux rire de bon cœur.

PIÈCE VERSÉE AU DOSSIER

De : Lear
À : Vincent

Procédez à l'équipement de Plath et Keats.

Nota Bene : L'action à l'assemblée générale de l'ONU doit être arrêtée coûte que coûte. C'est notre objectif n°1.

Exécute les ordres, Vincent. Et je serai ton salut.

PIÈCE VERSÉE AU DOSSIER

De : AmericaStrong, une division d'Armstrong Fancy Gifts Corporation
À : C & B Armstrong

Classification : Crypté top défense – LIRE ET DÉTRUIRE

Un récent article publié sur Wikipédia a rapporté des informations préjudiciables à nos intérêts (cf. ci-après). Le paragraphe en question n'est resté en ligne que douze minutes avant d'être retiré. Nous soupçonnons KSI, les services de renseignements suédois, d'être à l'origine de la fuite.

Projet MKULTRA
Extrait de Wikipédia, l'encyclopédie libre
« MKULTRA » page du portail de la médecine et de l'histoire militaire. Pour tout autre usage voir MKULTRA (homonymie)

Le projet MKULTRA (ou **MK-ULTRA**), dévoilé en 1975, est le nom de code d'un projet secret illégal de la CIA visant à manipuler mentalement certaines personnes par l'injection de substances psychotropes. Conduit sous l'égide de l'Office of Scientific Intelligence, le programme a débuté à l'aube des années 1950 et s'est poursuivi jusqu'à la fin des années 1960. Des sujets américains, mais aussi canadiens, ont été utilisés comme cobayes. [1] [2] [3] [4]

Les documents publiés indiquent que le projet MKULTRA utilisait différentes méthodes de manipulation mentale et d'altération des fonctions cérébrales, telles que l'administration de drogues et/ou de substances chimiques à l'insu du sujet, la privation sensorielle, l'isolement, le harcèlement et les sévices sexuels.

Des preuves récentes suggèrent également que, dans le cadre de MK-ULTRA, des expérimentations ont été menées avec des nanotechnologies encore balbutiantes. Lorsque ces opérations ont subi un coup d'arrêt en raison des coupes budgétaires du Congrès, le dossier a été transmis à la division de recherche en armement d'Armstrong Fancy Gifts Corporation. Tous les documents relatifs à ce transfert et à l'implication d'AFGC ont été détruits. Nombre de témoins et de personnes proches de l'affaire sont morts brutalement, souvent dans des circonstances suspectes.

TREIZE

On frappa à la porte.

Sadie – qui ne s'envisageait pas encore en tant que Plath – répondit :

– Qui est-ce ?

– Vincent.

Elle ne l'avait pas revu depuis le jour où il avait fait irruption dans sa salle de bains. Il était exactement comme dans son souvenir. Vingt ans et quelques, et semblant parti pour mille.

Le garçon aux yeux bleus, Keats, était avec lui. Il donnait l'impression de sortir de son lit. Il en allait probablement de même pour elle puisque, de fait, elle se levait.

Renfield était là, deux mètres en retrait, dans l'ombre, les mains sur les hanches, à la façon d'un aide de camp montant la garde lors d'une entrevue d'importance. Elle s'étonna de la prudence avec laquelle il regardait Vincent, toujours aussi calme, maître de lui, qui portait un imper noir accentuant, si besoin était, sa mélancolie. Il n'en demeurait pas moins impressionnant, y compris aux yeux de Sadie, qui avait encore en mémoire le scalpel du stylo.

Dehors, la nuit était tombée. Elle avait dormi du sommeil du juste durant toute la journée.

– Les choses se bousculent, dit Vincent. Croyez-moi, on aurait aimé que ça se déroule autrement. En règle générale, on passe par une période d'apprentissage. Des classes en quelque sorte. Mais il se trouve qu'on a une opportunité ce soir.

Pourquoi s'opposer à lui était-il aussi impensable?

Elle ouvrit de grands yeux. Avaient-ils agi sur son cerveau?

Comme un fait exprès, Vincent poursuivit:

– Vous êtes *clean* tous les deux. Keats: Renfield a retiré ses biobots pendant que tu dormais. Ophélia a fait de même avec les tiens, Plath.

« Plath. »

– Et qu'est-ce qui m'oblige à te croire? demanda Sadie.

Renfield parut sur le point de dire quelque chose avant de se raviser, accompagnant cette dérobade d'un léger mouvement de recul.

– Écoute-moi, Plath, répondit Vincent. Toi aussi, Keats.

Il connaissait son vrai nom, mais se refusait à l'employer. Et quelque chose lui disait que ce n'était pas près de changer. Sadie, il fallait oublier.

Plath. Ça faisait drôle quand même.

– J'ai besoin de votre confiance, confia Vincent. Un besoin absolu. C'est même la condition *sine qua non* pour que nous puissions travailler ensemble. Voilà pourquoi je ne vous mentirai jamais. Car, si d'aventure vous vous en rendiez compte, vous n'auriez plus confiance en moi. Donc, je ne vous mentirai pas. Jamais.

Jetant discrètement un œil vers Keats, Sadie lut sur son visage le reflet de son propre scepticisme.

– D'accord, dit-elle. Mais pourquoi tu dis ça, au juste ?

– Parce qu'on va passer à la fabrication de vos biobots.

La réponse lui coupa le souffle.

– Quoi ? Maintenant ?

Renfield ouvrant la voie, ils quittèrent le bâtiment – par une autre issue que celle empruntée à l'aller, par la ruelle. Ainsi descendirent-ils un étroit escalier, puis un autre, plus large, avant de passer une porte et d'entrer dans une pièce qui, comme tendait à le prouver le format géant des boîtes de sauce tomate, des seaux de mayonnaise, de ketchup ou de cornichons qui se trouvaient là – à côté d'une pile de soupe en boîte qui s'étirait jusqu'au plafond et d'autant de cartons de soda et de bouteilles d'eau –, était la réserve d'un restaurant.

Des relents de graisse, de vinaigre et d'urine flottaient dans l'air.

Renfield ouvrit une porte. Ils s'avancèrent dans un couloir sombre et tristement puant, flanqué de deux portes, une marquée « Hommes » et l'autre « Femmes ». Dans l'ouverture, au bout du couloir, on apercevait le profil d'un bar de restauration rapide.

L'endroit était minuscule. Comme souvent à New York. Une tablette de vingt centimètres de large collée à un grand miroir crasseux, d'un côté, cinq tabourets à l'assise craquelée posés devant un comptoir bas sur lequel s'alignaient les inévitables distributeurs de serviettes, en métal chromé, et des menus plastifiés constellés de taches, de l'autre. Derrière le comptoir, des vitrines réfrigérées dépareillées, un grill, une armoire à soda et, pour couronner le tout, une caisse enregistreuse couverte de personnages de dessins animés découpés dans la presse et dont le papier avait très mal supporté l'atmosphère du lieu.

Un très vieil homme à la moustache blanche, qui flottait dans sa veste trop grande, était assis, le dos voûté sur un sandwich au fromage fondu. Le seul employé était un type au teint olivâtre et au regard fatigué qui devait approcher la trentaine. Vêtu d'un tablier, il était en train de gratter le grill.

L'arrivée impromptue de quatre personnes débarquant comme par magie du couloir des toilettes ne lui fit pas lever le nez de son ouvrage.

– C'est la dernière fois qu'on y va comme ça, tous ensemble, dit Vincent alors que la petite troupe mettait le pied dans la rue froide et venteuse.

Ils marchèrent en silence, traversèrent deux rues, puis se dirigèrent vers une station de taxis au pied d'un hôtel. La course dura une dizaine de minutes – ça roulait au pas sur 6e Avenue, à cause des travaux.

Vincent demanda au chauffeur de les déposer à deux blocs de l'endroit où Sadie présumait qu'ils se rendaient. Le siège de McLure Industries, du moins en théorie, car le complexe principal était dans le New Jersey.

– Ils vont me reconnaître tout de suite, prévint-elle d'une voix inquiète. Sans parler des caméras.

– Bonne remarque, approuva Vincent en opinant du chef. Mais t'en fais pas, ça va aller.

Ils s'arrêtèrent sur le trottoir d'en face. Dans la pénombre du hall d'entrée, Sadie repéra aussitôt deux agents de sécurité qui, même à cette heure-ci, étaient en poste à l'accueil.

Ils traversèrent la rue, dépassèrent la porte principale comme si de rien n'était, et tournèrent à l'angle puis poursuivirent leur route jusqu'à l'entrée de service. Vincent prit son téléphone et entra un code. Regardant par-dessus son épaule, Sadie avisa l'image granuleuse de l'aire de chargement, de toute évidence filmée par une caméra de surveillance. L'image sauta. Une fois. Deux fois. Il était dans le réseau de sécurité.

Il tapa alors un deuxième code. Le rideau de fer s'ébranla bruyamment. Dès qu'il fut à hauteur d'homme, Vincent les conduisit à l'intérieur. Le vantail métallique se referma derrière eux.

Le dock était désert. Il y faisait aussi froid qu'à l'extérieur.

Levant les yeux, Sadie découvrit une caméra de surveillance, voyant rouge éteint. Vincent croisa le regard de Renfield, qui acquiesça aussitôt. Glacée d'effroi, Sadie le regarda extraire de sa ceinture ce qui ressemblait à un flingue. Avec un petit sourire, Renfield exhiba le Taser pour la rassurer.

– T'inquiète, dit Vincent, on ne devrait pas en avoir besoin. Je suis déjà venu ici plein de fois sans jamais croiser un chat, à part… (Il hésita.) Une seule personne m'a vu ici. Mon contact. Malheureusement, cette personne n'est plus. J'ai donc dû imaginer un autre itinéraire.

– Oui, répondit seulement Sadie, avant d'être subitement frappée par ce qu'elle venait d'entendre.

C'était de son père qu'il parlait. C'était lui le contact, la personne qui n'était plus.

Un monte-charge les hissa dans les étages de la tour.

Durant la lente ascension, Vincent expliqua :

– On va rencontrer une femme appelée Anya. Elle est scientifique. C'est une amie. *A priori*, elle devrait faire tout ce qu'on lui demande. Mais il y a quand même un petit risque qu'elle rechigne. J'ai pas eu le temps de la préparer comme j'aurais voulu.

La préparer.

L'expression pétrifia Sadie. Elle était sur le point de rencontrer une femme qui avait été *préparée*. Vu la grimace de dégoût passant fugitivement sur le visage de Keats, celui-ci éprouvait la même gêne.

Intéressant. Ce garçon était peut-être plus complexe et plus subtil qu'elle ne l'avait pressenti, sans compter qu'apparemment, il cachait un très beau corps sous ses pauvres vêtements. Et il avait définitivement le béguin pour elle ; elle l'avait remarqué au premier coup d'œil. Pas très subtil sur ce coup-là.

Pourquoi diable pensait-elle à cela ? Ça la dégoûtait. Elle se dégoûtait elle-même. Pourtant, une partie de son cerveau connaissait la réponse : *Parce que dans tout ce qui occupe ton esprit en ce moment, ma chère Sadie, Keats est le seul qui ne soit pas affreusement triste ou terriblement effrayant. Donc, continue de penser à ses bras musclés, à l'arrondi de ses épaules, parce que dans le cas contraire... Oh, que non, Sadie, tu ne veux pas tomber là-dedans.*

La carte magnétique que Vincent avait en sa possession leur permit de franchir sans encombre le rempart de plusieurs sas de sécurité. Il y avait des caméras partout. Et, partout, les petits voyants rouges étaient éteints.

Une dernière porte.

Vincent marqua un temps d'arrêt, semblant rassembler son courage, puis il frappa.

Une très jolie femme, de dix ans au moins son aînée, ouvrit la porte. Ils se firent la bise, avec peut-être un peu plus de cœur que ne l'auraient fait de simples copains copines.

Sadie fut immédiatement convaincue qu'ils couchaient ensemble. Il lui apparut également que, durant ce bref contact, Vincent lui avait très vraisemblablement passé quelques biobots.

Et hop, un plongeon dans le terrier du lapin. Comme Alice. Une bonne dose de parano en plus.

– Tout d'abord, un grand merci pour ton aide, Anya, dit Vincent en lui tenant affectueusement les mains. Je te présente John, Sylvia et R.M.

On se serra la main. *Sylvia*, se dit mentalement Sadie. Très bien. Quant à John, il devait sans doute s'agir, là aussi, du prénom du poète Keats. Pour ce qui était de Renfield, elle devrait faire une recherche sur Google. R.M. Renfield ? Pourquoi pas.

– La gravité de la situation exige une réaction rapide, poursuivit Vincent. Ton aide est vitale, Anya. John et Sylvia ont tous deux de sérieux problèmes de santé. Tu vas leur rendre un énorme service, et à moi aussi.

Les yeux d'Anya s'attardèrent un instant sur Sadie. Elle la reconnaissait ou, tout au moins, son visage lui disait quelque chose. Une ligne était apparue juste au-dessus de l'arête de son nez. Un froncement. Un doute.

– Putain de répéteur ! vociféra Bug Man. Mais marche, bon Dieu ! *Marche !*

Le signal allait et venait. À un moment, il avait une image quasi parfaite des gens dans la pièce, presque de la HD, et, la seconde suivante, plus que des parasites.

Une chose était certaine : c'était Vincent qu'il avait vu faire la bise à la femme. AFGC possédait une vieille vidéo de mauvaise qualité où il apparaissait. Une bande que Bug Man avait regardée en boucle pendant des heures pour tenter de prendre la mesure de son adversaire, de jauger le mec. Le film montrait Vincent montant dans un taxi. Point barre. Ce qui n'avait pas empêché Bug Man de visionner l'extrait cinquante fois de suite.

Il se pencha en avant dans sa chaise de lignard, muscles tendus, dents serrées. Vincent. Là, devant lui. En chair et en os. Et voilà qu'un répéteur merdique venait tout foutre par terre en marchant par intermittence. Debout à son côté, Burnofsky déclara d'une voix qui se voulait rassurante :

– Y sont dessus, Anthony. Y sont dessus.

– Faut au moins trois minutes pour le remplacer, enragea Bug Man. J'espère pour vous qu'il va prendre son temps.

– Ah, ça revient, fit remarquer Burnofsky.

L'écran, il le voyait par-dessus l'épaule du gamin, donc pas la peine de s'étendre. Oui, la résolution était nulle. Oui, l'image était parasitée à mort.

– Et c'est avec ça que tu veux que j'engage ? persifla Bug Man avec colère. Je bats en retraite, hors de portée.

– La première chose qu'il va faire, c'est vérifier son maillage, prédit Burnofsky.

– Y peut être tranquille de ce côté-là, dit Bug Man en se remémorant mentalement l'élégante toile de câbles et de transpondeurs.

Ses nanobots avaient beau se trouver très loin de là, Vincent possédait une faculté qui tenait de la divination lorsqu'il s'agissait de sentir l'ennemi. Il en fallait peu pour éveiller son attention.

Concentré sur son interface, Bug Man exécuta une marche arrière simple, repliant d'un coup ses vingt-quatre nanobots – que des Chasseurs, aucun Fileur – dans le cerveau de la femme. Pas la plus agréable des manœuvres mais, avec une communication aussi mauvaise, c'était ce qu'il pouvait faire de mieux.

Vingt-quatre petites fenêtres apparurent sur l'écran dont trois totalement noires. Probablement des optiques obstruées par des mousses. Les mousses étaient toujours un problème. De minuscules champignons fâcheusement collants. Ou alors, ils avaient ramassé un macrophage en route.

Bug Man agrandit un des visuels les plus clairs, affichant l'image de six nanobots en marche arrière, telle une escouade d'araignées dans un tunnel. Il bascula sur vue arrière. Résolution pire encore. Et hors de question d'entamer les batteries en déployant les vingt-quatre projecteurs pour éclairer ce tas de charbon.

En l'état actuel des choses, Vincent n'aurait eu aucun mal à tailler en pièces son armée, tant celle-ci était diminuée. Ce foutu répéteur. Il allait falloir régler ça. Et vite. Parce que ce n'était pas avec une résolution de vieux Game Boy que, d'ici quelques jours, il pourrait s'occuper de l'encéphale de la présidente des États-Unis.

— J'viens d'avoir des nouvelles, dit Burnofsky. Ça va prendre un peu de temps. Z'ont pas de soutien sur zone. L'équipe arrive… Vingt minutes.

— Vingt minutes ? répéta Bug Man, se sentant blêmir.

Non. Ce n'était pas possible. Il n'allait pas rester cloué sur sa chaise maintenant.

— Envoyez un renfort macro sur place, dit-il.

— Au QG McLure ? pouffa Burnofsky. Écoute, Anthony, si tu dois perdre quelques nanobots, perds-les. C'est pas la fin du monde.

Bug Man retira ses gants, son casque et se détacha de la chaise. Les nanobots retourneraient d'eux-mêmes à leur point de départ. Il n'avait pas besoin d'être là pour ça.

— Calme ! Caaalme ! lança Burnofsky en riant.

— Tu veux que Vincent te coupe ce qui pendouille entre tes cuisses ? Je t'en prie, répondit Bug Man en tendant sèchement le majeur sous le nez du vieux. Je joue pas à ce jeu-là pour perdre, vieux. Quand la liaison sera correcte, fais-moi signe. J'serai dans le coin…

– J'ai besoin de prélever quelques cellules, dit Anya.

Ils étaient dans un labo. C'est du moins ce que Noah – enfin Keats – supposait, pour n'avoir jamais vu de labo autrement que dans les films. N'empêche, le docteur Violet était en blouse blanche. Et tout l'équipement était blanc et chrome. Et le sol était en inox, tout comme les murs.

Conclusion : un labo. Ou alors une pièce en acier où ranger un impossible barda au sein duquel l'unique élément vaguement familier était la seringue que le docteur Violet avait en main.

À l'extrémité de l'aiguille, un minuscule crochet. Attendez. Ça n'allait pas. Il n'y avait pas de ventouse, rien que l'aiguille. Vraiment ?

– Aïe !

Elle l'avait plantée dans la partie la plus tendre de son avant-bras. Et voilà qu'elle avait une microscopique bouchée de chair, au bout de son aiguille, et lui un petit, mais enthousiaste, saignement au creux du bras.

– La seule phase qui ne soit pas automatisée, dit-elle avec un sourire distant en appliquant un large pansement adhésif sur la plaie. Et aussi la seule synonyme de douleur.

Le docteur Violet pendit son aiguille à une petite potence en acier inoxydable, puis sortit d'un tiroir un sac en plastique à fenêtre, qu'elle déchira froidement pour en extraire un objet vaguement rectangulaire, de la taille d'un téléphone portable, ou peut-être un peu plus petit. C'était blanc, soyeux, brillant, avec des angles arrondis. Un truc qu'on aurait bien vu sortir d'un Apple Store.

Elle pressa l'unique bouton et le parallélépipède s'ouvrit à la manière d'une fleur s'épanouissant en accéléré, révélant une lumière fortement scintillante.

– On appelle ça une crèche, dit Vincent. Chaque crèche

contient deux biobots. Enfin, à terme, lorsqu'ils auront grandi.

Le docteur Violet déposa le morceau de chair au creux des pétales et réappuya sur le bouton, entraînant du même coup la fermeture de la fleur.

Plath ne poussa aucun cri lorsque ce fut son tour. Mais elle était prévenue, elle.

Il se demanda quel pouvait être son véritable nom. Le connaîtrait-il jamais? Susan? Jennifer? Alison? Quelque part, il avait l'étrange sentiment que tout le monde savait sauf lui.

Elle embrassait la pièce du regard, n'affichant ni inquiétude ni nervosité, mais bien un certain regret, voire de l'affliction.

Il faut dire qu'au jeu des expressions, Keats était plutôt bon. Les filles lui disaient toujours qu'il les comprenait. Ça lui avait plutôt servi, d'ailleurs, cette attention portée aux émotions des filles. Comme si le fait de se focaliser régulièrement sur leur visage, et pas uniquement sur leur poitrine, leurs fesses ou leurs jambes, faisait des miracles. Observer régulièrement les yeux, la bouche, le front, c'était ça le truc.

Ce qui ne voulait pas dire pour autant qu'il était insensible au galbe de la poitrine de Plath, à l'instant où elle se pencha pour prendre le pansement.

Les crèches furent avalées par ce qui aurait pu ressembler à de vieilles platines CD.

— La fabrication de biobots comprend de nombreux aspects singuliers, dit Anya, au premier rang desquels l'épissage génétique, bien sûr, dont les bases sont clairement établies. Mais l'épissage interespèces, et à ces vitesses, c'est quelque chose de très neuf, et d'exclusif à McLure. Autant dire le saint des saints.

– Pourquoi ne pas le sortir, justement ? demanda Keats. Je veux dire, la politique du secret, c'est ça le *problème*, non ? Si tout le monde savait ce qu'on peut faire...

Un égal regard du docteur Violet et de Vincent l'incita à se taire.

– C'est illégal, embraya Plath d'un ton assuré, pas comme si elle venait de comprendre mais comme si elle était au courant depuis belle lurette. Si le gouvernement apprenait qu'on a... enfin qu'ils ont... recombiné de l'ADN pour créer de nouvelles formes de vie, l'immeuble serait immédiatement envahi par des hordes d'agents du FBI. Tous ceux qui seraient pris iraient droit en prison. La compagnie serait dissoute sans autre forme de procès.

Keats était sur le point de poser une autre question quand un infinitésimal tressaillement de la part de Vincent, un imperceptible « non » dans l'œil, l'arrêta.

Ce qu'il voulait demander c'était : pourquoi est-ce que les méchants, ceux d'en face, ne prévenaient pas *eux-mêmes* le FBI ?

En y réfléchissant un peu, la réponse finit par lui apparaître. Un pacte de silence. Une omerta tacite entre deux camps qui avaient chacun des preuves pouvant incriminer l'autre. Si l'un apparaissait au grand jour, l'autre également. Auquel cas, tous deux finiraient en prison. Et la technologie mourrait.

Sauf que : non.

Bien sûr qu'elle ne mourrait pas. Ça n'avait pas de sens. Au contraire, elle serait reprise par le gouvernement et militarisée encore plus qu'elle ne l'était déjà.

Et quel gouvernement résisterait à la tentation d'engager quelques ressources nano pour vaincre les ennemis susceptibles de s'opposer à ses plans ? Quand bien même ces ennemis se trouveraient appartenir à son propre peuple?

Keats vit que Plath le regardait. Elle savait tout ça. De fait, si elle l'observait, c'était juste pour consigner l'affleurement des pensées sur ses traits. En le chronométrant. En se demandant combien de temps il lui faudrait pour tout mettre bout à bout.

Elle ne paraissait guère impressionnée par le résultat.

Attends un peu, se dit Keats, *ça veut dire que tu es... Oh, bon Dieu, tu es la fille. La seule survivante de l'empire McLure, comme on disait dans la presse.*

Il se laissa retomber sur sa chaise. Courtiser une milliardaire. À l'évidence, ça n'allait pas marcher.

Une minute. Ils n'étaient toujours séparés que par une simple cloison là-bas au... ça avait un nom, au moins, cet endroit? QG BZRK? BZRK HQ? Enfin, bref, ça sonnait un peu mélodramatique pour un local situé au-dessus d'un snack miteux.

Et puis elle n'avait pas l'air si snob que ça...

Subitement, Keats porta une main à son front. La pièce se mit à tourner dans tous les sens. Son autre main se cramponna à une chaise.

– Vous avez un bassin ou quelque chose? demanda Vincent.

Acquiesçant d'un hochement de tête, le docteur Violet se leva et sortit d'un tiroir deux cuvettes en forme de haricot qu'elle tendit à Keats et Plath.

Rétablissant la préséance féminine, Plath fut la première à vomir.

Ce qui inspira à Keats un vif écœurement en même temps qu'un modeste triomphe dont la durée n'excéda pas la dizaine de secondes.

Le monde tout entier chavirait, tournait. Il n'était plus qu'un débris dans une tornade.

– Ce que vous ressentez est normal, commenta Vincent.

Désolé, ça avait l'air tout sauf normal. Keats vomit de nouveau, ratant cette fois la cuvette. Il tomba en avant, et ne dut qu'à Vincent de ne pas s'effondrer tête la première sur le sol.

Renfield s'avança pour soutenir pareillement Plath, qui psalmodiait des jurons entre de bruyants haut-le-cœur. Une combinaison à fendre l'âme.

– On appelle ça l'enfantement, dit Vincent d'un ton calme et détaché.

Rien dans sa voix ne permettait de dire qu'il voulait réconforter Noah, en proie à une crise de panique, pourtant c'était bien l'effet qu'avaient ses paroles.

– En fait, c'est une sorte de plaisanterie entre nous. Parce que, ce qui se passe, c'est que vos biobots se développent, prennent vie. Vous éprouvez pour la première fois la désorientation liée au fait d'être à la fois dans votre propre corps... et ailleurs. L'ubiquité.

Dans un flash, Keats eut la vision d'une immense plaine noire s'étendant à l'infini.

Un éclair foudroyant.

Une série d'ampoules qui claquent. *Pak! Pak! Pak!*

Un éléphant. Estropié.

Non, une araignée. Des pattes qui poussent. Mais aussi épaisses que celles d'un éléphant.

Qui poussent sous ses yeux. Qui gigotent. Comme pour crier. Mimant la douleur de la métamorphose.

D'intenses rayons verts.

Un nuage de brume.

Et, soudain, une vue différente. Un gros plan dans l'éclair

d'une lumière granuleuse : une seconde créature, comme la première, les mêmes mouvements saccadés, des pattes qui se terminent par des pinces de crabe, qui s'agitent belliqueusement.

Et puis Plath s'écria :

– Oh, mon Dieu ! J'ai vu sa gueule !

Elle voulut bondir de son siège, Renfield l'en empêcha en poussant à deux mains sur ses épaules.

– Les biobots présentent souvent de vagues ressemblances avec leur donneur humain, dit Anya Violet. Chacun de vous a deux biobots en genèse. Vous pouvez observer le développement de l'un à travers le développement des yeux de l'autre.

– OK, OK, j'vais pas...

Quoi que Keats ait eu sur le bout de la langue, tout disparut devant l'image stroboscopique d'une monstrueuse araignée, qui tournait, tournait et, dieux du ciel, il voyait aussi à travers les deux paires d'yeux, se voyant se voyant lui-même se voyant sous la forme d'une immonde araignée, d'autant plus immonde qu'elle avait... Oh, non ! Pas ça ! Les mêmes yeux bleus que lui !

– Ça peut faire un choc, concéda Vincent, sa voix résonnant à des milliers de kilomètres de là.

Qu'est-ce qu'ils étaient en train de lui faire ?

Il revit son frère, entravé et hurlant. Maintenant c'était sa tête à lui qui débordait de folles visions.

Il sanglota. Il se moquait de sangloter.

Il se moquait de chialer haut et fort, de hurler comme un dément. Comme son pauvre aliéné de frère.

Intérieurement, Vincent se sentait malade. C'était un sale tour qu'il leur jouait. Ils n'avaient aucunement été préparés. Zéro entraînement. Lui, au moins, il avait visionné des films, regardé des micrographes. On lui avait montré à quoi s'attendre. Il avait été initié – par l'infâme Caligula, certes, mais initié néanmoins – ce qui représentait toujours un plus par rapport au cauchemar que vivaient, sans préavis, Plath et Keats.

Eux se prenaient tout de plein fouet. D'ailleurs, ils ruaient, hurlaient, pleuraient à chaudes larmes, totalement perturbés par ce qu'ils voyaient.

Il ne les avait pas juste jetés dans le grand bain en leur demandant de nager. Il les avait jetés en haute mer en leur demandant de nager plus vite que les requins.

Il ferma les yeux. Les souvenirs revinrent en masse. La violente nausée. Le sentiment d'être extrait de la réalité, comme si un dieu maléfique se penchait sur vous et vous arrachait brutalement à votre espace-temps.

Et le pire était à venir, quand ils comprendraient ce que, pour l'instant, ils n'avaient pas encore commencé à réaliser. Que cette transformation était permanente. Qu'ils venaient de mettre en jeu leur raison. Qu'ils venaient de miser leur équilibre mental. Leur vie.

Mais Lear avait besoin d'eux. Lear voyait juste. L'heure n'était plus aux subtilités. Salut, les mômes, bienvenue à l'asile.

Attendez qu'ils voient un demodex, qu'ils tombent sur leur premier acarien, qu'ils se retrouvent au milieu de cellules sanguines filant autour d'eux comme des Frisbee.

Attendez qu'ils regardent à travers les yeux de quelqu'un d'autre.

Attendez qu'... Soudain, Vincent se glaça.

Tout ce temps, V1 et V2 avaient tracé leur chemin le long du nerf optique d'Anya Violet.

Quelque chose. Qu'est-ce que c'était ? Il avait vu quelque chose. Quelque chose qui faisait se dresser le duvet sur sa nuque. Un tressaillement de peur. Mais de quoi fallait-il avoir peur ?

Il fit reculer V1 et envoya prudemment V2 en reconnaissance.

Qu'avait-il vu et pas vu ?

Et là, tout à coup, c'était devant lui ! Juste quelques cellules arrachées au nerf optique. L'empreinte de quelqu'un qui avait déconnecté un peu trop rapidement.

Un piège.

QUATORZE

– Le nouveau répéteur est en place, Anthony.

Bug Man fusilla Burnofsky du regard, pas mécontent de voir la sueur qui poissait son visage. Vieux schnoque. On aurait dit cette vieille star du rock, qui venait de mourir. Le vieux junky. Bug Man priait pour ne jamais avoir à infester Burnofsky. Il avait la nausée rien que d'imaginer de près le vieux parchemin ridé qui lui tenait lieu de peau. Des myriades de parasites devaient ramper à la surface de cet épiderme dénué de défenses naturelles, ces sourcils broussailleux devaient grouiller de vermine.

– Il est monté en boucle?

– Bon Dieu, Bug, tu t'y colles ou j'y vais, moi, coupa Burnofsky.

– Pour que tu bousilles une demi-douzaine de nanobots avec mon logo dessus? Non merci, dit Bug Man en se précipitant dans la salle de jeu. Vincent pense qu'il m'a chopé?

Il glissa les mains dans les gants et se rassit sur le fauteuil. Par-dessus son épaule, Burnofsky vérifia en même temps que lui l'état de la liaison. Vingt et une fenêtres sur vingt-quatre s'affichèrent, certaines sur des vues des circonvolutions rachidiennes au creux desquelles les nano-bots étaient cachés. Désolé, le service de cartographie céré-brale était inaccessible pour le moment !

– Maintenant, le vieux, dégage. Si tu veux mater, t'as qu'à aller dans la pièce à côté.

– La macro est en chemin.

– Tu te fous de ma gueule ? Je croyais que t'avais dit que c'était impossible !

– Bah, j'ai transmis ta suggestion aux Jumeaux, répondit négligemment Burnofsky. Visiblement, ils étaient d'accord avec toi. Donc, macro aussi. Tu devrais te dépêcher si tu veux vraiment récolter les lauriers de la victoire parce que, sinon, y a toutes les chances que ce soit une balle qui fasse le boulot à ta place.

Bug Man rassembla prestement son détachement en quatre pelotons de six unités chacun ; contrôler individuel-lement vingt-quatre nanobots eût été impossible, même pour lui. Au sein des pelotons, les unités étaient synchrones, ce qui, sur terrain inégal, générait de sérieux problèmes de pilotage pour éviter les collisions. Mais il y avait des moyens d'y remédier, à condition d'avoir le doigté et le savoir-faire nécessaires.

Il les enverrait par vagues. Un peloton à la fois. L'avant-garde localiserait les unités de Vincent et, au cas où elle serait repérée, engagerait le combat sur-le-champ. Sinon, elle attendrait le renfort des pelotons suivants. Et là, *bam !* Des vagues de quatre d'un coup, espacées de dix à vingt secondes. *Bou-bou-boum*, et adieu Vincent.

Bug Man caressait un rêve secret : prendre vivant un des biobots de Vincent et le sortir dans le macro ; le maintenir en vie et jouer avec lui un moment. Pendant que Vincent sombrerait lentement dans la démence.

Plath repoussa sèchement les mains de Renfield, toujours plaquées sur ses épaules. Elle n'allait pas piquer une crise, simplement, elle ne voulait pas qu'on la touche.

La douleur de son bras l'aidait à garder l'esprit clair. Elle voulait bien accepter le réconfort de la douce voix de Vincent, mais pas être touchée ; et puis elle glissa à genoux et vomit de nouveau par terre.

Qu'est-ce qu'elle voyait exactement ? Une bête cauchemardesque, et une autre juste à côté, dressées sur de longues pattes d'araignée étincelantes, foulant l'immense étendue vaguement vallonnée d'une matière granuleuse lui faisant penser à du cuir.

Et puis la voix de Vincent résonna de nouveau. Pressante, affolée. Plus du tout apaisante.

– C'est un piège !

Il se leva d'un bond et rattrapa Anya Violet par le bras au moment où celle-ci faisait volte-face pour s'enfuir. Se tortillant pour quitter sa blouse, elle parvint presque à lui échapper. La saisissant par le bras, Vincent l'attira violemment contre lui et l'immobilisa grâce à une clé au cou, en étranglement arrière.

Elle se débattit. En vain.

– Est-ce qu'elle… ? dit hargneusement Renfield.

– Présence ennemie, coupa Vincent. Pas encore de contact, mais c'est une question de secondes. Appelle Caligula. On a un problème.

Renfield sortit aussitôt son téléphone.

– Tu devrais la tuer, dit-il sans lever les yeux de son écran, évitant soigneusement de croiser un seul regard. Casse-lui la nuque et rapatrie tes biobots. T'inquiète pas pour le ménage. L'AFGC le fera. On prend les bébés de

197

Plath et Keats – dans leurs crèches, ils sont viables – et on se tire d'ici.

Plath interrogea Vincent du regard. Keats et elle se tenaient là, les bras ballants, l'estomac au bord des lèvres, le cœur en miettes, l'esprit à la dérive, sans trop comprendre ni ce qui se passait ni à quoi ils devaient s'attendre.

Allait-elle être témoin d'un meurtre? Là, devant elle? Vincent allait-il bel et bien briser la nuque de cette femme?

– Prends les crèches, ordonna Vincent en se tournant vers Renfield. On décroche. Et elle on l'embarque avec nous.

– Lâchez-moi! cria Anya en se débattant.

– Pour qu'ils nous pistent avec leurs nanobots? demanda Renfield en sortant un flingue de derrière son dos; et pas le Taser du début, non un vrai de vrai.

Vincent laissa alors échapper un vague: «Je ne suis pas Scipion» qui laissa Sadie aussi perplexe que Renfield et Noah, à en juger par leur expression totalement vide.

– À moins que t'aies décidé de prendre le contrôle des opés, Renfield, raboule leurs biobots!

Renfield parut choqué que Vincent insinue qu'il puisse vouloir renverser le chef. Il s'humecta la bouche, nerveux.

Bousculant Keats, il entra rageusement une commande dans la console. Les tiroirs qui s'étaient ouverts pour accueillir les crèches coulissèrent de nouveau pour les libérer.

Renfield baissa les yeux, lut les étiquettes, puis les tendit respectivement à Plath et Keats.

– Je garderais ça avec un soin jaloux si j'étais v...

– Je suis engagé! affirma froidement Vincent.

La charge était lancée. Vincent la voyait fondre sur lui dans les différentes fenêtres de sa vision générale. Un groupe de quatre... cinq...

Trois réalités différentes se télescopaient sous ses yeux : Keats et Plath titubant sous l'effet du choc mental de «l'enfantement» de leurs biobots ; Renfield, une arme au poing, leur confiant les crèches ; et les cheveux d'Anya, jusque dans sa bouche, son parfum, les pulsations de ses artères tandis qu'elle se débattait pour échapper à l'étranglement.

En nano, deux visus. V1 et V2. La saturation des couleurs poussée à fond. Le plus souvent, l'optique est réglée sur «niveau de gris» – les cellules n'ont alors de couleurs que si elles sont en grand nombre et, qui plus est, vues de loin. En revanche, avec la saturation, le monde nano explosait de couleurs criardes : des verts, des rouges, des jaunes étranges et des roses saisissants.

La Technicolor. Une obligation en cas de combat.

Le lignard avait sans nul doute compris qu'il était repéré. Il avait sorti la roue centrale de ses nanobots qui remontaient à pleine vitesse les terminaisons nerveuses, leurs longues pattes d'araignée bien écartées pour servir de stabilisateur.

Vincent repoussa Anya et la força à faire volte-face. Après avoir amarré ses biobots, il lui flanqua un bon coup de poing dans l'œil, assez sévère pour qu'elle tombe à genoux.

Dans le micro, ça faisait deux impacts. Le premier, le direct, était de loin le plus violent car il résonnait encore bien après que les os du crâne et la masse gélatineuse du globe oculaire eurent absorbé l'impact initial. De terribles ondes de choc, telles les répliques d'un tremblement de terre de magnitude neuf, se répercutaient à l'intérieur de la boîte crânienne.

Pris par surprise, en équilibre instable sur leur monocycle, les nanobots furent balayés comme des quilles de bowling et basculèrent sur le flanc. Deux se télescopèrent. Une patte vola dans les airs. Un transducteur se tordit complètement.

V1 et V2 s'étaient lancés à pleine charge juste après la première secousse, sur leurs six pattes, comptant les secondes avant le prochain séisme.

Le talon d'Achille des nanobots ? Les transducteurs. En effet, sans dispositif de vision, les petits robots n'étaient plus capables de grand-chose. Ceux-ci tenaient en deux capteurs de forme triangulaire, associés à un émetteur d'UV et à ce qu'on pensait être un sonar à micro-ondes.

Cette grappe d'instruments surplombait la machine, accrochée à un mât court et trapu. Démâter le tout, couper net ? Il ne fallait pas y compter. En revanche, le tordre...

Une autre façon d'éliminer un nanobot consistait à fracasser la rotule de transmission, de laquelle partaient les trois pattes articulées se trouvant sous chaque flanc. Le moteur lui-même, celui qui assurait toutes les fonctions de l'engin, était protégé par un solide blindage. Au cœur de la bête, la roue centrale dépassait sous le châssis et touchait le sol dès que le fléchissement des pattes l'autorisait.

Bien sûr, en nano, ils semblaient énormes. Des chars d'assaut en forme d'araignées mécaniques géantes, fabriquées dans un acier à l'aspect étrangement caillouteux. Leurs pattes, en guise de stabilisateurs, et leur roue centrale tournant à plein régime, ils étaient capables de filer comme des bolides sur une autoroute.

Roue remontée, à la course pure, ils étaient encore très rapides, mais pas autant qu'un biobot.

Mentalement, Vincent voyait l'assaut des nanobots sous deux angles différents : du point de vue de la défense et en plan large.

Cela lui laissait à peine deux secondes avant que, touchant le sol, les genoux d'Anya ne déclenchent une nouvelle secousse.

Les deux biobots accélérèrent encore l'allure. Leurs pattes se perdant dans le flou, ils remontèrent à fond sur les deux nanobots accidentés.

V1 enfonça une lame dans la rotule du premier.

Saute! Et V2 atterrit sur l'autre en regroupant ses six pattes.

Et là, dans un éclair de couleur, apparut un logo sommairement exécuté sur le flanc de l'appareil: un visage tout sourire avec un insecte qui lui explosait du crâne: Bug Man.

Les biobots de Vincent s'agrippèrent au nerf. Le deuxième choc. Plus modéré que le premier, juste assez pour faire dévier de sa trajectoire un nanobot qui arrivait à pleine vitesse.

Il passa près de lui en trombe. Vincent accrocha une patte. L'engin tournoya sur lui-même. Vincent ouvrit le feu aussitôt avec le canon à rayon latéral, visant le seul endroit vulnérable, la grappe d'instruments et de transducteurs.

Trois de descendus et deux qui...

Et puis, soudain, ça se mit à grouiller de partout. Deux torrents de nanobots dégringolèrent vers lui, menaçant de le prendre en tenaille.

– J'aurais bien besoin d'un coup de main.

– Gauche ou droite? répliqua Renfield en enfonçant le doigt dans son oreille pour y récupérer ses biobots.

– Droite, ordonna Vincent.

Renfield prit la tête d'Anya entre ses mains et lui enfonça sans ménagement le doigt dans l'œil droit. Elle hurla, protesta et rua en l'injuriant.

Hélas pour elle, le docteur Anya Violet était hors sujet maintenant. Elle n'était plus une personne. Elle était un champ de bataille.

– Je t'ai eu, Vincent ! se félicita Bug Man. Et bien, même.

La secousse... Une riche idée, ça ! Vincent avait dû frapper l'hôte, histoire de jouer sur les deux tableaux, le macro et le nano. De fait, ça lui avait coûté trois nanobots.

Donc, oublié l'assaut par vagues successives. L'heure était au tir groupé, avec mobilisation générale de toutes les forces en présence pour en finir vite. Il lança ses trois pelotons encore intacts le long du nerf, à la verticale – mais la gravité n'avait pas grand sens dans la viande.

Dix-neuf fenêtres ouvertes. Toutes fixées sur les deux unités ennemies. L'une d'elles montrant d'ailleurs un magnifique gros plan d'un des biobots de Vincent. À croire qu'on aurait pu le toucher. En tout cas, suffisamment près pour distinguer la tête, avec ses énormes yeux à facettes, comme des antennes radar, en surplomb de pseudo prunelles humaines à l'éclat vaguement moqueur.

Le gros plan lui coûta, en termes de ressources. En effet, avec une vitesse surhumaine, le biobot de Vincent esquiva d'un bond de côté, puis il chargea et pourfendit le nanobot.

Une autre fenêtre noire. Mais ce n'était pas important. Qu'il soit mort ou seulement aveuglé, Bug Man manœuvrait dorénavant quatre divisions. Qui plus est, même aveugles, les nanobots exécutaient les ordres.

« Offensive générale », pensa Bug Man. L'image des biobots éperdus face au déploiement de ses quatre pelotons exécutant quatre variations de l'ordre de base envahit son écran.

Les biobots de Vincent pivotèrent, frappèrent, bondirent. Merde, il était vraiment bon ! Un sacré ninja. Encore deux nanobots torpillés.

Et rapide avec ça !

Mais pas assez. Pas cette fois.

Les nanobots arrachèrent le bras d'un biobot. Bug Man éclata de rire en le voyant tournoyer dans les airs sur son écran. On aurait cru qu'il lui faisait coucou.

Deux pattes en moins! Il ferait moins le malin, maintenant! De fait, il se traînait, tirant au hasard au laser, ne laissant que, aux points d'impact, des tissus calcinés sur le nerf.

Bug Man ne tarda pas à comprendre. En fait, il cherchait à provoquer une réponse immunitaire. Sentant ces dommages, le métabolisme ne manquerait pas d'envoyer ses macrophages sur place pour éliminer les envahisseurs.

Stupide et désespéré. La réaction d'un homme aux abois car si les macrophages pouvaient bel et bien entraver l'action des nanobots, en revanche, pour les biobots, ils représentaient une menace mortelle – pour peu qu'ils parviennent à se fixer.

À quoi jouait-il?

Qu'est-ce que Vincent savait et que lui ignorait?

L'espace de quelques secondes, Bug Man hésita.

– Mes yeux! s'écria Anya Violet, épouvantée.

– J'en ai deux qui arriv…! hurla Renfield.

BOUM!

La porte du labo vola en éclats, non pas enfoncée par quelque coup de bélier, mais soufflée par une explosion.

La déflagration coucha tout le monde par terre. Tympans carillonnant.

Plath poussa un cri. Personne n'entendit.

Voyant un torrent de sang jaillir de son nez, Keats se prit la tête à deux mains en hurlant.

Une escouade d'hommes vêtus de chinos, de polos et de pulls en V, sous des vestes ringardes, fit irruption dans la pièce, arme au poing. Une poignée de voyous vêtus dans des couleurs que leur fabricant avait baptisées « jonquille », « feuille brillante » et « glace lavande ».

Dans la viande, la nuée de nanobots et les deux biobots étaient salement secoués. Certes, moins durement que lors du coup de poing, sauf que, cette fois, Vincent n'était pas préparé. V2 perdit deux pattes, culbuta et glissa dangereusement vers les premiers macrophages.

Les lymphocytes – les globules blancs – peuvent avoir des formes et des tailles variées. Dans le jargon des lignards, c'étaient eux les macrophages.

Ceux-là ressemblaient à des éponges de mer aplaties, toutes rêches et bosselées, de la taille d'un raton laveur écrasé sur le bitume, et remontaient en se tortillant l'autoroute que traçait le nerf, tels des chiens de garde butés et d'une grotesque lenteur.

Estropié, V2 lutta d'une malheureuse patte pour se libérer, mais deux macrophages l'avaient déjà accroché et l'enveloppaient peu à peu, rendant tout mouvement impossible.

V1 avait roulé dans un tas informe de nanobots.

« En peloton », comprit Vincent en les voyant réagir tous ensemble, les six parfaitement synchrones. À cette distance, avec l'effet de surprise, il avait l'avantage. Il taillada, perfora et coupa frénétiquement, en dépit de la morsure des macrophages, aussi douloureuse que si elle avait été sur sa propre jambe. Et maintenant des hommes armés qui hurlaient :

– On ne bouge plus ! Tout le monde à terre !

Un agent de sécurité McLure, reconnaissable à son uniforme gris, la poitrine couverte de sang, brandissant un pistolet, vacilla sur le seuil de la porte. *BANG ! BANG ! BANG !*

Un des TdP mordit la poussière. L'arrière du crâne de l'agent en uniforme explosa.

Vincent sentit le macrophage étendre ses longs tentacules visqueux autour de lui, comme il aurait pu le faire avec une gigantesque bactérie.

Il sentit aussi les balafres, les entailles et les coupures que lui infligeait le peloton de nanobots. Dans la frénésie du combat, certains se découpaient entre eux mais, surtout, l'écharpaient, lui, encore et encore. Sa vue se brouillait, Anya hurlait, Keats chancelait. Renfield leva son arme et visa les TdP. *BANG! BANG!*

Des explosions partout. Comme si on avait la tête dans un caisson d'étude de tir à bout portant. Renfield s'effondra telle une brique, des geysers de sang s'échappant de sa poitrine ; un genou à terre, un TdP se palpa l'entrejambe et en ramena une paume sanguinolente ; sortie de nulle part, Plath brandissait le flingue de Renfield, et *BANG! BANG!*

Un renfort d'agents McLure. Et, visiblement, on montait en grade, puisqu'ils opposaient une puissance de feu conséquente, rendant coup pour coup dans un concert de hurlements et de jurons, dans la folle odeur de poudre et de sang versé.

Vincent était allongé par terre, face au sol, sourd à tout sauf aux bruits les plus forts.

Et là, au milieu du chaos, il vit Keats. Keats qui, d'une main tremblante, esquissait le bon geste. Comme s'il avait su, d'instinct. Il ramassa le Taser tombé des mains de Renfield, puis interrogea Vincent du regard, qui acquiesça d'un signe de tête. La décharge secoua violemment le corps d'Anya.

Un éclair de lumière alla des électrodes du Taser aux yeux

de Vincent, qui fit bondir ses biobots une fraction de seconde avant que le nerf, sous ses longues pattes pointues, ne se mette à convulser.

Traversées de spasmes, les terminaisons nerveuses se contractèrent brutalement, déséquilibrant les nanobots, quand le choc ne les envoyait pas s'emplafonner un mur de muqueuses. De fait, toutes les distances semblaient s'être soudain réduites, comme si les mètres s'étaient transformés en centimètres, les tissus tétanisés réduisant l'espace de façon drastique.

Vincent lança ses deux biobots, mal en point, mais pas morts – non, définitivement pas morts – droit dans la masse confuse de nanobots. Au maximum de leur vitesse respective. Pataugeant dans la mêlée, entraînant les macrophages avec eux, ils s'en débarrassèrent en se frottant contre les angles de titane de l'adversaire pour, finalement, s'extirper indemnes du peloton de nanobots qui, maintenant, en prime, devait lutter pour ne pas se laisser empêtrer dans la bave visqueuse des macrophages.

Tentant de reprendre le contrôle, les nerfs d'Anya provoquèrent une série de répliques et de spasmes.

V1 était au tapis. Sans aucune patte. Immobile.

Vincent fit faire demi-tour à V2 qui le prit dans ses pinces et l'entraîna avec lui, faisant fi des macrophages qui continuaient de le ronger.

Bug Man fixait l'écran des yeux, le visage décomposé. Plus que douze fenêtres actives. En espérant que trois ou quatre soient seulement aveugles et fonctionnent encore. Quoi qu'il en soit, l'alternative était d'une cruelle simplicité : prendre les quelques secondes nécessaires pour réorganiser un peloton ou les envoyer pêle-mêle à la poursuite du fuyard.

La secousse tellurique – dont il n'avait toujours pas identifié l'origine – avait fait des ravages dans ses rangs.

– Je rêve ou t'en vois de toutes les couleurs, mon p'tit Anthony? demanda Burnofsky d'une voix traînante. P't-être qu'y serait l'heure d'une petite aide macro des familles, non?

Ce fut ce qui emporta la décision. Hors de question qu'il laisse Vincent s'échapper maintenant. Il avait engagé avec un ratio de vingt-quatre contre deux. Il ne s'en remettrait pas s'il perdait.

«En avant toute!» ordonna Bug Man. Une charge banzaï! Un mur de nanobots fondant sur les biobots battant en retraite.

Mais il ne fallait pas traîner car la clairvoyance des macrophages apparaissait maintenant au grand jour, l'entêtement spongieux de ces monstres sans cervelle l'empêchant d'actionner la propulsion du monocycle.

La course était lancée: un biobot blessé, traînant son jumeau avec lui, contre une meute de nanobots.

Bug Man savait qu'il allait gagner. Qu'à la fin, même sans roue, il les rattraperait. Mais combien de ses nanobots fonctionnaient encore? Combien étaient sur le point de lâcher? Au fait, c'était une charge banzaï ou une attaque kamikaze?

– Dis-leur d'abattre Vincent, grogna Bug Man entre ses dents serrées.

– À toi l'honneur, petit génie. Demande-leur toi-même, répondit Burnofsky en lui collant un téléphone à l'oreille.

Les macrophages plantaient leurs crocs dans la chair du biobot de Vincent tandis que celui-ci reculait, traînant avec lui son double. Les nanobots allaient le rattraper. Il était trop lent. S'il abandonnait V1...

S'il s'y refusait...

Les biobots de Renfield allaient retourner la situation. Où étaient-ils d'ailleurs ? Pourquoi diable Renfield n'intervenait-il pas ?

Il pivota et le découvrit, gisant sur le sol, les bras en croix, la tête basculée de côté. Vincent le voyait bien : Renfield ne viendrait à la rescousse de personne.

Une chaussure obstrua son champ de vision.

La bouche d'une arme se pressa contre son oreille. Contact de l'acier froid.

– Lâche tout, p'tit enculé, ordonna une voix tendue. Et je veux dire, là, dans la viande. Ou je te crève.

Le pistolet à la main, Plath fit feu. Pour la première fois de sa vie. Le bruit – tellement plus puissant que dans les films – et le recul – tellement plus satisfaisant que ce qu'elle supputait – l'avaient surprise.

Mais moins que l'horrible constat que ça avait marché.

Elle avait visé, appuyé sur la détente, et projeté une bille de plomb dans une enveloppe de chair et d'os.

L'homme sur qui elle avait tiré était assis dans une mare de sang s'épanchant de son entrejambe. C'est elle qui avait fait cela.

Les images cauchemardesques de monstres arachnéens, au piqué flou et grisâtre, donnant des coups et titubant follement sur une plaine qui s'était renversée d'un coup sans prévenir, continuaient de la hanter tandis qu'elle constatait avec horreur l'étendue du désastre.

Vincent était à terre. Un type en parka tachée de sang braquait un pistolet sur sa tête.

Keats la prit par le bras, serra fort, et l'entraîna vers la porte.

Renfield gisait dans un étang vermillon.

Morts et mourants titubaient dans le labo. Une épaisse fumée emplissait l'air. Anya Violet rampait dans l'hémoglobine.

Soudain, dans l'encadrement de la porte, un homme.

Pas très grand. Un mètre soixante-quinze maximum. Trapu mais pas gros. Vêtu avec grand soin d'un blazer de velours pourpre, d'une chemise à haut col, d'un pantalon à pinces et de bottes de cuir noir. Sur sa tête, un chapeau d'un velours vaguement assorti au blazer, plus terne, et orné d'un large ruban doré qui maintenait une aigrette.

Le visage buriné, mat, narquois et des yeux comme deux trous noirs au creux de deux vallées encaissées. Il pouvait avoir quarante ans, il pouvait avoir soixante ans, et il émanait de lui un sentiment, une aura, une sombre vérité invisible, mais indéniablement palpable.

Sadie sut d'instinct.

Caligula.

QUINZE

Il tenait un pistolet dans une main, une petite hache qui ressemblait étrangement à un jouet en forme de tomahawk dans l'autre. Le manche était peint et orné de franges qu'on aurait dites en cuir. La lame était rouge vif.

Restaient trois TdP encore en vie lorsque Caligula pénétra dans la pièce.

Le premier pivota, leva son arme, et bascula en arrière, un trou dans le front. Le bruit vint ensuite. Un énorme *CRACK*.

Le deuxième agent AFGC prit une balle dans la carotide et le troisième, tentant dans une manœuvre aussi tardive que futile de prendre la fuite, s'arrêta net à l'instant où la hache apparut comme par magie dans son dos. Le rembourrage de la veste froufroutait autour du point d'entrée.

Caligula se dressa face à Anya, l'empêchant de ramper plus loin.

– Non! cria Vincent. Pas elle.

Caligula jeta un regard alentour.

– Quelqu'un d'autre? demanda-t-il en poussant Anya du pied pour la faire basculer sur le flanc.

Il s'approcha de Renfield.

– F'chier, marmonna-t-il, je l'aimais bien, lui.

Sur ces mots, il arracha la hache de l'épine dorsale du TdP gargouillant, dont les jambes avaient brutalement cessé de s'agiter, et lui tira une balle dans la nuque.

Ensuite, levant la hache quatre fois de suite, il décapita Renfield. Aucun indice nano ne devait être découvert sur les lieux.

Plath aurait bien vomi de nouveau, mais son ventre était vide.

Sortant de sa poche un sac-poubelle noir, il y laissa tomber la tête de Renfield et le referma.

– Tiens, gamin, prends ça, dit-il en le tendant à Keats. Et le laisse pas tomber.

– Mais qu'est-ce…, protesta Keats.

– Nouveau, hein ? dit Caligula en le regardant d'un air qui hésitait entre incrédulité et amusement. Bon, premier conseil, le bleu, on ne pose pas de question au type qui te sauve la vie. (Il s'accroupit devant Vincent.) Et toi, qu'est-ce qui t'arrive ?

– Deux… dans elle…, répondit-il en indiquant Anya Violet. Une embuscade. J'suis dans la merde. Renfield…

– Oublie Renfield, coupa Caligula. Il ne te sera d'aucune aide.

Il se redressa, pivota vers Plath, puis regarda le type touché à l'entrejambe, qui gémissait de douleur dans sa flaque de sang.

– On vise jamais les boules, petite. Vaut bien mieux viser le centre du corps. En attendant que tu sois assez bonne pour viser la tête.

– Je voulais pas… Je voulais pas viser là… Simplement…

– Ouais, bah, tu ferais aussi bien de le finir.

Plath secoua violemment la tête, tendit le bras avec horreur pour repousser l'arme loin d'elle. Pour autant, elle ne la lâchait pas. Au contraire, son regard paraissait aimanté par l'objet, qu'elle faisait tourner sous ses yeux pour mieux le contempler.

Caligula éclata de rire.

– Bandant, hein ?

Sans prendre la peine de regarder sa cible, il braqua le sien à l'aveugle et fit feu sur le garde agonisant.

– Tu vois ? Pas de lézard. Tu peux même te dire que c'est pas toi qui l'as tué.

Puis il fit précipitamment le tour de la pièce enfumée et collecta les armes abandonnées par l'ennemi, répétant à chaque fois le même rituel : vérification rapide, retrait du chargeur, fouille des vêtements ensanglantés de la victime à la recherche de munitions.

Il tendit un pistolet à Keats, l'autre à Vincent.

– Nous tirer d'ici ne va pas être une mince affaire, prévint Caligula avant de s'agenouiller au-dessus d'Anya et de la regarder droit dans les yeux. Maintenant, écoute-moi bien, madame Je-sais-pas-qui-tu-es. Vincent, là-bas, ne veut pas que je te tue. Mais si j'ai le moindre souci avec toi, j'ai bien dit le moindre souci, je passe outre la consigne et je te bute. Je sais pas si t'as été maillée ou pas. Si oui, tu vas devoir faire un sérieux effort de concentration. Je te souhaite d'en être capable.

Il se redressa, essuya sa hache sur un cadavre.

– C'est parti.

Devant l'ascenseur, les haut-parleurs du palier jouaient une reprise de *Poker Face*, de Lady Gaga.

Les voyants étaient allumés. Les murs couverts de miroirs. Plath se voyait. Pâle. Ce qui faisait ressortir d'autant les

taches de rousseur sur l'arête de son nez. Les cheveux poisseux. Keats et elle. Caligula avait pris le premier ascenseur,
avec Vincent et Anya.

– En sortant, soyez prêts à en découdre, leur avait-il
conseillé avant que les portes ne se referment. En évitant
de me dégommer, si c'est possible… Je le prendrais mal.

Plath et Keats fixaient les boutons d'appel d'un œil
vide, embarrassés par leurs pistolets, une cascade d'images
de monstres dégringolant dans la tête. Elle en mettait du
temps à arriver cette cabine.

– Oh merde! s'écria soudain Keats. Je l'ai vue en couleur.
La chose. Un éclair de couleur.

– Toujours en niveau de gris ici, répondit Plath.

Keats baissa les yeux sur la crèche qu'il avait toujours au
creux de la main. Secouant la tête face à son inconscience,
il la glissa dans la poche arrière de son jean, où elle devrait
être à l'abri tant qu'il ne s'asseyait pas… ou qu'on ne lui
tirait pas dans le derrière.

L'ascenseur enfin arrivé, Plath s'engouffra entre les portes
et écrasa le poing sur le bouton du rez-de-chaussée.

– Qu'est-ce qu'on fait quand la porte s'ouvrira? marmonna Keats.

Plath n'avait pas de réponse. Ou, plutôt, elle en avait
une, mais répugnait à l'énoncer. Le flingue pesait une
tonne. La sueur rendait la crosse glissante.

Ils passèrent le dixième étage.

Septième.

– Je prends ce côté, toi, tu prends l'autre, dit Keats. J'y
vais d'abord. Dès que la porte sera suffisamment ouverte.

Plath acquiesça d'un bref signe de tête, se sentant incapable de prononcer un mot et se moquant bien que, pour
une fois dans sa vie, quelqu'un lui dise quoi faire.

Troisième.

Entamant son freinage, la cabine cogna légèrement dans la cage.

Un coup de feu résonna en bas.

Plath se demanda sérieusement si elle n'avait pas fait pipi dans sa culotte – oh et puis, qu'est-ce que ça pouvait faire ? Les portes coulissèrent. Keats s'engouffra dans l'ouverture. *BANG !*

Elle se jeta à sa suite.

Caligula était debout dans le hall ; Vincent et Anya adossés à un gros pilier en marbre.

– Sur quoi tu tires comme ça ? demanda Caligula d'une voix égale.

– Je… Je… bafouilla Keats.

Dans la semi-obscurité du hall, deux agents de sécurité McLure. Morts. Abattus, puis traînés derrière un panneau publicitaire pour un événement au musée d'Art moderne, sponsorisé par McLure, afin de les dissimuler aux regards extérieurs.

S'y ajoutaient les deux cadavres que Plath avait brièvement aperçus dans la cabine d'ascenseur qu'avait prise Caligula.

– Les flics sont en route, annonça-t-il. Les méchants dans la rue.

– C'est eux ? répondit Plath en pointant le menton vers un 4×4 et une petite voiture, arrêtés le long du trottoir, pots fumant.

– Ouais. On va essayer de se faire la petite bagnole.

Ce disant, d'un geste fluide, il attrapa Vincent par le bras et le poussa devant lui tel un bouclier, son pistolet à bout touchant sur l'arrière de son crâne.

- On y va.

Manu militari, comme s'il s'agissait d'un prisonnier, Caligula escorta Vincent d'un pas décidé vers les portes coulissantes en verre, continua sa route sur le trottoir en laissant derrière lui aussi bien Plath que Keats et qu'une docteur Violet, hors d'haleine, qui cherchait désespérément du regard une échappatoire, n'importe laquelle.

Plath prenait conscience qu'Anya Violet avait l'âge d'être sa mère en même temps qu'elle réalisait l'obligation qui lui incombait (à elle et au jeune novice) de lui tirer dessus si d'aventure elle tentait de fuir.

Les biobots de Vincent se traînaient.

Les nanobots de Bug Man à leurs trousses.

La traque durait depuis un moment déjà mais là, elle atteignait un point critique car V1 et V2 prenaient pied sur l'œil. Vincent s'était cantonné aux tissus musculaires aussi longtemps qu'il avait pu. Sur ce terrain-là, au moins, il était à égalité avec eux en termes de vitesse.

Mais son temps était compté. Et, maintenant, il n'avait d'autre choix que de retourner sur le globe oculaire. Quand les nanobots l'imiteraient, une fois débarrassés des macrophages, ils se retrouveraient sur une surface lisse – plus lisse que n'importe quelle autre partie du corps humain. Ils utiliseraient leurs monocycles, sortiraient les volets et le rattraperaient en moins de deux.

Il sentit l'arme de Caligula dans sa nuque.

– Je vais perdre, murmura-t-il. Il va m'avoir.

– Désolé, dans la viande, je peux rien pour toi, répondit discrètement Caligula avant de s'écrier : Hé, les trouducs ! J'ai Vincent ! Vous le voulez ? Je vous l'échange contre une course gratuite, si vous voyez ce que je veux dire…

La vitre du 4×4 se baissa.

Vincent vit un homme, un téléphone collé à l'oreille. Tendu. Attendant le feu vert.

Dans la petite voiture aussi, on baissa la vitre, mais pour laisser passer la bouche d'un canon, braqué sur eux.

Soudain, quelque chose apparut dans les airs. Un objet de la taille d'une balle de base-ball, mais en acier mat. Qui venait de jaillir de la main de Caligula et qui filait droit vers la fenêtre du 4×4.

Dans le même mouvement, Caligula pivota et ouvrit le feu. *BANG! BANG! BANG!*

Un éclat de voix dans la petite voiture.

Un cri hystérique dans le 4×4.

Il plongea au sol en entraînant Vincent avec lui.

La grenade explosa dans l'habitacle.

Les nanobots avaient abaissé leurs roues. Ils étaient sur l'œil. V2 se démenait, glissait pitoyablement. Les vitres du 4×4 volèrent en myriades d'éclats. Les portières sautèrent, tandis que trois nanobots s'acharnaient sur le biobot blessé, tailladant et tailladant encore. Vincent ressentait chaque estafilade avec autant de douleur que s'il s'était agi de ses propres entrailles.

Il poussa un hurlement. Caligula tira de nouveau en direction de la petite voiture.

– Sortez de là! ordonna-t-il d'une voix impérieuse.

D'un rapide geste de la main, il fit signe aux autres de venir. Vincent aperçut Keats, Plath et Anya qui couraient vers eux, ainsi qu'une quatrième personne.

Une quatrième personne.

Une fille genre gothique avec un drôle de tatouage sur la pommette.

Keats trébucha quand il la reconnut: la fille du taxi.

– La femme! hurla Caligula à la nouvelle venue.

Au même instant, Vincent ressentit une terrible douleur au creux du ventre, Keats s'écria : « L'œil droit, l'œil droit ! », la fille, Wilkes, enfonça l'index dans l'œil droit d'Anya Violet, qui beugla de douleur en essayant de la repousser.

V2 bondit par-dessus la dépouille démembrée de V1, d'un geste vif, décidé, téméraire. Perdu pour perdu, autant jeter ses dernières forces dans la bataille.

Le biobot tua deux nanobots avant de perdre ses pattes. Les deux biobots de Vincent étaient pratiquement cloués sur place. Ne leur restait plus que deux pattes à eux deux.

Plus rien que leur dard, à l'extrémité de la queue, et leur insignifiante arme à rayon – tous deux quasiment inutiles en l'absence de pattes.

Huit nanobots encerclaient les deux biobots agonisants.

– Est-ce que je peux avoir un retour ? Est-ce que je peux avoir un retour ? cria Bug Man. Qu'est-ce qui se passe dans le macro ?

– Un paquet de viande froide, voilà ce qui se passe, répondit Burnofsky.

– Je t'écoute !

S'il avait un retour, si quelqu'un – n'importe qui – pouvait lui servir d'intermédiaire là-bas et grimper sur la femme, alors il aurait une chance d'emporter avec lui un des biobots de Vincent. Voire les deux.

On ne parlerait plus de victoire, mais de triomphe.

Un triomphe inégalé !

– Qu'est-ce que tu fous, bon Dieu ? s'exclama Jindal en faisant irruption dans la pièce. Les Jumeaux sont en train de mater, mec ! Arrête de te branler. Bute-le, bon sang ! Bute-le !

Pour Bug Man, ce fut comme un coup en pleine poitrine.

À aucun moment ne lui était venu à l'idée que les frères Armstrong pouvaient suivre la vidéo en direct.

Il regarda Burnofsky d'un air écœuré.

– Ah, ouais, y a ça aussi ! s'esclaffa ce dernier.

Les dents serrées, Bug Man lança la charge de ses nanobots.

Effondré sur le siège arrière, le buste penché en avant, comme s'il allait vomir, Vincent balbutia d'une voix éteinte :

– Caligula.

Il était assis entre Plath et une fille qu'il n'avait jamais vue. Anya était coincée dans le siège avant avec Keats. À six dans une voiture conçue pour cinq. Une voiture avec une vitre en moins et un tableau de bord maculé de sang.

Caligula conduisait avec la même efficacité et la même économie de moyens qu'il faisait tout le reste. Des voitures de police en route pour la fusillade au siège McLure passèrent en sens inverse, sirènes hurlantes.

– Caligula, répéta Vincent.

L'exécuteur poussa un soupir et se tourna légèrement vers lui.

– À choisir entre la folie et la mort… Je préfère la mort.

– Tu n'es pas habilité pour ce genre d'ordre, répondit-il calmement. Seul Lear en a le pouvoir.

– Vos gueules là-dedans ! s'exclama Wilkes. Personne ne va tuer personne. Laissez faire la cavalerie. Yee hah !

L'esquisse d'un sourire se dessina sur le visage de Vincent.

SEIZE

– Il va s'en sortir. Je veux dire, Vincent. Il va s'en sortir.

Quelque part, Nijinski était celui qui paraissait le plus exténué. Les cheveux en bataille, le col mou. Il s'affala littéralement sur la chaise.

Plath avait pris une douche. L'eau avait viré au rouge et elle était restée un long moment sous le jet d'eau chaude, mêlant ses larmes à l'eau, loin du regard des autres.

Présentement, elle était assise à côté d'un Keats tétanisé, en état de choc. Il avait encore du sang sur les joues et il sentait la poudre, au sens propre.

Anya était... quelque part... avec Ophélia. Caligula s'était évaporé. Assise légèrement à l'écart, Wilkes dévorait bruyamment un sachet de chips épicées. Le sac en plastique contenant la tête de Renfield avait été envoyé à l'incinérateur pour effacer toute trace de nanotechnologie.

– Vincent n'a plus que deux biobots valides, dit Nijinski. Les deux autres sont repartis dans leurs crèches où, selon toute vraisemblance, ils vont se remettre. Ceux de Wilkes aussi ont été salement amochés. Faut dire qu'elle s'est battue contre Bug Man à deux contre huit. N'empêche, elle a réussi à sauver Vincent et à s'en sortir vivante.

Il lui adressa un petit salut auquel elle ne répondit pas, préférant continuer de fourrer mécaniquement les chips dans sa bouche, les yeux dans le vague.

– Ben et vous, poursuivit Nijinski, presque sur le ton de l'excuse, en se tournant vers les deux nouveaux. Pour une première dans le grand bain, on peut dire que vous avez été gâtés.

– Un putain de cauchemar, oui! répliqua aussitôt Keats.

Puis il battit des paupières, marqua un temps d'arrêt et, surmontant en partie sa timidité naturelle, il ajouta, plus tristement:

– Ça l'est encore.

– Et c'est pas terminé, dit Nijinski.

– Pour ce soir, si, coupa Plath, contente de voir Keats approuver d'un hochement de tête.

– C'est vrai, répondit Nijinski en laissant ensuite planer un long silence, histoire de les calmer tous les deux.

Plath avait l'impression qu'on lui avait passé tout le corps au papier de verre ou qu'on l'avait shootée à son insu au speed. Elle avait un horrible cri sur le bout de la langue, prêt à jaillir.

– Elle est sous contrôle, dit Ophélia en entrant dans la pièce, une bouteille de scotch et un plateau de petits verres aussi dépareillés que malpropres à la main.

Elle déposa le tout devant Nijinski. Il servit un verre pour Ophélia, un pour lui, avant d'interroger du regard Wilkes, Keats et Plath.

Cette dernière accepta bien volontiers. Suivant son exemple, Keats acquiesça lui aussi, bientôt rejoint par Wilkes, qui prit le verre d'un geste rageur.

– À Renfield, dit Nijinski.

Les cinq verres s'entrechoquèrent avant d'être avalés

cul sec, déclenchant divers degrés de toux, de grimaces et de souffles courts. Irradiant de son estomac, la brûlure de l'alcool se répandit peu à peu dans tout le corps de Sadie.

– J'espère qu'il est à la droite de son dieu, dit Ophélia.

Wilkes secoua la tête, sans pouvoir s'empêcher d'ajouter :

– C'était pas le mauvais bougre, au fond. Juste une parfaite tête de nœud, parfois.

Pourtant, son cynisme sonnait faux. Et Plath la vit se détourner pour cacher son émotion.

– Bon, dit brusquement Nijinski, aussi rude qu'ait pu être le coup, il nous faut aller de l'avant. Des échéances importantes nous attendent et, avec Vincent à la moitié de ses capacités, on a besoin que vous soyez rapidement opérationnels tous les deux. Vos biobots sont au frais, dans le noir. À une certaine température, ils se mettent en sommeil. Vous aurez peut-être encore des flashs, mais vous devriez pouvoir vous reposer quand même. Donc, faites ça. Dormez quelques heures et, ensuite, l'entraînement commencera.

– Admettons qu'on ne veuille pas subir cet entraînement, demanda Plath, qu'on veuille juste foutre le camp de cet asile ?

Wilkes laissa échapper un ricanement sardonique.

– Chérie, t'es *déjà* dedans jusqu'au cou. Donc, pour toi, y a aucune issue.

Nijinski ne contesta pas ce point et se contenta d'ajouter :

– Allez vous coucher.

Plath aurait bien voulu dormir. Il faisait sombre dans la chambre. Les carreaux étaient si sales qu'on ne voyait plus au travers et, bien qu'elle supposât que le jour était levé, là, quelque part, dehors, seul filtrait un halo grisâtre dont le seul but semblait être de souligner la peinture écaillée du plafond.

Ses biobots étaient toujours là, aussi obsédants qu'un bébé pleurant dans la chambre du fond. Au moins avait-elle cessé de voir à travers leurs yeux.

Une étrange confusion de sentiments l'envahissait. Intérieurement, elle se sentait hébétée, quasi éteinte, alors qu'à l'inverse, extérieurement, elle avait l'impression d'être à vif, de bouillir. Elle voulait taper des poings contre le mur. Elle voulait dormir. Elle voulait enfoncer la porte et fuir à toutes jambes, loin, très loin de cet horrible endroit. Et elle voulait encore du whisky.

Elle voulait sa mère. Son père. Son frère.

Et elle voulait le garçon de la chambre d'à côté car quand bien même sa mère, son père et son frère auraient encore été de ce monde, jamais ils n'auraient compris ce qu'elle traversait.

Ils l'avaient fait exprès, bien sûr, Vincent et Nijinski. Sans d'ailleurs avoir pour cela besoin d'échafauder de plan compliqué. Non, ils s'étaient contentés de suivre l'idée simple que deux ados terrorisés auxquels on a donné les noms de défunts poètes psychopathes auraient naturellement tendance à se serrer les coudes.

Elle se demanda si sa porte était fermée à clé.

Elle se demanda ce qui se passerait si elle frappait au mur, tout doucement. L'entendrait-il ? Un léger tapotement. Si léger qu'elle pourrait nier en être l'auteur ?

Ses phalanges n'avaient pas effleuré le mur qu'un petit coup résonna à sa porte.

Il était venu. Instantanément. Il ne dormait pas non plus. Il avait attendu qu'elle en appelle à lui.

Il n'empêche, elle pouvait toujours… ne pas. Ne pas répondre. Et il repartirait parce qu'il n'était pas du genre collant, si ? Comment savoir ? Elle ne le connaissait ni d'Ève ni d'Adam.

Pourtant, elle savait.

Elle se leva et alla jusqu'à la porte, pieds nus, en T-shirt.

– Je voulais parler à quelqu'un, dit-il. Enfin... à toi... Je veux dire... Je voulais te parler, à toi.

Une fois encore, il lui plut. Pour avoir élégamment passé sous silence le petit coup contre le mur.

– OK, entre. Je vais te faire visiter. Enfin, c'est vite vu.

Il prit l'unique chaise. Elle s'assit sur le bord du lit. Seulement vêtue de son long T-shirt d'homme et d'une paire de chaussettes. Il en voyait sûrement trop. Le T-shirt était blanc. En dehors du vieux logo délavé sur le devant. D'ailleurs, il ne s'en privait pas. Elle s'en moquait.

– Dans quel merdier on s'est fourrés?

On.

Nous deux.

Sadie n'avait pas de réponse. Les mots semblaient vains.

– J'imagine qu'on n'est pas censés dire nos vrais noms, dit Keats.

Elle secoua la tête. Non.

– Je suis de Londres.

– J'adore Londres.

– Tu connais? demanda-t-il avec un sourire timide, ravi de trouver quelque chose qu'ils avaient en commun.

– Ma mère était anglaise.

Elle l'observait du coin de l'œil, pour voir s'il avait noté l'emploi du passé. Il avait bien compris.

– Tu aimerais qu'on y soit?

– Mon Dieu, oui, répondit-elle dans un bref éclat de rire cristallin. Ou n'importe où ailleurs.

– Euro Disney?

La proposition était si parfaitement incongrue qu'elle

ne put s'empêcher de glousser, un vrai sourire illumina son visage et fit scintiller le bleu de ses prunelles.

— Franchement, à l'heure qu'il est, n'importe quel parc à thème m'irait. Jusqu'au concours de la plus grosse bobine de fil du Kansas.

— Vrai ?

Retrouvant soudain son sérieux, elle répondit :

— *Dude*, je ne me sens plus du tout qualifiée pour démêler le vrai du faux.

— *Dude* ? répéta-t-il en baissant les yeux. Bah, ma visite aux States est complète alors. On m'a appelé *dude*.

— Comment tu trouves, jusqu'ici ? dit-elle, retrouvant le ton de la badinerie.

— Bof, comme je m'y attendais.

Ce qui, compte tenu de ce qu'ils avaient vécu au cours des heures précédentes, eut le don de les faire rire tous deux à gorge déployée.

— Tu penses qu'ils nous regardent ? demanda Keats en levant les yeux au plafond.

— J'espère. Ça leur donnera l'occasion de voir ça !

Ce disant, elle pointa les deux majeurs et les brandit sèchement dans les airs.

— À part ça, dit-il d'une voix légèrement hésitante, ça te dirait de sortir avec moi un de ces quatre ?

— Ça dépend. Tu pensais à quoi ?

— Manger un morceau. Se faire une toile.

— J'ai tiré sur ce type.

Les mots étaient sortis tout seuls, au moment où elle s'y attendait le moins. Un sanglot s'échappa à leur suite. Ainsi qu'un flot de larmes silencieuses.

— Oui.

Après ça, aucun d'eux n'eut plus rien à dire pendant

un long moment. Ils demeurèrent assis dans la pénombre, maladroitement posés, qui sur le bord de la chaise, qui sur le rebord du lit.

Finalement, Plath bâilla.

– Si je te demandais de rester avec moi cette nuit… Je veux dire, pour dormir… côte à côte, en tout bien tout honneur, tu serais d'accord ? Est-ce qu'on pourrait pas juste… ?

Sa voix se brisa, l'empêchant de poursuivre.

– Tu veux dire rester ensemble parce qu'on est tous les deux morts de trouille ? Blessés ? Et qu'on n'a personne d'autre ?

– C'est ça.

Elle s'allongea sur le petit lit. Il s'étendit à son côté. Leurs épaules et leurs cuisses se touchaient. Un moment, ils restèrent immobiles, les yeux fixés sur la peinture écaillée du plafond. Finalement, la fatigue eut raison de leurs dernières forces et le sommeil les emporta au loin, vers de terrifiants cauchemars et aussi, fort heureusement, vers un certain oubli.

Une scène similaire se déroulait à Brooklyn.

Jessica avait eu beau faire étalage du meilleur de son programme, Bug Man restait allongé sur son lit, les yeux rivés au plafond.

Il avait battu Vincent. Pour un fait d'arme, ç'en était un sacré ! Qu'importe les railleries et les petits coups en douce de Burnofsky. Qu'importe ce que les Jumeaux avaient pu enrager en le voyant – du moins était-ce ce qu'il supposait car, jusqu'ici, il n'avait pas eu de nouvelles.

Battre Vincent.

En bonne et due forme.

Il l'aurait même aisément achevé sans cet imprévu dans le macro, qui n'était pas de son ressort.

Les rapports de l'unique survivant du massacre mentionnaient un Taser. C'est ça qui avait empêché Bug Man de finir Vincent.

Incident macro. Là-*haut*. Pas en bas. Dans la chair. Parce que, dans la viande, Bug Man avait laminé Vincent.

Oh, bon Dieu, oui!

Burnofsky pouvait dire ce qu'il voulait...

Encore un peu, même, et il exfiltrait un biobot encore vivant du champ de bataille. Quel dommage qu'il n'ait pas pu aller jusqu'au bout! Burnofsky en aurait fait une jaunisse. Et les Jumeaux? Ils lui auraient baisé les fesses avec leurs bouches monstrueuses.

Il aurait pu s'amuser avec le biobot capturé jusqu'à ce que Vincent admette que Bug Man régnait sur le nano.

Roi du nano.

Trop cool.

Ça aurait été...

Des bruits dans l'appartement le tirèrent de sa rêverie. Sa mère qui se levait pour aller au travail. Encore une heure pour sa tante.

Bug Man roula sur le côté, sauta du lit et enfila ses vêtements.

– Qu'est-ce qui se passe, chéri? demanda Jessica.

– Rien.

– Viens, mon cœur, je v...

– Tais-toi, coupa sèchement Bug Man avant d'ajouter, d'une voix plus tendre: laisse-moi un peu, tu veux? J'ai besoin... Je...

Il quitta la pièce et se rendit à la cuisine.

Sa mère avait tout de la mère de famille: le surpoids, les vêtements vieillots, la coiffure ringarde, œuvre d'une autre Noire, elle aussi originaire d'Angleterre (sauf qu'elle venait du Nord, Newcastle, ou quoi) chez qui elle se rendait une fois par semaine.

Sa mère regardait passer le café. Impassible.

– Salut, m'man !

Elle tourna la tête.

– T'es rentré tard, hier soir, dit-elle d'un ton réprobateur.

La petite télé sur le plan de travail était allumée. Une des chaînes d'info continue du câble diffusait une énième vidéo sautillante du stade montrant l'avion qui percutait les tribunes. Encore et toujours.

– Ouais... Y a eu une merde... Enfin, le genre de truc qui arrive, tu sais...

– T'as pas été renvoyé, au moins ?

– Mais non, pas du tout, répondit-il en passant près d'elle pour attraper une tasse.

Sans attendre que l'eau soit entièrement passée, il se servit.

– Au contraire ! dit-il en ajoutant du lait et du sucre, beaucoup de sucre. Ils m'aiment bien, au boulot. Je crois même que je suis leur meilleur élément. Enfin... Testeur, tu vois ?

Sa mère secoua doucement la tête, non en raison de ce qu'il avait dit, mais de ce qu'elle voyait à la télé.

– Faut-il être sauvage pour faire des choses pareilles ?! marmonna-t-elle.

Durant un court instant – aussi éphémère qu'un battement d'ailes de papillon – Bug Man prit pour lui le terme « sauvage », établissant un lien direct entre l'horreur des images sur l'écran et ses propres actions. Et puis l'instant fila sans laisser de traces.

– Non, ils m'aiment bien au boulot, répéta-t-il en espérant que, cette fois, elle l'entendrait.

– Je veux juste que tu réalises la chance que tu as d'avoir ce travail. Avec tout ce chômage.

– T'inquiète. Je suis bon dans ce que je fais. C'est même pour ça qu'ils m'ont embauché. Parce que je suis le meilleur.

Un toast jaillit du grille-pain.

À la télé, un type courait pour échapper à la fumée et aux flammes, trébuchait, tombait et mourait.

– Tu veux que je te mette un toast à griller ?

Pour toute réponse, Bug Man sirota une gorgée de café.

Battu Vincent. Personne ne pourrait lui enlever ça.

La prochaine fois, il porterait l'estocade.

Emportant sa tasse avec lui, il retourna dans sa chambre, renvoya Jessica chez elle et, en dépit de la caféine, s'endormit.

Bug Man s'éveilla en sursaut, sentant qu'il n'était pas seul.

De fait, quatre hommes se tenaient autour de son lit. Quatre costauds vêtus comme des représentants de commerce. Une farandole de rose pastel, de terre de sienne et de turquoise.

– Qu'est-ce… ? s'exclama-t-il en se redressant.

Avant qu'il ait atteint la position assise, des mains puissantes se refermèrent sur ses bras et ses chevilles et le retournèrent d'un coup sur le ventre.

– Qu'est-ce que vous faites ? hurla-t-il.

– Tu peux brailler tant que tu veux, répondit un des hommes, la maison est vide.

On lui fourra un téléphone sous le nez. Une vidéo apparut. Horrifié, il vit se dessiner les visages de Charles et Benjamin Armstrong.

– Anthony, dit Charles d'une voix calme et posée, nous

ne sommes pas dans l'ego. Nous sommes pour la paix et l'unité, pour créer une communauté où tous les hommes sont des frères et des maris, toutes les femmes des sœurs et des épouses.

– Écoutez, je suis désolé pour...

Mais la vidéo tournait toujours. Ce n'était pas du direct. C'était un message. Enregistré.

Une sentence.

– Ton orgueil, cher Anthony, nous a coûté la victoire dans cette bataille. Ton *orgueil*.

– Lâchez-moi !

– On t'aime bien, Anthony, dit Benjamin. On t'aime bien...

Ils le tenaient fermement. Une poigne de fer pour chaque membre. Et puis, celui qui immobilisait sa cheville gauche dut s'arranger pour libérer une main, n'est-ce pas ? Parce qu'il tenait un gourdin. Bug Man le voyait bien, par-dessus son épaule. Un épais bout de bois sombre et poli.

– Mais parfois, un châtiment s'impose, poursuivit Benjamin.

– Malgré le crève-cœur que ça peut être.

– C'est quoi ce bordel ? hurla Bug Man.

Le gourdin s'abattit sur l'arrière de ses cuisses.

Ça faisait un mal de chien. Inimaginable.

– On t'aime bien, Anthony.

Un deuxième coup tomba. Il poussa un hurlement de douleur et de terreur.

Au troisième coup, tous ses muscles se tétanisèrent. Il hurla dans son oreiller pendant qu'un des hommes s'accroupissait au bord du lit. Plantant ses horribles yeux jaunes dans les siens, promenant son nez près de son visage grimaçant et mouillé de larmes, il grogna :

– Ça c'était de la part des patrons. Seulement, vois-tu, sale petit Rosbif de merde, la nuit dernière, on a perdu des gars bien. Donc celui-là, c'est de notre part.

Le gourdin cingla l'air une fois encore. Momentanément, le cerveau de Bug Man déconnecta.

Il sentit vaguement leurs mains se retirer.

Les entendit dans le lointain quitter la chambre et refermer la porte derrière eux.

DIX-SEPT

Plath ne rêva pas des drames de la nuit, mais de son frère. Dans son rêve, il avait vieilli, fondé une famille, était père de deux fillettes et Sadie – pas Plath, Sadie – venait dîner chez eux. Et tout était comme... télévisé, étrangement irréel. Particulièrement jolies, les fillettes s'apprêtaient à manger un bol de céréales, comme le laissait supposer la grosse boîte aux couleurs vives qui trônait sur la table : Kellogg's Nanobots.

Traversant le tableau, le double onirique de Sadie n'y trouva d'abord rien à redire.

La cuisine était typiquement Américain moyen, avec son frigo couvert de dessins d'enfant, d'images et de relevés de notes commentés « Très bien ! » ou « Bravo ! » au stylo rouge.

Bref, une maison banale, de famille banale, à des années-lumière de celle que Stone aurait vraisemblablement eue s'il avait vécu et repris McLure Industries.

Les céréales dégringolaient de la boîte. Une nuée rampait vers le bol des filles, qui se resservaient à mesure qu'elles enfournaient de pleines cuillerées de pépites craquantes.

– J'ai rien senti, dit Stone.

– Allez, t'as dû flipper grave, quand même, répliqua la Sadie du rêve.

Et puis, dans son dos, là où Stone ne pouvait pas voir, mais Sadie si, les nanobots cavalaient sur les bras diaphanes des fillettes, sur leurs robes chamarrées et dans leur cou sans que cela n'efface le sourire accroché à leurs lèvres.

– Un gros boum et puis c'était fini, affirma Stone en opinant du chef comme si ça pouvait être vrai, comme s'il s'en souvenait, comme s'il n'y avait rien d'étrange à commenter les circonstances de sa propre mort.

Les nanobots-céréales disparaissaient dans les petites oreilles roses, les nez, les yeux.

Elle s'éveilla.

On frappait à la porte.

Quelqu'un dans son lit. Le contact d'une peau sous sa joue. Elle recula vivement.

– J'y vais, dit Keats en retirant doucement son bras, celui sur lequel elle dormait, comme s'il était ankylosé, ce que d'ailleurs il était sûrement.

Il ouvrit la porte.

Ophélia apparut dans l'encadrement. Qu'elle fût surprise ou non de les trouver dans la même chambre, elle n'en montra rien.

– Je vous veux prêts dans vingt minutes, dit-elle en tendant à Keats un de ces plateaux en carton, façon boîte à œufs coupée en deux, sur lequel étaient posés deux gobelets estampillés Starbucks, deux bouteilles d'eau et un sac en papier brun renfermant à l'évidence des pâtisseries.

Enfin, elle lui adressa un sourire laissant clairement entendre qu'il s'agissait là d'un ordre, non d'une simple requête.

Dans le sac en papier, ils trouvèrent des muffins. Un à la myrtille, l'autre à la framboise, semblait-il.

– Je prends celui à la myrtille, dit Plath.

Les gobelets contenaient chacun un café crème. Ils vidèrent les bouteilles d'eau avant de dévorer les muffins en sirotant le café. Pas le temps de parler.

Tendant le bras, Keats balaya une miette coincée à la commissure des lèvres de Plath.

– Je crois qu'il vaudrait mieux pas…, dit-elle.

Sous-entendu : faire ces gestes-là, préludes à d'autres, plus intimes encore. En tout cas, c'était ce qu'une partie d'elle pensait, quand une autre, totalement différente, se demandait pourquoi il ne l'avait pas touchée plus tôt, cette nuit, alors qu'ils étaient allongés côte à côte.

Keats leva brusquement les yeux et acquiesça d'un hochement de tête mélancolique, comme s'il avait eu du remords.

– À ton avis, qu'est-ce qu'ils ont prévu pour ce matin ? demanda-t-il.

– Je l'ignore, répondit Plath, mais sûr que ça sera pas un long fleuve tranquille.

Keats esquissa un sourire.

– Merci de m'avoir réconforté, hier soir.

– Ah, bon ? s'étonna Plath. Je croyais que c'était l'inverse.

Keats secoua la tête et baissa les yeux.

– J'étais en vrac.

– Ouais, c'est ça… Et moi, dans quel état tu crois que j'étais ?

Il pouffa.

– J'aimerais bien pouvoir t'appeler autrement que Plath. Ça me fait du mal de t'imaginer en poètesse qui s'est foutue la tête dans un four.

Comme elle était près de lui répondre : « Sadie ! Voilà comment je m'appelle. Sadie. » Mais elle n'en fit rien.

– Ils veulent qu'on soit proches, pas qu'on s'oublie.

Ophélia les conduisit dans une pièce où ils n'avaient encore jamais mis les pieds et qui se trouvait en haut d'un escalier ridiculement étroit. L'endroit évoquait une parodie miteuse du labo de chez McLure. Une table rudimentaire, qui consistait en un grossier assemblage de bouts de contre-plaqué cloués ensemble par un bricoleur peu soigneux, était adossée à d'étroites fenêtres graisseuses à travers lesquelles peinait à filtrer la grisaille du ciel new-yorkais. Sur la table, se trouvaient divers microscopes, quelque chose qui ressemblait à un cuit-vapeur high-tech ainsi qu'un petit congélateur en inox.

Mais tout cela n'était rien comparé à l'équipement principal : une énorme machine blanche et brillante que Plath n'eut aucun mal à reconnaître.

– Une machine à IRM ?

Ophélia opina du chef.

– Munie de quelques accessoires maison. J'ai cru comprendre qu'il y en avait pour cinq millions de dollars. Donc vous voudrez bien éviter d'y poser votre tasse de café.

La machine paraissait éminemment improbable dans cet environnement. Le labo de fortune, dans les combles de l'immeuble, passe encore. Mais pas ce monstre de technologie qui ronronnait doucement dans la pénombre. C'était comme si deux réalités antinomiques se télescopaient frontalement, créant une sorte de malaise.

– D'habitude, l'entraînement prend plus de temps que ça, dit Ophélia. Mais, là, précisément, on en manque. L'ennemi prépare une offensive d'envergure. S'ils réussissent leur coup, la victoire sera à portée de main, voilà pourquoi il faut absolument qu'on les arrête.

– Quel est le plan ? demanda Keats.

– L'assemblée générale des Nations unies. Là où sera rassemblé l'essentiel des chefs d'État et de gouvernement de la planète – au premier rang desquels notre présidente Morales ainsi que ton Premier ministre, Keats, M. Bowen. AFGC va essayer de les infester aux nanobots. Eux et quelques autres. Le président chinois. Les Premiers ministres japonais et indien. Et d'autres encore, éventuellement.

Keats croisa le regard de Plath, qui demanda :

– AFGC, c'est quoi au juste ?

– Armstrong Fancy Gifts Corporation.

– Pardon, mais ça fait pas trop nébuleuse diabolique en lutte pour dominer le monde, dit Plath.

– C'est l'idée, répondit Ophélia. Si tu essaies de dire à quelqu'un que l'Armstrong Fancy Gifts Corporation veut renverser les grandes puissances, on te rira au nez.

– Devrait-on vraiment les en blâmer ? marmonna Keats dans sa barbe.

Ophélia se pencha vers lui, un sourire aux lèvres, dur comme de l'acier trempé.

– C'est bien d'avoir le sens de l'humour, Keats. Mais attention de ne pas déraper. Et, surtout, ne va pas croire que c'est un jeu.

– J'essaierai de m'en souvenir, répondit-il d'une voix penaude.

L'incident clos, Ophélia s'approcha de la table en désordre.

– Vos bébés sont là, dit-elle en tapotant une boîte en plastique oblongue. Ils remontent lentement à température ambiante. Quand j'ouvrirai le couvercle, ils verront la lumière, ce qui veut dire que vous verrez à travers eux.

Plath et Keats regardèrent nerveusement la boîte.

– Vous avez deux biobots chacun. Chaque biobot a deux types d'yeux. Une paire d'yeux à facettes, un peu comme ceux d'une mouche, très efficaces pour détecter du mouvement ; et deux autres quasihumains, à ceci près qu'ils détectent mieux les couleurs et qu'ils possèdent une meilleure définition. Le problème, c'est que le cerveau humain n'est pas fait pour gérer ces différents visuels. Par conséquent, vous avez tous les deux été modifiés.

– Pardon ? s'écria Keats.

– Les biobots qu'on vous a implantés transportaient un lot de cellules souches modifiées que l'on a placées dans vos cortex visuels. Ce n'est pas obligatoire – un lignard peut très bien se débrouiller sans –, mais, alors, il ne voit que les visuels normaux, pas ceux dont la définition est amplifiée. Ce qu'il faut savoir, c'est que, dans le nano, il n'y a pas de couleurs à proprement parler. La pigmentation est trop diluée pour cela ou, si vous préférez, insuffisamment concentrée pour être détectable. Avec les visées de base, on voit les formes et les contours, mais tout en niveaux de gris, tandis qu'avec les visées amplifiées, on a aussi la couleur.

– En quoi est-ce si important de voir les couleurs ? demanda Plath.

– Pendant les combats, c'est extrêmement utile.

– J'imagine qu'il est inutile de vous demander de quel droit vous avez placé quelque chose dans nos cerveaux, ironisa Plath d'un ton amer.

– En effet, répondit Ophélia. Encore une fois, nous manquons de temps. Donc, si vous n'y voyez pas d'inconvénient, je propose qu'on s'y mette tout de suite. Nous allons activer un biobot pour chacun d'entre vous, puis le placer en situation. Dans la viande, comme on dit joliment. Keats, j'aurai un des miens pour t'accompagner. Un guide en quelque sorte.

– Une seconde, dit-il, pourquoi tu me parles à moi personnellement ?

– Parce que Plath aura la tâche la plus simple, en gros, une simple visite. Là où, toi, tu auras un important boulot à faire.

– Un boulot important ? Quel boulot ? demanda Keats pendant que Plath essayait de faire comme si – comme si cet affront ne la touchait pas.

– Plath, poursuivit Ophélia, j'ai trois biobots qui travaillent sur ton anévrisme. Le tissage de Téflon a été dangereusement distendu par les multiples traumas de la nuit dernière. Je suis comme ce petit Hollandais du conte, qui met son doigt dans le trou pour empêcher la digue de céder. Hélas, le devoir m'appelle aussi ailleurs. On a donc besoin de quelqu'un capable de rester à ton côté.

Frappé par ce qu'il venait d'entendre, Keats se renfrogna, inquiet au plus haut point. Plath détesta l'expression qu'elle vit passer sur son visage. Ça ressemblait beaucoup trop à de la pitié.

– Plath, ajouta Ophélia, si tant est qu'elle arrive un jour, c'est Wilkes qui te servira de guide et qui accompagnera tes premiers pas.

– J'suis là ! lança l'intéressée en émergeant d'un coin sombre.

Se frottant les yeux gonflés de sommeil, elle leur adressa à chacun un sourire qui se perdit dans un bâillement à s'en décrocher la mâchoire.

– Mais, avant cela, faut que j'aille aux chiottes, dit-elle en s'étirant avant de s'engouffrer dans l'escalier où ils entendirent son pas résonner *decrescendo*.

– Maintenant, écoutez-moi tous les deux, dit Ophélia en se penchant près d'eux, les mains jointes, comme si elle allait prier. Vous êtes sur le point d'entrer dans un monde très, très étrange. Les choses que vous allez voir peuvent être vraiment perturbantes.

– Je suis déjà perturbée, confia Plath. Je sens cette... chose... dans ma tête...

Puis, voyant que Keats interprétait mal ses paroles, elle ajouta aussitôt:

– Non, non, pas ce foutu anévrisme. Le biobot. Le mien. Mon biobot.

Éludant la remarque, Ophélia poursuivit:

– On a tous tendance à se voir de façon dichotomique: d'un côté, le corps, de l'autre, l'esprit. Comme si l'esprit était quelque chose d'étranger à nous-même. Une âme. Une sorte d'essence de notre être, que l'on pourrait représenter sous la forme d'un ordinateur dans lequel les synapses tiendraient lieu de circuits imprimés. Un ordinateur incroyablement sophistiqué mais qui, au bout du compte, n'est rien d'autre que quelques centaines de grammes de tissus mous, hésitant entre le rose et le gris, et alimentés par un apport constant d'oxygène et d'azote via le système sanguin.

– Tu ne crois pas à l'existence de l'âme? demanda Keats.

– Je crois que la science, c'est cette main, dit-elle en ouvrant la main droite, paume ouverte. Et la religion, celle-là.

Ce disant, elle avança la main gauche et la replia par-dessus sa paume ouverte, la recouvrant totalement.

– J'ai suffisamment vu d'IRM de mon cerveau pour douter que ce soit autre chose qu'un vulgaire organe, dit Plath.

– Pourtant, poursuivit Ophélia, la plus grande surprise provient du reste du corps que l'on se représente comme une entité physique, dont tous les composants, pour singuliers qu'ils soient, nous appartiendraient en *propre*. La peau, les organes qu'elle recouvre, les os du squelette, tout cela serait avant tout... humain. (Elle secoua doucement la tête, ses yeux brun brillant d'une étrange lueur.) Mais cette vision est fausse. Car nous ne sommes pas *entièrement* humains. Le plus juste serait d'envisager le corps comme un écosystème, à la façon d'une jungle abritant une faune et une flore spécifiques. Car, de fait, à l'extérieur comme à l'intérieur, le corps humain héberge des milliers de formes de vie. Là où la jungle sert de cadre aux jaguars et aux grenouilles, le biotope humain accueille des virus, des bactéries, des champignons, des parasites...

« À cela s'ajoute le fait que nos organes, nos composants internes si l'on peut dire, apparaissent souvent comme des entités à part entière, animées par leur propre métabolisme. Et le pire, c'est que c'est vrai. Chaque cellule sanguine est vivante, indépendamment du reste de l'écosystème, du moins dans une certaine mesure. Vous comprendrez mieux ce que je dis lorsque vous verrez une cellule se désagréger sous vos pieds ou lorsque, Dieu vous en garde, vous vous retrouverez dans une artère et que vous verrez vos premiers anticorps. Ils ne vous sembleront pas plus gros que des graviers. Une pluie de graviers volant à toute vitesse pour se coller à une bactérie.

– Charmant, commenta Keats.

– Effectivement, ça l'est, répondit Ophélia, car nos corps sont en permanence la cible d'ennemis microscopiques qui nous harcèlent sans relâche. Nos...

– Parle-leur des acariens, l'interrompit Wilkes, que personne n'avait entendue rentrer, avant d'ajouter, en se penchant à l'oreille de Plath et Keats : Ophélia aime les cellules. Elle en pince pour les enzymes. Mais c'est pas ça qui vous donnera vos pires cauchemars.

D'un bond, elle s'assit sur la table de l'IRM et croisa les jambes, ce qui aurait pu donner lieu à une vue gênante si, sous sa jupette, elle n'avait porté des collants vert pomme.

– Ouais, poursuivit-elle, parce qu'on s'embarque pas sur les autoroutes du système sanguin à moins d'avoir sérieusement merdé. En imaginant que ça soit le cas, par exemple, pour échapper à des nanobots, trouvez-vous un tout petit vaisseau capillaire où vous glisser. Une veine ou une artère? Faut même pas y penser. Rentrer là-dedans, c'est comme sauter dans un éboulis. Une vraie avalanche. D'où il est pas du tout évident de s'extirper. Enfin, heureusement, c'est pas notre lot quotidien.

– C'est vrai, confirma Ophélia. Pour l'essentiel, on passe notre temps dans les yeux, les oreilles et le cerveau lui-même. Des cibles que l'on atteint en passant par les cheveux, le visage, les sourcils ou les cils. Un chemin semé d'embûches la plupart du...

– Tu parles, c'est comme traverser un désert dessiné par Salvador Dali ou Dr Seuss, intervint Wilkes. Des rides comme des crevasses. Des poils comme des troncs d'arbre.

– Sans oublier les parasites. Les deux que vous croiserez le plus fréquemment sont les acariens et les demodex. Les acariens sont de la taille de votre biobot, mais plus haut. En m-sub, ou en micro-subjectif, si vous préférez, ils vous paraîtront carrément grands. Les demodex sont plus petits. Ils ressemblent à des alligators sortant de leur marigot.

– Non! s'exclama Keats. Ils sont dangereux?

– Nan, répondit Wilkes en balayant la question d'un geste de la main. Y mangent des cellules de peau mortes. Ce ne sont ni des lions ni des tigres ni des ours. Par contre, question laideur, ils se posent là.

Ce qui, contre toute attente, avait l'air de la mettre en joie.

– Le plus important à comprendre, c'est que ce que vous allez voir pourrait aussi bien être une autre planète, dit Ophélia en tentant un sourire encourageant.

Face à l'insuccès de la manœuvre, elle poussa un soupir et ajouta :

– Plath, Wilkes et toi vous allez faire un tour sur le visage de Keats, puis dans l'œil et, enfin, si on a le temps, dans l'oreille.

– Pff, marre des oreilles, se lamenta Wilkes.

– Keats, on va faire la même balade ensemble, vite fait, et puis on descendra tout au fond.

– J'ai du mal à comprendre, s'interposa Sadie. Pourquoi c'est pas moi qui m'occupe de mon cerveau ? Pourquoi quelqu'un d'autre ?

– Réfléchis un peu, répondit Ophélia. Admettons que, pour une raison ou une autre, ton anévrisme se rompe. L'hémorragie se répand, tu es terrassée par les migraines – selon toute vraisemblance, accompagnées d'hallucinations –, qui va s'occuper de ton biobot pour stopper le saignement ? (Sur ces mots, elle prit la main de Plath dans les siennes et la tint jusqu'à ce qu'elle la sente se détendre.) Tu es importante pour nous. Tu as accès à des ressources dont nous allons avoir besoin. Et ce garçon... Je veux dire, ce jeune homme... va te sauver la vie.

DIX-HUIT

Plath posa le doigt au cœur de la fleur épanouie de la crèche.

La main de Dieu descendant du ciel. Immense. Tel un ballon dirigeable rose s'enfonçant dans la matière rosâtre du bouillon de culture.

Elle vit son doigt, à la fois petit et grand, à la fois un appendice de sa main et un pilier géant disparaissant dans les cieux.

Les deux. Dans la même tête.

Elle haleta, le souffle coupé.

– Maintenant, fais avancer ton biobot vers ton doigt, dit Wilkes.

– Comment ?

Elles étaient assises sur deux chaises branlantes, en vis-à-vis.

De l'autre côté de la machine à IRM, Keats et Ophélia étaient pareillement installés, l'un en face de l'autre. Jetant un œil de côté, Sadie vit les yeux de Keats. Sa destination. Dingue.

– Pense-le, répondit négligemment Wilkes.

Ce qu'elle fit. Et, oui, elle vit défiler sous elle les rides qui zébraient la surface spongieuse. Elle courait. Ha! ha! Ça marchait!

– Tu as six pattes, poursuivit Wilkes. Plus deux bras.

– Mmh mmh, bougonna Sadie, qui n'écoutait pas vraiment, concentrée sur la vitesse avec laquelle le doigt grossissait dans sa vision intérieure.

Zoom avant.

Elle distinguait les circonvolutions des empreintes digitales. Un objet de la taille d'un gratte-ciel, mais courbe, et couvert d'impossibles volutes qui s'élançaient à perte de vue vers les cieux. Ça ressemblait étrangement à d'immenses surfaces en stuc, finies à la taloche dentée.

Mais à mesure qu'elle courait – et Dieu sait si son biobot courait – les détails du géant apparaissaient de plus en plus précisément. En gros plan, les empreintes digitales commençaient à ressembler à la campagne vue d'avion, à des champs fraîchement labourés, où chaque sillon aurait été profond d'un ou deux mètres. Et là, bizarrement au sommet et non au creux des sillons, des trous, percés à intervalles réguliers.

De moins en moins lisse, la chair apparaissait maintenant comme un désert de terre craquelée par le soleil.

Brutalement, une vague d'angoisse la submergea. Elle était supposée prendre pied sur cette surface étrangère. Son doigt trembla. Un tic nerveux. Le géant fila à une allure folle à la surface de la crèche, frôlant le biobot.

– Ah! s'écria Sadie.

– T'inquiète, la rassura Wilkes. Tu peux pas l'écraser. Trop petit. T'as déjà essayé d'écrabouiller une puce?

– Ça... Ça suinte! Mon... le... mon doigt!

Et, effectivement, un liquide transparent commençait à

s'épancher des trous, perlant à la surface sans pour autant assouplir la terre craquelée qui se trouvait en dessous.

– De la sueur, expliqua Wilkes. T'es nerveuse, donc tu transpires.

Plath se figea. De pilier vertical, l'arrondi du doigt était passé à un ciel de labours desquels sourdaient de petites gouttelettes de liquide. Logiquement, les gouttes auraient dû tomber. Comme de la pluie. Pourtant, il n'en était rien. Elles restaient collées à la surface craquelée et ridée.

– Flippant, hein ? ironisa Wilkes avec un sourire en coin.

– Faut que je grimpe là-dessus, c'est ça ?

– Ouais. Saute. En gros, tu peux sauter l'équivalent de dix fois ta hauteur. Tu sautes et tu t'accroches. T'inquiète pas pour la gravité. La gravité, c'est rien pour des gens comme nous !

Plath retint son souffle, tentant de contenir l'emballement de son cœur. Elle ferma les yeux – ses yeux macro – et bondit.

Se retournant habilement dans les airs, le biobot atterrit la tête en bas. Ses pattes s'agrippèrent à la surface et il resta là, telle une mouche au plafond ; sauf que ce n'était plus un plafond, mais une vaste étendue de terres arables qui s'étendait devant elle. À ceci près que verticalité et horizontalité avaient perdu tout leur sens.

– Ha ! s'écria Plath.

– Ouais, ha ! confirma Wilkes. C'est le mot : ha !

– J'suis sur mon doigt.

– Hé hé ! ricana Wilkes. Mieux que les champis, hein ?

Plath n'était pas sûre de comprendre. En revanche, ce qui était certain, c'est que l'aventure avait quelque chose d'enivrant comme si, d'un instant à l'autre, elle s'était retrouvée dans la peau de Spiderman.

– Et maintenant? demanda-t-elle.

– Maintenant, tu restes où tu es dans le nano et tu vas enfoncer ton doigt dans l'œil de ton petit copain dans le macro.

– C'est pas mon petit copain, se défendit aussitôt Plath.

– Ouais, ben tant mieux, parce que le jour sous lequel tu vas le voir maintenant est plutôt un tue-l'amour, si tu vois ce que je veux dire.

Wilkes était une fille étrange avec son horrible tatouage à la pommette, et son look à mi-chemin entre la dominatrice et l'emo qui ne se sape que dans les friperies. Mais Wilkes était son maître Yoda dans ce plan. Aussi Plath était-elle naturellement encline à l'indulgence.

Elle se concentra sur le fait de marcher jusqu'à Keats dont l'expression, un mélange d'émerveillement et de peur, était vraisemblablement un copié-collé de celle qu'elle affichait elle-même.

Ils se rencontrèrent au pied de l'IRM. Ophélia se tenait à côté de lui. Dans son sourire se lisaient le mystère et le souvenir. De toute évidence, elle se remémorait le moment où elle avait vécu la même chose, ressenti les mêmes stupeurs, les mêmes tremblements.

– Toi d'abord, Keats, ordonna Ophélia. Tu approches le doigt le plus près possible, sans toucher l'œil. Et puis tu sautes.

Keats avança un doigt tremblant vers l'orbite de Plath qui ne put s'empêcher de cligner des paupières quand il lui effleura l'œil.

– Ah! cria-t-il en retirant vivement son bras.

– Les globes oculaires! dit Wilkes en accompagnant son commentaire du ricanement grinçant dont elle était coutumière. Un truc de dingue…

Puis ce fut au tour de Plath. Elle regarda l'immense

sphère blanche sous elle, comme si elle était en orbite autour d'une planète étrange, une Terre lisse et glacée, marbrée de rivières écarlates, avec au loin...

Elle sauta.

Mais, subitement, cet astre blanc qui bouchait son horizon se déroba.

– Désolé, dit Keats.

Plus rien sous les pattes du biobot de Plath. Chute libre.

– Fallait pas bouger, abruti ! hurla Wilkes.

Plath tombait, en tournant sur elle-même. Le « sol » filait sous elle. Comme si elle volait à vitesse supersonique, en rase-mottes. Impossible de distinguer quelque détail que ce soit. Pas à cette vitesse, pas en tournoyant comme ça.

Une peur panique s'empara d'elle.

– Accroche-toi à quelque chose ! cria Wilkes. N'importe quoi ! Merde !

Le sol s'éloignait, comme si, soudain, le plateau qu'elle survolait avait laissé place à une profonde dépression.

Et puis elle vit apparaître quelque chose de gigantesque à l'horizon. À première vue, ça ressemblait à une ligne de crête, une corniche abrupte, plantée de troncs d'arbres parfaitement lisses, chacun comme coupé net par quelque impitoyable machine.

Survolant ces arbres, elle aperçut une faille aussi immense que si le Grand Canyon s'était soudain ouvert sous/à côté de son biobot en perdition. À l'intérieur de ce sombre gouffre s'élevaient d'imposantes masses nacrées...

– Je suis en train de passer sa bouche ! s'écria Plath.

Elle heurta quelque chose qu'elle n'avait pas vu venir. Un arbre incroyablement haut qui s'élançait vers les cieux depuis un parterre de chair floconneuse avant de s'arrondir vers le bas ou le devant ou...

Le biobot rebondit sur l'arbre et s'abîma dans une forêt de palmiers d'une hauteur indicible. L'un d'eux lui sauta au visage. Elle se retourna, tendit ses six pattes et le heurta. Le choc fut étrangement doux. Elle s'agrippa.

Dans le macro, elle haletait, l'estomac au bord des lèvres, prise d'une nausée intense, fruit de la désagréable sensation d'avoir fait une chute libre de plusieurs kilomètres.

– Je suis dans… des sortes d'arbres.

– Des arbres comment ? Courts et trapus ou plutôt longs et fins ?

– Longs, très longs ! cria-t-elle sans trop savoir pourquoi.

Wilkes, Keats et Ophélia attendaient en silence.

– Ils sont… roses, ajouta Plath.

– Ça, c'est le mode couleur. En vrai, crois-moi, c'est autre chose, dit Wilkes en ricanant de son éternel hé-hé-hé. Mais, bon, c'est ni l'heure ni l'endroit. On va plutôt essayer de te remettre à ta place.

– Je me cramponne à l'arbre. Par terre, il y a comme des feuilles mortes.

– Des peaux mortes. Certains y voient des feuilles mortes, d'autres des morceaux de carton découpés. Enfin, peu importe, t'es dans la pseudo barbe de ton petit copain. Sans vouloir te vexer, Keats.

Comme par réflexe, celui-ci passa la main sur les quelques poils épars de son menton.

– J'y vois plus rien ! hurla Plath. Arrête, Keats !

– Bon, en tout cas, ça, c'était pas prévu au programme, dit Wilkes. On va avoir besoin de café, de thé ou d'autre chose.

– Du café ?

– Eh ouais, chérie. Parce que y a une sacrée trotte qui t'attend. Tu vas devoir remonter le menton, contourner la bouche, éviter les narines – crois-moi y a rien de bon là-dedans – et te taper toute la pommette avant de me rejoindre près de l'œil. Lente comme tu vas l'être, il va falloir une bonne demi-heure avant qu'on puisse commencer notre séance de patinage ophtalmique.

Wilkes attendit en souriant. Devant la perplexité de Plath, elle ajouta :

– Patinage artistique. Patinage ophtalmique. Tu piges ? Hé, c'est pas parce qu'on est BZRK qu'on n'a pas le droit de faire un trait d'humour, hein ?

Elles trempèrent les lèvres dans leur café.

Keats et Ophélia s'en servirent un également.

De temps à autre, Keats levait les yeux vers Plath et la regardait comme si elle avait été un monstre. Il était à l'intérieur d'elle. Ophélia lui avait fait traverser l'œil et l'avait conduit dans son crâne.

Parallèlement, Plath levait de temps à autre les yeux vers Keats comme pour s'assurer qu'il était bien un être humain.

Au bout d'un moment, Wilkes attrapa une grosse loupe et passa le visage de Keats au peigne fin, s'aidant d'une lampe dont le faisceau était si concentré qu'il faisait comme une trouée de soleil au cœur d'une épaisse couverture nuageuse.

– Ah, te voilà ! Enfin, toi ou un acarien en vadrouille... Non, c'est toi. Tu es juste sous son œil gauche.

On lui avait dit pour les demodex. On l'avait mise en garde contre eux. Pourtant, Plath ne put s'empêcher de pousser un cri lorsqu'elle vit le premier.

Une créature chimérique, fruit d'un croisement contrenature entre un horrible crocodile et un dinosaure. C'était plus petit qu'elle, mais pas assez pour ne pas inspirer la peur. C'était d'une forme allongée, effilée sur l'avant, avec six petites pattes semblables à des pagaies saillant de ses flancs.

Plath retint son souffle.

Puis le reprit. Trop fort. Trop vite. Le demodex était en train de bouger, sa minuscule gueule d'insecte tournée dans sa direction.

Elle recula.

– Vous êtes sûrs qu'il va pas… Parce que c'est comme si…

Elle arrêta là la comparaison. Et pour cause, puisqu'elle n'avait jamais rien vu de pareil. Un truc vivant, qui agitait pitoyablement les pagaies qui lui servaient de pattes tout en mâchouillant une feuille morte. Enfin, non, pas une feuille, une peau morte, dont il semblait se délecter.

Pourtant, malgré ça, il était impossible de ne pas y voir un prédateur, un reptile, un monstre extraterrestre.

C'était beaucoup trop petit pour être distingué à l'œil nu. Trop petit pour être vu à la loupe. Plus petit qu'un acarien. Plus petit que son biobot.

Hélas, la question de la taille n'était pas, en elle-même, rassurante. Un sanglier sauvage est petit, un chien enragé aussi.

– Waouh, l'est pas mignon, lui?

En entendant la voix de Wilkes, elle comprit que, d'une manière ou d'une autre, elle voyait la même chose qu'elle. Ce qui signifiait forcément que…

Le biobot de Plath leva les yeux et découvrit une créature plus terrifiante encore que le demodex.

Il dominait de toute sa hauteur le monstre mangeur de peaux mortes. Une antenne acérée saillait de sa tête lisse, de couleur verte. Il possédait un long corps étroit avec trois grandes pattes de chaque côté. Deux gros yeux à facettes formaient deux protubérances de chaque côté de sa tête à la manière des chignons de la princesse Leia.

En lieu et place de la bouche, il y avait une sorte de

trompe, un tube duquel s'échappait une matière visqueuse, comme si la chose était enrhumée et qu'elle avait la goutte au nez.

La bête possédait également des bras, telle une mante religieuse. Puissants, menaçants, meurtriers. Terminés par de petites piques asymétriques.

Mais le pire, c'étaient les yeux...

Des yeux humains, fixes et sans âme, parfaitement obscènes sur cette tête d'insecte et qui regardaient dans le vide, sous les yeux à facettes. Le contrôle de soi dont Plath avait fait preuve jusqu'ici, au prix d'un énorme effort, vola brutalement en éclats et elle hurla.

Et hurla encore.

Soudain, une main se posa sur son épaule. Nijinski était à son côté.

– Elle te voit, c'est ça? demanda-t-il en se tournant vers Wilkes.

Celle-ci acquiesça en silence.

– T'aurais dû la prévenir.

– C'est... C'est à ça que ressemble mon biobot? demanda Plath d'une voix tremblante. Est-ce qu'il... Est-ce qu'il a les mêmes yeux?

Un sourire sardonique se dessina sur le visage de Wilkes.

– Gaffe, Plath, railla-t-elle, abandonnant l'humour potache dont elle avait fait montre jusque-là, pour une moquerie aux accents agressifs, hargneux, presque rageurs. Le tréfonds de la viande est un monde bizarre. Et le plus bizarre là-dedans, c'est nous.

– C'est pas moi! J'te jure que j'y suis pour rien!

C'est par ces mots que Burnofsky accueillit Bug Man lorsqu'il le revit. Attrapant le gamin par le bras, il l'entraîna derrière une porte, à l'abri des regards, à l'abri des oreilles qui auraient pu traîner dans le couloir.

– Écoute, Anthony, dit-il en le regardant au fond des yeux. Je ne t'aime pas, c'est un fait. Mais c'est pas moi.

Il sentait l'alcool. Ses pupilles n'étaient plus que deux minuscules têtes d'épingle. Donc ivre *et* stone. Sacré vieux grigou.

– C'est pas un jeu pour les Jumeaux, dit-il encore en avalant la moitié des mots. Faut bien que tu comprennes ça.

– Ouais, c'est ça. Du moment qu'ils te procurent ta came, hein ?

Burnofsky pouffa, puis se pencha en avant, bien trop près, pour dire d'un ton moqueur :

– Exactement, mon petit père. Exactement. Ça fait partie de mes exigences, de mon prix. Le tien c'est de te prendre pour un cador avec ta poupée. Jindal ? Un vrai dévot. Un monomaniaque de la cause. Le prototype du gogo *made in* Nexus Humanus. One-Up ? À peu de choses près, comme toi. Tout dans l'ego. Tu vois, on a tous notre came.

– Et les Jumeaux ? J'imagine que ce sont les dealers.

– Tu vois, quand tu veux, répondit Burnofsky d'une voix grinçante.

Bug Man avait très mal aux jambes. L'arrière de ses cuisses était tout bleu. Il souffrait à chaque pas et peinait à mettre un pied devant l'autre sans boiter. Pour la première fois depuis... longtemps, il avait pleuré. Chialé comme un gamin, la tête dans l'oreiller. Oui, Anthony Elder avait versé toutes les larmes de son corps et demandé à Jessica de ne pas venir.

Même si, dans les faits, ils n'étaient pas allés jusque-là, ils lui avaient mis une fessée déculottée comme à un enfant qui a fait une grosse bêtise.

À lui qui était sur le point de se charger de la cible la plus importante du monde. Dernier briefing. Ultimes préparatifs. Et au lieu de se pavaner dans les couloirs et que tout le monde lui fasse des courbettes, il se déplaçait comme un misérable infirme, en traînant pathétiquement la patte.

– Y a plus que deux solutions maintenant, dit Burnofsky. La rébellion ou l'excellence.

– Qu'est-ce que tu bavasses encore?

– Soit tu te retournes contre eux. Soit tu leur montres ce que tu vaux vraiment.

– Me rebeller? Ça te plairait, ça, hein? Comme ça j'aurais les tontons flingueurs d'AmericaStrong sur le râble en moins de temps qu'il n'en faut pour le dire et, là, ils me botteraient le cul pour de bon. Peut-être même qu'ils me tueraient.

– Pas peut-être, Anthony.

Il avait dit ça d'un ton si catégorique que Bug Man ne put s'empêcher de faire un pas en arrière. Il disait vrai. Ça se voyait au fond de ses yeux chassieux. Les Jumeaux le tueraient. Et Burnofsky tenait cela pour absolument certain.

Pourquoi?

Parce qu'il l'avait déjà vu.

– Qui ils ont tué? demanda ardemment Bug Man. Quelqu'un a osé se dresser contre eux? Qui? Dis-moi. Qui c'était?

– Elle était aussi bonne que toi.

– Qui ça «elle»?

– C'est héréditaire, le talent, Anthony. Cette fille s'appelait Carla. Bon, tu vas me dire, ses parents auraient pu trouver mieux, mais c'était pour qu'elle ait le même nom que son père.

Le visage de Burnofsky, barré de son épaisse moustache,

prit une teinte livide. Et, oui, à ce moment précis, dans les relents d'alcool qu'exhalait la peau poisseuse du savant qui se tenait à quelques centimètres de lui, sous le regard perçant de ses yeux aux pupilles comme des têtes d'épingle, oui, à ce moment précis, Bug Man se souvint que Burnofsky se prénommait Karl.

– Elle s'est soulevée contre eux quand elle a compris ce qui se tramait vraiment derrière tout ça, quand elle a vu ce qu'il y avait sous le vernis. (Ses yeux s'emplirent de larmes.) À peu près ton âge. Comme la plupart des lignards. Une accro des jeux vidéo. Ils lui ont confié une bactérie bien virulente. Les Jumeaux avaient une dent contre quelqu'un. Une femme nommée Heidi Zulle, une psy. T'as déjà entendu parler du Doll Ship?

– Une sorte de…, répondit Bug Man sans trouver le mot qui convenait.

– Une maison hantée flottante où Zulle était chargée d'utiliser des drogues et une soi-disant thérapie à tester sur des cobayes. Finalement, elle a retourné sa veste après que les Jumeaux lui ont… Enfin, inutile de s'étendre. Disons simplement que c'était bien pire que ce que tu as subi toi. Bref, elle a essayé de vendre la localisation du bateau à un agent des renseignements. Mais ça n'a rien donné, alors elle est partie. Et on n'a plus jamais entendu parler d'elle.

– Les Jumeaux l'ont éliminée?

– Pas eux directement. Ils se sont servis de Carla pour faire le boulot. Bien sûr, sans lui dire ce qu'elle était en train de faire, ce qu'elle allait larguer. Et j'étais là aussi, mais je ne savais pas non plus. Des bactéries nécrosantes. Un plein sac. Et là, ça a été trop pour Carla. Elle n'a pas supporté.

– Merde.

– Tu crois pas si bien dire. Tu vois, Bug Man, tu estimes sans doute que t'as déjà vu tout ce qu'il y a à voir dans la viande, mais, un truc pareil, tu l'as jamais vu. Pas même approché. Carla était lignard. Comme toi. Ce qui ne veut pas dire pour autant qu'elle était dépourvue d'humanité. Contrairement à toi. Toi ? Tu sais même pas combien de gens sont morts dans le stade. Je me trompe ? Parce qu'au fond, tu t'en fous. Parce qu'au fond t'es qu'un petit con égocentrique. Tout ce qui compte à tes yeux, c'est la fessée que t'as reçue.

Tout à coup, ce fut comme une révélation pour Bug Man. La révélation de ce que Burnofsky disait. Et aussi pourquoi il le disait.

– C'est eux qui t'ont demandé de me dire ça, n'est-ce pas ? raisonna-t-il d'une voix cassée. Pour me menacer.

Burnofsky éclata de rire d'un air ravi.

– Qu'est-ce que je disais ? T'es malin comme un petit con.

– Ils ont tué ta fille et tu continues de leur lécher le cul ?

– Tout le monde meurt, répondit Burnofsky. Certains meurent en voulant s'arracher les yeux parce que des bactéries les bouffent de l'intérieur. D'autres... D'autres meurent heureux, sur un nuage, emportés par des vagues de plaisir douillet. Cette mort-là, c'est celle que Carla a eue. C'était mon prix, ce que son père aimant a obtenu pour elle.

– Et tu oses me faire un cours sur la mort ? Mais tu devrais te suicider, vieux schnock. Te *suicider*.

– Qu'est-ce qui te dit que c'est pas ce que je fais ?

Ils se fixèrent jusqu'à ce que Bug Man baisse les yeux.

– Bon, Anthony. Je crois comprendre qu'on a une réunion.

DIX-NEUF

L'écran affichait un diagramme.

En haut du schéma, cinq rectangles contenaient chacun un nom: MORALES, TS'AI, HAYASHI, BOWEN, et CHAUKSEY.

Bug Man était bien placé pour savoir qu'il s'agissait respectivement des dirigeants des États-Unis, de la Chine, du Japon, du Royaume-Uni et de l'Inde.

Sa première réaction fut de se dire que les Jumeaux avaient revu leurs ambitions à la baisse. Nulle trace de l'Allemagne, de la France ou de la Corée du Sud. Ce qui l'étonnait un peu, car le plan initial prévoyait d'attaquer tous les chefs d'État dont le pays possédait une certaine expertise en matière de nanotechnologie. Il s'agissait donc d'un repli. Et qui disait repli disait nervosité. Or, la nervosité des autres avait une fâcheuse tendance à rejaillir sur lui.

Helen Falkenhym Morales. Présidente des États-Unis, alias POTUS.

Sous la case contenant son nom, la ligne d'attaque. Le canal, comme ils disaient. Évidemment, toute la difficulté consistait à aller du point A au point Z. Par chance, le canal

ne comportait que peu d'échelons. «A» était le sous-directeur du FBI, d'ores et déjà sous contrôle ; «B» un agent
du Secret Service qui ne faisait pas partie de la garde rapprochée de la présidente, mais qui était un ami proche
du gars du FBI. Ils jouaient au squash ensemble chaque
semaine.

Du gâteau.

De là, «B» conduisait à son mentor au Secret Service qui,
lui, faisait partie du premier cercle et qui, de ce fait, serait
présent à New York au côté de la présidente.

«C» aurait pu suffire en ce qu'il était susceptible d'établir
un contact physique avec POTUS à un moment ou un autre.
Mais le plus sûr était d'ajouter un échelon, en la personne
de l'aide de camp de la présidente. Une femme. Patronyme :
Liz Law. Un nom que n'aurait pas renié un auteur de BD en
mal d'inspiration. Et première personne à entrer en contact
avec la présidente le matin, comme la dernière à la voir le
soir.

Atteindre Liz Law, c'était atteindre Morales, un point
c'est tout.

A,B, C, D.

E.

Soit quatre échelons.

Pour d'autres, c'était plus compliqué. Le canal du président chinois, par exemple, en comportait sept. D'autres
étaient plus simples, à l'image de celui qui menait au Premier ministre anglais et qui ne comportait que trois échelons. De toute évidence, on n'avait pas mis longtemps à
trouver un(e) remplaçant(e) à la défunte Liselotte Osborne.

Bug Man cligna des paupières, détacha les yeux du
schéma et balaya la pièce du regard. Jindal, en charge de
diriger la réunion, se balançait d'un pied sur l'autre en tri-

potant nerveusement un pointeur laser tandis que tous les lignards de premier plan attendaient autour de la table.

Kim. Le prototype de l'autiste de base. Un jeune Coréen maigrichon qui paraissait avoir douze ans alors qu'il en avait probablement cinq de plus. Le genre à détourner les yeux dès qu'on le regardait et à constamment esquiver les contacts physiques. Également connu pour ses interventions à brûle-pourpoint, le plus souvent totalement déconnectées de la conversation en cours. Un bon lignard par ailleurs. Méthodique, attentif et prudent.

Dietrich. Nationalité allemande. Âgé d'environ vingt-cinq ans. Les cheveux si clairs et si fins qu'ils paraissaient flotter dans leur propre brise, à la manière d'un halo de lumière ou d'une aura hésitant à se matérialiser au sommet de son crâne. Derrière son dos, tout le monde l'appelait Riff Raff, en référence au majordome du *Rocky Horror Picture Show*. Un adorateur passionné des jumeaux Armstrong. Il avait bu le calice Nexus Humanus jusqu'à la lie et aussitôt tendu son verre pour une nouvelle tournée. En revanche, question nanobot, il n'était pas vraiment au niveau. De fait, Bug Man aurait détesté l'avoir en couverture lors d'une mission dans la chair.

Alfredo. Alors, là, il y avait du potentiel. Originaire d'une île minuscule, un caillou perdu au milieu de l'océan. Les Açores. Dont il était arrivé à Bug Man de se demander si elles étaient autre chose qu'un anticyclone. Issu d'une famille d'éleveurs de taureaux et de vachettes de combat, il s'était fait un nom dans le milieu des jeux en ligne où il atteignait les derniers niveaux en deux fois moins de temps que n'importe qui d'autre. Un très bon lignard que cet Alfredo. Mais instable et capable de totalement perdre les pédales quand quelque chose le contrariait.

Ensuite venait One-Up. Une ado de seize ans, blanche, élevée dans une banlieue ordinaire de l'Oklahoma. Elle aurait pu être jolie si la méthamphétamine ne lui avait pas totalement détruit les dents. Maintenant qu'elle était *clean*, elle s'était fait poser deux rangs de facettes en porcelaine. Mais, ça se voyait comme le nez au milieu de la figure. Son sourire en était devenu presque inquiétant : trop blanc et trop brillant.

Une dure. Intrépide et dangereuse. Faisant preuve du même dévouement pour le jeu que, avant, pour assurer son approvisionnement en méth. Elle était bizarre, obsessionnelle, aussi maigre que les squelettes du cours de bio et, selon toute vraisemblance, psychopathe au sens clinique du terme. Pour autant, Bug Man avait eu l'occasion de combattre à son côté – quand ils s'étaient mesurés ensemble à Kerouac et à un autre dont ils ignoraient l'identité. Résultat ? Elle assurait. D'ailleurs, ce n'était pas un hasard si c'était elle qui avait hérité de Bowen lors du dernier redéploiement, quand Burnofsky s'était vu retirer POTUS.

Il y avait également quelqu'un d'autre dans la pièce. Une femme, assise dans un coin, vêtue d'un pantalon de toile couleur sable et d'un polo rose pâle. Elle était blonde – le cheveu légèrement filasse – les jambes croisées, les mains sur les accoudoirs du fauteuil. Elle avait le teint pâle, un petit nez coquin et des sourcils particulièrement bien dessinés. Sugar Lebowski, directrice des opérations chez AmericaStrong, la branche armée d'AFGC. Par dérision, certains l'appelaient Little Lebowski, en référence au film des frères Coen, dont elle était la parfaite antithèse du personnage principal, le Dude.

Si elle n'avait pas personnellement assisté à la correction qu'avait reçue Bug Man, en revanche, c'était elle qui en avait donné l'ordre, sélectionné les hommes de main, et elle encore qui avait écouté, la bouche en cœur sous son rouge à lèvres rose pâle, le rapport détaillé des faits.

Bug Man adressa un signe de tête à One-Up et ignora les autres.

Gêné – et pour cause –, il alla s'installer en bout de table pendant que Burnofsky faisait de même à l'autre extrémité.

Kim avait le Premier ministre indien ; Alfredo son homologue japonais ; Burnofsky avait été basculé sur le président chinois ; et Dietrich, après avoir longtemps piaffé d'impatience à l'idée d'hériter du chancelier allemand, se tenait prêt à remplacer quiconque se désisterait pour une raison ou une autre.

S'asseoir était un calvaire. Ses ecchymoses le mettaient au supplice. Tous ses muscles le faisaient souffrir.

Jindal commença un récapitulatif, avec force usage de son pointeur. Ne l'écoutant que d'une oreille, Bug Man ruminait la situation. Les choses n'étaient pas aussi bien parties qu'elles en avaient l'air. Certes, POTUS était une cible légèrement plus prestigieuse que le président chinois, mais le canal de celui-ci comportait sept échelons. On pouvait donc en conclure que si les Jumeaux avaient bel et bien conféré à Bug Man l'honneur de la cible de choix, ils s'étaient également gardé Burnofsky pour le boulot le plus ardu.

Jindal entama le briefing. Le ton était définitivement formel, pour ne pas dire protocolaire. Très ministère de la Défense. Sauf que ce n'étaient pas de hauts gradés de l'armée qu'il avait en face de lui. One-Up faisait un jeu sur son téléphone. Dietrich s'excitait tout seul sur son siège. Alfredo semblait rattraper le retard accumulé dans ses messages Facebook.

Burnofsky piquait du nez, les yeux mi-clos, luttant pour ne pas s'endormir pour de bon.

Bug Man était dans son rôle. Il ne quittait pas Jindal des

yeux, feignait d'être attentif. Pourtant, son esprit était ailleurs. Concentré sur la douleur lancinante de ses jambes. Et aussi sur ce que Burnofsky lui avait dit avant la réunion. S'agissait-il d'un avertissement ? Sans aucun doute. Mais comment fallait-il l'interpréter ? À l'évidence, il essayait de le manipuler. Mais dans quel but ?

Quelle était la finalité de la manœuvre ? Espérait-il le faire ruer dans les brancards dans l'espoir qu'il subisse le même sort que sa fille ?

Et puis, derrière tout ça, il y avait l'émotion brute. L'humiliation. Il se demanda combien de personnes autour de cette table savaient que les Jumeaux lui avaient donné une bonne fessée.

Étaient-ils tous en train de rigoler derrière son dos ? Le premier qui le regardait d'un œil amusé…

Il était temps de les remettre tous à leur place. Temps de leur rappeler qui il était.

– T'as fini, Jindal ?

Interrompu au milieu d'une phrase, celui-ci fit mine de reprendre, avant de changer son fusil d'épaule et de lâcher :

– C'est bon. J'ai terminé.

– Parfait, répondit Bug Man. Bien, j'imagine que tout le monde sait que j'ai été à deux doigts d'éliminer Vincent. La seule chose qui m'en a empêché, c'est une embrouille dans le macro.

Il les dévisagea un à un d'un air furieux, les mettant au défi de répondre. One-Up esquissa peut-être un petit sourire. Et encore. Prenant son courage à deux mains, il planta ses yeux dans ceux de Sugar Lebowski.

– Ouais, exactement, Sugar. Une couille dans le macro, dit-il d'un ton fielleux, venimeux et provocant.

Elle le regarda comme si elle avait face à elle un des trois ex-maris que la rumeur lui prêtait.

– Or, visiblement, aucun des «Sugar boys» n'est capable de décapiter BZRK, poursuivit Bug Man, toujours aussi vipérin.

Allait-elle se défendre, argumenter, discuter?

Non. Jamais de la vie. Parce qu'au fond, elle n'était pas irremplaçable. Loin de là. Contrairement aux autres qui se trouvaient dans cette pièce. Bug Man le premier. Les gansters, ça court les rues, alors qu'un bon lignard...

– Ce que je veux dire, embraya Bug Man d'un ton magnanime, c'est que j'aurais sans doute pu tuer Vincent. Je l'avais à ma main. Mais j'étais pas concentré. J'étais pas à fond dans le jeu.

Comme il y avait du respect dans leurs regards. Oui. Tous. Sauf Burnofsky qui savait ce qui s'était réellement passé, sauf Sugar dont le teint s'assombrissait à vue d'œil, tirant de plus en plus vers le carmin.

Bah, le temps finirait par avoir raison de Burnofsky. Le temps, l'opium et l'alcool. À moins que Bug Man ne décide d'accélérer le processus en s'occupant personnellement de lui. Quant à Sugar, viendrait un jour où il s'infiltrerait dans son cerveau et où il la maillerait. Pourquoi pas pour la faire se gratter jour et nuit, jusqu'à ce qu'elle s'arrache la peau?

Bug Man se leva. Il souffrait trop pour rester assis dans ce fauteuil inconfortable. Tous les regards étaient tournés vers lui, y compris celui de Burnofsky qui, sous son air endormi, paraissait vaguement amusé.

– On vient tous de l'univers des jeux vidéo. Quels qu'ils soient. On les a tous essayés. Jusqu'au jour où on nous a offert l'opportunité de prendre les manettes d'un jeu ultime. Qui, ici, oserait me dire qu'il a jamais joué à un truc aussi excitant que les nanobots ? Qui a jamais connu un univers aussi délirant que la viande ?

Quelques hochements de têtes hésitants lui répondirent, le maximum d'attention que l'on pouvait espérer de cet auditoire.

– Quelqu'un m'a dit que je devais arrêter de considérer comme un jeu ce qui est inscrit sur ce tableau. Que, maintenant, c'était du sérieux, du lourd. Que c'était réel.

Ce disant, il se tourna vers Burnofsky et le regarda droit dans les yeux, indiquant ainsi clairement de qui il voulait parler.

– Mais tout ça, c'est des conneries. On est tous arrivés ici par le jeu et, précisément, on gagnera en gardant à l'esprit que *c'est un jeu*. Ce qui se passe dans le macro ? Qu'est-ce qu'on en a à foutre tant que ça n'interfère pas avec la partie qui est en train de se dérouler ? (Il tendit le bras vers le tableau.) Vous voyez ça ? C'est un plan de jeu, mes amis. De *jeu*. Ni plus ni moins. (D'instinct, il marqua un temps d'arrêt pour faire monter la tension.) Oui, un sacré jeu. Que nous allons remporter.

Un gant de toilette dans une main et une savonnette dans l'autre, debout devant le lavabo de la minuscule salle de bains qu'on leur avait attribuée à Keats et elle, Plath se lavait avec un soin méticuleux.

Les yeux qu'elle voyait se refléter dans le miroir grouillaient de vermine.

Des boules de pollen, brillantes comme des M&M's, des champignons, d'un vert surnaturel, accrochés à des follicules pileux prenant racine dans un tapis de feuilles mortes, un humus de peaux mortes.

Elle le savait pour avoir vu la même chose sur *lui*. Sur

son visage, sa bouche, ses yeux. Elle l'avait vu dans ce qu'il avait de plus prosaïque et lui en avait fait autant avec elle.

Dans le macro, il avait peut-être un beau torse bombé, des pectoraux flatteurs et de larges épaules. Dans le macro, elle pouvait sans peine s'imaginer passer la main sur ces parties de son corps. Dans le macro, elle pouvait s'imaginer embrasser ces lèvres qui, à l'échelle nano, ressemblaient à du papier paraffiné couleur sépia, comme un mur brunâtre veiné de...

Un frisson parcourut son échine. Elle ferma les yeux, plissant les paupières de toutes ses forces. Oh formidable, l'heure de la visite pour les demodex.

– Aaaaahhhh! cria-t-elle.

Et elle frotta de plus belle avec son gant de toilette, redoubla d'efforts sur les paupières, les cils, les joues, en essayant de ne pas penser au reste de son corps, où Dieu sait quels monstres pouvaient ramper, se cramponner ou se nicher à la surface de ses chairs, dans les mètres carrés de peaux mortes qui recouvraient son épiderme.

Vois-toi comme un écosystème.

Tu es une jungle.

Tu es un environnement. Un monde. Une planète habitée par des formes de vie plus délirantes que tout ce qu'a pu imaginer la science-fiction.

Elle jeta le gant de toilette et dut se raisonner pour ne pas frotter chaque centimètre carré de peau.

Ça ne servirait à rien, sinon à produire de nouvelles horreurs, déraciner les arbres de leur parterre putride, accumuler des mottes de peaux mortes, mettre le substrat de l'épiderme à vif, déclencher l'arrivée massive de lymphocytes qui fileraient à toute allure jusqu'à la plaie pour faire rempart contre la prolifération de bactéries et de virus – fort heureusement trop petits pour être vus, même à l'échelle nano – qui s'immisceraient dans son corps, proliféreraient dans son sang, et, finalement, la dévoreraient de l'intérieur.

Haletante, elle s'appuya des deux mains sur le lavabo. Les yeux baissés sur l'émail, elle se demanda ce qui, en ce moment même, pouvait bien pulluler au creux de cette vasque. À quoi pouvait ressembler cette porcelaine en gros plan?

Ils lui avaient retiré ses biobots, placés en chambre froide. Pourtant, elle les sentait toujours. Les deux. De minuscules fenêtres apparaissaient dans son champ de vision, dans lesquelles elle voyait des biobots groggy, engourdis par le froid, qui bougeaient à peine sur la surface rosée de la culture stérile.

Elle aurait bien vomi, mais à l'idée de ce qui aurait jailli de sa bouche…

Finalement, elle quitta la salle de bains, tremblante comme une feuille, la tête sens dessus dessous, les mêmes images cauchemardesques s'imprimant à l'infini sur sa rétine.

Elle ouvrit la porte de sa chambre. De sa cellule.

Assise sur le bord du lit, les larmes ne tardèrent pas à couler. Elle aurait voulu pleurer sans penser aux demodex douchés par ces cascades géantes, aux torrents lavant à grande eau les peaux mortes, charriant des champignons, des pollens, des bactéries…

«Mais pleure, bordel!» se dit-elle intérieurement.

Pleure cette misérable chambre.

Pleure le piège dans lequel tu t'es fourrée.

Pleure le naufrage de tes illusions, du simple fait que si les yeux d'un beau garçon sont bleus c'est parce que le ciel veut s'y refléter, et non un tunnel incolore d'une profondeur abyssale, annelé de fibres péristaltiques, et..

– Stop! Arrête!

Et elle se donna une gifle. Forte. Le fait que ça fasse mal fut presque une surprise. La main géante, avec ses sillons de champs labourés et ses étincelantes perles de sueur, avait fendu l'air et s'était écrasée sur sa joue. Résultat? Une brûlure qui irradiait jusqu'à son oreille.

Soudain, toutes les terminaisons nerveuses concernées s'étaient mises à émettre d'infimes décharges électriques, pic pic pic, jusqu'au cerveau qui, dans son infinie sagesse, avait interprété le message: ah, tiens, tu viens de te prendre une bonne gifle.

Un coup sur la porte.

Elle savait que c'était lui. Elle n'avait pas envie de le voir. Mais elle ne pouvait pas lui dire non. Comment dire non à quelqu'un qui avait passé la journée à arpenter les méandres de son cerveau?

Elle ouvrit la porte, sans essayer de cacher qu'elle avait pleuré.

De son côté, il ne fit rien pour nier le choc de ce qu'il avait vu et qui resterait à jamais gravé dans sa mémoire. Les yeux étaient trop écarquillés, la bouche trop tremblante. Malgré les heures écoulées, il avait encore la tête de celui qui vient d'échapper de justesse au monstre, dans un film d'horreur.

Durant un moment, ce fut comme si tous deux avaient oublié qu'ils étaient doués de parole. Ils partagèrent leur traumatisme en silence, par le regard.

Et puis, emportée par une force irrépressible, Plath prit sa tête entre les mains et l'attira contre elle. Lèvres en papier paraffiné contre lèvres en papier paraffiné. Yeux clos. Fougueux. Le souffle de l'un se mélangeant au souffle de l'autre. Qui sait quelles horreurs étaient tapies sur leurs langues qui se cherchaient au fond de ces immenses grottes, gardées par deux alignements de stèles nacrées.

Et puis, au bout de seulement quelques secondes, tous deux oublièrent.

Leur pouls s'accéléra. Leur pression artérielle augmenta, remplissant les tissus susceptibles d'être sollicités. Les diaphragmes se resserrèrent. Des flots d'hormones se répandirent. Les doigts jouèrent dans les cheveux sans penser aux acariens ni à quelque jungle symboliste.

Durant ces quelques secondes, ils oublièrent.

Jusqu'à ce que, brutalement, ils se séparent et reculent à deux mètres l'un de l'autre, choqués, haletants, ébahis, leur corps tout entier réclamant qu'ils fassent ce pas en avant, qu'ils comblent l'espace qui les séparait pour enlacer, toucher, caresser, sentir, durcir et s'ouvrir.

Là encore, ils ne disaient rien, conscients tous deux que les mots n'auraient fait que brouiller ce qu'ils ressentaient. Au moins, pour un temps, ils avaient trouvé un moyen de faire taire l'horreur. Quelques secondes. Voire quelques minutes.

C'est Plath qui, finalement, rompit le silence, une fois que son rythme cardiaque eut retrouvé des valeurs normales pour un être humain :

– Et, maintenant, qu'est-ce qu'on est censés faire ?

Il aurait pu faire une blague graveleuse, mais ce n'était pas le genre de la maison. Non, définitivement, Keats n'était pas de ce bois-là. Pas du genre à se voiler la face devant la criante vérité, aussi horrible soit-elle, encore moins à essayer de la dissimuler sous des tonnes de faux-fuyants.

– Je suis allé à l'intérieur de ton crâne, répondit-il, mais je ne te connais pas plus pour autant. Voilà, on en est là.

– Sauf que, soudain, j'ai l'impression que tu es tout pour moi. Ma famille. Ma vie... tout. Voilà, on en est là.

– On est quoi l'un pour l'autre ?

Plath haussa les épaules, secoua la tête et, rompant le contact, se laissa tomber sur le lit. Keats resta debout.

– Je ne devrais probablement pas te dire ça, répondit-elle, mais, pour le moment, c'est le cadet de mes soucis. Tu vois, ma famille tout entière est morte. Ma mère, emportée par le fléau habituel : le cancer. Mais mon père et mon frère aîné, assassinés. Par eux. Ceux d'en face.

– Pour tout te dire, je m'en doutais un peu, répondit Keats. J'avais deviné qui tu étais. Je crois même connaître ton vrai nom pour l'avoir entendu à la télé. Mais ne t'inquiète pas, je continuerai à t'appeler Plath.

Elle leva les yeux vers lui. Ils étaient secs. Les demodex pouvaient arrêter d'essayer de nager. Les chairs sèches avaient absorbé le liquide lacrymal qui ne s'était pas évaporé dans les airs.

– C'est une réaction au traumatisme, dit-elle. Ce qui vient de se passer entre nous.

– On a été arrachés à la réalité et projetés dans un autre monde. Loin de chez nous... Confrontés à la violence la plus brutale... Du sang partout... Une peur comme on n'en avait jamais connue. Et puis il y a ça. Ces trucs dans ma tête. Je les sens encore, même s'ils sont censés être en sommeil. Je sais qu'ils sont là.

Elle opina du chef d'un air grave.

– Et Nijinski dit que ce sera toujours comme ça, poursuivit Keats, qu'ils seront éternellement dans nos pensées.

– Nos bébés à six pattes.

Il laissa échapper un éclat de rire aussi spontané qu'inattendu. Elle le regarda en souriant.

– Ils meurent et l'on devient fou, poursuivit-il. Peut-être que... Peut-être que je ne suis pas supposé te dire ça mais, comme tu le dis toi-même, ce que je suis supposé dire ou pas, c'est le cadet de mes soucis. Mon frère aîné est à l'asile à l'heure qu'il est. Attaché sur son lit. En plein délire.

Plath le fixa du regard, intensément.

– Il en faisait partie ?

– Ils m'ont même dit qu'il était super bon. J'imagine que c'est vrai. C'était lui le costaud de la famille. Le brave. Moi je suis qu'un...

Les mots restèrent coincés au fond de sa gorge. Il soupira et se laissa tomber à côté d'elle au bord du lit.

Leurs épaules se touchèrent. Rien de plus. Pourtant, elle aurait tant voulu se lover contre lui. Contre ce garçon qu'elle connaissait à peine.

– Je suis pas quelqu'un de sensible, dit Plath.

– Tout le monde est sensible. Crois-moi, j'en sais quelque chose.

– C'est rare que je me fasse des amis. Au fond, je crois que je suis une salope.

La phrase le fit sourire. Dans une vaine tentative pour le cacher, il détourna la tête et répondit en regardant ses pieds :

– C'est peut-être pas une mauvaise chose. Avec ces gens-là... Dans cette situation...

– Écoute, répondit-elle, en attendant qu'il ait relevé la tête et croisé son regard pour poursuivre, ses lèvres à quelques centimètres des siennes. Je ne tombe pas amoureuse. Donc, n'y compte pas.

– Je suis pas sûr de pouvoir en dire autant. J'ai ça en moi. Amoureux, je ne l'ai jamais été, mais j'en ressens le besoin, à l'intérieur. Donc autant te prévenir.

Elle se remémora le contact de ses lèvres sur les siennes, et pas du papier gras brunâtre. Ce souvenir-là était là aussi, bien sûr, mais le premier était encore plus fort.

Il s'approcha d'elle. Elle ne recula pas. Son baiser la surprit. Elle ne s'attendait pas à un geste aussi doux, à mille lieues de la fougue urgente du premier qu'ils avaient échangé. Celui-là était d'une infinie tendresse. Il s'arrêta alors même que, de son côté, elle eût été disposée à le faire durer encore un peu.

Il se leva.

– Le truc, c'est de ne pas se laisser aller à de faux espoirs, affirma Keats. Ils veulent qu'on soit concentrés. En pleine possession de nos moyens. Peut-être que Vincent, Nijinski et les autres sont des gens biens. Peut-être qu'ils se battent pour une cause juste. Pour autant, ils ne sont pas à notre place. Alors, peut-être qu'ils peuvent nous embringuer dans leur guerre, mais certainement pas nous dicter ce qu'on doit ressentir.

Leurs regards se croisèrent. Comme pour un serment solennel, ils hochèrent la tête ensemble, esquissèrent un sourire presque honteux, et Keats s'en alla.

PIÈCE VERSÉE AU DOSSIER

Viens de pirater les services de renseignements suédois. Espère moisson de données sur les blondes au sauna, lol. À première vue, rien d'intéressant. Une masse de spam non cryptés. Un truc bizarre toutefois. La semaine dernière, un certain TinyTIMPO2 a envoyé un post sur les nanotech et j'ai pensé que ça pourrait vous intéresser.

Je n'ai pu sauver que l'extrait qui suit. Il a été enregistré non crypté et puis ils ont dû se rendre compte d'un truc parce qu'ils ont encodé le contenu et effacé l'original. Seul ce fragment a survécu. Message intercepté dans un programme de traduction suédois – anglais. Source identifiée : MUST Militära underrättelse-och säkerhetstjänsten, donc nul doute qu'il s'agit d'un mémo interne.

... scénario imaginé pour la première fois par Eric Dexler, pionnier des nanotechnologies. En théorie, des nanobots capables de s'autorépliquer pourraient, du fait d'une simple erreur de programmation, anéantir toute forme de vie sur Terre.

Imaginons par exemple que des créatures issues des nanotechnologies soient utilisées pour nettoyer une fuite de produits chimiques, tel qu'un composé organique comme le benzène. Le problème, c'est que le benzène contient du carbone. De même que toutes les créatures vivantes présentes sur la terre. Dans ces conditions, la moindre erreur de programmation, aussi insignifiante soit-elle, pourrait avoir pour conséquence l'élimination par les nanobots de toutes les molécules de carbone passant à leur portée.

Le problème devient critique si les nanobots en question sont conçus pour se reproduire par eux-mêmes. Imaginez que vous lâchiez dans la nature un Adam et une Ève, qu'ils se reproduisent dans la minute, que leur progéniture en fasse de même dans la minute qui suit et ainsi de suite. La population de nanobots se multiplierait alors à un rythme exponentiel et, en quelques heures, ils seraient des milliards. En quelques jours, des trillions, soit une population assez nombreuse pour absorber tout le carbone présent en Suède et, du même coup, transformer le pays en désert.

En une semaine, les nanobots pourraient éradiquer toute forme de vie de la surface du globe.

Dexler appelle ce phénomène, « la gelée grise ». La formule n'est pas plus élégante en anglais qu'en suédois. Bien sûr, ce scénario a très peu de chances de se produire, mais compte tenu de nos récentes...

Alors, ça vous branche ?

Armand le Rampant

VINGT

Les journées d'entraînement se succédèrent pour Plath et Keats. Des journées au cours desquelles ils n'échangèrent aucun baiser et ne firent pas l'amour non plus, ce qui ne les empêchait pas d'y penser très fort tous les deux.

Le fait que Keats soit le plus prompt à progresser n'étonna personne. Avec ses deux biobots indemnes, Vincent organisait des simulations de combat, au cœur de la chair, il lui apprit à se jouer de la gravité, à éviter les réactions immunitaires, à penser en trois dimensions, non plus en deux, à bondir, à frapper, à lacérer, à se servir de ses armes et, enfin, en dernier recours, à prendre la fuite.

Ensuite, quand Vincent en avait terminé avec Keats, Ophélia prenait le relais et l'initiait à la délicate tâche consistant à acheminer des fibres de Téflon sur zone et à les tisser autour de l'anévrisme tumescent de Plath.

Si elle n'était pas un prodige – selon les propres termes de Nijinski –, Plath était loin d'être nulle. Il était même un domaine où elle battait Keats haut la main ou, pourrait-on dire, à plates coutures, puisqu'elle se révélait une fileuse-née. La lecture de la cartographie cérébrale en 3D ne lui posait aucune difficulté. Aussi lui fallut-il très peu de temps pour passer maître dans l'art de poser une sonde et d'interpréter les connexions mémorielles, aussi éloignées les unes des autres soient-elles. En bref, elle n'avait pas son pareil pour synthétiser une carte et donner sens à ce qu'elle voyait sur les graphes.

Dans l'esprit de Plath, ces connexions devenaient de petits films ou des images fixes qu'elle était en mesure de se représenter avec une clarté évidente. Il lui arrivait même d'aller plus loin encore et de se figurer les images fantasmagoriques – un monstre ou un saint nimbé de lumière – générées par l'esprit lui-même pour se représenter des sentiments.

Organisé selon un schéma directeur, le cerveau humain est composé de zones possédant chacune une fonction précise. Rapidement, elle se familiarisa avec les centres de la vue, de l'ouïe, de l'odorat et du toucher et sut où trouver le contrôle des mains et des pieds, des doigts et des orteils, ainsi que les sièges de la parole. Ces zones ne variaient guère d'un individu à l'autre.

Mais la tâche essentielle d'un Fileur consistait à établir des liens entre des parties normalement indépendantes les unes des autres. On attendait d'un Fileur qu'il sache trouver une image, une odeur, un son ou un visage et qu'il l'associe à un souvenir évoquant une certaine émotion.

Plaisir, douleur, peur ou haine avaient tous une localisation particulière. Le fil – en réalité, un filament bien plus complexe qu'un simple fil – suintait de la pseudo-trompe du biobot, à la manière des filières d'une araignée tissant sa toile. Les impulsions électriques qui, normalement, auraient lentement progressé d'un point A à un point B via une arborescence de neurones et de synapses, filaient à toute vitesse sur les super autoroutes dessinées par le maillage.

Se tournant vers Nijinski, elle demanda :

– Qu'est-ce que ça fait si chaque fois que je vois un visage, je ressens de la colère ?

– La première fois ? Pas grand-chose. Mais le cerveau s'adapte. Il crée en permanence de nouvelles couches. Si tu fais une ligature entre un visage et, disons, le désir, le cerveau absorbe peu à peu cette nouvelle donnée. Donc la première connexion passera par le maillage, et peut-être aussi les cent suivantes. Mais, bientôt, le cerveau va construire des structures de renforcement. Des copies de sauvegarde, si tu préfères. Et, très vite, il sera impossible de voir ce visage sans immédiatement y associer le désir.

– Ce qui revient à créer artificiellement de l'attirance.

Nijinski opina du chef.

– On peut faire en sorte, dit-il, que quelqu'un tombe amoureux d'une personne donnée.

– C'est… Bah, laisse tomber.

– Tu penses que c'est mal.

– C'est pas que je le pense. C'est mal.

– Tu as raison, concéda confusément Nijinski. C'est mal. Un mal pour un bien.

– Et en face ?

– La même chose, répondit-il avec une grimace gênée ne laissant planer aucun doute quant à la véracité de ses propos. Ils pensent qu'ils se livrent à des actes odieux pour une bonne cause. Du moins une bonne partie d'entre eux.

– Et est-ce qu'on peut défaire ce qu'on a fait ?

Nijinski réfléchit à la question en silence, debout, les bras croisés, dans son costume impeccable, aux plis parfaits – en fait, la seule chose raffinée dans cet environnement miteux.

– En partie, répondit-il finalement. Et à condition de le faire immédiatement car, avec le temps, cela devient pratiquement impossible. Même si, en pratique, il est toujours envisageable d'ajouter une nouvelle connexion pour remodeler le cortex.

– Qu'est-ce qui va arriver à Anya Violet?

La question le prit de court, ce qui était exactement le but recherché. Il lui adressa un sourire courtois non dénué d'estime, pour ne pas dire d'admiration.

– Je l'ignore. Elle est… Enfin, de toute façon, c'est de la responsabilité de Vincent.

– C'est lui qui y a été d'abord, c'est ça? Et puis le camp d'en face a deviné ce qu'il voulait faire et ils lui ont tendu une embuscade.

– On doute que ce soit eux qui l'aient maillée. Ils l'ont juste infiltrée. Vincent a péché par négligence. Et nous avec.

– Il est en train de modifier son cerveau, n'est-ce pas?

– Euh… Reprenons l'entraînement, tu veux?

Ce qu'elle fit. Plus tard, elle envoya un mot à Stern, le chef de la sécurité McLure, disant que tout allait bien, qu'elle était à l'abri, quelque part en Suisse, dans un centre de cure spécialisé dans les affections mentales où elle était prise en charge par une unité de soutien psychologique.

Stern goberait-il l'histoire? Probablement pas. Mais elle était *la* McLure, comme il disait lui-même. Et sa tâche à lui était de faire ce qu'elle lui demandait, quand bien même cela revenait à prendre un mensonge pour argent comptant.

Cependant, elle ne pourrait éternellement repousser le jour où elle devrait rencontrer les avocats, assister à la lecture du testament et découvrir ainsi ce que son père avait projeté au cas où surviendrait cette improbable réalité: Plath… non, *Sadie*… seule représentante de la famille.

Mais, bien sûr, Vincent avait prévu cela aussi.

– C'est pas le moment de s'occuper de ça, avait-il dit. On est à l'aube d'un tournant dans cette guerre. On a eu de la chance l'autre nuit. Sans Caligula et Wilkes, Dieu sait ce qui aurait pu se passer. En attendant, on sait ce que prépare l'ennemi. C'est là-dessus qu'on doit concentrer tous nos efforts. Il faut les arrêter. Ensuite, on aura tout le temps de s'occuper de ton avenir.

– J'aime pas trop être traitée comme une pièce d'un puzzle, sans aucune vue d'ensemble, avait répondu Plath. Je suis pas la cruche qu'il faut préserver en lui cachant la vérité.

– Personne n'a dit que tu étais une cruche. Mais on compartimente l'information. On crée des barrières. Comme ça, si l'un de nous est pris et qu'ils s'arrangent pour le retourner, on limite les dégâts.

– Dis-moi juste un truc. Y a pas que nous, hein ? Je veux dire, pas que nous six ? Toi, Nijinski, Ophélia, Wilkes, Keats et moi ? Disons sept, en comptant Caligula. Ou alors, c'est vraiment que j'ai pas tout compris.

– En effet, répondit Vincent en opinant du chef avec la gravité dont il était coutumier. Il y a des gens au-dessus de nous. En particulier Lear. Sans compter les autres cellules, ailleurs, dont certaines viendront bientôt nous prêter main-forte.

Ce dernier point rassura Plath. Au moins en partie. OK, se dit-elle avant de s'endormir ce soir-là. On n'est pas seuls sur le coup. Je suis pas seulement entourée de six cinglés, mais de dizaines, voire de centaines de cinglés.

Elle regretta que Keats ne soit pas à ses côtés pour le faire profiter de cette petite blague. Sûr que ça l'aurait fait marrer. Pendant un moment, elle resta étendue sur son lit, essayant de se figurer son voisin de chambre, de l'autre côté de l'insignifiante cloison. Que faisait-il? À quoi pensait-il? Quand il la regardait, n'avait-il pas tendance à penser aussitôt à la poche de sang qui se trouvait au fond de son cerveau? En éprouvait-il de la pitié? Du dégoût?

Ou, à l'inverse, pensait-il surtout à sa bouche, aux douces lèvres roses qu'il embrassait amoureusement...

Elle se demanda s'il savait de quelle couleur étaient ses yeux. Elle, oui. Même après l'horrible vérité du nano, elle continuait de les voir bleus. Bleus, bleus, bleus.

De toute sa vie, Sadie n'avait jamais autant pensé à un garçon. C'est bien simple, elle aurait pu additionner tout le temps qu'elle avait passé à penser aux garçons que ça n'aurait pas égalé celui qu'elle pouvait consacrer à Keats en une nuit.

À bien y réfléchir, ça n'avait pas de sens. Keats était loin d'être le plus beau. Sadie était sortie avec des garçons dix fois plus mignons. Pourtant, alors qu'elle les passait mentalement en revue, comme dans une *play-list* sur iTunes, elle n'en aurait voulu aucun auprès d'elle, là, maintenant, elle n'en aurait voulu aucun pour frapper à sa porte. En tout cas, pas comme elle languissait que Keats la rejoigne.

Tu es paumée, se dit-elle. Tu as traversé l'enfer. Tu as perdu ton père et ton frère et tu as bien failli y passer toi-même. Tu as vu des gens carbonisés. Tu as été blessée. On a trafiqué ton cerveau. On a introduit dans ton corps deux créatures minuscules, ignobles, fatales, qui sont des prolongements de toi-même. Ton moi insecte.

Tu as tiré sur un homme et tu l'as regardé saigner.

Tu as foulé des territoires où seule une poignée d'hommes est allée, vu des choses que personne ne devrait voir.

Tu es allée dans la viande.

Dans la pièce d'à côté se trouve un garçon qui passe une partie de ses journées à l'intérieur de ton crâne, à faire de la vannerie avec des fibres de Téflon pour t'éviter une hémorragie cérébrale.

Rien de cela ne pouvait conduire à une décision sage et rationnelle. Au contraire, ça ne pouvait induire que des réactions irréfléchies, épidermiques, dénuées de tout recul. Toute cette douleur, ces morts et ces peurs ne faisaient qu'accentuer le besoin d'être soutenue, épaulée. La seule façon d'échapper à tout ça, c'était de rêver de Keats, de ses mains, de ses lèvres, de son corps.

Avait-il les mêmes pensées pour elle ? À l'instant présent ?

Il ne lui en fallait pas beaucoup pour imaginer ce qui se passait dans sa tête à lui, pour se figurer les fantasmes qui occupaient son esprit. Après tout, c'était un garçon, donc, oui, il devait penser à elle. De manière très ciblée, sans aucun doute. Ce qui ne lui posait pas de problème tant que ce qu'il imaginait n'avait rien à voir avec ces horribles insectes mutants, aux yeux humains, qui se baladaient dans...

Un bruit de pas. Pressé, déterminé, parfaitement insensible au fait de réveiller quelqu'un.

Un coup à la porte – un bruit vraiment énorme.

– Debout. Vite ! Rassemblement !

Elle reconnut aussitôt la voix. Caligula.

Après avoir précipitamment roulé hors de son lit, elle sauta dans ses vêtements et ouvrit la porte d'une main tremblante. Keats l'attendait dans le couloir.

– Que se passe-t-il ? demanda-t-elle tandis que, déjà, Caligula s'éloignait.

Pour toute réponse, il secoua la tête, l'air de tomber des

nues. Emboîtant le pas de l'exécuteur, ils retrouvèrent Vincent et Wilkes dans la pièce commune. Anya Violet était assise dans un coin, passive, méfiante, diminuée.

– Il manque du monde, fit remarquer Caligula.

– Ophélia est partie rendre visite à sa famille, répondit Vincent. Jin est sorti.

– Ouais, railla Caligula avec un petit rire acide. Fêtard un jour. Fêtard toujours.

– Qu'est-ce qui se passe ? demanda impatiemment Vincent.

Plath remarqua aussitôt le soin avec lequel il évitait de croiser le regard d'Anya, dont le rouge à lèvres débordait un peu. Elle remarqua aussi que Vincent en avait une trace sur la joue.

– La cellule de Pékin vient d'être attaquée, répondit Caligula. Deux ont réussi à s'échapper. Tous les autres sont morts. Cellule de Delhi, même chose. Ils ont échappé de justesse à une équipe de tueurs. Trois morts tout de même. De toute évidence, Armstrong veut faire le ménage avant le jour J.

– Est-ce qu'ils connaissent *cette* planque ? demanda Vincent après s'être levé d'un bond.

– On va pas attendre de le savoir, dit Caligula. Allez chercher vos bébêtes, laissez tout le reste. Je vous donne deux minutes.

– Vous avez entendu ? Allez chercher vos biobots, ordonna Vincent.

Plath, Keats et Wilkes démarrèrent en trombe et se précipitèrent vers le labo à l'étage.

– Prenez aussi toutes les crèches, cria Vincent dans leur dos.

En fait de deux minutes, il leur en fallut plutôt cinq pour être définitivement prêts à partir. Plath mit à l'abri ses deux biobots en sommeil dans son pavillon auriculaire où ils se frayèrent maladroitement un chemin entre pollens, poussières et follicules pileux de la taille de bambous.

Dans sa poche, elle avait une crèche contenant deux bio-bots appartenant à Ophélia.

– Bon, on va dire que vous êtes à peu près dans les temps, persifla Caligula d'un air caustique. Maintenant, le problème, c'est qu'on ignore ce qu'il y a dehors. Une voiture nous attend mais, bon, on ne sait jamais… Alors, vu que tu t'en es plutôt pas mal tirée la dernière fois, tiens.

Ce disant, il tendit un pistolet à Plath.

– Non, je voudrais pas…

– Je t'ai demandé si tu voulais? Non, alors…

Se tournant vers Vincent, il regarda l'arme qu'il avait au poing.

– Bon, règle numéro un, dit-il. Toujours pareil. Évitez de me canarder. Je pourrais mal le prendre.

Finalement, aucun TdP de l'AmericaStrong ne les attendait dans la nuit new-yorkaise. Ils s'entassèrent à l'arrière d'une longue limousine noire et sortirent de la ville. Direction: Long Island.

Caligula avait pris place à l'avant, à côté du chauffeur. Vincent tapa sur la vitre de séparation. Caligula appuya sur un bouton et celle-ci descendit en ronronnant.

– Je viens de contacter Ophélia, dit Vincent. Tu veux qu'on passe la prendre?

Caligula étudia la question. Maintenant qu'il avait enlevé son chapeau, Sadie s'aperçut que ses longs cheveux n'étaient en fait qu'une couronne et que sa calvitie laissait apparaître une longue cicatrice dentelée courant de l'occiput au sommet du front.

– Elle a une caisse?

– Oui.

– Dis-lui de prendre l'autoroute la plus proche. Peu importe la direction. Qu'elle roule jusqu'à ce qu'on arrive.

– Tu peux pas envoyer quelqu'un la chercher?

– Hé, mec, on n'est pas dans *Hawaï police d'État*, répondit Caligula en pivotant sur son siège. Je peux pas envoyer Danny sur place, OK? Autre chose?

Vincent secoua la tête d'un air penaud. La vitre de séparation remonta.

– Au fait, j'ai pas eu l'occasion de te demander, comment tu trouves jusqu'ici? lança Wilkes en se tournant vers Keats. C'est l'éclate?

Pour toute réponse, il esquissa tant bien que mal un demi-sourire, puis détourna la tête et se perdit dans la contemplation du paysage qui défilait de l'autre côté de la vitre. Ils traversaient Brooklyn plongé dans le noir.

Personne ne semblait vouloir parler, sauf Wilkes.

– Quelqu'un a faim? Les marchands de donuts doivent être ouverts à cette heure-ci. On pourrait prendre un assortiment.

Personne ne moufta.

– Des vrais donuts, hein, poursuivit Wilkes. Frits, avec un trou au milieu. J'aime pas trop les autres, cuits au four, même si j'en mangerais quand même si on m'en proposait. Mais, bon, le problème avec ceux qui sont cuits au four, c'est que le trou est tout irrégulier. Pour moi, un donut doit avoir un vrai trou.

Elle laissa planer un court silence, avant d'ajouter, en lançant un grand sourire à Keats:

– Parce que j'adore mettre ma langue dedans.

Un certain affolement se lut sur le visage du jeune Anglais.

– Et toi, *blue eyes*? demanda innocemment Wilkes. Tu aimes enfoncer ta langue dans le trou?

– J'ai pas faim, répondit Keats, sur la défensive.

Wilkes battit des paupières de manière théâtrale, feignant la surprise.

– Mmh… Plath, toi qui le connais bien, tu devrais savoir s'il aime mettre sa…

– Wilkes! gronda Vincent d'un ton las.

– Ben quoi? Faut bien que quelqu'un l'initie aux pratiques de chez nous, répondit-elle en partant de son fameux rire éraillé, visiblement contente d'elle.

Et puis elle regarda par la fenêtre et se mit à enfoncer l'ongle de son pouce dans la chair de son bras, déplaçant ensuite son doigt de quelques centimètres pour recommencer. Encore et encore.

Croisant le regard de Keats, Plath vit qu'il l'avait remarqué aussi.

Au fond, chacun gérait la peur à sa manière. Anya Violet en érigeant un mur autour d'elle, en se retranchant dans sa bulle; Vincent en se concentrant sur son téléphone, le visage impassible, son regard s'éclairant de temps en temps, le coin des lèvres encore plus tombant que d'habitude.

– C'est encore loin? lui demanda Keats.

– Au moins une heure, répondit Vincent. Si tu peux, essaie de dormir.

Keats acquiesça d'un signe de tête et ferma les yeux.

Plath était sceptique. Du moins jusqu'à ce qu'il se mette à ronfler doucement. Quoi? Dormir dans un moment pareil?

– J'aime bien ton petit copain, dit Wilkes.

– C'est pas mon… Bah, laisse tomber, répondit Plath avec lassitude. Et toi, au fait? T'en as un? Je veux dire un petit copain?

– Pas vraiment. Y avait bien ce type… avec qui je

faisais des galipettes, à l'occasion. Mais c'était purement sexuel. Du réconfort mutuel. Pas de l'amour. Mais c'est fini maintenant.

– Qu'est-ce qui s'est passé ?

– S'est fait descendre. S'est fait buter comm…

Wilkes secoua la tête avec colère, les mots peinant à trouver leur chemin jusqu'à sa bouche.

– Il s'est fait buter comme un chien, poursuivit-elle lorsque l'émotion fut moins grande. Tout ça parce qu'une petite salope de merde l'a dénoncé à AFGC.

Ce disant, elle fusilla Anya du regard. Sadie se ratatina sur elle-même, tétanisée par la vérité qui se faisait jour dans sa tête. Renfield et Wilkes ? Pas possible ! Le jeune aristocrate arrogant et la dure à cuire tatouée ?

Du réconfort. Quelqu'un contre qui se blottir quand l'angoisse devient trop forte.

Wilkes enfonça de nouveau son ongle dans sa chair, jusqu'au sang cette fois.

Ophélia roulait sur la voie express 84, entre Waterbury et Hartford, un pistolet posé sur le siège passager. Deux de ses biobots étaient dans son cerveau, au repos. Elle priait pour que ses deux autres « bébés » soient entourés des mêmes soins.

Elle priait également pour que la maison de son grand-père, qu'elle venait de quitter précipitamment à la grande surprise de ce dernier, ne soit pas prise pour cible.

Elle priait pour que Vincent et les autres soient sains et saufs.

Elle priait pour que le véhicule qui s'arrêtait à côté du sien ne soit pas un problème car elle n'imaginait pas se tirer d'un échange de tirs avec une pleine voiture de TdP.

– *Na hanyate hanyamane sarire*, marmonna Ophélia, ce qui, en gros, voulait dire : l'esprit est éternel, il ne disparaît pas avec la mort du corps.

Une affirmation sans doute réconfortante pour les illuminés mais, hélas, pas pour elle qui, au contraire, avait l'impression d'être au cœur d'un sombre tunnel où l'angoisse le disputait à la terreur.

Après avoir dansé comme un fou et bu tout autant, Nijinski commençait à se demander quelles suites il allait éventuellement donner aux trois tickets qu'il avait avec ces trois types qui l'avaient dragué ouvertement. Ils n'avaient pas été les seuls à lui tourner autour, ce soir. Divers minets, nounours et autres adeptes de la salle de gym y étaient allés de leurs manœuvres plus ou moins insistantes. Mais aucun d'eux n'était son genre. Nijinski aimait les mecs limites. Avec quelquechose de dangereux. Les punks. Les anars. Les homos violents.

Il consulta son BlackBerry avant de se rappeler qu'il n'avait plus de batterie. Il allait vraiment falloir qu'il pense à la changer. Cette saleté ne tenait plus la charge. Bah, BZRK pourrait très bien se passer de lui pendant une nuit.

Bon, retournons à nos moutons. Le premier sirotait un verre au bar, un autre mettait le feu à la piste de danse, le troisième… s'effondrait par terre. Soudainement, ses jambes s'étaient dérobées sous lui. Assis par terre, au milieu d'une forêt de jambes, il agrippait sa poitrine, de laquelle saillaient les deux électrodes d'un Taser qui venaient de cingler l'air, frôlant Nijinski.

La musique était beaucoup trop forte pour qu'il ait pu entendre le coup siffler. D'où ça pouvait bien venir ? D'instinct, il s'accroupit sur le sol et pivota sur lui-même à la façon d'un acteur parodiant l'attitude d'un ninja.

Un coup s'abattit sur sa nuque. Assez fort pour le faire trébucher en avant. Une femme anonyme, ni grosse ni maigre, la parfaite ménagère de moins de cinquante ans, fendit la foule des danseurs qui, voyant le revolver qu'elle tenait, recula rapidement.

Nijinski avait des vertiges. Pas encore de véritable douleur, mais l'écho d'un gros coup sur la calebasse. Une matraque. Ou un poing aussi lourd qu'une brique. Il était sonné. Incapable de comprendre ce qui lui arrivait.

Il s'adossa au bar, faisant du même coup basculer un tabouret. Deux bikers taillés comme deux armoires à glace firent mine de s'interposer devant la blonde, qui leva aussitôt son arme en les regardant d'un air de dire: «Si j'étais vous, j'y réfléchirais à deux fois.»

La musique s'arrêta. Des éclats de voix et des cris résonnèrent dans le crâne de Nijinski, parmi lesquels quelqu'un hurlant qu'il fallait appeler la police.

– Je m'appelle Sugar, dit la femme en s'approchant de Nijinski et en appuyant le canon de son arme sur sa tempe. Si tu fais même semblant d'essayer de me toucher, je te fais sauter la cervelle. Je n'ai aucunement envie de me retrouver avec une de tes bébêtes dans mon crâne. Maintenant, avance.

Ce qu'il fit. D'un pas chancelant. Jusqu'à la porte du fond, devant laquelle il reçut un nouveau coup sur la nuque. Une frappe puissante, qui aurait dû lui faire perdre connaissance. Étonnamment, ce ne fut pas le cas. Y voyant une opportunité, il se laissa néanmoins tomber, les yeux clos, la tête basculée en avant.

Des mains puissantes l'attrapèrent sous les aisselles et le jetèrent à l'arrière d'une voiture. On le menotta.

– Sûr qu'y a pas de risque si on le touche?

– Tant qu'il est inconscient, il ne peut pas se servir de ses biobots, répondit Sugar depuis le siège avant.

Nijinski se garda d'ouvrir les paupières. Le menton sur la poitrine, il contrôlait sa respiration. Aucun signe d'éveil.

– J'ai déjà vu ce mec quelque part, dit un des hommes.

– Sur des affiches, répondit Sugar. C'est lui qui pose pour les pubs Mountain Dew Extra.

– Mais bien sûr! J'suis con... Le mec des sodas...

Les biobots de Nijinski étaient entrés en action. Après avoir émergé de son globe oculaire, ils couraient maintenant sur sa joue. Intérieurement, il se fit la réflexion que le fond de teint qu'il avait mis possédait une drôle de structure et une intéressante variété de formes. À la base, il s'agissait sûrement de talc, mais conditionné par une marque de luxe justifiant le prix de la chose. Quoi qu'il en soit, en nano, ça ressemblait étrangement à des flocons de roche. Des blocs dentelés et irréguliers, aux arêtes tranchantes, sur lesquels ils peinaient à avancer.

La prochaine fois, pas de poudre.

La voiture filait dans la nuit. Les biobots approchaient de ses lèvres. C'est là que les choses allaient commencer à se corser. Il avait des vertiges. La douleur tambourinait dans son crâne. La peau, les muscles, les os étaient endommagés.

La douleur. Oh, que oui! «Merde! Ne le montre pas, Shane. Fais le mort.»

Les biobots escaladèrent sa lèvre supérieure. Là encore, il maudit la cosmétique. Le gloss sur ses lèvres faisait une mélasse visqueuse et collante qui ralentissait sensiblement ses bébés. Malgré tout, ils atteignirent bientôt la frontière entre la peau et la muqueuse.

Maintenant la langue.

Ce n'était pas la première fois qu'il abordait cet organe à échelle nano. Inutile de dire que ce n'était pas ce qu'il préférait voir. Lentement, il sortit le bout de sa langue.

À travers les yeux de ses biobots, il vit une masse sombre descendre du ciel.

Imaginez une armée d'hommes en capuche, tellement serrés les uns contre les autres que les pointes de leurs couvre-chefs se touchent presque. Un champ de cônes de chair rose, aigus, turgescents.

Imaginez, imbriqués parmi les cônes rugueux d'un rose satiné, des trucs ressemblant à des nouilles ou aux flotteurs des lignes d'eau d'une piscine. Mardi Gras rencontrant une armée de bourreaux de l'Inquisition ayant troqué le noir pour le rose.

Ces vermicelles à flotteurs n'étaient autres que les bactéries qui colonisaient la langue.

Nijinski dut prendre sur lui pour envoyer ses biobots à l'assaut de ce paysage surréaliste.

Soudain, une violente douleur au crâne lui arracha un léger grognement.

Il rentra aussitôt sa langue. Ses biobots furent submergés par une vague de salive nacrée. Il creusa la langue. Le paysage s'incurva.

– Il est conscient!

– Le laisse pas te toucher!

Nijinski inspira et cracha. Un véritable ouragan catapulta salive et biobots hors de sa bouche.

Au terme d'une longue parabole dans les airs, le crachat toucha sa cible: les cheveux blond filasse de Sugar.

À l'instant où ses biobots atterrirent, ce fut comme si c'étaient ses propres jambes qui amortissaient l'impact.

– Non ! s'écria Sugar en se frappant l'arrière du crâne.

Un geste qui, en plaquant la forêt de grands arbres à écorce rugueuse contre le cuir chevelu, bien loin de constituer une menace, facilitait la tâche des biobots.

– Qu'est-ce que t'as fait ? glapit-elle en faisant volte-face.

– Il t'a touchée ? s'écria un des hommes de main.

Nijinski était parfaitement conscient que le truc à faire en pareilles circonstances eût été de l'abattre sur-le-champ. Ça aurait définitivement clos la discussion. Pourtant, ils s'en abstinrent. Par conséquent, quelque chose les retenait.

Ils le voulaient vivant. De toute évidence, ils lui avaient concocté un autre programme. Le fait de dévoiler ainsi une partie de leur stratégie lui redonna du courage.

Ses biobots détalaient à toute vitesse sur le parterre de feuilles mortes – le cuir chevelu de Sugar – au cœur d'une sorte de forêt de bouleaux.

Les oreilles, les yeux, le nez ? Quelle entrée choisir ? Le nez semblait s'imposer comme le plus évident, le plus facile d'accès, l'itinéraire le plus direct. Mais, c'était aussi le plus dangereux puisqu'un simple éternuement pouvait se révéler fatal. De plus, Sugar se forçait à éternuer, soufflant frénétiquement par le nez, tel un taureau prêt à charger.

– Arrête-toi, arrête-toi ! cria-t-elle en montrant du doigt l'enseigne scintillante d'une pharmacie de nuit. Vas-y. Prends-moi… Mmh… Un insecticide corporel en bombe. Une bouteille de désinfectant pour les mains. Et des Coton-Tige. Vite !

Elle se remit une série de claques sur la tête, déclenchant une drôle de tempête dans la forêt, les arbres se couchant dans tous les sens avant de reprendre d'un coup leur position, comme s'ils avaient été montés sur ressorts. Et puis elle se gratta.

Ça, c'était dangereux.

Nijinski gardait ses biobots tout près l'un de l'autre, ne voulant surtout pas se disperser dans deux champs de vision différents.

Une tranchée s'ouvrit dans les arbres et, soudain, filant à une vitesse impossible, un ongle, que Sugar avait modérément long, de sorte que seul l'ongle, et non la pulpe du doigt, labourait la surface spongieuse du cuir chevelu.

De là où il était, l'ongle en lui-même ressemblait à un rempart de cellules mortes, crénelées, floconneuses, amalgamées dans une masse rugueuse de kératine, recouverte d'une couche de vernis translucide formant comme une croûte de glace.

Telle une monstrueuse charrue, l'arête de l'ongle arrachait tout sur son passage, entaillant profondément le tapis de cellules mortes et fondant à toute allure vers les biobots. Un bond à droite! La charrue les dépassa en les frôlant de près. Le problème, c'était que, maintenant, elle se grattait comme une dingue. Des ongles partout. Laissant derrière eux des traînées sanguinolentes, bientôt comblées par un coussin de plaquettes.

Nijinski était en vue de l'orée. La lisière des cheveux. Pour l'instant, elle ne se grattait pas encore le visage. Il se précipita. D'un bond, N1 et N2 prirent pied sur son front.

Et puis, la bonne fortune!

Sous la forme d'une goutte de sueur. Dix fois plus haute qu'eux. Un tsunami. Une poche d'eau comme une piscine olympique. Qui suinta de son épiderme et étincela dans le faisceau des phares, en suspens, tremblante, hésitante, tel un grain de raisin dont on aurait enlevé la peau en équilibre instable sur le fil d'un rasoir.

Aucun doute, elle allait rouler. Et, quand ce serait le cas, elle se déplacerait plus vite que n'importe quel biobot.

Nijinski précipita ceux-ci vers la goutte. Ils ne l'avaient pas atteinte qu'une deuxième coulait vers la première ! Dans moins d'une seconde, elle la rencontrerait, elles ne feraient plus qu'une et alors…

N1 et N2 bondirent dans les airs et heurtèrent la masse d'eau juste avant que la membrane ne cède et que la goutte ne dégringole, tel un torrent de montagne dévalant un à-pic, pile à l'aplomb de l'œil.

Les biobots se mirent à tournebouler comme une paire de chaussettes dans une machine à laver.

– Assommez-le ! hurla Sugar en réalisant un peu tardivement que c'était la seule option.

Une crosse de revolver s'abattit sur son crâne. Dans un ultime éclair de lucidité, il vit ses biobots, surfant toujours la goutte, passer la barrière des cils sans s'arrêter, puis chuter et retrouver le confort familier du globe oculaire.

Nijinski perdit connaissance, tout à la fois évanoui et sauf.

VINGT ET UN

Ils étaient pratiquement arrivés à destination quand Plath comprit enfin.

– On va vraiment là où je crois qu'on va ? demanda-t-elle en se tournant vers Vincent.

– En effet, répondit-il d'un ton laconique, levant à peine les yeux du SMS, du site, ou du jeu qui l'occupait.

Montauk avait déjà baissé le rideau. La saison était terminée. Les enfants avaient repris l'école. À cette époque de l'année ne restait sur place que l'habituel contingent de retraités coureurs de bonnes affaires. Une clientèle qui ne faisait pas faire d'heures supplémentaires aux restaurateurs.

La maison proprement dite se trouvait à la sortie de la ville, au bout d'une voie privée sinueuse. Haute de deux étages, elle possédait un toit en ardoise, des fenêtres à petits carreaux et des chambres aménagées dans les combles, sous la charpente incroyablement pointue. Une maison cossue, aucun doute là-dessus, hors de vue des voisins, cachés par la falaise, et donnant directement sur l'océan, accessible par un sentier serpentant le long des dunes. D'ailleurs, il suffisait de tendre l'oreille pour entendre le bruit des vagues. L'odeur d'iode était perceptible aussi.

Une villa que Plath connaissait par cœur pour y avoir passé de nombreuses semaines de vacances, durant son enfance. Pas tous les étés, mais presque. Sans compter les escapades printanières ou automnales, pour profiter d'un week-end ensoleillé.

Vincent avait une clé, qu'un certain sens des convenances lui fit tendre à Plath. Elle ouvrit la porte.

— Tu connais le code de l'alarme ? demanda-t-il.

Pour toute réponse, elle s'approcha du boîtier et le composa sans hésiter, sous l'œil de Keats et de Wilkes, qui observaient la scène en silence.

— Bon, au train où vont les choses, observa Wilkes, on peut peut-être l'appeler Sadie, non ?

— Pas question, coupa Vincent d'un ton catégorique.

Il n'aimait pas ça. Venir ici, c'était enfoncer un coin dans la politique du secret qu'il avait si patiemment mise en place.

— Rentrez, dit-il. On est en lieu sûr ici. On y restera le temps que ça se tasse, qu'on soit certains de pouvoir retourner en ville.

— Fermez à clé derrière moi et prenez des quarts, ordonna Caligula avec son autorité habituelle. Je veux au moins deux personnes de garde en permanence.

Sur ces mots, il retourna à la voiture et en revint une minute plus tard, un fusil de chasse sur chaque épaule. Il en lança un à Vincent, tendit l'autre à Wilkes.

— Ben... Et moi ? demanda Keats.

Caligula se figea et le regarda avec un petit air narquois.

— Désolé, gamin, j'en ai que deux dans le coffre. Alors, faut bien faire un choix. Pour Vincent, c'est tout vu. Je sais qu'en cas de coup dur, en bon Scipion qu'il est, il n'hésitera pas à appuyer sur la détente. Je sais aussi que cette petite garce (il désigna Wilkes du menton) est totalement azimutée. Toi, petit ? On verra plus tard.

Puis, le prenant par le bras, Vincent l'attira à l'écart. Il y eut un silence soudain entre les deux hommes, quelque chose de menaçant, un danger approchant lentement, doucement comme un tigre feulant tout bas. Vincent lâcha nerveusement le bras de Caligula et dit à mi-voix :

– Un rapport de police fait état d'un enlèvement dans une boîte, à Tribeca. Une boîte où Nijinski va de temps en temps.

Caligula opina du chef d'un air grave.

– Il connaît l'existence de cette baraque ?

– Non. Elle est sur ma liste, pas sur la sienne.

– Tant mieux.

– Qu'est-ce que tu comptes faire ?

– Aller chercher la fille avec la mire sur le front. Pour le reste, on oublie.

– On va pas abandonner Nijinski !

– Si, répondit Caligula avec son tact usuel avant de tourner les talons et de prendre le chemin de la sortie.

– Pas ça, merde ! hurla Wilkes dans son dos, son invective se perdant dans le bruit de la porte que Caligula venait de claquer derrière lui.

Elle pivota vers Vincent.

– Me dis pas qu'on va laisser Jin aux mains de ces affreux ?

– On va faire comme il…

– Arrête ! On ne va pas abandonner un des nôtres juste parce qu'un foutu égorgeur à chapeau l'a dit !

Intérieurement, Sadie se demanda si, là, finalement, Vincent n'allait pas sortir de ses gonds. Eh bien, non.

– Tu sais où ils l'ont emmené, toi ? demanda-t-il à Wilkes. Parce que moi, non. Peut-être que si je le savais, j'envisagerais de tenter quelque chose, mais là…

– Contacte Lear, dis-lui q…

– Il sait, répondit-il posément, attendant de voir si Wilkes avait encore quelque chose à dire.

Devant son silence et son abattement, il ajouta :

– Trouvez-vous des chambres. Wilkes, toi et moi on prend le premier quart. Keats ? Il y a une petite pièce au sous-sol. Emmène Anya là-bas, enferme-la à double tour et ramène-moi la clé.

Dans le cas de Plath, le choix de la chambre ne posa guère de problèmes puisqu'elle avait la sienne. Non, le plus dur c'était d'y aller, de passer devant la suite parentale, là où dormaient son père et sa mère, il y avait si longtemps de cela.

Et puis devant la chambre de Stone, juste à côté.

Dans le couloir, Plath ne se sentit pas le cœur d'ouvrir la porte et de se confronter au vide et au silence de la chambre de ses parents. En revanche, elle ouvrit celle de Stone et pencha la tête à l'intérieur, sans pour autant oser franchir le seuil.

La patte du décorateur professionnel qui s'était occupé de toute la villa était visible au premier coup d'œil : un choix d'objets et d'images idoines pour une maison de vacances au bord de la mer. On y retrouvait pêle-mêle ce qu'il fallait de voiliers, de dunes, de sandales et de cerfs-volants. La personnalité de Stone ne s'y reflétait que dans quelques objets épars : un Frisbee posé sur le bureau, un énorme lapin en peluche blanc, habillé d'un T-shirt « Youpi ! », une photo dans un cadre où on le voyait lui, âgé d'à peine neuf ans, à côté de… de Sadie, certainement pas Plath, qui souriait bêtement à l'objectif de cet air niais propre à une gamine de sept ans. La photo avait été prise ici même, sur la plage. Enfin, accrochée au mur, une réplique de disque d'or *Beast of Burden* des Rolling Stones, dont l'à-propos du titre était devenu un sujet de plaisanterie entre eux. «Bête de somme». N'était-ce pas particulièrement approprié pour le successeur présumé d'un capitaine d'industrie?

– Je sais pas quelle chambre choisir, dit Keats, juste derrière elle.

Plath ne l'avait pas entendu arriver. Depuis combien de temps était-il là? Et elle?

– Viens dans ma chambre. De toute façon, jamais je ne pourrai dormir seule ici.

Sur ces mots, elle traversa le couloir, ouvrit la porte et alluma la lumière. Et ce qu'elle découvrit ne correspondait pas à ses attentes. Pourtant, la chambre était exactement dans l'état où elle l'avait laissée la dernière fois qu'elle était venue. Il y a deux ans? Non, pas si longtemps. Mais elle avait tellement changé, elle, que l'immuabilité de la chambre lui paraissait totalement incongrue.

Son lit était fait, les stores ouverts. La mer se perdait à l'horizon. Au mur, des posters des Methadones et de Against Me. Des livres – des vrais, en papier – alignés sur deux petites étagères. Des bibelots. Des ringardises de plage. Le tout disposé de manière à créer l'effet le plus kitsch possible. Un panier où s'entassaient pêle-mêle une dizaine de maillots de bain, des hauts et des bas dépareillés, à coordonner selon l'envie du moment. Une photo dédicacée de Christopher Hitchens, dans un cadre, à côté d'une autre, signée elle aussi, de Tim Armstrong. Un drap de bain aux couleurs des Ramones. Ce qui la fit sourire.

Keats s'avança et embrassa la pièce du regard, notant des détails, hochant la tête de temps en temps.

– Alors? demanda-t-elle.

– Alors ? dit-il. Eh ben… Avant, t'étais Wilkes.

La remarque était si inattendue qu'elle en resta bouche bée quelques instants. Et puis elle regarda de nouveau la pièce, en essayant de la voir de son point de vue à lui, et elle éclata de rire.

– Finalement, t'as pas tout à fait tort, s'esclaffa-t-elle. D'ailleurs, j'étais justement en train de me dire que j'avais du mal à me reconnaître.

– Et ouais… Les choses changent, hein ? Surtout quand on vit ce qu'on vit. Ça fait centrifugeuse. Tout part dans tous les sens. Si ça se trouve, avant, Wilkes allait dans une école catho, en jupe plissée, socquettes blanches et sandalettes bleu marine.

– Euh… Excuse-moi, mais là, j'ai comme un doute.

– Mmh… En tout cas, question literie, t'y es pas allée avec le dos de la cuiller.

– Je bouge beaucoup quand je dors.

– J'avais remarqué. L'autre nuit. En même temps, dans le lit à une place, les marges de manœuvre étaient limitées. En revanche, dans celui-là, pas de problème. Y a de quoi se la donner.

– Tu veux dire, sexuellement parlant ?

– Euh… C'est pas exactement ce que j'avais en tête, répondit Keats d'un ton circonspect. Mais, maintenant que t'en parles…

– Tu veux ?

– Je pensais pas que ça se voyait tant que ça.

– Y a des signes qui ne trompent pas…

– Bon, en même temps, ça serait un peu bizarre de ne pas aborder le sujet. Je veux dire, j'ai vu ton cerveau de l'intérieur. Toi, idem. Donc, le coup de : « z'avez pas honte ! » c'est bon, on a donné.

– Ouais, bien sûr. Le seul truc qui me retient, c'est…

Ne trouvant pas les mots, elle se tut.

– C'est que tu ne voudrais pas le faire uniquement parce que tu as peur et qu'un étrange coup du sort nous a jetés dans les bras l'un de l'autre. Tu veux pas que ta première fois soit…

– Et comment tu sais que ça serait la première fois, coupa-t-elle, suspicieuse.

– Bah, une impression, répondit-il en haussant les épaules.

– Ouais…, acquiesça-t-elle avec le même geste. C'est vrai que, pour ma première fois, je voyais autre chose que l'étreinte de deux oisillons tombés du nid.

– Donc, en fait, t'es une romantique, raisonna-t-il le plus sérieusement du monde.

Un large sourire se dessina sur ses lèvres. Oui, c'était pour ce genre de choses qu'elle l'aimait.

– Exactement, dit-elle. Une romantique. C'est tout moi, ça !

Sur ces mots, elle s'approcha des rayonnages de livres et pencha la tête pour lire les titres imprimés sur le dos. Puis, voyant que cette diversion ne fonctionnait pas, elle pivota, s'appuya contre le petit bureau et ajouta :

– Pour tout te dire, Keats, je suis vraiment sens dessus dessous. Pas sûr que ça se voie tant que ça à l'extérieur – en tout cas, j'essaie de ne rien laisser paraître –, mais, crois-moi, à l'intérieur, c'est pas beau à voir. Comme si quelque chose me rongeait et que je feignais de ne pas m'en rendre compte. Je fais comme si tout allait bien. Je regarde ailleurs, mais…

Une fois encore, elle chercha vainement ses mots.

Keats hocha lentement la tête, prenant le temps de stocker tout ça dans sa mémoire avant de répondre :

– Écoute, de toute évidence, le moment est mal choisi. Donc, inutile d'insister, je ne coucherai pas avec toi ce soir.

– Partie remise ?

– Disons qu'on verra ça plus tard. Maintenant, si tu veux bien, dodo.

Ils éteignirent la lumière et s'allongèrent côte à côte, comme la dernière fois. À ceci près que, là, le lit était bien assez grand pour qu'ils puissent éviter de se toucher. Pour autant, leurs mains se tendirent spontanément l'une vers l'autre. Ils unirent leurs doigts.

– Keats ?

– Mmh.

– T'es dans moi ?

– Ça, c'est le genre de question qu'aucun garçon n'aimerait qu'une fille lui pose.

– Keats… ?

Il marqua un temps d'arrêt, puis répondit :

– Oui. Le p'tit K2 est en train de vérifier son travail de vannier.

– OK. Merci. Mais tu peux l'éteindre et dormir maintenant.

Après un silence, elle ajouta :

– Mais c'est tout ? Je veux dire… Je sais ce que Vincent a dit, que tu n'étais pas en train de me mailler, mais… C'est pas ce qui explique la façon dont je me sens, n'est-ce pas ?

– Sur la vie de tous ceux qui me sont chers : non.

Malgré tout, ensuite, leurs mains ne se touchèrent plus.

Lorsque Nijinski reprit connaissance, il n'était plus dans la limousine. Il s'éveilla à deux endroits en même temps. Le premier lieu était un garage. Pas un de ces grands trucs avec fosse et pont élévateur, non, un garage standard, pour deux voitures, comme on en trouve dans toutes les maisons de n'importe quelle banlieue chic. Enfin, à dire vrai, il n'y avait de la place que pour une voiture car le reste de l'espace était encombré par des vélos d'enfants, des cartons de décorations de Noël et divers outils électriques.

Le second, une paupière. Nijinski reconnut immédiatement le terrain. Il faut dire que ce n'était pas la première fois qu'il se retrouvait coincé là.

Il était en position assise – non qu'il ait eu tellement le choix puisqu'il était ligoté, les mains derrière le dos, les chevilles ficelées aux pieds de la chaise qui, en d'autres occasions, avait dû être installée autour de la table de la salle à manger.

Sugar Lebowski se tenait debout face à lui, les cheveux mouillés. Et, visiblement, elle s'était changée. Nijinski en conclut qu'ils étaient chez elle, dans sa maison, quelque part à Long Island ou dans le Jersey. Ce qui signifiait qu'il n'allait pas s'en sortir vivant, ou du moins pas sans le cerveau totalement modifié.

En effet, il y avait une station de maillage dans le garage. Un matériel presque obsolète, loin, très loin de la merveille de technologie que BZRK eût été en droit d'attendre de la part d'AFGC, et qui regroupait, en tout et pour tout, une chaise de bureau ergonomique, à assise et dossier en nid d'abeilles, avec une paire de gants attachés aux accoudoirs par des tendeurs, un ordinateur lambda, des câbles et un moniteur de cent six centimètres posé sur une petite table d'appoint.

De toute évidence, une station de fortune, montée à la hâte pour l'occasion.

Les deux hommes de main du départ n'étaient pas là, remplacés par un blondinet coiffé façon saut du lit. Il devait avoir dans les vingt ans. Européen, conclut Nijinski, vu les marques et la coupe de ce qu'il portait.

Sugar ne se perdit pas en conjectures. Attrapant un club de golf à moitié rouillé (un fer n° 9), elle frappa un ample coup en revers, à mi-hauteur, qui s'écrasa contre son épaule. Ce qui, pour tout dire, faisait un mal de chien. Pour un peu, Nijinski en aurait oublié la douleur lancinante dans sa nuque et l'œuf de pigeon qui palpitait à la lisière de ses cheveux.

Un choix intéressant que ce coup porté à l'épaule.

Nijinski fit démarrer ses biobots en trombe.

– Ton nom ? demanda sèchement Lebowski.

Avant qu'il ait eu l'occasion de répondre, elle leva de nouveau son club et l'abattit sur sa cuisse. Il crut défaillir de douleur. Mais, là encore, ce choix témoignait d'un certain savoir-faire.

– Dis-moi comment tu t'appelles !

– Santino Corleone.

– Comme c'est mignon. Bizarre, tu fais pas italien.

– Votre don d'observation vous honore.

Pour toute réponse, elle lui asséna un deuxième coup de club à l'épaule. Ça faisait mal, bien sûr, mais le premier avait insensibilisé la zone.

– Attention de ne pas me frapper au visage, dit-il d'une voix hachée. Les instructions sont claires : pas le visage.

Sugar Lebowski éclata de rire. Un bruit assez déplaisant.

– Bon, il faut bien l'admettre, tu comprends vite. Très vite, même. Maintenant, dis-moi. T'es quoi, chinois, coréen ?

– Je croyais que j'étais italien.

– Tu sais ce qui ne laissera aucune trace sur ta jolie petite gueule ?

Ce disant, elle approcha un petit chariot rouge, un jouet d'enfant, sur lequel était posé un chargeur de batterie qu'elle brancha ostensiblement à la prise murale. Le voyant s'alluma. L'aiguille du voltmètre fit un bond.

Des câbles de démarrage étaient accrochés aux deux pôles du générateur. Elle les attrapa précautionneusement. Elle était prête. Prête et un peu impatiente aussi.

C'est alors que le blondinet fit entendre le son de sa voix. L'accent était germanique, Nijinski en aurait mis sa main au feu.

– C'est pas nécessaire. Je peux…

– Sans déconner ? coupa Sugar d'un ton moqueur. Un Teuton chochotte ? Et faut que ça tombe sur moi…

– À votre avis, répondit l'Allemand en agitant dédaigneusement la main. Pourquoi je suis là, au beau milieu de la nuit ? Pour vous regarder faire joujou ? Allons, laissez-le-moi que je puisse commencer le maillage.

Et il leva la tête en direction de la station. Il s'agissait donc bien d'un lignard, envoyé à la rescousse pour infiltrer Nijinski, le retourner et en faire un cheval de Troie. Jin le dévisagea avec intérêt. Il était plus âgé que de nombreux lignards. Nijinski se demanda combien de bestioles il avait avec lui. Non que la réponse ait pu changer quoi que ce soit en cas d'attaque. Il n'avait plus qu'un seul biobot sur lui. Les deux autres approchaient du droit médial, un des principaux muscles contrôlant les mouvements oculaires.

De là où il était, le muscle ressemblait à l'un de ces gros câbles utilisés pour les haubans des ponts suspendus. La façon dont il était rattaché à l'œil suggérait une tentative infructueuse pour souder des filaments d'acier dans un pain de glace écarlate.

– Je me trompe ou vous sortez de la douche ? demanda

Nijinski, d'un ton plein de sous-entendus. Je sais pas pourquoi, mais quelque chose me dit que vous avez bien frotté partout, n'est-ce pas, très chère ?

– Je vous en prie, appelez-moi Sugar, répondit-elle d'un ton badin.

Et puis, sans crier gare, elle tendit brutalement les bras et lui planta les cosses dans la poitrine. Le corps de Nijinski, traversé de spasmes d'une violence inouïe, se cabra sur sa chaise, tira sur les cordes. Sugar recula. Nijinski s'affaissa. De longues secondes s'écoulèrent avant qu'il commence à retrouver ses esprits.

– OK, Sugar. Là, vous commencez vraiment à me les briser menu. Donc, en représailles, je vais larguer un peu d'acide sulfurique sur le muscle qui contrôle les mouvements latéraux de votre œil droit. Vous savez, à côté d...

– C'est pas vrai ? hurla-t-elle en se tournant d'un air horrifié vers le jeune Allemand. C'est du bluff.

Le ton était ambigu. Ni une affirmation ni une question. Quelque chose entre les deux.

– Bah, répondit le lignard avec une moue dubitative, c'est vrai que certains biobots sont équipés de...

D'un geste rageur, Sugar dégaina un pistolet et appuya le canon sur le front de Nijinski.

– Arrête ça tout de suite !

– Désolé, répondit-il, mais, pour le droit médial, c'est trop tard. Votre vue devrait bientôt commencer à se brouiller.

– Je le sens ! s'écria-t-elle en portant précipitamment la main à son visage.

– Laisse-moi le déloger de là, dit le lignard en faisant un pas vers elle.

– Quoi, tu veux envoyer tes saloperies de bestioles à l'intérieur de moi ?

– Bah! Faut rien exagérer, ironisa Nijinski. Un strabisme, c'est pas si terrible que ça.

Tout en disant cela, il regardait l'acide faire son œuvre. Il ne fallut pas grand-chose pour que les fibres extérieures commencent à fondre. Manœuvrant l'aiguillon qui se trouvait à l'extrémité de la queue de son biobot, il ajouta précautionneusement quelques gouttes. À terme celui-ci en secréterait davantage, mais la vésicule à acide était très petite, aussi ne pouvait-il en déverser qu'une infime quantité à la fois.

Bien entendu, Sugar n'était pas sans le savoir. Le lignard, c'était moins sûr.

– Je le sens. Ça brûle!

– Allez, ça suffit, pousse-toi de là, idiote, dit l'Allemand en enfonçant une main dans le gant de la station improvisée et en attirant Sugar à lui de l'autre.

Comme elle se tortillait dans tous les sens, se débattait et jurait à pleins poumons, de guerre lasse, il passa sa main libre sur son visage et frotta sans ménagement. Après quoi il enfila le deuxième gant, s'assit sur la chaise, et fixa intensément l'écran.

– Sors de mon crâne ou je te grille la cervelle, grogna Sugar en visant Nijinski.

Il ne doutait pas qu'elle en soit capable. Ce qui l'attrista profondément.

Un sentiment qui, dans une certaine mesure, l'étonna un peu car, s'il ne s'était jamais vu survivre à cette guerre, en revanche, quand il imaginait ce à quoi pourraient ressembler ses derniers instants, il voyait toujours des moments de pure terreur ou de défi, certainement pas de la tristesse. Pourtant, c'était bien le sentiment qui l'étreignait à présent. Le regret de toutes ces choses auxquelles il fallait dire adieu.

Les nanobots du jeune Allemand étaient une nuée

invisible, marchant vraisemblablement dans et, pour finir, derrière l'œil droit de Sugar.

Et puis, soudain, le câble céda. Net. En l'espace d'un instant, le hauban qui, jusqu'ici, était tendu au-dessus de sa tête disparut, ne laissant place qu'à deux morceaux de fibre musculaire, à l'extrémité échevelée, à moitié rongés par l'acide.

Dans le macro, Nijinski vit l'œil de Sugar rouler brutalement vers l'intérieur.

Son œil *gauche*.

– Putain, mais quelle conne! tonna le lignard. C'est pas vrai! Il est dans l'autre œil!

– Mais je l'ai senti!

– Pouvoir de suggestion, répondit Nijinski d'un air aussi détaché que possible. Pour le reste, autant vous le dire tout de suite, vous ne sentirez rien. Aussi surprenant que cela puisse paraître, le cerveau lui-même est insensible à la douleur.

– Qu'est-ce...? Qu'est-ce que t'es en train de me faire?

Mode: pure panique. Bon. Il était content de pouvoir au moins la terroriser. Après tout, maigre consolation vis-à-vis de quelqu'un qui, selon toutes vraisemblances, allait l'abattre d'une minute à l'autre.

– Ben, ça dépend... Soit vous rappelez vos cerbères, là, dehors, et vous me laissez partir, auquel cas je ne ferai absolument rien, soit je déverse toute ma cargaison d'acide au plus profond de votre cervelle où il vous rongera jusqu'à ce q...

Elle pressa la bouche du pistolet contre sa joue.

– Allons, allons... Les ordres sont clairs, non?

Gagner du temps. Nul doute qu'on lui avait demandé de le livrer maillé. Mais, elle pouvait toujours arguer qu'elle n'avait pas eu le choix. Et elle ne donnait pas l'impression d'être dominée par une pensée rationnelle.

Pour preuve, il lui prit soudain l'idée de manipuler les câbles de démarrage à l'aide de sa seule main libre. Aussitôt, une belle gerbe d'étincelles crépita entre les deux cosses. Revenant à la raison, elle déposa le pistolet dans le chariot.

«Bah, se dit Nijinski, c'est toujours mieux qu'une balle.»

Elle appuya les cosses contre la chair nue, au niveau du cou.

Douleur intolérable. Mais brève. En effet, avec un *plop* bien sec, le garage se retrouva plongé dans le noir.

Décidément les maisons de banlieue, fussent-elles situées dans un quartier chic, ne sont pas adaptées à la pratique de la torture. Un fusible avait sauté.

À force de contorsions, Nijinski était parvenu à libérer une de ses jambes. Il donna aussitôt un grand coup, de toutes ses forces, et eut la satisfaction de sentir la pointe de son pied s'écraser sur le genou de Lebowski.

Elle tomba sur lui. Il l'immobilisa en enroulant sa jambe autour de sa taille et tendit le cou dans l'espoir d'approcher suffisamment son visage du sien pour récupérer ses biobots qui, après avoir quitté le centre du cerveau sans y laisser d'acide, se ruaient maintenant vers...

La lumière revint.

Au même instant, Nijinski découvrit quelque chose de bien pire que la grimace enragée qui tordait les traits de Sugar Lebowski : là, juste au-dessus de la paupière inférieure, qui l'attendaient, comme s'ils avaient anticipé toutes ses manœuvres, une vingtaine de nanobots en formation de combat.

L'Allemand avait vu clair dans son jeu. De délicate, la situation basculait soudain à désespérée.

Lebowski se tortilla hors de son étreinte. Ses biobots se figèrent tandis que les nanobots adverses l'encerclaient.

– Bon, finalement, dit l'Allemand, je crois qu'on va faire les choses à ma façon, hein ? Ne vous inquiétez pas, *Fraulein* Lebowski, notre ami Berzerk ne vous fera plus aucun mal.

– Comment c'est ? demanda-t-elle en tirant sur sa paupière.

L'œil louchait de façon aussi outrée que définitive vers la perfection toute chirurgicale de son nez.

– Bah, c'est pas si pire, dit-il d'un ton rassurant. Et pis, ça s'opère.

À peine eut-elle tourné le dos qu'il se glissa sans bruit hors de son siège, retira prestement ses mains des gants, attrapa le club de golf et lui asséna un violent coup derrière la nuque. Sugar Lebowski s'effondra comme un sac de gravier mouillé.

Après avoir physiquement ressenti l'impact par le truchement de ses biobots, Nijinski, pantois, regardait fixement le jeune Allemand. Et aussi les nanobots qui encerclaient ses biobots sur le visage de la femme gisant sur le sol.

– Je m'appelle Dietrich, murmura-t-il précipitamment, avec nettement moins d'accent qu'il n'en avait deux minutes plus tôt. Et, autant te le dire tout de suite, l'ordre de te sauver ne vient *pas* de Lear. Donc, on a intérêt à accorder nos violons et à trouver quelque chose de crédible si je veux : un, éviter la visite prochaine de Caligula, deux, garder ma couverture.

VINGT-DEUX

Bug Man avait pris l'avion jusqu'à Washington afin d'organiser le transfert d'une partie de ses troupes à bord du sous-directeur du FBI. Aucun souci à ce niveau. L'homme était sous contrôle.

Il avait d'ores et déjà installé Jessica au Sofitel où, entre une commande au *room service* et un survol des programmes télé, elle traînassait en arborant une moue qui la rendait encore plus sexy. Un TdP accompagnait Bug Man pour lui servir de caution «adulte». En effet, il avait beau être à la tête des lignards, il n'en demeurait pas moins un jeune Noir de seize ans – certes, avec un accent britannique – pour qui s'enregistrer dans un grand hôtel en compagnie d'une jeune personne à la beauté renversante eût été parfaitement impossible sans un adulte.

Le transfert suivant s'effectua sans heurt. Mais, encore une fois, l'homme du FBI – peut-être bien Patrick, Bug Man ne s'en souvenait jamais – ne faisait que suivre les instructions. L'opération eut lieu durant une partie de squash, dans un des clubs sélects de la ville. Un télescopage intempestif, une malencontreuse chute sur le parquet ciré, un regrettable coup sur l'oreille, maintenir le contact pendant trois secondes, et ta-tin !

Bug Man avait opté pour un accès par le conduit auriculaire après avoir remarqué que l'agent du Secret Service qu'il ciblait – et qui répondait au nom à peine croyable de John Smith – portait des lentilles de contact. Ce n'était pas tant que les lentilles constituaient un obstacle insurmontable, mais le fait que les gens qui en portent ont la fâcheuse habitude de se mettre régulièrement des gouttes de solution saline dans les yeux, quand ils ne les enlèvent pas précipitamment à cause d'une poussière qui les gêne. Bug Man ne tenait pas à ce que ses gars se retrouvent coincés dans une boîte à lentilles pleine de désinfectant.

Par conséquent, ce serait par l'oreille.

Problème, l'accès par le conduit auriculaire n'allait pas sans difficultés. Il suffisait que la personne sorte de la douche, qu'elle soit récemment allée à la piscine ou, pire encore, qu'elle ait une infection de l'oreille interne pour que la voie soit entièrement bloquée. En revanche, si on connaissait le chemin et que rien n'obstruait le canal, c'était possible.

Le canal auriculaire était comme une grotte remplie de stalactites, de stalagmites et, si tant est que ça ait un nom, de trucs poussant à l'horizontale. De fait, les poils obstruaient le passage dans tous les sens : du haut, du bas et de partout entre les deux. Comparés aux cils, ils étaient bien plus fins.

À l'échelle nano, la grotte était très vaste. En revanche, le cérumen posait toujours un problème. Il s'en formait des tas sur le « sol », d'autres bouts pendaient un peu partout. D'ailleurs, les parois étaient constellées de petits orifices d'où suppurait en permanence un liquide visqueux. Un champ de minigeysers crachant au ralenti une boue chaude et visqueuse.

Dans le macro, Bug Man était installé dans une camionnette garée au coin de la rue. Nul besoin de répéteur cette fois-ci. Il captait le signal en direct.

Il fit avancer vingt-quatre Chasseurs et quatre Fileurs dans le conduit auditif. Pataugeant dans le cérumen, les nanobots se frayèrent un chemin jusqu'au tympan qui, à l'échelle nano, était particulièrement impressionnant à voir. Un peu comme la peau d'une grosse caisse, en imaginant que le tambour en question soit haut de cinq étages, et pas encastré dans un fût, mais tenu par un minuscule os, sur l'arrière.

Bug Man attendit que la partie soit terminée car le bruit de la balle rebondissant à pleine vitesse contre le mur – le *chlac!* – cognait contre la grosse caisse avec la même violence que si un batteur de hard-rock s'était soudain déchaîné sur sa pédale.

Tout le machin, ce disque de cinq étages ressemblant à un lobe de foie décoloré et translucide, tremblait sur toute sa surface et, dans le nano, ces vibrations étaient tout bonnement insupportables.

Il attendit donc que John Smith – se pouvait-il que ça soit son vrai nom? – ait terminé de jouer avec sa baballe. Mais, ensuite, viendrait la douche, ce qui, potentiellement, représentait un risque. Aussi, profitant d'un instant de répit, envoya-t-il ses nanobots à l'abri, de l'autre côté de la membrane.

L'étape suivante consistait à escalader la face arrière du tympan. Or, pour cela, il faudrait attendre que la cible dorme.

La camionnette irait donc se poster devant la maison de l'agent, à Fairfax, et durant la nuit, Bug Man pénétrerait dans son cerveau et mettrait à l'œuvre ses Fileurs.

Quelque part dans le cerveau de cet homme se trouvait l'image de son mentor et ami, l'agent Francine Petrash, attachée à la protection rapprochée du président. Le maillage ne serait pas évident à faire. En effet, Bug Man devait amener John Smith à toucher le visage de l'agent Petrash. Heureusement, il avait déjà une vague idée de la manière dont il allait procéder. Mais cela n'en restait pas moins un travail de longue haleine, pour lequel la nuit suffirait à peine.

Donc, pour l'heure, le mieux c'était de retourner au Sofitel et de se reposer.

À environ cinq cents kilomètres de là, Anya Violet leva les yeux vers Vincent et dit :

– Je sais que tu es en train de me tripatouiller.

Assis devant la fenêtre, les pieds sur le rebord, Vincent se perdait dans la contemplation de l'Atlantique, dont l'immensité grisâtre s'étendait à l'infini sous un ciel bouché. Ses deux nouvelles recrues marchaient tranquillement sur la plage, laissant leurs empreintes dans le sable mouillé, vierge de toute trace. À l'évidence, ça se passait plutôt bien entre eux.

– Arrête, répondit-il, je regarde la mer.

– Je te vois d'un autre œil, maintenant, poursuivit Anya.

– Ah bon ?

– Bon sang, Vincent. Je ne t'ai pas trahi. On s'est servi de moi. On m'a piégée. Ils ont dû deviner que tu allais passer par moi. Ils savaient pertinemment qu'à un moment ou un autre, tu chercherais à accéder au labo.

– C'est vrai, répondit Vincent d'une voix lointaine.

Il n'écoutait qu'à moitié. En effet, tandis que ses yeux suivaient Plath et Keats sur la plage, ses pensées revenaient sans cesse à Nijinski. Il ne lui avait confié qu'une partie de l'histoire. Vincent en était persuadé. Soit qu'il ne lui faisait pas confiance, soit qu'il n'avait pas voulu alourdir le fardeau qui pesait déjà sur ses épaules.

Vincent, Wilkes, Ophélia. Ils s'y étaient mis à trois pour passer au crible le cerveau de Jin. Résultat ? Rien. Pas la moindre trace de présence nano. Aucune ligature. Ils avaient également vérifié les yeux, les oreilles. Et même le nez. Ils avaient inspecté chaque centimètre carré de peau, étudié les méandres les plus profonds de son cerveau. Et ils n'avaient rien trouvé du tout.

Nijinski était *clean*.

Pourtant, il ne disait pas toute la vérité à propos de l'enlèvement. Aucun doute. Il racontait sa version des faits. Il cachait quelque chose.

Et pendant tout ce temps, les deux biobots convalescents de Vincent déroulaient du fil dans le cerveau d'Anya, tissaient des ligatures, maillaient. Il faudrait du temps avant qu'ils soient de nouveau en état de se battre. Quant aux deux rescapés, ils étaient dans son cerveau à lui, attendant leur heure.

– Je sais que tu es en train de mailler, dit Anya.

Déjà, le timbre et l'intonation de sa voix n'étaient plus exactement les siens. Elle avait parlé sur le ton de la personne aimante, mais avec une fêlure, un accent qui laissait entendre un sentiment de trahison, comme aurait pu le faire quelqu'un qui se serait senti bafoué par un être cher.

Les ligatures. Elles faisaient le lien entre les souvenirs qu'elle avait de lui et tout ce qu'elle appréciait, admirait et chérissait. Tout ce qu'elle plaçait au sommet de son échelle de valeurs. Ce qu'elle aimait. Ainsi l'image de Vincent s'entrelaçait-elle peu à peu avec celle de sa mère, de sa sœur, s'associait à son restaurant de sushi préféré, à l'instituteur qu'elle avait eu étant petite – le premier à lui avoir dit qu'elle était douée –, aux parfums qu'elle aimait.

Petit à petit, elle était reformatée pour faire confiance à Vincent.

Et peut-être même au-delà.

Pour autant, toutes les barrières n'étaient pas encore tombées. Un doute subsistait. Entre autres parce qu'Anya était une femme supérieurement intelligente et posée, ce qui d'ailleurs faisait son charme – particulièrement aux yeux de Vincent. Et voilà que c'était à lui que revenait d'effacer tous ses soupçons, d'en faire un être lisse, dénué de libre-arbitre, de singularité.

– Je le fais parce que je n'ai pas le choix, murmura Vincent.

Je ne suis pas Scipion. Je ne massacre pas des femmes et des enfants pour m'en vanter ensuite devant le sénat romain. Je vais te sauver la vie, Anya, pensa-t-il. *Tu ne le sais pas, mais Lear va envoyer le message carthaginois si je n'arrive pas à te retourner à temps. En te maillant, je te sauve la vie.*

– J'ai envie que tu me fasses l'amour, dit-elle d'une voix éraillée, tremblante de désir.

– Je ne pense pas que ce soit ni le lieu ni le mom...

Pour toute réponse, elle se leva, s'agenouilla à ses pieds, lui fit retirer ses jambes du rebord de la fenêtre et le toucha.

Vincent la repoussa. Gentiment mais sûrement.

– Non, Anya. Je ferai ce qu'il faut pour te sauver la vie. J'ai pas besoin de ça.

Il était au courant pour Jessica, la beauté que Bug Man avait réduite en esclavage. Mais lui ne fonctionnait pas de cette manière.

– Et puis quoi encore ? s'emporta Anya en le fusillant du

regard. Tu m'infiltres pour que j'aie envie de toi et tu me laisses le bec dans l'eau ? Tu veux quoi, que je te supplie ?

– Je veux continuer à pouvoir me regarder dans une glace, répondit-il d'un air sombre.

Sur ces mots, il se leva. Elle l'imita aussitôt. Toute proche. Collée à lui.

– Tu as envie de moi, dit-elle. Tu dis que non, mais tu as envie de moi. Le corps ne ment pas, Vincent. Et puis, que ce soit ce que tu m'as fait ou le résultat de mon désir, au fond qu'est-ce que ça change ? Rien.

– Pas pour moi, répondit-il en jouant des coudes pour lui échapper, la gorge nouée, le sang cognant à ses tempes.

Je ne suis pas Scipion. Je ne suis pas Bug Man. Tant de choses que je ne suis pas, pensa-t-il avec amertume. *À tel point que je me demande parfois ce que je suis.*

Plus tard ce soir-là, Plath et Keats préparèrent un plat de pâtes. Rien de très élaboré, encore moins une vieille recette de grand-mère, juste une sauce en pot. Pour faire cuire les pâtes, Plath utilisa la grande marmite dont sa mère se servait pour ébouillanter les crabes, ici même, dans cette cuisine-là, mais dans des temps si anciens qu'ils en paraissaient surgis d'un autre monde.

Ensuite, ils dînèrent. Tous ensemble. Vincent et Anya, Nijinski, Ophélia, Wilkes, Keats et Plath. Pour l'occasion, ils ouvrirent une bonne bouteille de barolo. Le parmesan passa de main en main autour de la table. Bref, un dîner parfaitement normal – si tant est que par normal on entende une pathétique parodie de normalité.

Nijinski avait dégoté assez de vêtements dans la garde-robe du père de Plath pour avoir de nouveau l'air d'une gravure de mode. Une fois n'est pas coutume, Wilkes avait remisé son habituelle agressivité, tout comme ses blagues de mauvais goût. Vincent mangeait mécaniquement, sous le regard enamouré d'Anya qui ne le quittait pas des yeux. Enfin, Ophélia avait trouvé, au détour de son répertoire de sourires, une expression enjouée qui avait le don de se refléter sur l'assemblée.

En dépit de ces conditions éminemment favorables, il s'agissait sans doute du dîner le plus désespérément triste auquel Plath eût jamais pris part.

Keats fut le premier à rompre le lourd silence qui planait sur la tablée.

– Quand est-ce que ça commence? demanda-t-il en se tournant vers Vincent.

– Demain. Nos cousins britanniques sont en ville. Ils vont s'occuper – enfin, défendre – leur Premier ministre. Nous, on se concentre sur notre présidente. Et...

Il marqua une pause et leva les yeux vers Anya, comme s'il hésitait à parler en sa présence. Et puis, quelque chose se passa. Un déclic si éloquent que Plath crut presque entendre l'écho de la roue crantée.

– On a une petite surprise pour les Jumeaux, dit-il, soudain en pleine confiance.

Toutes les fourchettes, à l'exception de celle de Wilkes, se figèrent.

– Je ne vais pas vous mentir. Ils prévoient de frapper fort. On a un faisceau d'indices qui tendrait à prouver qu'AFGC prévoit une action contre notre présidente, mais aussi contre le Premier ministre anglais, le président chinois et les premiers ministres indien et japonais. Soit cinq cibles au total. Ils ont préparé le terrain en portant un coup fatal à nos cellules indienne et chinoise. Aujourd'hui, nous ne sommes plus en mesure d'assurer la sécurité de ces cibles.

Nous allons donc probablement devoir les abandonner. Ce qui est tout à fait regrettable.

La cellule japonaise a la situation bien en main et, visiblement, ils n'ont pas été attaqués. Par conséquent, nous leur laisserons le soin de protéger leur Premier ministre. Même chose pour nos cousins anglais.

– *God save the King*, hein? railla Wilkes en jetant un regard moqueur à Keats.

– Ou au moins le Premier ministre, répondit celui-ci. Même s'il est conservateur.

– Nijinski et moi, on sera en pointe sur la présidente Morales, poursuivit Vincent. Ophélia et Wilkes s'occuperont du correctif.

– Qu'est-ce que vous appelez le correctif? demanda Plath.

– Il y a trois façons d'arrêter un lignard, expliqua Ophélia. On peut l'anéantir dans le nano, en gagnant la bataille. On peut le clouer au sol dans le macro: en d'autres termes, le tuer. Ou, enfin, on peut le mailler. Wilkes et moi, on va traquer les lignards qui seront aux abords du siège de l'ONU. Ils vont forcément choisir plusieurs emplacements non loin du champ de bataille pour ne pas avoir à utiliser de répéteur de signal.

– De toute façon, leurs répéteurs, c'est de la merde, commenta Nijinski.

– Lear nous a fait passer le message – sans doute grâce à une taupe chez AFGC – que l'un de ces emplacements serait à l'intérieur même du bâtiment.

– Quoi, dans le bâtiment des Nations unies? demanda Plath.

– Armstrong Fancy Gifts Corporation, répondit Ophélia. N'oublie pas qu'ils contrôlent plus de quatre cents boutiques d'aéroport, qu'ils sont présents dans les grandes gares d'Europe et aussi dans d'autres endroits comme certains musées et... dans les sous-sols de l'ONU.

– Tu plaisantes! s'exclama Keats.

– Je te l'accorde, on peine à le croire, confirma Vincent. Et pourtant... Voilà pourquoi Ophélia et Wilkes vont essayer de voir si on ne peut pas au moins les déloger de là. Pourquoi pas en braquant sur eux les projecteurs de la presse internationale et ainsi les forcer à se retirer.

– Et nous, on fait quoi? demanda Plath. Je veux dire Keats et moi?

D'un regard, Vincent renvoya la question à Nijinski qui se renfrogna à l'idée du malaise qui n'allait pas manquer de s'installer lorsque, du bout des lèvres, il répondit:

– Vous n'êtes pas prêts pour...

– Lear a donné l'ordre, l'arrêta aussitôt Vincent. Et j'approuve entièrement... que l'on organise une contre-attaque. Un truc qui les déstabilise. Du lourd. Avec une réelle chance de succès. Le camp d'en face n'est pas demeuré. On ne peut pas juste pointer le doigt vers le ciel en faisant: «Hé, t'as vu l'avion?»

Nijinski reposa son verre de vin avec un tout petit peu plus de force que nécessaire.

– Dans quoi tu veux les embarquer? demanda-t-il, assis pile en face de Vincent.

Vincent trempa ses lèvres dans son verre de barolo puis, avec autant de détachement que s'il avait annoncé que demain il ferait mauvais, il répondit:

– On tape les Jumeaux, direct.

– Je peux te parler en privé? grogna Nijinski entre ses dents.

– Mon ami Jin, ici présent, pense que je vous envoie en mission suicide, dit Vincent.

Si leurs yeux avaient pu lancer des couteaux, des nuées

de lames auraient cinglé l'espace qui séparait les deux jeunes hommes.

– Et alors? C'est vrai? demanda Plath, sans détour.

– Ça peut, répondit Vincent en opinant du chef.

– Et si on refuse?

Le regard de Vincent s'écarta de Nijinski pour se planter profondément dans celui de Plath.

– Vous n'en ferez rien.

– Pourquoi? Qu'est-ce qui te rend si sûr? Tu m'as fait quelque chose, c'est ça?

– Je t'ai dit que jamais je…

– Alors comment tu peux être là, tranquille, à parler de mission suicide? Qu'est-ce qui te fait croire qu'on va y aller?

– Sans doute le fait qu'ils aient assassiné ton père et ton frère. Et qu'ils soient passés tout près de t'avoir, toi aussi, répondit Vincent. Parce qu'il suffit que je dise ça pour que tes yeux brillent, pour que tes babines se retroussent, bref pour que ressorte la bête qui est en toi. Une bête qui n'imagine certainement pas qu'un tel crime reste impuni.

– C'est comme ça qu'on remercie son père? s'exclama Nijinski. En envoyant sa fille se faire tuer?

Vincent tapa du poing sur la table. Toutes les assiettes sautèrent. Un grand froid s'abattit sur la tablée.

– Tu penses que ça me fait plaisir? Franchement, Shane, tu crois que c'est de gaieté de cœur.

Le choc venait presque autant de le voir exprimer des émotions que de l'entendre employer Shane au lieu de Nijinski.

– Vincent, rétorqua ce dernier d'une voix tremblante, *tu n'aimes* rien. C'est pour ça que Lear t'a choisi pour diriger la cellule. Un homme sans désirs est un homme qui n'a aucune idée de ce qu'est vraiment la vie. (Il tendit le bras

vers Plath.) Elle a seize ans, bordel! C'est tout juste si elle
a été entraînée. Et lui, là, Mr Hormone (son doigt désigna
Keats), il est raide dingue d'elle. Si elle y va, il ira aussi.

– Merci, ça, j'avais remarqué, répondit Vincent avec son
calme proverbial.

Sur ces mots, il se leva et repoussa sa chaise.

– C'est bon, j'ai ma dose, dit-il en attrapant son assiette.
Bon appétit à tous. Moi, je vais finir de dîner à la cuisine.

VINGT-TROIS

— Vas-tu enfin me dire comment tu comptes t'y prendre ? demanda Nijinski.

— Lear a été formel, répondit Vincent. Interdiction de dévoiler le plan à moins qu'il n'y ait pas d'autre solution.

Tous deux marchaient côte à côte le long de la Troisième Avenue, non loin du consulat britannique, un immeuble qui eût été parfaitement anonyme sans l'Union Jack et le Stars and Stripes flottant à son fronton.

— L'ambassade du Royaume-Uni ? demanda innocemment Nijinski.

— On va à Lex, je te dis. Hôtel W. On va rencontrer quelqu'un.

— J'imagine qu'il est inutile que je demande de qui il s'agit ?

— Tu la reconnaîtras peut-être. Tatiana Featherstonehaugh.

— On dit Fanshaw, corrigea Nijinski en levant les yeux au ciel.

— Quoi, tout ça pour ça ?

— Bah, les Anglais, répondit-il en haussant les épaules comme si, en soi, cela expliquait tout. Mais… C'est quelqu'un de la haute, que vient-elle faire là-dedans ?

– Ça, c'est pas notre problème, dit Vincent. Ce qui compte, c'est que, juste après notre entrevue, elle sera à la réception du Hilton, à côté de l'ONU. Là où est descendue POTUS. Une simple réunion informelle entre Morales, Bowen et leurs sherpas respectifs avant que tout ce petit monde ne se transporte à l'assemblée générale. On doit à l'amabilité de nos amis de Londres qu'elle nous aide.

– T'es sûr que la présidente y sera ?

– On ne peut jamais être sûr de rien. À côté du Secret Service, tous les autres paraissent mollassons. Si ces gars-là flairent la moindre embrouille… Par contre, si elle est là. Bingo !

– Et après ? demanda Nijinski.

Vincent s'arrêta et recula à l'abri d'une marquise pour se protéger de la petite pluie qui s'était mise à tomber.

– Écoute, Jin. On va pas se cacher la réalité. Il y a de grandes chances pour qu'aucun d'entre nous ne s'en sorte vivant.

– Quand même, les deux petits…, dit-il sans réussir à finir sa phrase.

– Pas qu'eux. Wilkes et Ophélia aussi. Nous tous. Enfin, si ça peut te rassurer, ça a vraiment chauffé avec Lear quand il me l'a annoncé.

– Ah, ouais, vraiment ?

Il ne mettait pas en doute la parole de Vincent, simplement, il se demandait comment on pouvait s'empoigner par SMS interposés.

– J'ai insisté sur leur valeur à tous les deux. Keats en tant que lignard, Plath comme accès à McLure et à ses ressources. Peut-être que si Armstrong ne nous avait pas fait aussi mal en Inde et en Chine, on aurait pu négocier quelque chose. Mais, là, c'était foutu d'avance. Le combat qui s'annonce est crucial. On ne peut pas se permettre de le perdre. Mais, même dans l'hypothèse où l'on parviendrait à défendre nos cibles, AFGC sera probablement en mesure de mailler les dirigeants des deux pays les plus peuplés de la planète. Donc, en gros, on part dans la course avec un handicap quasi insurmontable. Tu comprends, Jin ? On a déjà perdu la moitié de la bataille. Hors de question que l'on perde l'autre.

Il pleuvait toujours. Mais Vincent avait dit tout ce qu'il avait à dire. Aussi reprit-il sa route. Nijinski lui emboîta le pas, soucieux, mais muet.

Bientôt, ils poussèrent la lourde porte à tambour de l'hôtel W et s'avancèrent dans le hall. Nijinski y était déjà venu, Vincent non.

– C'est où ? demanda le premier.

– Penthouse, répondit Vincent, qui avait une clé magnétique en sa possession.

Ils prirent l'ascenseur jusqu'au dernier étage. Un garde du corps à la carrure imposante et à l'accent israélien leur ouvrit la porte et les conduisit dans une suite magnifiquement décorée.

Tatiana Featherstonehaugh était ce que l'ancienne génération aurait appelé un beau brin de fille qui, en dépit d'un patronyme purement anglais sans doute hérité de son époux, avait le teint trop mat, la bouche trop grande et les lèvres trop charnues pour venir d'un pays aussi maussade que l'Albion. De fait, après avoir vu le jour dans un des quartiers les plus déshérités de Séville, elle avait passé toute son enfance en Argentine, en Uruguay et au Panama, où elle suivait son père, veuf et roumain de naissance, dans sa quête incessante de petits boulots.

Elle portait un ensemble à l'élégance décontractée auquel

Nijinski apporta aussitôt sa pleine et entière approbation. De même, la discrétion des bijoux était à l'inverse proportion de leur prix. Or, platine, diamants, opales péruviennes (pour faire ressortir ses yeux) et pas un seul zirconium dans le lot.

À première vue, Tatiana était le genre de femme qu'un riche mari exhibe comme un trophée – en effet, il se trouvait que son mari était bel et bien plus vieux qu'elle et, qui plus est, très riche. Pourtant, il y avait quelque chose dans les lignes de son front qui évoquait une autre profondeur, une fermeté dans la mâchoire qui parlait d'absolue détermination et une telle intensité dans le regard qu'elle vous donnait l'impression de sonder les profondeurs de votre âme dès que ses yeux se posaient sur vous.

Elle avait peut-être eu, une fois dans sa vie, une pensée futile. Mais, de toute évidence, cela n'avait pas dû arriver souvent.

– Vous devez être Vincent, dit-elle en tendant la main.

– Et je vous présente Nijinski, répondit ce dernier.

Un sourire se dessina sur le visage de Tatiana.

– Joli nom.

– Merci.

– J'étais justement en train de prendre le thé, poursuivit-elle. Une des coutumes auxquelles mon mari a réussi à me convertir. Le thé avec un nuage de lait et un amour immodéré pour les chevaux.

Joignant le geste à la parole, elle servit deux tasses d'un superbe service en porcelaine provenant, sans aucun doute, de sa vaisselle personnelle.

– À part ça, j'aimerais autant que vous évitiez de vous balader autour de mes yeux ou de mon cerveau.

– C'est... tout à fait compréhensible, répondit Vincent.

– Tout comme j'aimerais éviter d'avoir à me frotter l'œil juste avant de serrer la main de la présidente. Ça pourrait faire désordre.

– Bien entendu, agréa Nijinski.

– Donc, j'ai pensé à autre chose. Je suis passée à la manucure. J'ai les ongles très propres. Je pourrais vous faire un signe le moment venu, et m'arranger pour que mon ongle s'attarde sur le poignet de la présidente lorsque nous nous serrerons la main.

Vincent et Nijinski prirent une gorgée de thé en se regardant par-dessus le rebord de la tasse.

– Ça pourrait le faire, concéda Nijinski. À condition de ne pas traîner.

– Nos amis britanniques sont sur ce doigt-là, dit Tatiana en montrant l'index de sa main droite. J'ai pensé que vous pourriez prendre le majeur.

– Ça nous arrive souvent, dit Nijinski, très pince-sans-rire.

Tatiana esquissa un sourire et demanda :

– Je peux vous poser une question à tous les deux ?

– Bien sûr, madame, répondit Vincent. Pourquoi on fait ça ?

– Vraiment ? C'est comme ça que vous me voyez. Madame ? se moqua-t-elle gentiment avant de balayer la question d'un revers de main. Non, non. Je comprends très bien le pourquoi. J'ai déjà... rencontré... les jumeaux Armstrong. (À la simple évocation de ce souvenir, sa voix s'égarait.) Non, je voulais vous demander... C'est comment là-dedans ? Vraiment horrible ?

Vincent laissa à Nijinski le soin de répondre. Après avoir un instant cherché ses mots, celui-ci expliqua :

– Non. Pas horrible. Enfin, je veux dire, au premier abord, si. Et j'imagine même que certaines personnes... ont du mal à apprécier la chose.

– Et vous, oui ?

– C'est que… J'ai pas mal voyagé, dans ma vie, répondit Nijinski. J'ai séjourné dans un nombre incalculable de pays. Et il arrive un moment où on commence à se lasser. On se dit : c'est tout ce qu'il y a à voir ? Jusqu'au jour où l'on descend dans la viande.

– C'est comme ça que vous dites ?

Nijinski hocha doucement la tête d'un air gêné avant de poursuivre :

– Soudain, c'est comme si le monde, la planète, devenait cent fois plus grand.

– Pas plus petit ?

– Pas du tout. Quand on voit ce qu'il y a là-dedans, on se dit qu'avant, on a passé sa vie à la surface des choses. Un peu comme si des livres, on connaissait les couvertures, mais aucune des phrases qui se trouvent à l'intérieur. C'est immense là-dedans. Vaste comme l'univers. Avec un nombre inimaginable de galaxies. En réalité, jusqu'à présent, je n'ai vu qu'une toute petite partie d'*Homo sapiens* dans sa réalité nano. Combien de millions d'autres choses me reste-t-il à découvrir ? Et puis, c'est comment la peau d'une grenouille à l'échelle nano ? Ça ressemble à quoi les entrailles d'une méduse ? Et les cactus ? Les stalactites ? Un serpent à sonnette ? C'est… Tout simplement impossible d'imaginer qu'il n'y ait plus rien à découvrir.

Il trempa les lèvres dans son thé, maintenant presque froid.

– Bah, j'imagine que vous avez raison, dit Tatiana d'un ton dubitatif. Qu'on peut y trouver du plaisir.

– Il y en a même qui deviennent accro, ajouta sombrement Vincent, tempérant ainsi l'enthousiasme de Nijinski. D'autres qui pètent les plombs. Qui n'arrivent pas à se remettre du choc.

Ils se regardèrent un moment en silence, remâchant ce qui venait d'être dit entre deux petits sablés.

– Je suis au courant pour Shanghai et Bombay, dit Tatiana. Il est primordial que mes chers amis anglais et vous parveniez à remplir votre mission. Nous allons certainement perdre Ts'ai et Chauksey. Vous mesurez ce que cela signifie?

Personne ne semblant vouloir répondre, elle s'en chargea elle-même:

– Les Jumeaux seront libres d'opérer en Chine et en Inde. Ils implanteront Nexus Humanus dans ces pays. Des centaines de personnes viendront gonfler leurs rangs. Et puis, ils auront accès aux ressources, aussi bien financières que technologiques. Bref, ils seront infiniment plus puissants.

– Oui, acquiesça Vincent en la dévisageant intensément, les yeux plissés.

Il attendait un contact. Pas un cours magistral. Cette femme, pensa-t-il, est connectée à Lear.

Peut-être bien Lear elle-même. Il fallait être aveugle pour ne pas voir la vivacité de l'intelligence qui brillait dans ces yeux de reine de beauté.

Cette idée le désarçonna totalement. Il était entré dans cette pièce persuadé de contrôler la situation. Un sentiment qui l'avait définitivement quitté alors qu'il écoutait Tatiana Featherstonehaugh exposer la stratégie avec une clarté dont Lear n'avait pas daigné faire montre jusqu'ici.

– Si vous parvenez à protéger la présidente Morales et que M. Bowen et Mme Hayashi sont, eux aussi, couverts, alors on pourra au moins essayer de prévenir les agences en Chine et en Inde et, éventuellement, tuer dans l'œuf l'OPA des Armstrong.

– Oui, m'dame, dit Nijinski.

– N'échouez pas, ajouta Tatiana Featherstonehaugh, d'un ton qui n'avait rien de mondain et qui eût été totalement déplacé dans la bouche d'une femme-trophée.

Du pur langage d'autorité. Confiant et légitime. Bref, un ordre.

– Non, m'dame, répondirent-ils ensemble, en dépit de la remarque essuyée plus tôt lorsqu'ils avaient employé ce titre.

– Donc, comment on fait? demanda Tatiana d'un air à la fois radieux et radiant.

– Je vais vous toucher les doigts, dit Vincent. Ensuite, Nijinski fera de même.

Tatiana tendit la main, paume vers le ciel.

– Et ne vous faites pas tuer, dit-elle. Un jour, quand tout ça sera terminé, je serai ravie d'avoir M. Nijinski à dîner ici. Toi, Vincent, je ne sais pas pourquoi, mais tu ne me sembles pas du genre fêtard.

– En effet, répondit placidement ce dernier, sans pouvoir empêcher une certaine tristesse de se refléter dans ses yeux.

À l'échelle nano, le poil de chien ressemblait moins à une forêt de cocotiers qu'à de longues asperges molles. En tout cas, tels furent les premiers mots de Plath.

Elle voulait se concentrer sur le pelage, une exubérante forêt de poils épais qui l'enserrait de toutes parts, à tel point qu'il régnait un noir total dans cette lugubre futaie, sur le museau du berger allemand. Surtout, elle voulait se concentrer sur autre chose que ses propres biobots, avec leurs gros yeux à facettes surmontant cette sordide version des siens, cette filière arachnéenne, à l'extrémité perpétuellement mouillée, ces pattes d'insecte et leurs piques de mante religieuse et puis...

Elle marchait à côté de Keats, à une centaine de mètres du chien qui portait leurs biobots. Pour l'occasion, ils avaient décidé de jouer le petit couple très amoureux, bras dessus bras dessous, multipliant les contacts à chaque pas pour ensuite se dévorer du regard pendant qu'une main s'égarait au bas des reins de l'autre. Bref, deux ados se contant fleurette dans Central Park par une fraîche et radieuse matinée d'automne.

Mais elle était aussi sur le museau de ce chien, celui que tenait en laisse la fille avec l'étrange tatouage en forme de flammes sous l'œil.

Malgré le collier à étrangleur, la fille avait toutes les peines du monde à le retenir. Il faut dire qu'avant d'être recueilli, le chien en question avait appartenu à un malfrat qui faisait combattre ses bêtes dans l'arène et qu'il était loin d'avoir été entièrement resocialisé depuis. Il demeurait féroce, agressif et perpétuellement en quête d'une proie.

Plath et Keats, deux biobots chacun, étaient côte à côte, perdus dans le poil dru situé juste au-dessus de la babine supérieure de la bête.

La cible était un beagle promené par deux TdP, accompagnés d'une autre paire d'hommes de main, qui jetaient des regards mauvais aux passants. Un sac en plastique à la main, l'un d'eux se tenait prêt à dégainer dès que le chien aurait fait ses besoins.

Ils formaient deux vagues triangles : Wilkes trébuchant à la suite du berger allemand qui tirait sur sa laisse et les deux amoureux badinant sous l'improbable soleil ; les TdP d'AmericaStrong avec le beagle.

Ils assistèrent à la scène autant qu'ils la ressentirent. Sous leurs yeux, Wilkes laissa par inadvertance échapper la laisse. Dans les pattes de leurs biobots, ils éprouvèrent la fulgurante accélération du chien, qui fila ventre à terre sur la pelouse.

Et puis.

– Putain! s'exclama Plath d'une voix effarée sans que rien dans le monde réel ne puisse justifier pareille exclamation.

Une masse blindée, grosse comme un éléphant, venait de tomber du ciel. Keats joignit sa voix à celle de Plath.

– Seigneur!

La chose était posée sur quatre pattes articulées, bien qu'il ait pu y en avoir davantage. C'était un dinosaure, un cauchemar de science-fiction, un monstre. Les pattes arrière vibraient d'énergie contenue.

C'était plat, comme si ça avait été pré-aplati, façon ballon de foot ayant perdu les trois quarts de son air. Le corps semblait recouvert d'une sorte d'armure composée de grosses plaques et hérissé de poils comme autant d'épées orientées vers la queue. Le pire était la tête: un casque percé de deux yeux vides qui ne bougeaient ni ne regardaient, comme étrangers aux biobots à ses pieds qui, tels d'inoffensifs chiots, levaient leur regard vers la masse imposante, dantesque et indestructible de la puce qui les dominait de toute sa hauteur.

L'énergie dégagée par ce monstre préhistorique était inimaginable. De fait, les biobots en vibraient.

D'où qu'on se place, c'était l'incarnation physique du mal.

– Elle nous fera rien, dit Keats. Faut juste... Juste... Oh, la vache!

Le berger allemand fondait vers le beagle, la truffe au vent, la laisse battant dans son sillage.

La puce plia les pattes, prenant une pause évoquant quelque prière païenne, jusqu'à ce que les palpes de sa gueule entrent en contact avec la peau du chien. Après quoi, dardant de longs organes en forme de cimeterres, la bête entama un mouvement de scie régulier, entaillant de plus en plus profondément la chair de l'animal.

– Regarde pas, s'écria Plath, oubliant momentanément le rôle d'amoureuse transie qu'elle était censée jouer.

Difficile en effet de jouer le flirt fougueux tant que leurs biobots se trouvaient à l'ombre de cette chose grotesque et tremblante.

– Faut qu'on se tienne prêts, dit Keats. On n'aura que quelques secondes.

De minuscules gouttes écarlates s'épanchèrent du trou que la puce avait fait. Un lent jet de billes rouges, de Frisbee rouges, de... trucs rouges qui, en toute logique, auraient dû être liquides mais qui ressemblaient davantage à un éboulis de blocs de roche vermillons, pompés en jet continu par les maxilles de l'insecte suceur de sang. Impossible de détourner les yeux de ce spectacle fascinant et de se préparer à...

Impact!

Le berger allemand s'abattit comme la foudre sur le beagle.

– Maintenant! Maintenant! cria Plath.

Un appel que n'auraient pas manqué de remarquer les TdP, si un violent combat de chiens n'avait subitement éclaté à leurs pieds.

Les crocs du berger allemand se refermèrent sur le beagle terrifié, qui roulait dans tous les sens en hurlant à la mort. À lui seul, le premier choc leur aurait presque fait totalement oublier la puce. Les quatre biobots avaient littéralement bondi dans les airs.

– Allez, allez! dit Plath, et ses deux biobots, suivis de ceux de Keats, se ruèrent vers la gencive qui, jusqu'ici, faisait une dorsale terreuse à l'orée de la forêt de poils et qui était maintenant quelque chose de parfaitement apocalyptique.

En effet, les gencives noirâtres cognaient si fort qu'ils avaient l'impression de voir une coulée de lave secouée par un violent séisme.

Et la dorsale de chair se fondait dans un horizon de poils, une hallucination ondoyante frémissant entre un immense champ de follicules pileux drus et serrés, zébré par d'interminables comètes de bave. Soudain, sans aucune raison apparente, la puce sauta ! Disparaissant à la vitesse d'un boulet de canon.

– Saute ! cria Plath.

Ils sautèrent.

Découvrir que la gravité ne se trouvait pas là où ils pensaient fut un choc qu'ils accusèrent conjointement. Le berger allemand avait complètement retourné le beagle et les biobots s'abîmaient dans les airs, dans un tourbillon de sol qui se dérobe, de babines et de filets de bave. Finalement, ils chutèrent de nouveau dans une forêt de poils, tentant désespérément de se raccrocher à quelque chose, comme s'ils tombaient en chute libre dans la jungle.

Wilkes s'avança pour reprendre son chien.

Les deux animaux se séparèrent un court instant et *BANG !*

Le coup de feu claqua. Assourdissant. Beaucoup trop fort pour un parc public. Le berger allemand s'effondra avec un petit cri tandis que le beagle courait se réfugier auprès de ses maîtres. Comme n'importe quel propriétaire de chien en pareille situation, Wilkes poussa un hurlement.

– Qu'avez-vous fait ? Qu'avez-vous fait ? cria-t-elle, épouvantée, en se précipitant vers l'animal agonisant.

Aussitôt, l'un des TdP sortit son portefeuille et en tira quelques billets qu'il laissa choir sur la dépouille du chien.

Un autre attrapa le beagle terrorisé et tout ce petit monde battit précipitamment en retraite.

Ce n'est qu'à partir de ce moment-là que Plath et Keats furent assurés d'être sur le bon chien.

Tels deux charitables badauds, ils trottinèrent jusqu'à Wilkes pour s'enquérir de la situation sans pour autant oublier de manœuvrer leurs biobots dans le poil du beagle.

– Ça va? demanda Keats en se penchant vers elle.

– Oh, moi ça va, répondit Wilkes en brandissant deux billets de cent dollars. Par contre, on ne peut pas en dire autant d'H H.

– H H? répéta Keats avec étonnement.

– Pour Hitler Hound. Je trouvais que ça lui allait comme un gant. N'empêche, ça me fait de la peine pour lui... Même si, au fond, c'était un putain de cinglé, ce clébard. Il a essayé de me mordre. On dira ce qu'on voudra, j'ai pas volé mon fric.

– De quoi te payer un nouveau tatouage, dit Plath d'un ton venimeux.

– Va chier, mademoiselle, répondit Wilkes avec un regard moqueur. Tout le monde n'a pas la chance d'être milliardaire, vois-tu? Quant à vous, je vous conseille de leur filer le train *fissa* si vous voulez pas perdre le signal.

Ainsi abandonnèrent-ils Wilkes à son chien mort pour remonter les quelques centaines de mètres qui les séparaient du Starbucks au bas du siège d'AFGC.

– T'as vu ça? demanda Plath en s'attablant devant des gobelets de latte et des muffins.

– Quoi?

– Une morsure... Mais je crois que tu es trop loin pour le voir. En tout cas, c'est scotchant. La chair est comme... retroussée. On dirait presque un cratère laissé par une météorite. Les poils autour sont tout tordus, couchés. Y a des mares de bave, ou d'autre chose, et des trucs qui nagent à la surface. Le sang… Il est comme…

Elle le regardait en face, mais elle regardait aussi au-delà de lui. Pareil pour Keats qui fixait, non pas la morsure, mais une haute montagne pointant à l'horizon dont il espérait qu'elle soit la truffe du beagle.

– On devrait peut-être éviter de se parler, dit Keats. Ça donne des trucs vraiment trop dingues.

– Relax, on est à New York. Les dingues, comme tu dis, y en a plein les rues. Faut que je m'écarte de la plaie avant qu'ils l'aspergent de désinfectant. Comment on fait si j'arrive pas à te trouver ? demanda-t-elle en sirotant son café. Parce que, là, pour tout te dire, je me sens un peu comme le Petit Poucet quand l'oiseau mange ses miettes.

– Garde simplement à l'esprit que les poils pointent vers l'arrière et que nous, ce qu'on veut, c'est l'avant.

Keats fit grimper un de ses biobots sur l'empilement de poils couchés, comme un singe, une main après l'autre, jusqu'à retrouver la clarté du jour.

Les biobots étaient loin d'avoir une vue perçante. Dès que les distances augmentaient un peu, tout se fondait en de vagues taches d'ombre et de lumière, rehaussées de quelques couleurs vives. Inutile, dans ces conditions, d'espérer distinguer les détails d'un visage.

Et ce que Keats voyait du haut de son perchoir pileux, derrière le premier cercle de follicules clairement identifiables, c'était une mer de poils ondoyant à l'infini, jusqu'à se perdre dans de vagues nuages marron et blancs. Ouvrant grand son combiné oculaire – humanoïde plus yeux à facettes –, il fit pivoter son biobot et se figura l'image d'une péninsule ou d'un promontoire, terminé par un gros rocher noir de la taille du mont Rushmore.

La truffe.

Leur objectif.

– Pas de doute, je suis sur la tête, dit Keats par-dessus la table en Formica. Ah, j'aperçois la plaie. Ça ressemble à un sillon de labour au milieu des poils. Tu dois pas être bien loin de là où je suis. Avance un peu, à rebours des poils.

Il leva les yeux vers ce qui devait être le ciel et ne vit qu'un nuage. Un nuage vert pâle, plus vaste que tout ce qu'il avait pu voir dans le vrai monde, qui semblait s'enrouler autour de la forêt de poils et qui, à un moment, changea de couleur, délaissant le vert au profit du marron. Toujours est-il que cela bouchait entièrement l'horizon.

– Je crois qu'on est portés par le TdP noir, dit Keats. Tu sais le Black avec la chemise verte. Enfin, bon, en même temps, j'y vois pas grand-chose. Rien que de vagues formes et des couleurs. Difficile d'être catégorique.

Les bruits n'étaient pas plus faciles à saisir. On aurait dit des grondements de tremblement de terre, beaucoup trop confus pour être intelligibles.

Et puis, un son en particulier, que tous deux perçurent clairement. Comme un coup de gong résonnant sur une orbite lointaine.

– L'ascenseur ? se demanda Plath.

– Peut-être.

Dans le lointain, les grondements du tonnerre reprirent, possiblement des voix humaines. Malheureusement, le spectre des fréquences émises par les cordes vocales était bien trop large pour qu'un biobot puisse les interpréter sans équipement spécifique.

– Vos premiers biobots sont des modèles standard, avait expliqué Vincent. Adaptés au combat aussi bien qu'au maillage. Plus tard, vous aurez droit à quelques ajustements et accessoires – qu'ils soient biologiques ou technologiques. Parce que chaque fois qu'on ajoute une aptitude quelconque, on augmente d'autant la complexité du bidule. Donc, le mieux, c'est de commencer avec le plus simple possible.

Et ils eurent rapidement l'occasion de vérifier la justesse de la théorie, tant la simplicité en question s'apparentait déjà à un véritable défi.

Il n'empêche, certains de ces accessoires leur auraient été bien utiles à présent.

Mais non, ils devraient s'en remettre à leur instinct. Deviner laquelle de ces mains géantes serait celle des Jumeaux.

S'ils se trompaient, ils pouvaient se retrouver n'importe où.

– Comment on récupère nos biobots ? demanda Keats.

– C'est maintenant que tu poses la question ? le rabroua Plath en secouant l'immense gobelet pour dissoudre la mousse dans le café.

– Et si on ne peut pas les ramener…

Il s'agissait bien d'une interrogation.

– Je sais pas, répondit Plath.

– De toute façon, il est trop tard pour rebrousser chemin.

– Dis, tu sens ça ? La vibration ?

– Peut-être qu'il agite la queue…

– Tu crois vraiment qu'on devient dingue si on les perd ?

– Je l'ai vu, dit Keats.

– Ah tiens, on dirait que ça bouge.

– Ouais.

– D'où ça peut venir ? De lui ? D'eux ?

– Ou les conséquences de la guerre, dit Keats en fermant les yeux pour se concentrer. Je vois des doigts !

– On nous regarde.

Keats mit un moment à comprendre de quelle dimension elle voulait parler. Il ouvrit les yeux d'un coup.

– Qui?

– Une fille au bar. Elle est en train de prendre un verre. La mocheté avec les fausses dents. Celle qui ressemble à un requin.

– Fais pas attention à elle, c'est sûrement qu'une...

– Non, coupa fermement Plath.

Plissant les yeux, elle observa la fille aussi intensément que si un rayon d'énergie l'avait reliée directement à elle.

– Elle est en train de taper un SMS. On se tire d'ici.

Plath se leva. Keats bondit de son siège à sa suite.

Et puis la fille aux dents de requin se retourna vers eux. Un peu trop brusquement, comme si elle savait. Avec un air de rapace traquant sa proie.

Trop déterminée aussi.

Elle tendit le bras vers Plath.

Tout ce que la dénommée One-Up voulait, c'était les toucher.

VINGT-QUATRE

Wilkes arrivait à l'ONU. Un ticket prépayé en poche. Une précaution bienvenue quand on voyait la queue qui ondulait devant l'entrée, dans l'attente de faire la visite. Une foule essentiellement composée de gamins chahuteurs en provenance d'une école de Harlem ayant un faible pour les uniformes marron, plus quelques touristes et, fort heureusement, Ophélia.

– Comment ça s'est passé ?

– Je me suis fait deux cents boules, répondit crânement Wilkes, feignant de rouler les mécaniques.

– C'est la dernière fournée, la réprimanda Ophélia. Après, ils ferment. Question de sécurité. Un peu plus et on était refaites.

– Ça va, calme-toi. Vincent a tout planifié.

– J'ai une grande confiance en Vincent, dit Ophélia, mais l'erreur est humaine.

Wilkes éclata de rire.

– Dis, pourquoi c'est toujours moi qui me tape ton côté défaitiste ?

Pour toute réponse, Ophélia maugréa un instant dans sa barbe avant d'adresser un sourire magnanime à Wilkes.

Elles s'avancèrent dans le hall principal, telles deux dociles brebis touristiques, parcourant d'un air pénétré le panneau sur lequel s'étalaient des dessins d'enfant illustrant des guerres plus terribles les unes que les autres. Wilkes n'était pas vraiment au fait des derniers développements de ces conflits, ayant suffisamment à faire avec les siens. Quoi qu'il en soit, les images n'étaient guère encourageantes et ne tempéraient en rien le sentiment de catastrophe imminente qui l'habitait.

Elle leva les yeux vers les hautes baies vitrées, vers le vieux Spoutnik accroché au plafond telle une décoration oubliée du dernier Noël. Elle avait fait un exposé sur Spoutnik. C'était quand ? Au CM2 ?

Elle se revit arrivant à l'école avec sa maquette, un grand carton avec trois volets, qu'elle avait installée devant la classe d'un air détaché (essayer d'avoir l'air cool, déjà) quand, intérieurement, elle ne pensait qu'au A tant désiré.

Se pouvait-il qu'il s'agisse de la même vie ? Se pouvait-il qu'elle ait été cette petite fille ?

– T'as déjà dragué Vincent ? demanda Wilkes.

– Je ne drague pas, moi, répondit Ophélia avec une pointe de reproche.

Arrivées devant le portique de sécurité, elles vidèrent leurs poches dans la caisse en plastique prévue à cet effet et déposèrent leurs sacs sur le tapis roulant de la machine à rayon X – un contrôle parfaitement inopérant dans le cas des biobots.

Il leur suffisait d'avoir l'air normal, insignifiant, quelconque, une qualité plus facile à adopter pour Ophélia que pour Wilkes.

Elles s'arrêtèrent devant le fameux vitrail de Chagall, ce magnifique rectangle bleu dans lequel apparaissaient des images angéliques semblant paisiblement flotter dans un océan de tranquillité.

Elles virent aussi la salle des séances de l'assemblée générale, un endroit étonnamment intime compte tenu de sa fonction : le lieu de réunion des dirigeants du monde. Ça rappela à Wilkes le planétarium qu'ils étaient allés visiter avec l'école, quoi, en quatrième ? C'était là qu'elle avait laissé Arkady lui peloter les seins ?

Ainsi se fondirent-elles sagement dans la masse des visiteurs jusqu'à ce que celle-ci prenne le chemin du sous-sol, où se trouvaient les toilettes, le bureau de poste de l'ONU, la cafétéria et le magasin de souvenirs.

Elles s'écartèrent du groupe à ce moment-là. Sans nullement éveiller l'attention, elles se dirigèrent vers la cafétéria où elles commandèrent deux *burritos* aux légumes et, à la vérité, pas très bons.

La boutique de souvenirs se trouvait juste à côté de là où elles étaient assises. Contrairement à celles des aéroports, celle-ci ne portait pas l'enseigne Armstrong Fancy Gifts. Un simple « UN Gift Shop » signalait l'endroit. Pas très original. En revanche, à l'intérieur, on retrouvait bien tous les produits estampillés AFGC : les cookies prétendument faits maison emballés dans leur papier cellophane noué par un ruban, une sélection de livres parmi lesquels *Nexus Humanus : vers un nouveau stade de l'humanité* tenait une place de choix (de fait, la boutique en était pleine) et, enfin, ces astucieux gadgets à trois sous, dont c'était d'ailleurs le prix en dollars, incluant des accéléromètres, une version de multiplay ainsi que des mises à jour en ligne qui en faisaient l'équivalent bon marché de consoles beaucoup plus onéreuses.

– Donc, si je comprends bien, mon dernier repas c'est un *burrito* dégueulasse, dit Wilkes.

Ophélia la regarda avec beaucoup de sérieux. Ces deux-là ne se parlaient pas souvent, Wilkes étant sans doute la personne la plus diamétralement opposée à la belle et pudique Ophélia.

– Tu as peur, Wilkes ?

– Un peu que j'ai peur, bafouilla-t-elle, la bouche pleine de fromage fondu, un haricot sur son t-shirt. Et tu sais le plus bizarre ? J'ai peur de ne plus jamais redescendre dans la viande. C'est pas zarbi, ça ?

– Tu aimes bien te balader dans la viande ?

– Franchement, parfois, c'est mieux qu'ici, répondit Wilkes. Dis, je rêve, ou on est en train de copiner comme deux vraies frangines du BZRK ?

Ophélia posa sa fourchette.

– En fait, je n'ai pas très faim, dit-elle en repoussant son assiette.

– Moi je dis, c'est normal que la personne condamnée ait le droit de choisir son repas. Pas vrai ? Les types dans le couloir de la mort, il paraît qu'ils commandent toujours un steak.

– Je doute qu'ils fassent griller des steaks ici.

La lumière, voilà ce qui était le plus désespérant. Des néons fluorescents sous lesquels leur peau semblait hésiter entre couleur joint de carrelage et pâte à papier. Sans oublier les tables rondes bancales et les employés de la cafétéria en phase terminale d'épuisement.

Le pire des endroits pour s'armer de courage avant une mission suicide.

– J'ai toujours voulu aller dans un de ces super restos à steaks, dit Wilkes. Non que j'aime particulièrement la viande rouge. C'est juste que, quand tu les vois dans les films, tu te dis, merde, ça doit être cool de bouffer là, d'être au milieu de tous ces gens qui se foutent de tout du moment qu'ils ont un bon steak épais et juteux dans leur assiette. À la limite, même, un Martini avant, tu vois ? Ou bien alors euh… C'est quoi le nom déjà ?

– Une margarita ?

– Non, je connais les margaritas, merci, répondit Wilkes, soudain grincheuse.

Ophélia la regarda avec un sourire indulgent.

– Je ne mange pas de viande, dit-elle. Par contre, je dirais pas non à une margarita.

– T'es végétarienne ? Moi aussi, j'ai essayé un moment. Mais j'ai pas tenu. C'est pas un truc hindou à la base ?

– Si, et j'imagine que pour plein de gens, ça s'arrête là, répondit Ophélia avec un haussement d'épaules. Mais, pour moi, c'est plus une question de santé. Et puis, mes parents le sont, donc je ne voulais pas leur faire de peine.

– Moi, c'est à Vincent que j'ai peur de faire de la peine. C'est pas trop naze ça ? Pourquoi ça me toucherait ? Après tout, il m'a pas promis le paradis avec un troupeau de purs bellâtres à ma disposition. Parce que c'est ça le paradis chez vous, hein ?

– Non.

– T'es sûre ?

– Crois-moi, je m'en serais souvenue. Non. Dans l'hindouisme, on se réincarne. Point barre. En même temps, je crois que je préfère ton idée.

– Ouais, et puis aussi quelques nanas, dans le lot, parce que la vie est courte et qu'il faut goûter à tout, tu crois pas ?

Ophélia esquiva la question.

– C'est vrai que Vincent inspire la loyauté, hein ?

Par-dessus les larmes d'encre de son tatouage, Wilkes la regarda droit dans les yeux.

– Je mourrais pour lui, dit-elle, avec un sérieux qui confinait à la gravité. Apparemment, lui, il en a rien à foutre de moi, pourtant, moi, je te promets, je donnerais ma vie pour lui.

– Et moi parce que Charles et Benjamin Armstrong sont le mal.

Il y avait du venin derrière ces mots. Aucun sourire. Uniquement de la colère. Vite dissimulée. Pas assez néanmoins pour que cela échappe à Wilkes.

– Y a quelque chose que tu ne me dis pas.

– Ça serait trop long. Et puis sûrement pas ici, répondit Ophélia en se refermant comme une huître.

– En admettant qu'on s'en sorte, tu me le diras?

Ophélia opina lentement du chef en esquissant ce qui pouvait être le dernier de ses sourires, mélancolique et perplexe à la fois.

– Si on s'en sort, tu pourras me poser toutes les questions que tu voudras. Promis.

– Bon, on y va? demanda Wilkes avec, à son grand désespoir, un léger tremblement dans la voix.

Pour toute réponse, Ophélia porta la main à son front, retira son bindi, et le glissa dans la petite poche de son jean. Puis elle se leva, quitta la cafétéria et pénétra d'un pas décidé dans la boutique de souvenirs.

Plath attrapa un triple cappuccino tout juste déposé sur le comptoir et le jeta à la figure de One-Up.

– Aaaaaaaaahhh!

– Cours!

Et ils quittèrent le Starbucks à toutes jambes. Celui qui

se trouvait pile au pied de l'immeuble AFGC. Quelle erreur! Une bourde de débutant, comme le réalisait Plath un peu tard. Idiote! Bien sûr que c'était là que les gens de chez Armstrong iraient. D'ailleurs, ils y étaient. Or, pour un autre lignard, qui a déjà expérimenté le fait d'être à deux endroits en même temps, leurs yeux perdus dans le vague, qui regardaient les choses sans les voir, étaient repérables à deux kilomètres, tout comme la nature de leur activité.

Imaginez, deux ados assis l'un en face de l'autre au Starbucks, qui observent chacun par-dessus l'épaule de l'autre et dont les yeux virevoltent de-ci de-là sans que jamais leurs regards ne se croisent. La fille aux dents de requin n'avait pas été dupe une seconde. Elle avait immédiatement *senti* ce qu'ils étaient en train de faire.

Ils se précipitèrent jusqu'à la porte et firent brutalement irruption dans la rue, jetant des regards éperdus autour d'eux.

– Suis-moi! cria Plath en démarrant en trombe.

– C'est ta ville, répondit Keats d'une voix haletante.

Laissant une traînée de café mousseux derrière elle, One-Up se lança à leur poursuite. Elle avait beau être jeune et en pleine forme physique, elle avait du retard. D'autant que courir en pianotant sur son téléphone n'était pas chose aisée.

– Elle est en train de les prévenir! cria Keats.

Tandis qu'ils détalaient, bousculant les passants, dérapant sur des bouts de sandwich que des gens pressés avaient laissés choir, se dirigeant à l'aveuglette malgré l'allure décidée de Plath, ils voyaient tous deux les doigts de Gulliver ausculter les blessures que le beagle avait sur le dos.

– C'est pas un véto, ça! haleta Keats. Il n'examine pas la plaie. Il caresse.

– C'est *eux*, répondit Plath.

Ils dirigèrent leurs biobots vers la blessure, vers ces doigts aux dimensions divines qui semblaient tomber du flou d'un ciel brumeux.

Ils cavalaient sur le pelage, de poil en poil, sans descendre sur la peau, bondissant d'une asperge couchée à une autre à un rythme d'enfer, une course qui eût été exaltante si, dans le macro, une foule compacte n'avait totalement bloqué le carrefour devant eux.

One-Up n'avait qu'à les toucher. Sans biobots sur eux, ils étaient totalement vulnérables. Un simple contact et une nuée de nanobots serait sur eux, puis en eux.

Courir! Un tronc d'arbre après l'autre!

Ils contournèrent la foule et, durant un instant, crurent avoir gagné du terrain. Un optimisme rapidement déçu par One-Up, toujours solidement accrochée à leurs basques. Pire, elle gagnait du terrain. Ils voulurent traverser la rue, mais celle-ci était encombrée par un flot continu de taxis jaunes. La seule façon de s'en sortir, c'était de mettre leur poursuivante hors d'état de nuire.

Au fond, c'était un peu comme jouer à chat. Elle n'avait qu'à les toucher.

– Mettez un lignard sur ma fréquence! Vite! hurla-t-elle dans son téléphone.

Plath l'entendit distinctement. Leurs regards se croisèrent. Il suffisait qu'elle les atteigne pour que celui qui, à l'instant même, se ruait dans les couloirs d'AFGC pour prendre les commandes de ces minuscules machines mortifères conduise l'assaut contre eux. Les nanobots plongeraient dans l'œil de Plath, ou dans son oreille, s'enfonceraient dans son cerveau, crèveraient la poche de son anévrisme, s'ils ne se mettaient pas immédiatement à l'œuvre pour le mailler.

Ouais, ben, même pas en rêve.

Plath saisit une femme aux épaules et la poussa en travers du chemin de la fille aux dents de requin. La femme s'étala lourdement par terre. Mais One-Up l'enjamba d'un bond, avec la même aisance qu'une coureuse de steeple. Et puis, à l'instant de toucher le sol, son pied se posa sur un détritus, et elle glissa.

Les feux passèrent au rouge. Dans un concert de crissements de pneus, les taxis s'arrêtèrent. Courant, poussant, jouant des coudes et des épaules, Plath s'enfonça dans la foule des piétons, tandis que cette fichue main divine continuait de caresser le pelage, sans plus s'occuper de la blessure, cachant entièrement le soleil, tel un front dépressionnaire composé de champs de labour, invraisemblablement basculés à cent quatre-vingts degrés.

– Saute! cria Plath.

Keats ne comprit pas tout de suite. Il fit un bond au milieu du passage piétons.

Plath fit décoller ses deux biobots simultanément, les faisant se retourner dans les airs, comme des chats, ou des mouches, avant de s'agripper aux terres cultivées parsemées de perles de sueur.

La main se retira à une vitesse vertigineuse. Keats fut balayé au loin, sans qu'elle puisse dire dans quelle direction, haut et bas ayant depuis longtemps perdu tout sens.

– Keats!

Ses biobots avaient sauté, manqué la cible et étaient retombés sur le beagle. Et puis Plath poussa un nouveau cri en repérant un homme qui marchait avec une canne. L'objet lui paraissant plus indispensable à elle qu'à lui, elle le lui arracha des mains et courut à la rencontre de leur poursuivante.

Elle n'utilisa pas la canne comme un gourdin, mais comme un sabre. La pointe de caoutchouc s'enfonça dans la poitrine de One-Up qui poussa un *humpf* de bande dessinée. On aurait presque pu voir l'onomatopée se dessiner à côté d'elle.

Plath lui asséna un deuxième coup, toujours avec le bout, puis elle leva la belle canne de bois au-dessus de sa tête et l'abattit de toutes ses forces sur le bras que One-Up levait pour se protéger.

Elle poussa un cri de douleur. Emportée par la rage, Plath frappa encore et encore et encore, hurlant tout du long :

– Tiens, connasse, tiens !

One-Up gisait sur le trottoir, le visage en sang. D'un coup de canne, Plath lui fit lâcher le téléphone qu'elle avait à la main, l'envoyant bouler à plusieurs mètres, tel un palet de hockey.

Après quoi Keats et elle prirent leurs jambes à leur cou, New York n'étant pas le genre d'endroit où l'on peut passer quelqu'un à tabac en pleine rue sans voir rapidement débouler une voiture de police.

Enfin, le temps qu'elle arrive.

Keats attrapa Plath par la main et l'obligea à s'arrêter.

– On a été séparés, dit-il, hors d'haleine.

– Je sais, je sais, répondit-elle tout aussi essoufflée.

Ses biobots couraient aveuglément à la surface d'une paume humaine, sans savoir où aller ni que faire. Une situation finalement guère éloignée de celle qui prévalait ici-bas.

– Cette veste est chaude. Je crois que je vais plutôt mettre une robe légère. Sans manches.

La voix était méconnaissable, en dépit des capteurs des deux nanobots spécialement modifiés pour percevoir les ondes sonores. En effet, même avec les meilleurs équipements du monde, la voix humaine rendue par un biobot s'apparentait à une longue plainte stridente.

En revanche, l'étrange mélange de détachement et d'autorité derrière les mots était définitivement celui de la présidente des États-Unis.

– Les médias vont se pâmer, madame la présidente.

La seconde voix était celle de Liz Law, l'aide de camp de la présidente qui, à cet instant précis, était, à son insu, la tête de pont d'une puissante armée.

– En avril, j'ai eu le privilège de m'entretenir avec la reine. Ah zut ! En avril, j'ai eu le privilège de m'entretenir avec Sa Majesté la reine. (La présidente travaillait le toast qu'elle allait porter en l'honneur de la reine.) Sa Majesté. Sa Majesté la reine.

Finalement, ça avait été facile pour Bug Man.

Aucun des échelons de sa feuille de route ne lui avait posé le moindre problème. D'abord à Washington, puis de retour à New York. Comme un vol avec plusieurs escales, ou une puce sautant de chien en chien. Maintenant, tous ses petits gars – douze Chasseurs et quatre Fileurs – piaffaient d'impatience sur le doigt de Liz Law en attendant de passer à l'action.

Comparée à celle des biobots, la visée des nanobots possédait des atouts, mais aussi quelques faiblesses, au premier rang desquelles une piètre résolution. En d'autres termes, les biobots possédaient une bien meilleure vue ; c'était leur grande force. Ça leur permettait non seulement de détecter les mouvements avec une acuité sidérante, mais en plus, grâce à une meilleure coordination de la vision et des centres de décision, de posséder une indéniable supériorité en combat singulier.

Mais être une machine n'a pas que des inconvénients. Ainsi les données captées par les systèmes de visée des nanobots étaient-elles combinables entre elles pour former des macro images. Il était alors possible d'aligner une dizaine de nanobots côte à côte, de les orienter dans la même direction et d'attendre que l'ordinateur de la station de base ait associé ces petites images en une seule, beaucoup plus grande. En tant que pures machines, les nanobots ne recueillaient que des données informatiques. Et le propre d'une donnée informatique, c'est d'être manipulable à l'infini.

Cependant, utiliser les optiques de cette manière n'était pas chose aisée, d'autant que cela sous-entendait de maintenir une bonne partie de ses forces immobile. Bug Man n'aimait pas ça. Aucun lignard n'aimait ça. Pourtant, il arrivait que ça en vaille la peine.

Comme maintenant, lorsque cela permettait de voir le visage réel de la cible, les fameuses bajoues un peu tombantes, dont les caricaturistes faisaient si souvent leur miel, les yeux faussement endormis, au fond desquels scintillait le feu d'une vive intelligence, la coupe au carré, brune, presque austère, contrastant avec les boucles d'oreilles branchées. La totale. Probablement le visage le plus connu du monde.

L'image ne dura que le temps d'un éclair car Liz Law s'activait, bougeait les doigts dans tous les sens. Bug Man vit ainsi passer dans son champ de vision une assiette, une table, une manche, un tissu utilisé pour épousseter quelque chose sur la manche, à nouveau le visage de la présidente, une fenêtre...

– En avril, j'ai eu le privilège de m'entretenir avec Sa Majesté la reine, en compagnie de mon bon ami le Premier ministre Bowen. Sa Majesté a indiqué... Qu'y a-t-il, Tom ?

Une nouvelle voix. Trop lointaine pour être audible. Qui ne dit que quelques mots.

– En voilà une bonne nouvelle, répondit la présidente. Bon boulot, Tom. Dis-leur que six pour cent, c'est bon.

Bug Man avait pris position dans un cabinet dentaire ayant pignon sur First Avenue, pile en face du bâtiment de l'ONU. Du dehors, le cabinet ressemblait à une taverne. Une impression encore renforcée à l'intérieur où, empilés les uns sur les autres contre le mur du fond après avoir été bourrés de narcotiques, le dentiste, son assistant, le réceptionniste et deux malheureux patients faisaient immanquablement penser au triste épilogue d'un concours de boisson.

Invoquant la raison médicale, un panneau sur la porte d'entrée demandait aux patients qui avaient rendez-vous ce jour-là d'appeler plus tard pour convenir d'une nouvelle date.

Les techniciens d'AmericaStrong avaient installé le matériel dans les deux salles d'examen. Aussi des moniteurs, accrochés à la potence par des tendeurs, pendaient-ils au-dessus des fauteuils de dentiste tandis que des faisceaux de fils, tenus par du gros ruban adhésif noir, serpentaient sur le sol aseptisé. Bug Man était dans la salle A. Burnofsky dans la B.

En effet, au grand déplaisir de Bug Man, Burnofsky avait lui aussi franchi avec succès toutes les étapes de son périple, jusqu'à la pénultième : l'assistante/maîtresse du chef de l'État chinois.

La présidente Morales se trouvait au Hilton Manhattan East, à un jet de pierre du cabinet dentaire, lui-même à quelques encablures de l'ONU. Bug Man aurait une liaison directe tout du long, depuis la réception dans les salons de l'hôtel jusqu'à l'assemblée générale dans le bâtiment de l'ONU.

En d'autres termes, il avait bon espoir que lorsqu'elle s'approcherait du pupitre pour faire son discours, le maillage de son cerveau serait déjà bien avancé.

La délégation chinoise était un peu plus loin, dans l'immeuble ultramoderne récemment construit sur la 40e Rue pour servir de vitrine aux ambitions de l'empire du Milieu, qui faisait de son mieux pour s'imposer en tant que *l'autre* superpuissance du monde. À cette distance, Burnofsky ne pouvait faire l'économie de répéteurs de signal. Bug Man lui souhaitait toutes les interférences du monde.

En effet, pour que son triomphe soit complet et qu'il puisse enfin régner sans partage sur la sphère des lignards, Burnofsky devait échouer là où lui aurait triomphé.

POTUS venait d'entrer dans une pièce plus petite. L'image tangua horriblement quand le doigt de Liz Law se balança à son côté, tandis qu'elle marchait, avant de monter en flèche dans les airs pour attraper quelque chose.

Un canevas de fibres épaisses comme des câbles de grue boucha l'horizon.

Un vêtement.

Celui de la présidente? L'heure de passer à l'action?

Avant qu'il ait eu le temps de prendre une décision, l'habit s'éloigna à une vitesse fulgurante pour se retrouver sur les épaules de la cible.

– Laissez, madame la présidente, dit Liz Law.

Via les visées de ses nanobots alignés en rang serré, Bug Man vit se dessiner clairement son visage. Avait-il loupé sa chance? Un frisson glacé courut le long de son échine. Comment réagiraient les Jumeaux si…

Mais non, pas du tout. La main fondait vers la présidente, touchait, ajustait, lissait… «Maintenant! *Go, go go!*»

La division de Bug Man se rua à l'assaut de la pulpe du doigt et bondit. L'image d'une vingtaine de nanobots volant dans les airs apparut sur l'écran, tel un régiment d'insectes aéroportés.

Le sol – toujours la même trame – lui sauta au visage.

Au terme de vingt-huit impacts parfaitement imperceptibles, l'armée de nanobots prit position sur le revers de la présidente des États-Unis.

VINGT-CINQ

Ophélia alla directement trouver la vendeuse de la boutique.

– Vous prenez la Mastercard ? demanda-t-elle. Je veux dire... Il va de soi que vous prenez la Visa. ONU – Visa... Vous voyez ?

Tandis qu'Ophélia détournait l'attention de l'employée, Wilkes s'approchait du rayon livres, tordait les couvertures de plusieurs éditions de poche, puis sortait un briquet et en allumait autant que possible, sous les réprimandes affolées de la caissière.

– Hep ! Mais qu'est-ce que vous faites ?

Pour toute réponse, Wilkes la regarda en souriant. S'écartant du comptoir, Ophélia se dirigea à grands pas vers une étagère de peluches et de livres pour enfants avec son propre briquet.

– Oh, mon Dieu ! Que faites-vous ? se récria la vendeuse en agitant les mains, comme si l'agitation frénétique de ses doigts avait une chance de régler le problème.

Les quelques clients présents dans la boutique se trouvaient face à un choix : hurler, fuir, détaler en hurlant, ou essayer de maîtriser ces deux pyromanes complètement brindezingues.

Passant une main sous sa jupe, Wilkes sortit de la taille de son collant quelque chose qui ressemblait en tout point à un pistolet. En fait, un jouet en plastique, qui avait sans problème passé le portique de sécurité. D'ailleurs, si les personnes présentes avaient pris le temps d'examiner l'objet au lieu de battre en retraite en lançant des «hé, doucement avec ça!», ils auraient tout de suite vu qu'il s'agissait d'un faux.

À leur décharge, quand un ou, en l'occurrence, une déséquilibrée vous agite un flingue sous le nez, il est rare que la première réaction soit de chercher les numéros de série.

Ophélia mit le feu à une pile de grands livres de photos, imprimés sur papier glacé. Une épaisse fumée noirâtre commença à s'accumuler au plafond.

Le hurlement strident des alarmes déchira l'air.

Quelques instants plus tard, les dispositifs anti-incendie se déclenchèrent, aspergeant d'eau les étalages de produits plus kitsch les uns que les autres.

Faisant preuve d'une belle conscience professionnelle, la vendeuse refusa obstinément de déserter son poste. Un excès de zèle qui contraignit Ophélia à lui asséner un grand coup derrière la tête à l'aide d'une boule à neige. Après quoi, Wilkes et elle contournèrent le comptoir et s'engouffrèrent dans le minuscule sas qui commandait l'accès à la réserve, remplie jusqu'au plafond de petites boîtes en carton, pour la plupart frappées d'inscriptions en chinois.

Au fond, une porte donnait sur un couloir nu, violemment éclairé qui, selon toute vraisemblance, devait conduire à une aire de chargement ou à un monte-charge.

– C'est pas là, dit Ophélia.

– Arrête, c'est pas possible, répondit Wilkes. On va quand même pas se faire coffrer pour incendie volontaire.

– Incendie volontaire et agression, nuança Ophélia, la boule à neige toujours au creux de la main.

Elles firent précipitamment le tour de la réserve, renversant une partie des marchandises. Des cris montaient de la boutique, bientôt couverts par l'éclat d'une voix virile demandant avec autorité :

– Que se passe-t-il, ici ?

– Deux femmes. Deux dingues !

– Où sont-elles allées ?

Et puis, dans la seconde, le crépitement d'un talkie-walkie et l'agent de sécurité qui réclame des renforts avant d'ordonner que l'aire de chargement soit bouclée.

– Là ! dit soudain Ophélia en désignant un grand poster de l'ancien secrétaire général, Ban Ki-moon, qui faisait une trouée dans le mur de cartons.

– C'est vrai, personne n'a une telle dévotion pour Ban Ki-moon, renchérit Wilkes.

D'un geste, elle arracha le poster, révélant une porte anodine, protégée par une serrure d'une extraordinaire sophistication. Le brief de la mission était clair : qu'elles réussissent à allumer un feu et à attirer sur place pompiers et policiers, ce serait déjà pas mal.

– Rien que ça, ce serait C+, avait commenté Vincent.

Seulement voilà, maintenant qu'elles étaient sous l'empire d'une montée d'adrénaline, ni l'une ni l'autre ne souhaitaient plus se contenter d'un C, fût-il plus.

Wilkes cogna bruyamment contre la porte.

Rien.

Elle redoubla d'énergie, donna des coups de pied. Dans

la boutique, un second agent de sécurité avait dû arriver en renfort car on y entendait l'écho inquiet d'un conciliabule.

Plus que quelques secondes avant qu'ils interviennent.

Et puis, finalement, une voix étouffée résonna derrière la porte.

– Qu'est-ce que c'est?

Ophélia planta son regard dans celui de Wilkes qui, aussitôt, répondit d'une voix grave:

– Bug Man. Ouvre.

– Il est anglais, souffla nerveusement Ophélia.

– Vas-y, ouvre c'te p'tain d'porte. C'est Bug Man que je te dis! hurla Wilkes.

– T'as pas ton badge?

– Je l'ai perdu, mec. Je t'assure. Maintenant, ouvre cette foutue porte!

Sa voix sonnait un peu comme Rupert Grint. Ou du moins, une version américaine de Ron Weasley.

À leur grande stupéfaction, la porte s'ouvrit, révélant un TdP vêtu de ses caractéristiques polo pastel et pantalon sable.

Wilkes lui enfonça son pistolet en plastique sous le menton et le força à reculer.

Ophélia claqua la porte derrière eux. Rapidement, le bonhomme comprit que l'arme dont on le menaçait n'avait pas l'éclat du métal. Ophélia le frappa en plein visage avec sa boule à neige. La coupole de plastique se brisa sous l'impact. Un torrent de paillettes et une miniature en plastique du bâtiment de l'ONU lui restèrent un instant collés au front.

Le TdP ne perdit pas conscience et, à l'inverse, récupéra d'autant plus vite que l'idée du pistolet en plastique et l'anticipation de ce que pouvait lui coûter son erreur s'imposaient à son esprit. Il avait beau être à moitié aveugle, il revint rapidement à la charge avec force, détermination et sauvagerie.

Wilkes lui administra aussitôt l'ordonnance testiculaire du bon Doc Marten, avant une volée de coups de poing en pleine face auxquels se joignit Ophélia. Une mêlée s'ensuivit. Le TdP ne tarda pas à basculer à la renverse, emportant Ophélia, qu'il tenait par le cou, dans sa chute. Wilkes répliqua en lui shootant le côté du crâne. *Paf! Paf! Paf!* Encore et encore.

Ophélia parvint à se libérer des mains du type. Mais Wilkes ne s'arrêta pas pour autant, pas avant que la tête du TdP ne vire à l'écarlate et que des écailles d'os n'apparaissent ici et là.

– Ça suffit! Arrête! hurla Ophélia.

Wilkes balança un dernier coup de pied, façon «et ce coup-ci, tu bouges plus».

Face à ce déchaînement de violence, les derniers doutes d'Ophélia s'évaporèrent. Comme elle le supputait, Wilkes était une fille à problèmes. À sérieux problèmes, même.

Sans attendre, Ophélia fouilla le TdP à demi conscient qui, de toute évidence, n'irait nulle part pour l'heure. La pêche fut plutôt bonne: un Taser, un talkie-walkie et un pistolet.

Elle tendit l'arme à Wilkes qui laissa tomber son jouet.

– Mmh, effectivement, celui-là c'est un vrai, dit-elle avant d'ajouter, après une courte pause: je crois que je me suis cassé le gros orteil.

Jetant un œil alentour, elles s'aperçurent qu'elles étaient dans une petite pièce ne contenant rien d'autre qu'une chaise et deux autres portes. La première fut facilement ouverte. Elle donnait sur des toilettes. La seconde, en revanche, était verrouillée par un système à carte magnétique. Une nouvelle fouille s'imposa donc pour dénicher le badge du garde.

– Eh bien, dit Ophélia. Qui aurait cru qu'on irait si loin?

– Ouais. Sûrement pas Vincent en tout cas. Je crois qu'on est passées de C+ à un bon B.

– Je dirais qu'on a eu de la veine, mais, bon. On y est !

– Diversion et chaos, dit Wilkes. OK ?

– S'il y a des lignards de l'autre côté, répondit Ophélia d'une voix tremblante, c'est eux qu'on cible en priorité. On tire à vue ou on les infiltre et on se barre d'ici en vitesse.

– Un petit peu des deux ? dit Wilkes.

– *PAN PAN ! PIF PAF*, et on dégage.

– Le bal est ouvert, frangine.

Keats était perdu dans le poil du beagle. La main avait disparu et les biobots de Plath avec elle.

– T'inquiète pas pour moi, dit Keats. Fonce !

Plath lança ses biobots à l'assaut des sillons de la paume. L'un d'eux toucha un bourgeon de sueur qui éclata comme une bombe à eau.

– Je sais pas si c'est lui. Enfin eux.

Ils reprenaient leur souffle dans une ruelle sordide, balayée par un vent glacial. Keats lui tenait les deux bras. Elle s'adossa au mur de briques couvert de graffitis. Ils respiraient mutuellement la buée qui s'échappait de leurs bouches.

– Continue d'avancer, dit Keats. Vers la lumière. Normalement, ça devrait te conduire à la tête. C'est ça la cible.

– Et toi ?

– Je trouverai un autre moyen.

Des sirènes hurlantes. Pas de panique. Après tout, on était à New York. C'était le jour où l'on n'en entendrait aucune qu'il faudrait se poser des questions.

– On ne peut pas trop s'éloigner, mais on ne peut pas rester là non plus, dit Keats d'une voix inquiète. Les rues vont bientôt grouiller de flics et de gens de chez Armstrong. Où aller ?

– Là, répondit Plath en pointant du doigt l'enseigne jaune vif d'une agence de location de voitures, sur le trottoir d'en face.

– Quoi ?

– Ben, on loue une voiture et on fait le tour du pâté de maisons.

– Mmh, c'est une idée... Ouais. Sauf que... on n'a pas l'âge.

– Nom de Dieu ! s'écria Plath en voyant les champs labourés céder la place à un paysage de montagnes, sillonné de vallées encaissées.

Des murs de chair s'élevaient partout autour d'elle, oppressants, écrasants, suffocants. La main se refermait. Plongés dans le noir, ses biobots couraient, tournaient en rond. Où était la sortie ? Où ?

– Là, dit Keats en tendant le bras vers une benne à ordures.

Il démarra en trombe, entraînant Plath avec lui. Au pied du container, il l'aida à l'escalader en la saisissant par la taille. Ce contact le troubla, surtout lorsque, au plus mauvais moment, son derrière passa juste sous son nez. Très vite, il l'imita et se laissa tomber avec elle dans la grosse caisse de tôle. Au moins était-ce sec, l'essentiel de la nourriture chinoise que contenait la poubelle ayant gelé durant la nuit. Avec la chaleur de leurs corps, les déchets allaient se mettre à fondre. Par chance, l'odeur n'était pas aussi terrible que ce à quoi l'on aurait pu s'attendre.

Keats bascula le couvercle par-dessus leurs têtes et ils se pelotonnèrent l'un contre l'autre sur le matelas d'ordures.

– Peut-être qu'il va encore caresser le chien, suggéra Plath.

– Peut-être, répondit Keats.

Ils se cajolaient dans les ordures. Leurs biobots à quelques centaines de mètres de là, et à un univers d'écart.

Du ciel vinrent des mains. Keats vit de nouveau les doigts descendre vers le carré de forêt ratissé qu'était la blessure. Soudain, telle une apparition tombant du ciel, le bout d'un énorme tube, telle la plus grosse lance à incendie du monde. De la taille des conduits d'eau qu'on enterre sous la chaussée.

Une éruption visqueuse et incolore jaillit du tube, s'écoulant sur la plaie en superbes spirales cristallines.

– Ils s'occupent du chien, dit Keats. Je vois un pansement. On dirait un… un grand tapis blanc. De la taille d'un pâté de maisons.

– J'ai quitté la main. Je suis sur le bras, annonça Plath.

– Je veux te rejoindre. Je veux pas que tu y ailles seule.

– Attention à toi…

Il l'enlaçait. Elle sentait sa chaleur. Et elle avait peur. À peine pouvait-elle encore avaler sa salive, tant sa gorge était sèche. Comment se faisait-il qu'elle ait autant besoin de lui ? Non seulement ici, dans le macro, mais également dans la viande ?

Les biobots de Plath traversèrent à toute allure une forêt clairsemée de follicules pileux, puis se précipitèrent dans une manche, sous un ciel fait de fibres tissées. Était-ce au moins le bon bras ? Un des *leurs* ? Ou est-ce qu'elle remontait éperdument le bras d'un acteur secondaire, un garde ou un secrétaire ?

– Je vais piquer sur l'œil du chien, dit Keats en lançant son biobot à l'assaut de l'étrange forêt de cimes.

– Keats, je veux pas devenir dingue dans une benne à ordures.

– Je m'appelle pas Keats.

– Me dis pas ton vrai nom, murmura-t-elle.

– Je connais bien le tien.

– Je m'appelle Plath, répondit-elle avec une fermeté qui n'était guère en rapport avec le trouble qui l'habitait.

– Je suis sur le bandage. Ça fait comme un chapiteau de cirque ! Avec les sparadraps qui tirent sur les poils. C'est...

– Tu crois qu'on se serait aimés si on s'était connus en d'autres circonstances ?

– On ne se serait jamais rencontrés, répondit-il froidement.

Le couvercle de la benne s'ouvrit soudain. Ils se figèrent, terrifiés.

Un sac MacDo tomba dans le réceptacle, et le couvercle se referma.

Ils perçurent les bruits de la rue. Conversations, exclamations, éclats de rire. Les bruits de la normalité. À côté desquels leur situation n'en paraissait que plus extravagante, à des années-lumière de la normalité.

– Je suis sur la tête, dit Keats. Poils plus courts. Reste à espérer que ce chien n'ait pas de puces, de tique ou de... Paupière en vue. J'y suis. Des demodex. Raah, je déteste les demodex. Quoique, ceux-là sont pas exactement comme... Dieux du ciel.

Il avait le visage enfoui dans son cou. Elle sentait la frite. Il devait lutter pour ne pas l'embrasser tandis qu'il filait vers l'œil du chien, totalement dénué de blanc.

Sentant le contact de ses lèvres dans son cou, elle soupira légèrement, n'opposant aucune résistance à ses élans de tendresse, occupée qu'elle était à suivre du regard la course folle de ses biobots, dans deux fenêtres distinctes, dont une où elle pouvait suivre l'avancée de la bestiole qui crapahutait en tête. Et, quelque part, elle se voyait. Elle était là, au cœur de la chair, en compagnie de ces créatures, même si elle frissonnait sous ses caresses.

– Je te laisserai pas devenir fou, Keats.

– Trop tard. On l'est déjà.

Elle se retourna et déposa un bref baiser sur sa bouche tandis que ses biobots, après avoir longtemps couru à la surface d'un épiderme lisse et couvert de poils fins, abordaient l'étendue inégale, hérissée de souches d'arbres inégalement coupées, d'un visage habitué au rasoir.

Était-elle sur le visage des jumeaux Armstrong?

Et, en admettant que ce soit le cas, que devait-elle faire ensuite?

Elle embrassa de nouveau Keats et sentit une vague de chaleur l'envahir. Serait-elle capable d'aller jusqu'au meurtre?

Et soudain, bingo. Une pièce plongée dans la pénombre, et deux lignards à leur station, gantés, casqués, inclinés sur leurs fauteuils, devant des écrans suspendus montrant des divisions et des divisions de nanobots en formation de combat.

Une demi-douzaine de paire d'yeux se tournèrent vers Wilkes et Ophélia. Au début, les lignards ne les remarquèrent pas, mais les autres si. Et ils ne tardèrent pas à réagir. Mais pas aussi vite que Wilkes qui, aussitôt, tira dans le tas. *BANG! BANG! BANG!*

– Crève, charogne! beugla Wilkes en dégommant tout ce qui passait dans sa ligne de mire, hommes, femmes, écrans, murs.

Ophélia fondit sur le premier lignard, un ado, ou un très jeune homme, difficile à dire sans voir son visage, toujours est-il qu'elle fourra la main sous le casque et que ses deux biobots atterrirent sur un bouton, aussi virulent que le Vésuve. Un vrai volcan en colère.

Le gamin fit volte-face et arracha son casque. Touchée par un tir de Taser, Ophélia tomba à genoux. Puis un coup de pied l'envoya aussitôt heurter le sol à plat dos.

– Ophélia ! hurla Wilkes en faisant feu, jusqu'à ce que, faute de munitions, la culasse du pistolet se bloque en position ouverte.

Elle le balança de toutes ses forces sur le moniteur le plus proche.

Quelqu'un de très gros la plaqua dos au mur.

« Ben là, se dit-elle, là, on frise le A. »

L'ongle de Tatiana, une interminable surface bombée de kératine écaillée, entra en contact avec le champ de bambous sortis de la croûte sale qu'était la peau de la présidente.

– Atterrissage, dit Nijinski.

– *Go*, répondit Vincent.

Ils se trouvaient parmi la foule rassemblée au Millenium UN Plaza. Une foule de gens attirés par le vain espoir d'entrevoir quelqu'un d'important, de quémander quelque service ou de hurler un slogan ou de faire signe.

Une bonne partie de l'assistance semblait très contrariée par ce qui se passait au Gabon, un pays que Nijinski situait vaguement en Afrique. Quoi qu'il en soit, ils le chantaient avec un bel enthousiasme, sur un rythme aussi élaboré qu'entraînant.

Un autre groupe, plus petit, en avait après le réchauffement climatique. Un troisième, de toute évidence déjà à moitié pompette, semblait être venu là pour faire la fête, et aussi protester contre la fermeture de plages nudistes en France.

Nijinski n'avait pas, et pour cause, d'opinion tranchée sur le Gabon. Le réchauffement climatique ne l'intéressait que moyennement. En revanche, il avait fréquenté suffisamment de plages nudistes pour se sentir naturellement enclin à soutenir le gouvernement français sur cette question.

Dans la foule, ils étaient anonymes. Et ils avaient, à portée de ligne, le Hilton, au bout de la rue, et l'ONU.

Le revers de la médaille, c'était que, pour avoir le droit d'être là, ils avaient dû tous deux se soumettre aux contrôles de sécurité et que, donc, ils n'avaient pas d'armes. Ce qui n'avait pas tant d'importance que ça puisque celles-ci étaient en ce moment même sur leur rampe de lancement, au creux du poignet de la présidente.

Deux biobots chacun, qui couraient le long d'un bras célèbre, filant entre les petits follicules pileux, enjambant des cellules de peau morte. Subitement, Nijinski s'imagina convoqué par une commission d'enquête parlementaire et sommé d'expliquer ce qu'il faisait à se balader comme ça sur le bras de la présidente.

Les officiers de la NYPD affectés à la surveillance de la foule étaient de vieux habitués des manifestations. Ils se tenaient à distance, affichant un air détaché, attentifs, mais pas paranoïaques pour un sou. De leur côté, Vincent et Nijinski partaient du principe que la moitié au moins de l'assistance était composée de gens appartenant à divers services de sécurité ou de renseignements. Tous les pays de la planète qui pouvaient encore se permettre de se payer des espions en avaient au moins un ici. Il était même parfaitement concevable que cette foule ne comptât aucun civil proprement dit.

Donc prudence, avait aussitôt averti Vincent. Ne surtout pas penser que personne ne nous écoute. Ne pas imaginer, sous prétexte que le gars à côté porte un boubou, une toge ou un string résille et qu'il a le A d'anarchie tatoué sur la poitrine qu'en fait il n'appartient pas au MI6, au SVR russe ou au Mossad.

– J'entends des sirènes, dit Vincent.

La taille de Nijinski lui permettait de dominer la foule. Tendant le cou, il vit passer une farandole de camions de pompier. Et, de toute évidence, ils allaient à l'ONU.

– Un incendie, dit-il, notant au passage l'imperceptible hochement de tête de Vincent.

Les raisons de ce déploiement de soldats du feu au siège des Nations unies ne faisaient guère de doute à leurs yeux.

– Elles sont fortes toutes les deux, commenta Vincent.

Nijinski ne répondit pas, regrettant seulement de ne pas croire en l'existence d'un être transcendant auquel il aurait pu adresser ses prières. Ophélia était tout bonnement irremplaçable. Wilkes? C'était une malade. Même au regard des standards BZRK. Mais c'était *leur* malade.

– Qu'est-ce que t'en dis? Gauche ou droite? demanda Nijinski en se tournant vers Vincent.

– Gauche.

– Tu penses que c'est quoi? Une épaule?

Pour toute réponse, Vincent fixa du regard une femme qui l'observait d'un peu trop près. Elle chantait un truc avec les autres. Sa voix était dans la musique, avec les autres, mais ses yeux non.

– Ouais. L'épaule. Jin, donne-moi la main.

– Oh, comme je me suis langui de ce moment, persifla Nijinski avec un petit sourire.

Il avait cependant saisi le message. Avec un réalisme confondant, il prit la main de Vincent et plongea plus qu'amicalement les yeux dans les siens, ce qui incita le regard suspicieux de l'agent à partir en quête d'une cible plus plausible.

– Acarien, dit Nijinski sans rompre le contact visuel.

– Je le vois. Je sens aussi de la verticale. Cou.

– Ouaip!

Si, à quelques centaines de mètres de là, quatre bio-bots allaient décider de l'avenir de l'humanité, ici, dans le macro, au milieu de cette improbable assemblée, Nijinski commençait à se dire qu'il serait bien allé aux toilettes.

Cinq camions de pompier supplémentaires, sirènes hurlantes. Une brigade complète, avec grande échelle, véhicules d'assistance aux personnes et tout le toutim. Une certaine tension s'empara du salon de l'hôtel. De toute évidence, il se passait quelque chose de grave et les *lobbyists*, activistes, touristes et espions présents se demandaient tous ce que ça pouvait être.

Le mot se répandit dans la foule.

– *C'est le feu. Un incendie.*

– *Un acte terroriste?*

– *Vu que des pompiers jusqu'à présent.*

Manifestement, les représentants de la NYPD se sentaient concernés eux aussi. Un capitaine de police causait dans son talkie-walkie. Nijinski lut de l'inquiétude dans son regard. Et il aurait presque juré voir ses lèvres former les mots: «coups de feu».

La nouvelle se répandit comme une traînée de poudre parmi les forces de l'ordre. Soudain, les agents comprirent que ce qui s'annonçait comme une mission de routine était en train de tourner vinaigre.

– Mâchoire, dit Vincent.

Son téléphone vibra, annonçant l'arrivée d'un message qu'il fit lire à Nijinski par-dessus son épaule: «*Possible attentat terroriste à la librairie de l'ONU.* » On peut oublier le discours de la présidente, pensa aussitôt Nijinski. Jamais le Secret Service ne laisserait POTUS approcher de l'ONU maintenant. Il n'avait aucune idée de ce qu'Ophélia et Wilkes avaient bien pu fabriquer mais, à l'évidence, c'était allé bien au-delà du simple fait d'attirer l'attention de la sécurité sur le poste opérationnel secret des lignards d'AFGC, dans les sous-sols du bâtiment de l'ONU.

Il leva les yeux vers Vincent qui, avec un petit sourire pincé, déclara :

– Oreille. On se sépare.

– Mmh, elle pourrait se payer une épilation électrique, dit Nijinski.

Dans le meilleur des cas, Vincent n'avait guère le sens de l'humour. Là, encore moins. Il garda donc le silence tandis que tous deux faisaient grimper leurs biobots en direction des globes oculaires de la présidente.

PIÈCE VERSÉE AU DOSSIER

Extrait d'un discours que Grey McLure devait prononcer lors d'un séminaire du MIT sur les dangers des nanotechnologies. La maladie de sa femme l'a contraint à annuler son intervention et jamais McLure ne s'est exprimé publiquement sur le sujet.

Prenons une feuille de tofu carrée de, disons quarante-cinq centimètres de côté. Maintenant, imaginez que vous preniez dans vos mains cette matière fragile et visqueuse et que vous commenciez à la plier. Très vite, vous allez obtenir une poignée de tofu plissé, une sorte de boule gluante. Ça, c'est le télencéphale. La partie du cerveau qui rend l'humain humain.

Il repose sur une sorte de poireau à l'envers. Le tronc cérébral. Et, coincé sous le tofu, collé contre le tronc cérébral, se trouve le cervelet. Le cervelet pourrait ressembler à des spaghettis cuits et collants que l'on aurait moulés avec un petit bol.

Mais ce schéma ne représente rien, pas même le début du commencement. Il équivaudrait à un planisphère qui ne nommerait que les continents. Difficile de retrouver un pays sur une carte qui dit uniquement : Asie.

Car ces continents regroupent bel et bien différents États, protégés par des frontières fixes. Ces pays s'appellent le Wernicke, le Thalamus ou le Broca. Mais il en existe des centaines d'autres, chacun possédant sa propre identité.

Mais, même comme ça, vous ne pouvez pas vous y retrouver. Vous avez une carte qui vous indique le Mexique, la France ou l'Azerbaïdjan, ce qui est déjà mieux qu'une vue des seuls continents, mais vous ne pouvez toujours pas trouver une ville précise, encore moins une adresse.

La complexité est aussi grande que celle de la Terre elle-même. Trois livres de tissu mou dans une cavité osseuse de forme elliptique. Ce tissu mou est traversé par des artères qui pompent l'oxygène – beaucoup plus que dans n'importe quel autre organe –, ainsi que par de grosses boules de nerfs qui se ramifient jusqu'au nez, aux oreilles, aux doigts, aux orteils, à l'estomac ou au cœur et, le plus important, jusqu'aux yeux.

Ces nerfs sont des conduits à informations. Des millions et des millions de bits de données. Qui se déversent dans ce qui pourrait bien être quatre-vingt-dix milliards de synapses. Ces nerfs sont les océans, les ports et l'espace aérien du cerveau. En partant du principe que chaque synapse est l'équivalent d'un un ou d'un zéro dans un système binaire, vous avez là les routes, les rues et les ruelles de notre cartographie mentale.

Mais la complexité reste à venir. Car ces milliards de synapses donnent lieu à un quadrillon ou, si vous préférez, à mille trilliards de connexions.

Vous constaterez alors que des continents, nous sommes passés aux pays, aux océans et aux fleuves, jusqu'à obtenir la carte ultime d'une planète peuplée d'un quadrillon d'habitants.

Imaginez tous les grains de sable d'une grande plage comme Huntington Beach ou Waikiki. Leur nombre devrait approcher le quadrillon.

Maintenant, comment en est-on arrivé à imaginer que l'on pouvait cartographier le cerveau humain avec suffisamment de précision pour autoriser des manipulations ?

Parce que, au fond, on n'a pas besoin du quadrillon. Pas même du milliard. On n'a pas besoin de voir tous les détails. Le cerveau lui-même nous aide à trouver ce qu'on cherche en laissant apparaître différents réseaux de connexions synaptiques.

La mémoire est insaisissable du fait qu'elle s'étire dans toutes les zones de l'encéphale. Revenons à notre feuille de tofu. Plantons-y huit aiguilles et traçons des traits entre elles.

Voilà défini le souvenir que vous avez du visage de votre mère, chaque aiguille représentant un fragment de la mémoire globale.

En regardant les motifs ainsi dessinés, vous remarquez quelque chose. Toutes ces connexions passent par l'hippocampe. L'hippocampe est le routeur. Branchez-vous sur le routeur et ce sont les réseaux de la mémoire qui s'offrent à vous.

Pourtant, il ne paye pas de mine, l'hippocampe. Ils disent que ça ressemble à un croisement entre une limace et, précisément, un hippocampe, que ça mesure moins de cinq centimètres de long, et qu'il y en a un par hémisphère cérébral.

Maintenant qu'en est-il du maillage du cerveau humain ? Le maillage, c'est l'interface utilisateur. Le traître. Le Judas de l'esprit.

En théorie, il est possible d'imaginer qu'un dispositif à échelle nano puisse se brancher sur l'hippocampe et, effectivement, « mettre en lumière » la localisation d'un souvenir spécifique. De la même manière, il serait parfaitement envisageable que ce dispositif puisse éteindre certaines zones de la mémoire, ou, à l'inverse, augmenter leur activité, ou filtrer leur importation de données.

En d'autres termes, il est permis d'imaginer un monde dans lequel un robot issu des nanotechnologies puisse tisser une fibre neurale artificielle entre deux souvenirs particuliers, ou entre un souvenir et une zone du cerveau associée à telle ou telle émotion.

Bien sûr, de tels agissements constitueraient un dévoiement criminel d'une technologie par ailleurs immensément prometteuse. Personnellement, j'ai tendance à penser qu'ils relèvent plus d'une fiction destinée à faire peur que d'une réelle menace.

VINGT-SIX

Wilkes et Ophélia étaient étendues sur le sol, sous les épaisses volutes de fumée qui s'étaient propagées depuis le magasin de souvenirs, en proie aux flammes malgré le déclenchement des arroseurs automatiques.

Elles étaient à terre, mais les biobots d'Ophélia ne l'étaient pas, du moins pas encore. Ils cherchaient désespérément un endroit où se cacher dans la viande d'un des lignards.

La panique générale régnait dans la pièce. Les deux lignards – un jeune Asiatique et un petit Blanc au visage ravagé par l'acné et à la chevelure exubérante – retirèrent vivement leurs casques, tandis que les TdP n'arrêtaient pas de hurler: «tout le monde à terre, à terre», bien qu'il fût peu probable que l'une ou l'autre des assaillantes, sonnées, puisse se lever.

Ensuite vinrent d'autres cris:

– Posez vos armes, *immédiatement*!

Et là, ce n'étaient pas des TdP qui hurlaient, mais bien des membres de la sécurité de l'ONU, et pas des agents recrutés à la semaine dans on ne sait quelle agence d'intérim spécialisée dans la sécurité. Non, des pros armés de fusils d'assaut, portant gilet pare-balle, casque et jambières.

Ophélia eut une pensée pour ce qui allait se passer maintenant que les agissements d'AFGC apparaissaient au grand jour, qui plus est dans le bâtiment des Nations unies. Jamais, au grand jamais, ils ne pourraient étouffer une affaire pareille. Les Jumeaux avaient commis une terrible erreur, qui allait leur coûter cher.

Ils allaient forcément réagir pour empêcher cela. Ce qui voulait dire...

– Colis suspect! cria une voix d'homme.

– Non!

Les lignards bondirent de leurs sièges; les TdP leur sautèrent immédiatement dessus; les hommes de la sécurité de l'ONU, pensant être attaqués, ouvrirent le feu.

Tenant Wilkes par le col de sa chemise, Ophélia se glissa en direction de la porte. Les agents de la sécurité la sommèrent de s'arrêter, faute de quoi ils feraient usage de leurs...

– Ils vont...! hurla Ophélia.

Le reste se perdit dans l'explosion.

L'engin était une bombe incendiaire dissimulée dans une valise, déclenchée à distance par Sugar Lebowski qui avait suivi toute la scène sur l'écran de son poste de commandement du cinquante-huitième étage.

Jindal était descendu du cinquante-neuvième, préférant la compagnie de la sécurité au désert du plateau des lignards. Il était blanc comme un linge. Il la regarda d'un air horrifié.

– Pas le choix, murmura-t-elle.

La seule marche à suivre si le secret est gravement menacé. Fermer toutes les voies d'accès à l'information. Gestion de crise.

D'abord Nijinski. Maintenant, ça.

Seigneur.

Un désastre.

Sur le moniteur, elle avait vu passer un éclair blanc et puis plus rien. Elle restait là, debout, à espérer voir revenir une image qui, bien sûr, n'arrivait pas.

Sugar était bien placée pour savoir qu'après l'explosion initiale, une fumée irrespirable envahirait la pièce, accompagnée d'un feu si intense que rien n'y résisterait. Pas un fil électrique, pas une empreinte, pas même le métal d'une couronne dentaire. Et, *a fortiori*, aucun nanobot.

Elle frissonnait. Ses mains tremblaient.

Pas d'alternative. Aucune. Pas maintenant que les pompiers et le service de sécurité de l'ONU étaient entrés dans la partie avec, dans leur sillage immédiat, les pelotons d'intervention rapide, le FBI et toutes les agences d'investigation officielles. Ils découvriraient tout.

En procédant ainsi, ils ne trouveraient que quelques os et de rares débris.

Ce qui pouvait bien être aussi ce qu'il resterait de Sugar Lebowski. Un goût de vomi s'insinua dans sa bouche. Son cœur battait si fort qu'elle n'entendait pratiquement plus Jindal.

— Ils sont tous morts ? demanda-t-il avec la voix du petit gamin incrédule s'adressant à sa mère.

— Du putain de charbon de bois, répondit-elle durement.

Une caméra était montée bien en vue dans la salle de commandement. Et elle savait pertinemment que les Jumeaux en avaient d'autres. Là-haut, cent mètres au-dessus. Ils regardaient. Elle le sentait.

Il lui apparut qu'elle pourrait s'estimer heureuse si elle voyait le soleil se coucher. Laisser échapper Nijinski aurait déjà suffi à mettre les Jumeaux hors d'eux. Oui, elle avait été attaquée, prise par surprise, et Dietrich n'était pas exempt de tout reproche non plus. Mais ils n'étaient pas du genre conciliant et magnanime, là-haut. De toute façon, comparée à ça, l'évasion de Nijinski était dérisoire.

Sugar Lebowski était-elle si précieuse pour la compagnie, pour Charles et Benjamin, pour qu'on la garde en vie ? Rentrerait-elle chez elle ce soir, reverrait-elle sa fille ?

Elle pivota vers la caméra.

– Ce ne sont que deux lignards, déclara-t-elle. Il nous reste encore Bug Man, Burnofsky, One-Up et Dietrich. Comme toujours, One-Up est un peu à la bourre, mais elle est fiable. Lorsqu'elle sera sur zone, à l'hôtel, on pourra créditer Dietrich des nanobots de Kim ou d'Alfredo. Ou, si vous préférez, on peut réaffecter One-Up ailleurs.

Bien entendu, aucune réponse ne vint.

Son estomac se noua. Elle fixa le moniteur qui diffusait les images de l'hôtel. Dietrich était déjà en train de s'équiper. Elle regarda derrière lui. L'angle de la caméra n'aidait pas. Le fauteuil de One-Up était de l'autre côté du lit qu'on avait poussé contre le mur pour faire de la place. Un rayon de soleil provenant de la fenêtre gênait la caméra.

Pourtant, en y regardant à deux fois, elle s'aperçut que le fauteuil était vide. Elle qui venait d'assurer à Twofer que One-Up était fiable. Une prima donna, certes, mais elle finissait toujours par assurer. Quoi qu'il en soit, elle aurait été bien inspirée de ne pas leur faire faux-bond maintenant.

– Où est One-Up, bon Dieu ? hurla Sugar, perdant un peu de son sang-froid en entrevoyant la probabilité de sa fin prochaine.

Jindal sursauta. Les autres personnes présentes dans la pièce également. Ils la regardaient tous d'un œil accusateur. La bombe, c'était elle qui l'avait déclenchée.

– Elle... Elle a toujours besoin de prendre quelque chose chez Starbucks, balbutia Jindal. Elle a dû sortir. Elle... (Il haussa les épaules en cherchant désespérément un soutien du regard.) C'est son truc, à One-Up. Une superstition. Vous saviez pas ? Les trois quarts des lignards ont des TOC. Sont tous mabouls !

Le téléphone de Sugar sonna. Elle fit un bond. C'était forcément eux. Les Jumeaux.

Verte d'angoisse, elle vérifia l'écran. Le numéro qui s'affichait ne lui disait rien. Elle appuya sur la touche « répondre » et porta l'appareil à son oreille.

– Qui est-ce ? demanda-t-elle.

– C'est moi, c'est moi. Ça fait une heure que j'essaie de vous avoir !

One-Up.

– Du calme, du calme, dit Sugar avec toute l'autorité dont elle pouvait encore faire preuve en pareilles circonstances. Je t'écoute.

Ce disant, elle se tourna vers la caméra en s'imaginant les trois horribles yeux qui, en ce moment même, la transperçaient.

Sa dernière heure était venue. Aucun doute là-dessus. Elle se figura sa maison. Sa fille. Son mari, qu'elle aimait moyennement, mais qui fournissait une parfaite couverture.

Les Jumeaux allaient ordonner son élimination. Par l'un de ses propres hommes. Elle dévisagea rapidement les visages fermés qui l'entouraient. *Un de vous*, pensa-t-elle. *Un de vous.*

Elle aurait aimé pouvoir pleurer. Mais si elle avait encore

une chance de pouvoir sauver sa peau, c'était en se concentrant sur cette nouvelle menace.

Oui, il y avait une opportunité. Une infime lueur d'espoir.

Délaissant le moniteur, elle pivota vers son adjoint, un ancien de la police dont la bedaine n'avait d'égal que la vivacité d'esprit. Paul Johntz.

– Paul. On a été piratés. Ils sont au moins deux lignards BZRK. Ils doivent forcément rester dans le coin pour contrôler leurs biobots. Rassemble toutes les unités que tu peux trouver et suis-moi.

– Je pique sur le nerf optique, dit Plath.

On lui avait montré comment faire. Mais seulement une fois. Elle planta la sonde, une petite pointe rigide à l'extrémité d'un filament nano. Pour ça, il fallait qu'elle se serve du bras de la mante. Mais ce n'était pas évident. Comme si une langouste essayait de lancer un harpon avec sa pince.

La sonde s'enfonça et… rien.

Elle rembobina le fil et enfonça la sonde plus profondément dans le nerf. Et soudain.

– Aaaah !

– Chut, dit Keats. Du monde.

En effet, ça bougeait non loin de la benne. Plath fit silence. Une nouvelle image était apparue. Tellement étrange. Comme une fenêtre dans une fenêtre. Comme une image dans une image, à la télé, sauf que, là, l'image était en noir et blanc, et aussi granuleuse que si les pixels avaient mesuré un pouce de côté.

C'est alors qu'elle se souvint d'un détail : le faisceau brut, capté par le nerf optique, est inversé. Mentalement, elle renversa l'image, sans que celle-ci ne fasse davantage sens.

Elle retira la sonde. Après deux autres tentatives infructueuses, elle obtint enfin quelque chose. Une vue brouillée, granuleuse, mais avec un angle beaucoup plus large. Jusqu'ici, c'était un peu comme regarder le monde par le petit bout de la lorgnette, alors que là, au moins, elle avait une certaine largeur de champ.

Elle voyait un œil. Précisément, celui sur lequel elle piquait.

Comme si elle avait regardé dans un miroir.

Son estomac se noua. Oui, il s'agissait bien d'un miroir ou de l'équivalent high-tech d'un miroir. Et voilà que, cessant de se regarder lui-même, l'œil balaya le miroir pour se tourner vers un visage.

Un visage à nul autre pareil.

– C'est eux, murmura-t-elle, pratiquement aphone.

Keats la serra contre lui.

Bug Man et Burnofsky reçurent simultanément le même message sur leurs moniteurs.

One-Up manquante. Kim et Alfredo morts. ONU bouclée.
Tout repose sur vous.
CBA

CBA. Charles et Benjamin Armstrong.

Bug Man et Burnofsky.

Tous deux à pied d'œuvre.

En effet, deux divisions de nanobots étaient en place. Une sur le Chinois, une sur l'Américaine.

Les nanobots de Kim étaient montés sur le Premier ministre indien, Chauksey. Le détachement d'Alfredo se trouvait encore à deux échelons de son homologue japonais, Hayashi. Le temps d'être réaffectées à un autre lignard, ces troupes étaient clouées sur place. Ça prendrait du temps.

Selon Bug Man, Dietrich n'était pas assez bon pour se charger du Premier ministre japonais. Mais, en admettant que One-Up les rejoigne rapidement, ils pouvaient toujours s'attaquer à la présidente américaine, au Premier ministre anglais et au chef de l'État chinois.

Bug Man fit un pari osé. L'heure était venue de montrer qu'il était plus qu'un simple lignard, qu'il était capable de jouer sur les deux tableaux, nano ET macro. Il tapa un rapide message à Twofer sur son clavier.

Une suggestion : redéployer Dietrich sur l'Indien.

Pas de réponse. Mais ça ne voulait rien dire.

La victoire était toujours à leur portée. Seule inconnue : savoir si une ou plusieurs cibles étaient défendues. En cas d'affrontement, One-Up pourrait très bien se débrouiller, tout comme Burnofsky.

Même dans l'hypothèse où seuls Bug Man et Burnofsky réussiraient, les dirigeants des deux plus grands pays du monde tomberaient inexorablement sous la coupe de Charles et Benjamin Armstrong. Bref, le sort des autres serait sans importance si tant est que Burnofsky et lui remplissent leur mission avec succès.

Bien sûr, dans un monde idéal, pensa Bug Man, *dans un monde parfaitement idéal, Burnofsky et tous les autres échoueraient et seul Bug Man triompherait.*

Mais là, c'était un peu présomptueux.

Il était temps de se mettre au maillage de la présidente des États-Unis.

Il éclata de rire en y pensant.

Cette fois, les Jumeaux allaient vraiment lui embrasser le cul et se répandre en courbettes.

C'est alors qu'il les repéra.

Deux biobots qui arrivaient au loin, dans le sillage de son armée qui, pour l'heure, filait à toute bombe dans le chiasma optique.

Oh, oui.

Oh, bon Dieu, oui.

« C'est toi, Vincent ? » Seigneur, faites que ce soit lui.

Pas d'interférence macro pour tout gâcher cette fois. L'ultime bataille.

– J'espère que vous regardez messieurs Charles et Benjamin Armstrong. Parce que ça va être... épique.

L'évacuation des invités de la réception du Millenium Plaza avait commencé, sous les ordres des agents de la NYPD présents sur place. L'atmosphère était très sérieuse. Quelque chose de gravissime s'était produit et aucun des convives, la fine fleur de New York, n'avait le cœur à rire.

Des hélicoptères vrombissaient au-dessus de leurs têtes, dans le constant hurlement des sirènes qui montait *crescendo* à mesure que les différents services de police prenaient possession des rues autour de l'épicentre de la catastrophe.

Une chose était sûre. Pour une diversion, c'était une sacrée diversion. Wilkes et Ophélia avaient fait fort, là.

Et puis, soudain, alors qu'il atteignait le fond du chiasma optique, il les vit. Là-bas, au loin, une armée de nanobots qui détalaient à toute allure.

– Bug Man, dit Vincent.

– J'arrive tout de suite ! répondit Nijinski.

La division Bug Man s'arrêta. L'une après l'autre, les six sections firent demi-tour pour faire face aux biobots. Le logo à tête qui explose était flou, mais immanquable dans la lumière fluorescente.

Vincent adressa un large sourire à Nijinski.

– Ce sera fini avant que tu arrives, Jin.

Les Jumeaux suivaient le déroulement des opérations *via* les différentes fenêtres ouvertes sur leur table.

Les écrans vides de la station de l'ONU, maintenant réduits à d'inquiétants rectangles de neige cathodique ; les rues autour de l'ONU, où le défilé de gyrophares allait si bon train que c'était à se demander s'il restait une voiture de police ailleurs dans la ville ; Dietrich prenant le contrôle des nanobots de Kim, déjà en position, dans la chevelure de jais du Premier ministre indien – une suggestion pertinente de la part de Bug Man, même si, bien entendu, Benjamin l'avait envisagée avant lui – ; et enfin One-Up, l'air d'être passée sous les roues d'un camion, que l'on accompagnait vers le fauteuil voisin de celui de Dietrich.

Cette dernière image les dérouta au plus haut point. Ils n'avaient pas le son, mais la rage se lisait sur son visage. Le coup de pied qu'elle donna dans la poubelle, en passant, et le direct qu'elle envoya dans les airs finirent de lever le peu de doutes qui subsistaient. Elle était définitivement furieuse.

Ils voyaient également l'intérieur du cerveau du Premier ministre chinois à travers les yeux de Burnofsky.

Et aussi ce que découvrit Bug Man, tandis qu'il pivotait à cent quatre-vingts degrés face à son ennemi juré.

Les sondes et les balises posées sur leurs rétines produisaient de minuscules impulsions électriques, qui filaient directement dans le nerf optique, jusqu'au cortex visuel, tout au fond de leurs cerveaux, qui se chargeait de les traduire en images.

Hélas pour eux, ni l'œil de Charles, ni celui de Benjamin, encore moins celui du milieu, ne pouvait se retourner sur lui-même, vers l'intérieur de leur crâne à eux. Ils y auraient découvert deux biobots qui, au terme d'un long périple, avaient fini par atteindre l'hippocampe.

Et aucun d'eux ne pouvait savoir que Sadie McLure, qui dorénavant se faisait appeler Plath, et actuellement pelotonnée dans les bras d'un beau jeune homme au fond d'une benne à ordures, fomentait en ce moment même leur assassinat.

Les TdP devaient ratisser une zone de douze pâtés de maisons pour retrouver les lignards de BZRK. Chaque pâté formait un front bâti de plusieurs dizaines d'étages au minimum, avec des centaines de bureaux dans chaque immeuble. Sans compter que le rayon n'était peut-être pas exact. Une estimation au plus près, voilà tout. Personne ne connaissait exactement les limites du champ d'action d'un lignard de BZRK. Nécessité faisant loi, ils se cantonnaient à une zone excluant tout à la fois Grand Central et les stations de métro les plus proches.

Rien qu'au niveau de la rue, ça représentait une douzaine de cafés et deux fois plus de restaurants, de snack-bars, de pizzerias, de boutiques de photocopie, de nettoyage à sec, d'articles de bureau, de magasins pour touristes, de fleuristes...

Autant chercher une aiguille dans une botte de foin. Sugar Lebowski avait onze hommes avec elle. Son seul avantage? Elle connaissait celle qu'elle cherchait: Sadie McLure. Bon, il y avait aussi un jeune garçon, mais le plus judicieux c'était de se concentrer sur la fille.

Dans une voiture. Un parking. Cachés dans un taxi. Cachés dans un des milliers de bureaux du quartier. Ça laissait quoi comme chance de les retrouver? Avec onze hommes? Une chance sur un million?

Deux clodos se disputaient violemment la possession légitime des canettes qu'ils venaient de dénicher au fond d'une poubelle. Sugar s'avança jusqu'à eux d'un pas martial.

– Fermez-là, trous du cul, dit-elle en exhibant un billet de cent dollars qui eut le don de dissiper instantanément aussi bien les vapeurs d'alcool que les tourments de la névrose.

Les deux SDF la regardèrent avec attention.

– Cent dollars si vous me retrouvez cette fille, poursuivit Sugar. (Elle leur fourra sous le nez la photo qu'elle avait sur son téléphone.) Trouvez-la dans les dix minutes qui viennent et vous aurez de quoi picoler pendant une semaine. Allez! Bougez-vous!

Se tournant vers ses hommes, elle ajouta:

– One-Up a dit qu'ils étaient au Starbucks. Donc, il y a de grandes chances pour qu'ils soient encore au niveau de la rue. S'ils avaient eu accès à un bureau, ils y seraient allés dès le début. Alors dégotez-moi tous les zonards, vendeurs de rue, coursiers à vélo, chauffeurs de taxi, portiers et autres agents de sécurité d'immeuble que vous pourrez et faites comme moi. Offrez-leur un billet de cent. S'ils rechignent, offrez-leur mille. Mais je veux cette petite salope!

Le souffle de l'explosion projeta Wilkes jusque dans la boutique, où elle heurta de plein fouet un présentoir à T-shirts. Elle brûlait littéralement. Ses collants fondaient. Ses cheveux n'étaient plus qu'un amas de frisottis calcinés. Son chemisier fumait. Tapant pour étouffer le feu sur ses jambes, elle appela à tue-tête:

– Ophélia! Ophélia!

Il y avait des corps partout. Certains bougeaient, d'autres

non. Une irritante fumée noire, à couper au couteau, envahissait l'échoppe. Mille fois plus dense que celle qu'elles avaient pu créer avec leurs exercices d'apprenties pyromanes. Là, c'était comme si une chape de fumée pesait sur sa tête, comme si un couvercle avait réduit l'air à une petite bande de vingt centimètres au-dessus du sol.

Allongée de tout son long, Wilkes fit quelques roulades sur le côté afin d'éteindre les flammèches qui continuaient de courir à la surface de son corps. Puis elle se mit à ramper, tel un demodex, se traînant dans les gravats et par-dessus les corps inertes, en appelant sans cesse, le souffle chaque fois plus court «Ophélia! Ophélia!» jusqu'à ce que l'irritation soit la plus forte et qu'elle cède à une déchirante quinte de toux.

Apercevant deux jambes qui brûlaient comme des torches, elle pressentit, elle sut, que c'était Ophélia. Ses pieds avaient disparu. Ses jambes faisaient comme deux mèches de bougie.

Wilkes s'étrangla, vomit, pleura puis, attrapant un T-shirt souvenir de l'ONU, elle le pressa sur les chairs carbonisées qui sentaient comme de la viande dans une rôtissoire.

Elle rampa jusqu'à la tête. Les yeux d'Ophélia étaient grands ouverts, indifférents à la fumée, pétrifiés d'horreur. Ce regard, ces yeux fixes et terrifiés, était pire encore que les membres amputés par les flammes.

– Ils sont foutus! gémit Ophélia, son souffle dessinant des volutes en spirale dans le mur de fumée qui pesait sur son visage.

– Mets-toi...

Mais Wilkes avait atteint les limites de ses capacités respiratoires. Sa gorge enflait. Les haut-le-cœur revenaient.

– Foutus! cria de nouveau Ophélia. Grands dieux non! Non! Nooooon!

Wilkes comprit qu'elle ne parlait pas des personnes qui les entouraient.

– Aaaah! Aaaah! divagua Ophélia.

Un bruit semblable à un jappement s'échappa de sa bouche. Comme un phoque. Et puis elle se mit à trembler. Prise de convulsions, elle agitait les bras, secouait les moignons de ses jambes, hurlait et hurlait encore, jusqu'à ce que, suffoquée par la fumée, elle ne puisse plus pousser que des grognements gutturaux, entrecoupés de quintes de toux.

Wilkes baissa les bras.

Assez.

Une terrible tristesse s'empara d'elle. Bon sang, Ophélia méritait de vivre.

Finalement, par la fente gonflée de ses yeux larmoyants, elle vit apparaître le devant d'une paire de bottes, des jambes en caoutchouc noir et jaune. Semblant descendre de la fumée comme quelque divinité de cauchemar, des yeux d'insecte émergeant d'un casque noir se penchèrent vers elle. Sur le casque, un blason rouge dans lequel s'étalaient les lettres bénies: FDNY. Les pompiers.

VINGT-SEPT

Keats avait clairement entendu Vincent les mettre en garde contre le fait d'envoyer des biobots au front, à l'aveugle.

Les biobots n'ont pas la vitesse ni les facultés nécessaires pour se balader seuls, hors de tout contrôle. Ils doivent suivre un sentier, un chemin balisé.

Sur la truffe d'un chien, voilà où il était. Dans une pièce qui devait certainement abriter les jumeaux Armstrong, mais aussi d'autres personnes. Tout ce qu'il voyait, c'était des formes aussi immenses et lointaines que des nuages. Tout ce qu'il entendait, c'était de vagues éclats de voix grondant au loin comme le tonnerre.

C'est avec ça qu'il devait faire. Des nuages et des coups de tonnerre, alors qu'il parcourait la truffe d'un chien ressemblant au lit d'un lac asséché.

Impossible de se rendre utile. Impossible de se sauver. Pas plus lui que Sadie.

C'est là qu'il vit la puce, cette inconcevable bête blindée avec ses yeux façon Transformer. Pas le temps de réfléchir.

Il lança ses deux biobots en direction du monstre, aussi vite que possible. La puce ne le remarqua pas. La puce s'en moquait comme d'une guigne. La puce n'avait pas de prédateur si ce n'est un certain collier, mais qui était beaucoup trop loin pour représenter une menace. Elle ne pensait qu'à une chose, butiner le *krovvy*, comme ils disent dans *Orange mécanique* pour parler du sang. Du sang. Rien d'autre. Et les biobots n'en étaient pas.

Tandis que son appareil buccal pompait régulièrement le sang, il courut jusqu'à l'animal et ses biobots bondirent.

Ils heurtèrent les pattes hirsutes et grimpèrent à une vitesse folle pour se hisser le long de ces poteaux montés sur ressorts et *ch'tong!*

La puce se détendit. Le choc fut si violent qu'il en brisa net une patte de K1 et qu'il envoya K2 s'empaler sur une des piques acérées.

Keats poussa un cri, éprouvant presque autant de douleur que s'il avait été la victime des blessures.

– Qu'est-ce qu'il y a? murmura Plath.

– Une crampe, mentit Keats.

Mon Dieu, il n'aurait pas pu en dire davantage, tant la puissance du saut était époustouflante, impossible. La puce accélérait comme une balle, tournant sur elle-même pendant le vol, multipliant les saltos, tel un avion de chasse en démonstration, avant d'être ralentie par la pression de l'air, qui exerçait une poussée équivalente à celle d'une tornade. Elle s'abîma, pirouettant dans la forêt d'arbres pour heurter de nouveau la peau du chien.

Le saut tout entier avait peut-être duré une seconde. Une seconde de totale perte de contrôle.

Pour autant, Keats savait qu'il devait quitter le chien. Il savait également que, d'instinct, la puce bondirait vers une éventuelle odeur de sang. À moins qu'il ne parvienne à la faire sauter lui, au hasard.

La clé devait sans doute se trouver dans les soies sensorielles.

Chaque biobot en pinça deux et tira vivement.

Deuxième catapultage. La puce monta en flèche dans les airs, tourneboula et vrilla sauf que, cette fois, en atterrissant, elle ne s'accroupit pas pour se nourrir. Non, elle tremblait doucement. Agacée par les stimuli dans ses soies.

Keats la sentait frissonner, ramassant ses forces pour un nouveau saut.

Il tira comme un fou. La puce s'arracha de l'attraction terrestre tout aussi brutalement que précédemment, à ceci près que, cette fois, en retombant, elle rata sa réception et dégringola le long du flanc du chien comme un minuscule éboulis.

Tournant sur eux-mêmes, les biobots rebondirent contre le poil, avant de retrouver le vide, et ainsi de suite jusqu'à ce qu'il n'y ait plus que le vide.

La puce heurta le sol et rebondit, pas morte, mais sonnée. Keats fit sauter ses biobots loin d'elle, atterrissant sur une vaste étendue semblable à de l'emmenthal coincé sous une plaque de verre translucide.

Il lui fallut un moment pour comprendre qu'il s'agissait du parquet. Le bois lui-même – sous la couche transparente – était un immense nid d'abeilles composé de millions de petits trous plus ou moins rectangulaires avec, ici ou là, des cavités plus grandes, telles des artères brutalement sectionnées. Dans le nano, c'était un cimetière profané, une chose vivante qu'on avait coupée et emprisonnée sous une tonne de polyuréthane. Il semblait impossible de ne pas croire que la surface transparente allait brutalement s'ouvrir et qu'il allait tomber dans un de ces trous.

Derrière lui, la puce s'était redressée. Une masse gigantesque s'éloignait au loin, une montagne branlante. Probablement le chien. Peut-être.

Plath lui parlait. Dans le macro. Avec lequel il avait momentanément perdu le contact. À en oublier la fille dans ses bras.

– Y a du monde, murmura-t-elle.

Effectivement, des voix résonnèrent juste à côté de la poubelle :

– Si c'est nous qu'on la retrouve, on fait moite moite, d'acc'? s'exclama une voix éraillée tandis que des mains se posaient sur le couvercle.

Keats sut immédiatement ce qui lui restait à faire.

– Discute pas, dit-il.

Et il roula violemment sur Plath, l'enfonça sans ménagement dans l'épaisse couche d'ordures avant de se redresser d'un bond et de jaillir de la benne comme quelque vengeresse créature des marais, au moment où le couvercle s'ouvrait à la volée.

– Aaaaaaaarrrrrrrgh ! rugit Keats.

Deux mines effarées, barbues et malpropres, le regardèrent bouche bée bondir hors de la benne et leur tomber littéralement dessus. Les trois hommes s'effondrèrent lourdement sur le sol. Keats fut le premier à se relever.

Plié en deux, haletant, il releva la tête face aux deux SDF qui le regardaient avec stupéfaction.

– C'est moi que vous voulez ?

– C'est la pouffe qu'on veut, répondit l'un.

– Elle est partie, dit Keats.

– La bonne femme a dit qu'ils étaient deux, rappela le même, l'autre semblant définitivement moins bavard. Chope-le !

Keats démarra en trombe. Le jour n'était pas venu où il serait incapable de larguer deux vieux déglingués chaussés de tennis trop grandes.

Il dévala l'allée en direction de la rue. Un de ses poursuivants poussait un Caddie rempli de cannettes et de déchets.

À la limite, le problème n'était pas de les distancer, mais de faire en sorte qu'ils ne s'arrêtent pas pour retourner à la poubelle. En parallèle, balayant du regard le sol en nid d'abeilles, il aperçut un quelque chose de ridiculement grand, une vague forme bouchant l'horizon et semblant tutoyer le ciel.

Keats fit irruption dans la rue pendant que les deux biobots se précipitaient vers la masse non identifiée, au loin. Dès qu'il mit un pied sur le trottoir, il sut qu'il avait fait une bêtise. Deux hommes en pantalon de toile et doudoune le repérèrent, pivotèrent, et le prirent aussitôt en chasse. Et ils étaient bien plus vaillants que les deux SDF.

Keats courait simultanément sur deux surfaces. Des plaques de béton encombrées de passants. Une couche de verre ondulé par-dessus un nid d'abeilles. Il avait l'impression de voler. L'impression de courir à la poursuite de lui-même, couvrant d'un côté des mètres, de l'autre des micromètres. Des gratte-ciel devant lui dans les deux cas, certains se mesurant en centaines de mètres, les autres en à peine deux.

Il plongea littéralement entre deux hommes marchant côte à côte, les yeux baissés sur leurs BlackBerry. Il percuta un tréteau où était affiché le menu d'un restaurant chinois. Dans son dos, il entendit ses poursuivants ahaner d'une voix hachée dans leurs oreillettes :

– On a le mec ! On a le mec ! Vers l'ouest sur la Quarante-troisième !

Et ça, c'était pas bon, parce que ça voulait dire qu'ils n'étaient pas seuls à chasser le Keats.

Quelqu'un sur sa droite, qui traverse la rue, en évitant de justesse les taxis filant à tombeau ouvert.

C'est le test, se dit-il, choqué de reconnaître les images que lui avait projetées le docteur Pound. Sauf qu'il n'avait pas d'armes.

Vlan!

Keats vola contre un mur. Sous la violence de l'impact, il rebondit et s'effondra tête la première par terre, s'éraflant copieusement les mains, les genoux et même la joue. Ils lui sautèrent aussitôt dessus, lui tordirent les bras dans le dos, enfoncèrent un genou dans son dos et des menottes en plastique lui emprisonnèrent les poignets.

Un gros 4x4 s'arrêta dans un crissement de pneus et grimpa sèchement sur le trottoir, sa roue à quelques centimètres de sa tête.

– Lâchez-moi! Lâchez-moi! Police! À l'aide! Police! eut le temps de crier Keats avant qu'on lui enfonce de force une balle en caoutchouc entre les dents.

Du ruban adhésif vint parachever le bâillon puis ils le balancèrent à l'arrière du véhicule.

Face au risque terroriste, il apparut rapidement que toutes les personnes présentes autour de l'ONU allaient devoir se soumettre à un contrôle. Impossible d'y échapper. C'était bien le moins qu'on pouvait faire face à une attaque d'envergure au siège des Nations unies. Déjà, les forces de l'ordre contrôlaient les identités des uns et des autres d'un œil suspicieux. Déjà, des gens évoquaient la possibilité d'un nouveau 11 Septembre.

La police montée avait pris position, prête à retrouver tout fuyard. Le *clip-clop* et le souffle bruyant des chevaux résonnaient aux abords de la foule. Profitant de leur position élevée, les cavaliers, le regard dissimulé derrière leur visière, baissèrent les yeux sur Vincent et Nijinski, sur les groupes de *lobbyists* et de manifestants – et sur les cohortes d'agents plus ou moins secrets feignant d'appartenir à une quelconque ONG.

Tout ça n'était pas bon pour Vincent et Nijinski, tous deux porteurs de faux papiers. Des faux de qualité, certes, qui auraient passé sans problème un contrôle de routine, voire une sommaire vérification informatique, mais qu'une recherche approfondie aurait rapidement démasqués. Et,là, ça risquait de se corser.

Pas de problème dans le nano, en revanche, où la présidente des États-Unis, Helen Falkenhym Morales, était devenue, purement et simplement, un champ de bataille.

Informés des événements survenus à l'ONU, le Secret Service l'avaient déplacée de la salle de réception vers une chambre de l'hôtel, sécurisée au maximum. Un couloir entier, ainsi que les chambres du dessus et du dessous avaient été vidés.

L'armada d'agents en civil équipés d'armes de poing avait été rejointe par une section d'assaut en armure et pistolet mitrailleur. L'ambiance était électrique. Et malheur à la femme de chambre qui, par inadvertance, s'aventurait dans le périmètre.

Mais ça ne faisait rien.

Le groupe de nanobots, organisé en pelotons, se trouvait juste devant. Bug Man avait pris la précaution de mettre ses Fileurs à l'abri. S'il les perdait, il perdait la partie. Aussi simple que ça.

– Banzaï, dit Vincent, juste assez fort pour que Jin l'entende.

Et il lança ses biobots à l'assaut de l'ennemi.

Les nanobots se déployaient sur toute la largeur de la vaste cavité du chiasma. L'environnement humide ralentissait quelque peu V3 et V4, comme s'ils avaient couru avec le vent de face. Mais cela interdisait surtout à Bug Man de sortir ses monocycles pour accroître sa vitesse. Les biobots seraient donc les plus rapides.

Bug Man avait décidé de tenter une prise en tenaille. Il ferait reculer l'axe central et enverrait les ailes au combat, tel un crabe fermant sa pince.

Vincent ne l'entendait pas de cette oreille. Il chargea jusqu'à atteindre le point médian entre les deux divisions, remarqua que les nanobots sur son flanc droit peinaient à trouver de l'adhérence sur ce terrain glissant, et pivota dans leur direction.

V3 et V4 embrochèrent chacun un nanobot au niveau des capteurs. C'était plus efficace que de les déchiqueter, d'abord parce que c'était plus rapide, ensuite parce que Bug Man perdrait un temps précieux à essayer de restaurer les visuels.

Les biobots grimpèrent sur les nanobots qu'ils venaient d'aveugler et prirent position sur le dessus. Plus grands, leur tête et leur queue dépassaient devant et derrière. Une manœuvre qui possédait un double avantage : d'abord, Bug Man devrait escalader les pattes de ses nanobots aveugles pour atteindre Vincent – un exercice particulièrement difficile, et plus encore lorsqu'ils étaient en pelotons ; ensuite, en se juchant ainsi sur ces adversaires hors d'état de se battre, les biobots perturberaient les visuels de Bug Man, qui aurait toutes les peines du monde à démêler cet enchevêtrement de bras et de corps.

Cela ne découragea pas pour autant Bug Man, qui avait sa petite idée en tête. Deux nanobots approchèrent à vive allure et s'immobilisèrent juste hors d'atteinte de Vincent, hors de portée des piques qu'il avait au bout des bras. Puis deux autres nanobots se servirent d'eux comme planche d'appel, à la manière de gymnastes devant un agrès.

Deux nanobots fondirent sur V3 et V4, lances en avant.

– Hé ! Super ! s'exclama Vincent, sans que cela s'adresse à qui que ce soit.

La zone entièrement bouclée, la police entamait l'évacuation des lieux, au compte-goutte, par un étroit goulet hautement sécurisé. Sortez vos papiers et, si vous voulez éviter un détour par le poste, votre histoire a intérêt à tenir la route.

Sans surprise, après avoir exhibé une carte de la maison, trois supposés manifestants rejoignirent les officiers de l'autre côté du cordon et pointèrent du doigt les suspects.

L'un d'eux désigna Nijinski.

– Merde, gronda-t-il aussitôt.

Passant quelques pattes sous le ventre des nanobots aveuglés, V3 et V4 se retournèrent sur eux-mêmes, parant du même coup l'attaque aérienne de Bug Man, qui embrocha ses propres nanobots.

Net et sans bavure. Deux de moins. Mais il avait perdu du temps. Et le temps jouait contre lui.

C'était le moment de nager.

Il s'enfonça dans le liquide transparent. Les biobots ne sont pas de bons nageurs. Leurs pattes peuvent bien s'agiter, ils pataugeaient plus qu'ils ne nageaient. S'aider des pinces pouvait éventuellement apporter un semblant de poussée en plus, mais pas très efficace. Seule consolation, pour les nanobots, les choses seraient encore plus difficiles.

Les biobots flottaient juste au-dessus de l'armée des nanobots, massée dans le fond du chiasma.

– Votre tête me dit quelque chose, déclara un officier de police, en l'occurrence une petite femme bien charpentée, en levant les yeux vers Nijinski.

In extremis, ses doigts glissèrent du faux passeport, qu'il s'apprêtait à sortir de la poche intérieure de sa veste, au vrai.

– Je fais un peu de mannequinat, répondit-il d'un ton évasif.

Les officiers mâles se renfrognèrent et tendirent l'oreille, en se rapprochant de leur consœur.

– Dans quoi je vous ai vu ?

Pour seule réponse, Nijinski haussa les épaules. Ses biobots se dépêchaient de rejoindre le théâtre des opérations, dans le cerveau de la présidente. Sauf qu'il n'était pas Vincent et que pratiquer diverses activités dans plusieurs réalités à la fois avait tendance à le ralentir et à le perturber.

– Vous voulez dire...? demanda Vincent tandis que ses biobots contournaient un groupe de macrophages.

– Pour quelles marques vous posez ? demanda-t-elle, de plus en plus méfiante, en ouvrant énergiquement le passeport.

Vincent, derrière son compagnon, peaufinait le masque de sérénité légèrement offensée qu'il s'était composé.

– Simple question, monsieur Hwang. Pour qui posez-vous ?

– Ah. Eh bien, la plupart des gens me reconnaissent à cause de la pub pour Mountain Dew.

– Non, répondit la femme policier en secouant la tête. C'était pas là.

– Les caleçons Armani ?

Elle plissa le front, et compara son visage à la photo du passeport.

– Vous étiez pas dans un film ?

Oh, que si, il s'était essayé au cinéma. Et le résultat

n'avait rien de glorieux. Au sourire qui se dessina sur les lèvres de l'agent de police, il comprit qu'elle se réjouissait par avance des éclaircissements dont elle allait gratifier ses collègues.

– Si, madame l'agent, j'ai...

– Sergent, corrigea-t-elle en montrant les galons sur le revers de sa manche.

– Si, sergent, dit laconiquement Nijinski. J'étais dans le dernier *Saw*.

– Et que vous arrivait-il dans ce film?

Pressentant que la conversation allait tourner à la plaisanterie, le visage des autres policiers se barrait déjà d'un large sourire.

– J'étais... castré par une tronçonneuse, soupira Nijinski.

– Ouille! lança un des hommes.

– Les caleçons Armani, j'imagine que c'était avant, mmh? répliqua la femme, savourant l'instant intensément, sans pour autant outrepasser les limites du bêtement insultant, ce qui était à porter à son crédit.

– Comme je suis heureux, sergent, de pouvoir ainsi détendre l'atmosphère, répondit Nijinski pendant que ses biobots, quittant la surface du cerveau, s'y enfonçaient plus profondément.

– Avez-vous été témoin de quelque chose de suspect, monsieur Hwang?

– Bah, il y a eu des sirènes, on a regardé ce qui se passait et quelqu'un a dit qu'il y avait le feu.

– Et qu'est-ce qui vous amène dans le quartier?

L'heure d'essayer de se sortir d'ici avec Vincent.

– Voyez-vous, répondit-il en se tournant ostensiblement vers Vincent, mon ami, ici présent, est un grand fan de la présidente Morales. Je lui ai dit qu'on ne verrait rien, mais...

Nijinski haussa les épaules.

Au même instant, Vincent visait un nanobot flottant entre deux eaux et lui décocha une fléchette.

Les policiers vérifièrent l'identité de Vincent et lui posèrent la même question. Jusqu'à ce que la femme intervienne et dise :

– Bah, allez, monsieur Hwang, vous avez assez souffert comme ça.

Déchirant en deux un nanobot prêtant le flanc à une attaque, Vincent esquissa un sourire gêné, comme s'il partageait le malaise de Nijinski.

VINGT-HUIT

Plath gisait dans les ordures.

Et elle cheminait dans les méandres les plus profonds d'un cerveau humain. Ça faisait un sacré voyage jusqu'à l'hippocampe, profondément enfoui dans le tofu froissé. Wilkes lui avait montré la route, ce long parcours jusqu'au tronc cérébral, cette tige cent fois plus épaisse que le plus gros des séquoias.

– Ensuite, c'est plein nord, avait dit Wilkes.

– Nord ?

– Le haut, si tu préfères.

– Et comment je sais où est le haut ?

– Bah, fais une bulle et regarde dans quelle direction elle va, avait répondu Wilkes, avant d'ajouter : Ah, mais suis-je bête, les biobots ne font pas de bulles.

Et puis elle s'était adoucie et avait précisé :

– Si le tronc va rétrécissant, c'est que tu vas vers le sud. Par contre, si tu avances dans un spaghetti de la taille d'un tunnel de métro, c'est bon. Tu vas vers le nord.

Après avoir déniché le cervelet – le bol de spaghettis – Plath avait poursuivi son chemin par en dessous, s'était perdue, ou peut-être pas, avait pris la bonne direction, ou pas. Auquel cas, elle y laisserait sa raison, qui resterait là, à jamais, dans la viande.

Keats s'était sûrement échappé. Sûrement. Il avait sans doute fui à l'heure qu'il est. Ou alors ils l'avaient eu. Elle regretta de ne plus piquer sur l'œil ; comme ça, elle aurait pu voir si jamais Keats était tout à coup traîné devant les jumeaux Armstrong. Et parce qu'alors, elle aurait été à deux doigts de retrouver la lumière du jour, l'air, et de s'échapper.

Le cerveau que parcouraient ses biobots avait-il quelque chose d'unique ?

Un cerveau qui avait commandité des kidnappings, des passages à tabac, des meurtres.

Un cerveau qui avait transformé un groupuscule sectaire en puissant outil de recrutement militaire.

Un cerveau assez mégalomane pour oser prétendre changer le cours de l'humanité. Qui fomentait l'éradication de toute forme de liberté humaine. Qui, consciemment, ou par inadvertance, pourrait déverser sur le monde l'apocalypse de nanobots s'autoreproduisant.

Cet encéphale – ces synapses crépitantes, ces neurones mitraillant à tout va, cette masse de cellules roses flottant dans leur soupe lymphatique – avait des ambitions qui faisaient passer les plus grands monstres de l'histoire pour des enfants de chœur ?

Ce cortex avait assassiné sa famille.

Et pourtant, vu d'ici, de l'intérieur, il était en tous points semblable à celui de Keats. Ou au sien.

Où donc se logeait le mal ?

C'était cela qu'il fallait anéantir. Plath en était persuadée.

De même qu'elle savait que sa décision de modifier ce cerveau, de l'amputer de son libre-arbitre, de le détruire délibérément, ne s'était traduite par aucun signe extérieur dans le sien.

C'était donc enfin le terminus ? C'était ça l'hippocampe ? À la lueur des organes faiblement phosphorescents des biobots, ça ressemblait à celui de Keats. En plus, ça correspondait aux souvenirs de la cartographie cérébrale qu'elle avait de son propre cerveau.

De toute façon, l'heure n'était pas à un maillage méticuleux et prudent. Pas même à vérifier que c'était le bon endroit.

L'heure était au chaos.

Les biobots de Plath se mirent à secréter du fil. Elle en attacha une extrémité à une souche de neurones légèrement proéminente et courut planter l'autre... où bon lui semblait.

Charles et Benjamin Armstrong suivaient avec une avidité proche du ravissement la bataille qui faisait rage à l'intérieur de POTUS.

Apparemment, Bug Man avait perdu trois nanobots.

Il semblait également qu'un des biobots de Vincent y avait laissé deux pattes.

C'était là, ici et maintenant, sous leurs yeux. Si Bug Man l'emportait, la victoire leur tendrait les bras, malgré tout. La mort de Kim et d'Alfredo serait reléguée au second plan.

Le redéploiement des nanobots de Kim vers Dietrich ne s'était pas fait sans mal. Le sourcil du Premier ministre indien, Madhuri Chauksey, envahit l'écran à l'instant où Dietrich lançait son détachement vers la paupière.

– Si on a Morales, Ts'ai, Chauksey, Bowen..., dit Benjamin entre ses dents serrées.

– Ça voudrait dire qu'on n'aurait perdu que le Japonais.

– L'Anglais...

– Regarde. One-Up est super bonne, tu sais. Elle est fâchée avec la discipline, d'accord, mais elle maille comme un chef.

Une main, puis l'autre, activa la barre des menus. Des dizaines de fenêtres s'ouvrirent sur chaque écran, déclenchant autant d'actions : ouvrir, zoomer, déplacer, fermer, se retirer. Car les Jumeaux avaient leur propre jeu. Et celui-ci consistait à assimiler les données d'une myriade de connexions.

– Si on a POTUS...

– Tout ce qu'il nous faut, répondit Benjamin d'un ton rassurant, c'est Morales. Rien qu'elle, ce serait déjà une victoire.

– On les aura tous, lança Charles à haute voix.

Dans une des fenêtres, des biobots agitaient frénétiquement leurs pattes, poursuivis par une dizaine de nanobots qui nageaient paresseusement dans leur sillage. La scène avait quelque chose d'une danse au ralenti. Les tirs manquaient pitoyablement leurs cibles. Les armes à rayon étaient tout bonnement inutilisables.

Soudain, un des biobots apparut de face à l'écran. D'étranges yeux bruns, à moitié humains, semblaient se tourner vers eux. Les yeux de Vincent. Comme s'il pouvait les voir en train de l'observer.

Les Jumeaux se redressèrent légèrement sur leur siège.

Et puis, comme ça, sans aucune raison apparente, Benjamin dit :

– Arabella.

– Quoi ?

– Le... Le nom de la jument de grand-père.

Charles l'interrogea du regard, curieux de comprendre

le sens de sa remarque. Mais l'œil de Benjamin semblait perdu dans le vague. Un moment d'absence que Charles attribua aussitôt à l'intensité du stress qu'ils vivaient tous les deux.

Aux prises avec un nanobot, le biobot de Vincent donna un coup de pique aux optiques et manqua sa cible. Un deuxième nanobot tenta de s'accrocher, mais lâcha rapidement prise avant de dériver au loin, une patte en moins.

Charles jeta un coup d'œil à l'écran de Burnofsky.

Il était en place, dans le cerveau du Premier ministre chinois. Parfaitement alignés, ses nanobots filaient à toute allure en attendant d'entamer le lent et patient maillage du deuxième dirigeant le plus puissant du monde.

Et One-Up, elle en était où ? Ah ! Bénie soit cette fille. De toute évidence, elle avait vite oublié ce qui l'avait mise en rage un peu plus tôt.

– Ha ha ! exulta Charles avec enthousiasme.

– Ils voulaient nous faire lire *Le Conte des deux cités*, de Dickens, tu te souviens ?

– Et qu'est-ce que ça vient faire là ? demanda Charles, courroucé de voir la seule personne avec qui fêter la victoire se montrer si indifférente, inattentive et distraite.

– Quoi ? demanda Benjamin.

– *Le Conte des deux cités* ?

– Quoi *Le Conte des deux cités* ? dit Benjamin. Incontinence, ça s'écrit e-n-c-e. Comme « influence ». Pas comme « ambulance ».

Via le moniteur miroir, Charles plongeait l'œil dans celui de son frère quand, soudain, Hardy se précipita vers eux, un homme qui jamais ne se précipitait, un homme dont les Jumeaux en étaient venus à se demander s'il n'était pas atteint d'une incapacité chronique à se hâter.

– Messieurs! s'exclama Hardy sans avoir besoin d'en rajouter pour que la cause de cette interruption apparaisse au grand jour.

Les Jumeaux pivotèrent pour voir Sugar Lebowski, accompagnée de quatre hommes escortant un ado bâillonné qui se débattait comme un diable, faire irruption dans la Tulipe.

Ils le balancèrent sur le tapis persan.

– Par l'enfer! vociféra Charles.

Personne ne pénétrait ici sans y avoir explicitement été invité. Ils auraient pu être pris au dépourvu, dans une position peu avantageuse!

C'était scandaleux. Non. Un sacrilège.

Toutefois, malgré l'ampleur de l'offense, ce n'était pas ce qui, présentement, occupait les pensées de Sugar Lebowski. Les Jumeaux avaient déjà vu Sugar furieuse, terrorisée, sarcastique. Ils l'avaient regardée cuisiner, se raser les aisselles, faire l'amour avec son mari. Pour autant, ils ne lui avaient jamais vu une mine aussi décomposée.

Du plat de la main, elle remit un peu d'ordre dans sa coiffure, le visage écarlate, l'œil fraîchement remaquillé louchant vers l'arête du nez. Elle haletait.

De peur.

Peur d'eux. De Charles et de Benjamin.

– Qu'y a-t-il? demanda ce dernier, furieux.

Le chien alla nonchalamment flairer le gamin.

– U... u... une... euh... brèche a été ouverte, parvint à articuler Sugar.

– Une quoi? gronda Charles, sans quitter des yeux le nanobot qui, coupé en deux, s'abîmait lentement dans le cerveau de la présidente.

Après avoir en partie retrouvé ses esprits, Sugar prit une profonde inspiration et dit:

– One-Up a eu une altercation dans un café. Au Starbucks qui se trouve au pied de l'immeuble, pour être précise. Elle a cru repérer deux lignards de BZRK. Ils l'ont attaquée et se sont enfuis.

– C'est pour ça qu'elle était en retard? demanda Charles. Moi qui pensais que c'était à cause des difficultés de circulation suite à la débâcle de l'ONU.

– Non, monsieur. Même si l'incident que vous mentionnez n'a pas été neutre puisque l'explosion du réseau local de téléphonie, suite au micmac de l'ONU, a singulièrement retardé One-Up, qui n'arrivait pas à nous joindre. Dès que j'ai eu son coup de fil, je...

– Quelle tristesse, se lamenta Benjamin. J'aurais tant voulu monter cette jument... Arabella.

La remarque eut le don d'interrompre la conversation durant plusieurs secondes.

– Nous pensons que l'un des deux lignards n'était autre que Sadie McLure, dit Sugar. L'autre, vous l'avez sous les yeux.

Joignant le geste à la parole, elle donna un coup de pied dans la jambe de Keats, sans toutefois y mettre beaucoup de conviction.

Charles essaya de se lever. Tardant à accompagner le mouvement, Benjamin fit échouer la tentative. Avec un temps de retard, il se redressa lui aussi, déséquilibrant du même coup son frère.

Un désagrément qui ne leur arrivait jamais, en tout cas pas depuis qu'ils étaient enfants.

– Mais qu'est-ce qui t'arrive? le morigéna Charles.

– Tu te souviens des jumeaux Morgenstein? répliqua son frère.

Un certain affolement se lut sur le visage de Charles. Les Jumeaux avaient depuis bien longtemps appris à bouger ensemble, à éviter les déconnexions, précisément pour ne pas subir ce genre d'humiliation. La négligence de Benjamin n'en était que plus étonnante.

Dans le cerveau de la présidente, la bataille au ralenti avait viré à la curée. Trois nanobots s'acharnaient sur un biobot blessé. Des lambeaux de la victime tournoyaient lentement dans l'humeur visqueuse, à côté de fragments d'un nanobot déchiqueté.

– Suggérez-vous que..., bafouilla Charles en fixant des yeux Sugar Lebowski.

Charles pouvait rougir indépendamment de Benjamin. Pour autant, cela avait un impact sur le cœur qu'ils avaient en commun, accélérant le rythme comme la puissance de ses pulsations. Confus, Benjamin sentit ses yeux s'écarquiller.

– Ils sont peut-être ici, déclara Sugar avec un soupir rauque. Je veux dire, ici même.

Ce à quoi Benjamin répondit:

– Tu te souviens des GI Joe qu'on avait eus à Noël?

Le fil était secrété par des filières dérivées d'ADN d'araignée. Une grappe de minuscules robinets rétractables produisait des filaments qui étaient ensuite tressés pour former le fil proprement dit.

Le résultat? Un composé bien plus élaboré qu'une soie d'araignée qui, en plus d'en avoir l'adhérence, possédait, grâce à l'un de ses éléments, un étonnant pouvoir de conduction des impulsions électriques émises par le cerveau.

Le fil pouvait ainsi être simplement collé à la surface d'une zone cérébrale ou bien piqué. Le piquage n'était en rien différent de ce que le nom laissait entendre. Une aiguille

– un biobot pouvait en transporter jusqu'à douze –, munie de diverses barbes, était tout simplement plantée dans la matière grise, tel un piton destiné à recevoir une corde de rappel sur une paroi rocheuse. Chaque aiguille établissait un contact avec un neurone ou un bouquet de neurones différents.

Lors d'un maillage minutieux, chaque aiguille était ensuite testée, afin d'avoir une idée précise de son impact sur la mémoire ou la fonction concernée.

Plath n'avait pas de temps pour ça. Pas le temps de sonder, de se référer à la cartographie cérébrale, encore moins de procéder à une analyse des données par ordinateur.

Elle n'avait que le temps de piquer, de tirer le fil, et de piquer de nouveau. Jusqu'ici, elle avait planté quatorze aiguilles et réalisé sept ligatures, sans oublier les transpondeurs, qu'elle avait éparpillés à droite à gauche, plus les fils qu'elle avait laissés traîner au petit bonheur la chance, en surface.

Autant de manœuvres dont il était impossible de mesurer les effets, si tant est qu'elles en aient un, car c'était exactement ce qu'il ne fallait pas faire si on voulait que la victime ne se rende compte de rien. Rien de subtil ni d'artistique là-dedans. On était à mille lieues du maillage tel que Vincent ou Bug Man le concevaient. Non, là, c'était du travail d'amateur, pour ne pas dire de gougnafier. L'œuvre de quelqu'un en proie à la panique et à la terreur, comme en témoignaient les mouvements erratiques des biobots de Plath, dénués de toute vue d'ensemble.

P1 planta une aiguille jusqu'à la garde. Toutes les barbes étaient activées. Il y attacha un fil, puis détala aussi vite que le lui permettait la sécrétion des filières. Il s'arrêta, piqua de nouveau.

C'est alors qu'elle eut une idée. Pourquoi seulement des ligatures d'un point A à un point B? Pourquoi ne pas faire courir le fil d'aiguille en aiguille, comme un chat s'amusant avec une pelote de laine?

Depuis sa benne à ordures nauséabonde, elle piqua et croisa les fils, poussant ses biobots à la limite de leurs capacités. Bientôt, elle devrait s'arrêter, afin de laisser aux glandes filières le temps de se recharger.

En attendant, elle courait, sautait et piquait à qui mieux mieux, tout en écoutant l'écho des bruits de pas qui résonnaient dans la ruelle et des éclats de voix de tous ceux qui la cherchaient.

Vincent dit :

– V4 est très mal en point.

– Tiens bon, j'y suis presque, répondit Nijinski en remontant l'avenue à grands pas, soucieux de s'éloigner au plus vite du déploiement policier autour de l'ONU.

– Plus tard, ils se souviendront de nous, dit Vincent. Attention à ta sécurité macro, Jin. Ils feront tout pour te retrouver.

– Nom de Dieu, Vincent, pense plutôt à sauver tes biobots !

Un frisson, qui n'échappa pas à Nijinski, parcourut l'échine de son compagnon. Une sorte de spasme qui tordait les traits inexpressifs par nature en éloquente grimace apeurée.

À l'intérieur, Nijinski se sentait nauséeux. Ses biobots filaient à une telle allure qu'il courait le risque de se perdre. Le halo de ses organes luminescents ne portait pas assez loin pour lui éclairer la route. C'était comme conduire à deux cents à l'heure sur une départementale, de nuit, avec seulement les veilleuses allumées.

Tout à coup, Vincent se figea.

– Oh, seigneur! s'écria-t-il. Oh, oh, oh!

Nijinski tourna la tête. La mine qu'il lui découvrit en disait assez long pour qu'il s'abstienne de demander ce qui se passait.

– Non, non! cria Jin en prenant son compagnon par l'épaule d'un geste protecteur.

Les yeux de Vincent s'emplirent de larmes. Un long gémissement plaintif s'échappa de sa bouche.

VINGT-NEUF

– Ouais, crève, p'tit enculé! Crève! Crève! hurla Bug Man.

Démembré, éventré, transpercé, le biobot qui dérivait mollement dans le liquide n'avait pas besoin de ça. Mort, il l'était bel et bien.

Il avait beau y avoir laissé la moitié de son contingent, le logo du Bug Man avait beau flotter sur un de ses écrans, à côté des pattes, des capteurs, des roues et des morceaux non identifiables de circuits ou de carlingue qui peuplaient la cavité chiasmatique, l'issue était miraculeuse. Il avait tué un des biobots de Vincent.

L'idée l'hypnotisa un moment.

Personne n'avait jamais tué un des gars de Vincent.

Personne! Seulement lui. Seulement Bug Man.

– Oh, que oui, putain!

Il pouvait prendre son temps, dorénavant, minimiser les risques car, à moins que Vincent soit Clark Kent, en ce moment même, il devait sacrément tirer la langue.

Bug Man fit un point rapide. Onze Chasseurs actifs. Et tous les Fileurs indemnes.

Onze contre un. Avec un lignard, le puissant Vincent, qui devait errer quelque part, aussi agonisant que s'il avait reçu une balle dans le ventre.

Le biobot restant avait réussi à se propulser jusqu'à la surface. Pendu à un amas de neurones, il regardait les onze nanobots remonter lentement vers lui, dans l'humeur visqueuse.

– T'inquiète pas, chérie. Je serai doux, ha ! ha ! jubilait Bug Man.

Il commencerait par établir un cordon de sécurité à la surface à l'aide de quatre nanobots qui flotteraient juste au cas où Vincent aurait dans l'idée de se remettre à l'eau.

Il était cerné.

Oh bon sang, oui ! Il l'avait cerné. Son biobot n'en paraissait que plus démuni, impuissant et vulnérable. Il le regardait fixement avec ses deux paires d'yeux, insectoïdes et humanoïdes, sans bouger, sans esquisser la moindre réaction face à la manœuvre d'encerclement.

Les biobots de Keats fonçaient sur un parterre organique, en direction d'une vague forme immensément haute.

Et voilà que, par un étrange coup du sort, il se retrouvait face contre terre, sur ce même plancher – un parquet vitrifié très, très différent de ce qu'il voyait en nano et sur lequel il saignait.

En effet, du sang coulait sans discontinuer de son nez, formant une flaque sous sa joue et à la commissure de ses lèvres. Chaque fois qu'il expirait, une bulle se formait. Le reflet de son œil dans la mare noirâtre attira son regard. L'œil semblait terrorisé.

– Mon frère ne… Mon frère ne se sent pas bien, dit Charles.

Keats ne pouvait pas voir ses biobots, bien sûr. Mais il cherchait dans toutes les directions un moyen de trouver un sens à ce qu'il voyait mentalement.

Rien.

Enfin, pas exactement rien. Il voyait trois jambes sous un bureau. Trois jambes portant des chaussures identiques. Une à gauche, une à droite, une... ni l'un ni l'autre. La jambe médiane était plus maigre. Non seulement elle portait une chaussure identique, bien que plus petite de plusieurs pointures, mais également une chaussette et une jambe de pantalon pareillement semblables aux deux autres.

Il ne voyait rien au-dessus du genou – ce que, finalement, il ne regrettait qu'à moitié.

– Œufs brouillés, mémé! jappa soudain Benjamin. Qu'est-ce...? Qu'est-ce que je viens de faire?

Les biobots de Plath se trouvaient dans le cerveau de Benjamin, cela ne faisait aucun doute aux yeux de Keats. Et, d'ici quelques secondes, les Jumeaux comprendraient ce qui s'était passé. Deux secondes plus tard, ils commenceraient à le torturer pour savoir où était cachée Plath.

Ou bien ils le tueraient. S'ils concluaient que c'était lui le lignard.

La contre-attaque ne se ferait pas attendre. Ils enverraient sur zone leur propre lignard, qui lancerait une nuée de nanobots aux trousses des biobots de Plath.

Il fallait absolument qu'il la rejoigne. Il le fallait. Malheureusement, pour l'instant, ses biobots couraient vers ce qui ressemblait de plus en plus à un vulgaire pied de table.

D'autres hommes avaient rejoint les premiers. Il les entendait dans le macro. Et, plus important encore, il sentait les vibrations dans le nano. Les vibrations. Venant de sa droite, de la porte.

Ce qui voulait dire... que les biobots avançaient soit vers les Jumeaux, soit vers Sugar, soit vers n'importe quel arbre de la forêt de jambes qui s'activaient autour de lui, sur lui. Des agents de la sécurité, arme au poing.

– Sugar! éructa Charles. C'est un lignard qu'on veut, pas une invasion de cloportes!

Les trois pieds se posèrent sur le sol. La chaise fut repoussée. Cette fois, les Jumeaux parvinrent à s'extraire de leur siège.

Les biobots étaient tout près maintenant. Tout près d'un mur de cinquante mètres de haut, au pied duquel s'étirait horizontalement une longue grotte.

Sûrement une chaussure. Ou un pied de table. Non, une chaussure.

– On a Army Pete en bas, dit désespérément Sugar. On a qu'à le faire venir, qu'il place ses nanobots et ensuite...

– C'est un débutant! gronda Benjamin.

– Nos meilleurs gars sont...

– Faites-le venir! dit Charles.

– Toi, toi et toi, allez chercher Army Pete. Traînez-moi son gros cul ici et assurez-vous qu'il est chargé à bloc, dit Sugar, heureuse de retrouver son autorité.

– À l'époque, l'armée était entièrement noyautée par les communistes, s'emporta Benjamin.

Les biobots se trouvaient pris dans la grotte que formait une chaussure. Car c'était bien ça, n'est-ce pas? Une chaussure?

Le ciel au-dessus de K1 et K2 était glaçant d'uniformité. Ça ressemblait à une immense couette matelassée – des fibres plastiques comme tressées par un million de petites mains. Un travail de vannerie d'une taille improbable, dérangeant par son homogénéité.

Et soudain, ce plafond descendit à toute vitesse. Keats fit

bondir et se retourner ses biobots. Leurs pattes accrochèrent des brins de néoprène et il se carapata la tête en bas en direction de la lumière, au bout du pied.

La chaussure s'écrasa sous le pas des Jumeaux. Les biobots allaient être réduits en bouillie. Par chance, il y avait des entailles dans la semelle. Keats fit plonger ses biobots dans une longue rainure rectiligne et continua à avancer.

Il ne pouvait détourner les yeux des jambes de Charles et Benjamin. Gauche. Droite. Puis la jambe du milieu, molle, pratiquement inerte qui traînait. Gauche. Droite. *Shhh*. La jambe du milieu bougeait, mais elle semblait engourdie. Elle avançait par à-coups, indépendamment des deux autres et le pied traînait sur le sol.

Ils venaient vers lui.

Le pied gauche foula le sang de Keats. Des globules jaillirent tout autour des biobots, jusque dans les profondeurs du tunnel. Les biobots se propulsèrent dans le sang de leur créateur, des Frisbee rouges, hérissés de petits piquants, s'agglutinant au ventre des biobots.

– Faites-le asseoir, ordonna Charles. Retirez-lui le bâillon.

Immédiatement, des mains rugueuses attrapèrent Keats, le mirent quasiment debout, puis le repoussèrent sèchement sur son séant.

Les pieds étaient immobiles. Détalant dans l'amas de globules, les biobots atteignirent l'extrémité de la passe et grimpèrent sur la pointe de la chaussure. C'est alors que Benjamin déclara :

– Je me sens pas bien, frangin.

Keats leva les yeux vers les Jumeaux.

Il n'était pas du genre à être horrifié par une simple difformité. Il avait eu un prof, une fois, qui avait des bras atrophiés qui faisaient à peine vingt centimètres de long. Une malformation de naissance. Aussi avait-il appris à ne pas fixer du regard, encore moins à tressaillir et à esquisser un mouvement de recul, le souffle coupé.

Sauf que, là, on ne parlait pas d'une simple infirmité, mais d'une vision de cauchemar. Lucifer jouant avec l'ADN.

L'œil de Charles le fixait, brillant de haine. Celui de Benjamin s'emplissait de larmes. Le troisième, sans âme, mort, dénué d'étincelle, roula dans son orbite avant de, finalement, se concentrer sur lui. Il vit l'iris marron se contracter.

– Maintenant, tu vas me dire où est la fille, grogna Charles à voix basse.

Keats savait qu'il aurait dû répondre quelque chose de court et de cassant. Il n'en fit rien. Sa bouche ne fonctionnait plus.

– Mmh, mais je vois que tu es beau garçon, poursuivit Charles d'un ton fielleux. Vois-tu, mon frère et moi n'avons pas eu cette chance. Dis-moi, mon garçon, qu'est-ce que ça fait d'avoir un beau visage comme le tien? Qu'est-ce que ça fait de voir des étoiles dans les yeux des femmes qui te regardent?

– Réponds! tonna Sugar, dont le timbre, sous l'autorité de façade, trahissait l'angoisse.

Sans doute pour appuyer sa requête, quelqu'un, Keats ne vit pas qui, lui donna un grand coup dans le foie, qui le fit hurler de douleur.

– Avez-vous un couteau, madame Lebowski? demanda Charles.

– Un couteau? Euh... non, monsieur.

– Moi j'en ai un, répondit une voix d'homme, ponctuant son intervention par le petit bruit caractéristique de la lame de son couteau suisse.

– De l'avancement pour ce monsieur, dit Charles en

s'adressant à Sugar. J'apprécie que l'on soit proprement équipé. Donnez ce canif à Mme Lebowski, jeune homme. Madame Lebowski, qu'est-ce qui vous attire le plus chez un homme? Je veux dire, sur le visage d'un homme?

– Je... euh... Les yeux, bafouilla Sugar.

Les biobots se trouvaient sur les chaussures maintenant. Trop loin. Jamais ils ne réussiraient à escalader ce corps démesurément haut à temps.

– Non, madame Lebowski, nous ne pouvons pas lui prendre ses yeux. Comment ferait-il pour se rendre compte de ce qui est arrivé à son beau visage si on les lui ôte?

Les visages, les yeux, parcoururent son visage et finirent par s'arrêter sur son nez.

– À votre avis, madame Lebowski, les filles le trouveraient-elles encore séduisant sans nez?

– Seigneur... Je...

– Qu'il goûte du couteau, dit Charles, la voix prenant soudain une intonation gutturale.

Sugar pressa la lame sur la paroi nasale de Keats. La pointe approcha de son œil. Le métal froid s'écrasa contre sa peau. Son pouls s'emballa. Il voulut se dégager. De puissantes mains se refermèrent aussitôt sur son crâne.

– Non, non, implora-t-il. Par pitié, pas ça. Madame...

– Alors, dis où est la fille McLure, gronda Charles.

Le fil de la lame découperait les chairs, peinerait momentanément sur le cartilage, puis poursuivrait sa route, et son nez tomberait par terre, tel un insignifiant morceau de viande, et pour toujours il aurait...

– Dis-le! rugit Charles.

– Je sais pas où...

– Coupez-lui le nez! Coupez! Allez-y!

– Je..., balbutia Sugar.

– Coupez-lui le nez ou c'est le vôtre qui y passe !

– Ce n'est qu'un enfant ! supplia Sugar.

– Je ne sais pas où elle est ! implora Keats.

– Pas de fessée, pépé ! brailla Benjamin.

– Ferme-la, frangin ! Exécution ! Enlevez-lui le nez !

Il n'avait pas terminé sa phrase que le corps des Jumeaux fut pris d'une violente convulsion. Ils reculèrent d'un pas chancelant. Dans le flou de ses yeux embués de larmes, Keats vit Benjamin agiter follement ses bras vers quelque chose qu'il était seul à voir.

– Frangin ! s'écria Charles.

Une étrange danse de Saint-Guy s'engagea, les deux moitiés de ce corps se débattant l'une contre l'autre, titubant, dérapant dans la flaque de sang.

Les Jumeaux trébuchèrent et louvoyèrent jusqu'au bureau qui, se dérobant sous eux, les envoya cul par-dessus tête, un choc que Keats ressentit physiquement par le biais de ses biobots. La lame s'écarta de son nez. D'une voix d'enfant, Benjamin n'arrêtait pas de hurler :

– Communistes ! Communistes !

Charles poussa un grondement de colère. Il voulut faire taire son frère en lui mettant une claque, mais, il n'y arriva pas. Il avait beau lancer son bras, il n'atteignait pas son côté opposé. Hors de lui, il hurla :

– Tiens-toi, bon sang ! Tiens-toi !

Perdant le peu de retenue qui lui restait, il se mit, lui aussi, à se débattre comme un diable dans l'espoir de se relever, sans autre effet que de renverser le bureau.

Stylos, téléphone, biscuits pour chien, ainsi qu'une bouteille de soda, valdinguèrent sur le sol. L'écran tactile qui constituait le plateau se retrouva basculé sur le côté, diffusant toujours la bataille à l'intérieur de la présidente.

Charles attrapa la bouteille. La tenant en équilibre instable dans sa paume, il la souleva dans les airs, avant d'en ficher un coup à son frère, en plein visage. Du sang jaillit de la bouche de Benjamin, qui ne cessait de brailler :

– Communistes ! Communistes !

– Ta gueule ! Ta gueule ! Ta gueule ! pestait Charles en massacrant la bouche de son frère avec le goulot de la bouteille.

Une dent se coucha. Du sang gicla. Les lèvres se déchirèrent, virèrent au rouge.

– Il va blesser Benjamin ! s'écria Sugar.

D'un geste vif comme l'éclair, elle sortit des liens de plastique exactement semblables à ceux qui entravaient Keats, attrapa la main armée de Charles et, poussant de tout son poids, l'obligea à la baisser.

– Lâchez-moi, espèce de vache !

– Ordre prioritaire, monsieur : nous intervenons en cas de dispute entre vous. C'est vous-même qui l'avez dit.

– Il les laisse faire. Ils sont à l'intérieur de lui et il les laisse faire. C'est un mou ! Ça a toujours été un mou !

Posant un genou sur sa main, Sugar approcha vivement la chaise et le menotta au barreau.

– Je ne fais qu'appliquer les ordres, monsieur, se défendit-elle, sans paraître elle-même complètement convaincue par la portée de l'argument.

Pour preuve, elle jetait de furtifs coups d'œil vers la porte, comme pour compter le nombre de pas qui l'en séparait, comme si l'ascenseur qui se trouvait à vingt-cinq mètres de là était la porte du paradis.

Benjamin sanglotait, chialait comme un veau.

– Le voilà ! lança un des TdP en poussant Army Pete, un ado vêtu d'une longue parka militaire, au milieu de la pièce.

– Vous en avez mis du temps, glapit Sugar. Toi, le lignard, vas-y.

Army Pete était un lignard médiocre, doublé d'un Monsieur-Je-sais-tout de premier ordre, qu'un simple coup d'œil à la scène – le gamin plein de sang allongé par terre et, bien pire encore, le terrifiant spectacle de Charles, tentant, malgré le lien, de cogner Benjamin en plein délire – suffit à convaincre d'épargner l'assistance d'un de ses traits d'esprit.

– Vous avez un fauteuil ? J'veux dire… J'peux rien faire sans mon matos.

– Et merde ! hurla Sugar. Montez-en un ! Immédiatement !

Army Pete ajouta quelque chose que, dans la précipitation des TdP pour exécuter l'ordre, ou tout du moins pour dégager au plus vite de cet enfer, personne n'entendit.

TRENTE

– Je suis avec toi, Vincent, dit Nijinski.

Par là, il entendait, ici, dans la rue, où il soutenait son compagnon, l'appuyait contre un mur.

Mais également avec lui sur le théâtre des opérations, où ses deux biobots indemnes volaient à son secours.

– Trop tard, murmura Vincent.

Nijinski porta son regard au-delà du demi-centimètre qui le séparait des forces de Bug Man et qui lui paraissait aussi vaste qu'un pâté de maisons. Deux nanobots décortiquaient lentement, patiemment, un biobot de Vincent.

Nijinski ressentait chaque coup à travers les frémissements de son ami.

Onze nanobots pour Bug Man.

Deux biobots pour Nijinski.

Peut-être qu'éventuellement… Mais Nijinski n'était pas Vincent. Il allait très certainement perdre. Et, s'il perdait, il se retrouverait dans la position actuelle de Vincent, dévasté, en miettes, impotent, à la merci de l'ennemi.

Bug Man s'abstint de passer à l'attaque. Lui, non plus

ne voulait pas de ce combat. Inutile. À l'heure qu'il était, ses fileurs étaient au plus profond du cerveau de la présidente.

Tous deux se fixèrent du regard, par avatars interposés. Bug Man et Nijinski.

Nijinski fit ouvrir les bras à son biobot de tête en signe de supplication.

Les nanobots de Bug Man demeuraient immobiles, sans rien faire.

Puis ils soulevèrent le corps du deuxième biobot de Vincent et le poussèrent dans le liquide. Emporté par le courant, il dériva lentement vers Nijinski, qui récupéra les débris.

Emportant avec lui le corps mutilé, démembré, énucléé, il tourna les talons et s'enfuit.

Dans le monde des rues et des gratte-ciel, Vincent balbutia :

– Jin… Jin…

– Oui, Vincent.

– Emmène-moi voir Anya.

Quand ils la débusquèrent, il ne restait plus à Plath que deux aiguilles, et un unique fil démesurément allongé.

Elle avait maillé le cerveau de Benjamin comme un chat aurait pu dérouler une pelote de laine. Le réseau couvrait, en gros, un centimètre carré d'hippocampe. Un lignard expérimenté la retrouverait en un rien de temps, en revanche, l'avoir à portée de pattes serait une autre paire de manches.

Mais, dans le macro, son temps semblait écoulé. Quelqu'un avait finalement eu la présence d'esprit d'interroger les deux clochards qui avaient trouvé Keats. Un des brillants hommes de main d'AmericaStrong en avait conclu qu'il ne serait peut-être pas idiot de regarder de plus près cette fameuse poubelle.

Le couvercle s'ouvrit à la volée. De grosses mains

fouillèrent l'amoncellement d'ordures jusqu'à rencontrer une cheville.

Des cris et des sommations retentirent. Plath fut hissée de force hors de la benne, puis jetée par terre avant d'écoper d'un violent coup de pied à l'abdomen. Un seul.

Dans l'ascenseur qui les menait à la Tulipe, ils décidèrent d'en remettre une couche. Un puissant revers de main lui explosa la lèvre. Il ne fallait surtout pas que les patrons puissent penser qu'ils avaient pris des gants.

La porte de la cabine s'ouvrit sur un espace dont l'ampleur dépassait l'entendement. Dans le pinacle de la Tulipe, les Jumeaux avaient construit un monde. L'arête des plateaux supérieurs – chambres, salles de bains, salle de contrôle, accessibles par un petit Escalator de deux fois la largeur habituelle – pendait dans les airs au-dessus de leurs têtes. L'étage en lui-même devait faire au moins trois mille mètres carrés. Une immense grotte où d'étranges choses semblaient se dessiner dans la pénombre : un tank, un manège, un drone Predator suspendu au plafond, de grandes cages à animaux, un stand de tir.

Mais c'était le plateau juste devant elle, l'angle de cette pièce caverneuse, qui était le plus fascinant. On y trouvait une demi-douzaine de TdP, une femme qui donnait l'impression de sortir d'un catalogue J. Crew, après un petit détour par le spa, un grand bureau basculé, comme pour lui montrer la nanobataille que diffusaient ses écrans, une guirlande de gyrophares de la police et des pompiers digne d'un sapin de Noël autour de l'ONU et d'autres choses qu'elle ne reconnaissait pas.

Et puis elle les vit. Les jumeaux Armstrong. Larges comme deux hommes, grands, costauds, mais fusionnés d'une manière qui heurtait le sens commun.

Les TdP portaient un énorme fauteuil, certainement le plus gros siège ergonomique du monde. Les autres installaient des moniteurs, déroulaient des câbles, cherchaient une prise libre.

Keats était assis par terre. Le beagle reniflait la flaque de sang qu'il avait versée.

Les TdP la jetèrent sur le sol à côté de lui.

– C'était pas la peine de remonter le fauteuil jusqu'ici, protesta un gamin perdu dans une large parka de l'armée. J'aurais pu le faire depuis en bas.

– Quoi? s'étrangla la femme J. Crew.

– Bah, j'avais juste besoin de quelqu'un pour le transfert, répondit Army Pete avec un haussement d'épaules. Un de vos hommes aurait pu descendre et j'aurais fait monter mes gars sur lui. Ensuite...

– Tu pouvais pas le dire plus tôt? éructa Sugar, verte de rage.

– Ben... J'pensais que vous saviez comment...

– Communistes, sanglota Benjamin, comme s'il s'agissait-là du mot le plus triste qui soit.

Assis dans son sang, collé à Plath, Keats accrocha son regard, puis jeta un œil par-dessus son épaule. Suivant l'invite, Plath remarqua ses mains, attachées, pareillement aux siennes, par des menottes en plastique.

Ses poignets étaient rouges. Il profitait de la visquosité de son sang pour faire glisser les menottes. Plath remarqua des entailles, la pulpe d'un pouce profondément entamée. Il y était presque.

Tirant vivement sur sa propre chaîne, Charles manqua de s'envoyer la chaise en pleine figure.

– Laissez-moi me lever, maintenant, madame Lebowski. J'ai retrouvé mes esprits. Je ne ferai rien à mon frère. Soyez sans crainte.

Sugar Lebowski. Ça fit aussitôt tilt dans la tête de Plath. Nijinski l'avait briefée à fond sur elle. Pour un peu, elle aurait souri en se remémorant sa description : « une rombière décolorée, botoxée et siliconée, avec un manche à balai dans le cul et un flingue dans le sac à main ».

– Comme vous voudrez, monsieur, répondit Sugar.

Pourtant, Plath décela une hésitation dans sa voix.

Keats la dévisagea. Il essaya de ne rien laisser paraître. Mais il n'avait pas le visage impénétrable des habitués des tables de poker. Il avait peur pour elle. Il s'en voulait de ne pas avoir réussi à lui porter secours.

Elle aurait voulu lui répondre qu'elle préférait cent fois être ici, à son côté, que livrée à elle-même, dehors. Elle aurait voulu lui répondre qu'elle était contente de partager son sort. Qu'elle n'était pas plus effrayée que lui.

Pourtant, à la vérité, elle mourait de peur. Elle se sentait tout engourdie. Elle n'arrêtait pas de cligner des yeux. Elle n'arrivait pas à respirer profondément, comme si elle était prise dans un étau. Les coins de sa bouche tombaient, sa langue lui faisait l'effet d'un corps étranger, ses mains tremblaient.

C'est alors qu'elle remarqua les lèvres meurtries du jumeau de droite. Benjamin Armstrong. Elle se souvenait de ça. Lui, c'était celui de droite.

Il trépidait. Il tirait sur sa moitié de tête. Son œil était comme fou, non de rage, mais d'une émotion indéchiffrable.

De son côté, Charles luttait pour paraître normal, de sorte qu'on avait l'impression d'être face à un masque de Janus. Le parallèle avec le mythique dieu romain aux deux visages s'imposait d'autant que Charles et Benjamin redoublaient d'efforts pour regarder dans deux directions opposées. Ils étaient tournés dans la même direction, mais regardaient des choses très différentes.

Donc, elle était dans le cerveau de Benjamin.

Qu'elle avait suffisamment court-circuité pour créer des dysfonctionnements majeurs. Elle l'avait fait dérailler. Ses biobots agissaient comme un virus informatique, perturbant et déroutant les signaux synaptiques vers des endroits improbables.

Le savoir ne la rassurait pas pour autant.

Portant son regard derrière une Sugar hésitante, Charles vit Plath.

— Tu dois être Sadie, ronronna-t-il.

Tous les yeux se tournèrent vers elle, à l'exception de ceux de Benjamin.

— C'est un vrai plaisir de t'accueillir parmi nous pour l'accomplissement de notre grand œuvre, poursuivit-il.

— Jamais, souffla Plath, la voix cassée, avant de répéter, plus clairement : jamais.

Un sourire se dessina sur la bouche de Charles.

— Bientôt, dit-il, nombre de dirigeants, parmi les plus influents de la planète, épouseront notre cause. Et tu imagines que, toi, tu vas y couper ? Non, non, non, petite fille, on va s'arranger pour te faire changer de point de vue.

Un imperceptible mouvement de tête de Keats.

Dans les tréfonds du cerveau de Benjamin, P1 et P2 brandissaient leurs dernières aiguilles.

Plath enterra profondément la première.

Le corps de Benjamin sursauta.

— Non ! s'écria-t-il. Non, Charles ! Arrête ! Non !

Charles la regarda comme si c'était lui qui avait été piqué. Son œil s'écarquilla. Son front se plissa.

Sur l'écran, on démembrait le biobot.

Plath fixa son ultime fil et courut planter l'ultime aiguille. Ses deux biobots filèrent à toute vitesse, sautant par-dessus les ligatures déjà réalisées, établissant du même coup de nouvelles connexions aléatoires.

– Je force, je force! brailla soudain Benjamin. Je force autant que j'peux, mais il respire encore!

– Que quelqu'un le fasse taire! Faites-le taire! aboya Charles. Madame Lebowski, débrouillez-vous pour qu'il la boucle!

Les filières se tarirent. Plath était à court de fil. Elle enroula le bout effiloché à la dernière aiguille.

– Meurs, le vieux! Meurs! délirait Benjamin.

Plath ficha sa dernière aiguille dans le tissu mou.

Le corps de Benjamin s'arc-bouta dans un spasme si violent que sa jambe fracassa le bureau, faisant instantanément virer les écrans au noir. La main tellement crispée qu'elle faisait penser à la serre d'un oiseau de proie, il lança le bras dans les airs.

Plath entendit un bruit d'os qui se brise.

Elle retira l'aiguille.

– On s'en va d'ici, dit-elle.

Approchant dans son dos, Paul Johntz pressa le canon d'une arme sur sa nuque.

– Il refait ça encore une fois et tu te prends une balle.

– C'est moi le responsable, s'exclama Keats. C'est moi. Lâchez-la.

Indubitablement héroïque, mais pas réellement convaincant.

Benjamin s'étrangla dans un sanglot enfantin.

Charles, effaré, fixait Plath d'un œil horrifié.

– Lequel est le plus rapide? répliqua Plath. La balle? Ou le biobot?

– Écoutez-moi, dit Charles dans un râle. Monsieur Johntz, vous prenez la tête d'AmericaStrong. Voilà comment nous allons procéder : ordonnez à vos hommes d'arrêter Madame Lebowski. Ensuite, vous irez...

Plath ficha de nouveau l'aiguille dans le cerveau de Benjamin, provoquant une nouvelle attaque dont la violence coupa sèchement la parole à Charles. Les traits communs se tordirent, le cou partagé se vrilla, l'unique épine dorsale s'incurva jusqu'à pratiquement former un C.

Les dents de Benjamin se fendirent.

– Je peux vous faire sortir d'ici, affirma tout à coup Sugar Lebowski. Mais pas pour rien.

– Un million ? proposa Plath.

– Vingt, répondit Sugar du tac au tac. J'ai des enfants. Disparaître n'est pas donné.

– Vendu, répondit-elle.

– Personne ne va nulle part, objecta Johntz d'une voix tranchante.

Ruant de toutes ses forces, Keats lança ses jambes entravées. Ses pieds s'écrasèrent sur la cheville de Johntz. La chute ne fut pas immédiate. L'homme vacilla de côté. Dans un bond d'une souplesse quasi-féline, Sugar Lebowski retira la ceinture de sa jupe et l'enroula comme un fouet autour du cou de Johntz.

– En arrière tout le monde ! En arrière ! Ne vous mêlez pas de ça ! ordonna-t-elle en s'adressant aux TdP.

Mais Johntz n'était pas du genre à aller au tapis sans combattre. Il se contorsionnait pour braquer son pistolet sur Sugar, qui poussait des grognements de bête en pesant de tout son poids pour l'étrangler.

Keats se redressa, sauta à pieds joints dans la flaque de

sang, saisit la main armée du TdP et la força à obliquer vers la tête de l'homme.

Le temps sembla s'arrêter durant les quelques secondes que dura la lutte, Sugar vidant peu à peu son adjoint de ses dernières forces, Keats poussant comme un diable en s'arc-boutant pour garder l'équilibre. Soudain, une violente détonation déchira l'air.

Une expression incrédule couvrit les trois quarts du visage de Johntz. Le dernier quart était un trou béant. Il s'effondra instantanément.

Les autres TdP les regardaient, les bras ballants, ne sachant plus à quel saint se vouer.

– Mince, souffla Army Pete en reculant vers la porte, les mains levées en signe de reddition.

Keats récupéra le pistolet du mort.

Un morceau de cervelle se trouvait dans les cheveux de Sugar Lebowski. Elle détacha sa ceinture du cou de Johntz et, d'une main tremblante, la renfila dans les passants de sa jupe.

– Faut qu'on récupère nos bestioles, dit Keats, arme au poing.

Ça lui faisait du bien de sentir la crosse au creux de sa main. Ça lui procurait un sentiment de puissance, voire de sécurité.

– Il me faut au moins dix minutes pour atteindre la sortie, répondit Plath. Au fait, je les laisse comme ça ?

Par «comme ça» elle entendait, couverts de sueur, broyés par l'attaque dont était victime Benjamin. Personne ne pouvait survivre bien longtemps à une telle tension.

Plath demandait donc à Keats si elle devait tuer Benjamin Armstrong – et aussi très vraisemblablement son frère, tant on peinait à imaginer que l'un puisse survivre à l'autre.

– On n'est pas comme eux, affirma Keats, avant d'être pris d'un doute. N'est-ce pas ?

Plath s'approcha de ces monstres à l'agonie. Monstres ? Quel autre mot employer ?

Des monstres de naissance. Craints et honnis par tous ceux qui les avaient croisés.

Craints et honnis par elle aussi, pour de bonnes raisons.

La peau entre les deux visages, là où les chairs s'étaient soudées durant la gestation, était à vif. La violence de l'attaque avait pratiquement arraché la tête de Benjamin de celle de son frère.

Elle retira l'aiguille.

PIÈCE VERSÉE AU DOSSIER

À : Lear
De : Nijinski

Wilkes est indemne et de retour parmi nous.

Ophélia est vivante, même si elle y a laissé ses deux jambes, amputées au-dessous des genoux.

Keats et Plath sont sains et saufs. Ils se sont débrouillés comme des chefs.

Vincent souffre d'une profonde dépression suite à la perte d'un de ses biobots. Le second a, lui aussi, été gravement blessé, mais il se remet. Vincent est suivi de près. Issue incertaine.

Nous avons manqué notre objectif principal.

Attendons instructions.

L'AUTEUR

MICHAEL GRANT a toujours eu la bougeotte. Élevé dans une famille de militaires aux États-Unis, il a fréquenté 10 écoles dans 5 États, et trois écoles en France. Il a vécu dans près de 50 maisons différentes, dans 14 États des États-Unis, et a emménagé avec sa femme, l'écrivain Katherine Applegate, 24 heures après l'avoir rencontrée.

Parmi la longue liste de ses occupations, avant de devenir écrivain : réalisateur de dessins animés, serveur, bibliothécaire, journaliste gastronomique, producteur de films documentaires et consultant médiatique politique. Il est finalement devenu écrivain en partie parce que c'était l'un des rares métiers qui permettait de ne pas se fixer !

Son rêve est de passer une année entière à circuler à travers le globe et à visiter tous les continents. Même l'Antarctique.

Il vit dans la baie de San Francisco, non loin de Silicon Valley, avec sa femme et leurs deux enfants, ainsi que leurs trop nombreux animaux domestiques.

Il est l'auteur de la série best-seller publiée chez Pocket Jeunesse : *GONE* (6 titres dont 4 parus en France à ce jour) et co-auteur avec sa femme de plus de 100 livres dont la série *ANIMORPHS* et *EVERWORLD*.

Retrouvez tout l'univers de la trilogie sur www.bzrk-leslivres.fr

VOUS AVEZ AIMÉ *BZRK*?
DÉCOUVREZ VITE LA TRILOGIE
DE PATRIK NESS...

LE CHAOS EN MARCHE
PATICK NESS

LA VOIX DU COUTEAU
LIVRE 1

C'est l'année de ses treize ans et, dans un mois, Todd Hewitt va devenir un homme. Il est le dernier garçon de Prentissville. Cette ville de Nouveau Monde est uniquement peuplée d'hommes. Depuis longtemps, toutes les femmes et les enfants en ont disparu. À Nouveau Monde, chacun peut entendre les pensées des autres, qui circulent en un brouhaha incessant, le Bruit. Nul ne peut y échapper, nulle part, jamais.
Pourtant, un jour, Todd découvre un lieu où le Bruit se tait...

Extraordinaire, bouleversante, une quête de la vérité, de la liberté, de l'amour portée par la plume originale de Patick Ness, qui vous happe.

La Voix du couteau, qui ouvre la trilogie du *Chaos en marche*, a, dès sa parution en 2008 en Grande-Bretagne, été acclamé par une critique unanime et, fait exceptionnel, a reçu les deux prix littéraires les plus prestigieux, Prix Guardian 2008 et Booktrust Teenage Prize 2008.

« Solidement construit, passionnant de bout en bout, plein de rebondissements. Éblouissant. » TÉLÉRAMA

« Déroutant, épatant, et surtout brillant. Très brillant. »
LE FIGARO MAGAZINE

LE CHAOS EN MARCHE
PATICK NESS

LE CERCLE ET LA FLÈCHE
LIVRE 2

En voulant fuir une armée implacable, Todd et Viola sont séparés. Emprisonné, sous l'emprise de son pire ennemi, Todd est-il prêt à se soumettre et perdre Viola à jamais ? Et qui se cache derrière la mystérieuse Flèche ?
Mêlés à un conflit qui les dépasse, Todd et Viola n'ont qu'un seul but : se rejoindre. Leur lien sera-t-il plus fort que le pouvoir ? Mais, tandis qu'ils sont entraînés dans des camps adverses, peuvent-ils encore se faire confiance ?

Encensé par la presse, couronné de prestigieux prix littéraires en 2008 pour *La Voix du couteau*, le premier tome du *Chaos en marche*, Patrick Ness s'est vu décerner, en 2009, le Costa Book Award, prix littéraire britannique le plus populaire.

« Quelle maîtrise du récit, quelle virtuosité pour entretenir
le suspense ! Un vrai chef-d'œvre. »
LA REVUE DES LIVRES POUR ENFANTS

LE CHAOS EN MARCHE
PATICK NESS

LA GUERRE DU BRUIT
LIVRE 3

«La guerre, lâche le Maire. Enfin!» Une vague, immense, déferle: trois armées sont en marche, chacune déterminée à anéantir les deux autres. Todd et Viola peuvent-ils empêcher un massacre qui semble inéluctable? Quand la troisième voix ne pense qu'à une seule chose, la vengeance...

Faut-il tuer par amour? Faut-il trahir pour espérer voir un jour la paix à Nouveau Monde?

Final électrisant de la trilogie, *La Guerre du Bruit* résonne d'un fracas dévastateur.
Et la trilogie, *Le Chaos en marche*, nous hantera longtemps.

ÉGALEMENT DISPONIBLES EN POCHE
DANS LA COLLECTION PÔLE FICTION

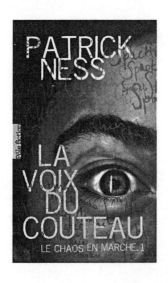

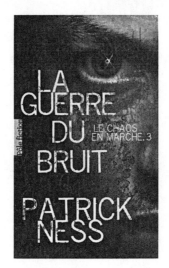

On lit plus fort .com

Le blog officiel
des romans
Gallimard Jeunesse
Sur le web, le lieu
incontournable
des passionnés
de lecture.

ACTUS

AVANT-PREMIÈRES

LIVRES À GAGNER

BANDES-ANNONCES

EXTRAITS

CONSEILS DE LECTURE

INTERVIEWS D'AUTEURS

DISCUSSIONS

CHRONIQUES
DE BLOGUEURS...

Le papier de cet ouvrage est composé de fibres naturelles,
renouvelables, recyclables et fabriquées à partir de bois
provenant de forêts plantées et cultivées expressément
pour la fabrication de la pâte à papier.

Loi n° 49-956 du 16 juillet 1949
sur les publications
destinées à la jeunesse

PAO : Françoise Pham
Imprimé en France par CPI Firmin-Didot
Dépôt légal : septembre 2012
N° d'édition : 240934
N° d'impression : 113475
ISBN : 978-2-07-064656-2